WILLIAM DIETRICH

William Dietrich, lauréat du prix Pulitzer, est journaliste, historien, professeur et écrivain.
Les Éditions du Cherche Midi ont publié *Les Pyramides de Napoléon*, en 2009, suivi de *Hiéroglyphes* (2010), de *La Piste des Templiers* (2012), et de *L'Ombre des Templiers* (2013). *La Légion secrète de Napoléon*, son dernier roman, est paru en 2014 chez le même éditeur. Les romans de William Dietrich sont disponibles aux éditions Pocket.

Retrouvez toute l'actualité de l'auteur sur :
www.williamdietrich.com

D1337805

LA LÉGION
SECRÈTE
DE NAPOLÉON

WILLIAM DIETRICH

LA LÉGION SECRÈTE DE NAPOLÉON

Traduit de l'anglais (États-Unis)
par Pierre Szczeciner

CHERCHE MIDI

Titre original :
THE EMERALD STORM

Pocket, une marque d'Univers Poche,
est un éditeur qui s'engage pour la
préservation de son environnement et
qui utilise du papier fabriqué à partir
de bois provenant de forêts gérées de
manière responsable.

© William Dietrich, 2012
© le cherche midi, 2014, pour la traduction française
ISBN : 978-2-266-25048-1

Pour Noah, un aventurier en herbe

Je suis né dans l'esclavage, mais j'ai reçu de la nature l'âme d'un homme libre.

Toussaint Louverture

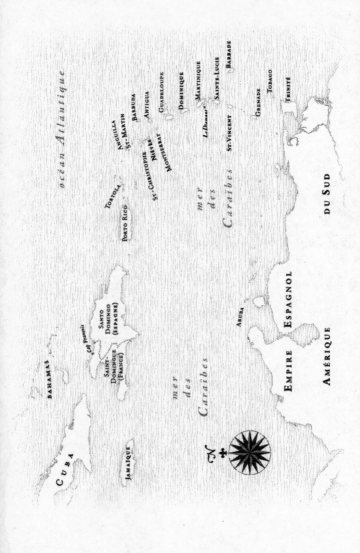

Première partie

Première partie

1

J'avais décidé de tirer ma révérence.

En 1802, j'avais appris que j'étais père, puis j'avais arraché mon fils et sa mère aux griffes d'un tyran tripolitain avant de m'enfuir avec eux à bord d'un bateau plongeant conçu par un inventeur américain du nom de Robert Fulton. Autant vous dire qu'après cela j'étais plus que prêt à troquer héroïsme contre vie de famille. J'ai toujours préféré l'amour à la guerre. Et personne n'a moins le goût de l'aventure que moi, Ethan Gage.

Alors qu'est-ce que je faisais, en avril 1803, agrippé aux remparts gelés d'un fort jurassien, avec de la neige dans les yeux, une bombe sur le dos, et une corde de chanvre aussi lourde qu'un nœud de pendu accrochée au cou ?

C'est que, malgré toute ma bonne volonté, ma nouvelle famille était de nouveau en danger, et seule l'escalade de la prison de Napoléon Bonaparte me permettrait de goûter enfin au bonheur domestique.

Le moins que l'on puisse dire, c'est que je n'étais pas de bonne humeur. Quand on mûrit (un processus assez lent dans mon cas), le côté imprévisible de la vie devient plus agaçant qu'excitant. Des policiers français et des espions britanniques m'assuraient que je n'avais que ce que je méritais et que je n'aurais jamais dû essayer de voler une émeraude. De mon côté, je trouvais que ce bijou n'était qu'une maigre compensation pour le combat que j'avais mené contre les Barbaresques, les terribles pirates de Méditerranée. Les enjeux de ma mission étaient multiples : un trésor inestimable, d'étranges complots aériens, une guerre larvée entre la France et l'Angleterre, et le besoin de sauver mon fils de trois ans que je passais mon temps à perdre. Voilà pourquoi j'étais agrippé à un mur gelé, à quelques kilomètres de la frontière.

Ma seule motivation : si je parvenais à libérer un héros noir, ma femme Astiza, le petit Horus (ou Harry, comme je préférais l'appeler) et moi pourrions peut-être enfin jouir d'une vie de quiétude.

« Et au passage, vous allez promouvoir la liberté et l'égalité, Ethan Gage ! » m'avait écrit mon vieil ami sir Sidney Smith.

Je me méfie des idéalistes, car ils envoient toujours leurs subalternes se battre pour leurs causes, et lesdits subalternes ont la fâcheuse habitude de mourir jeunes. Si cette mission se déroulait comme prévu, j'aurais le privilège de me jeter dans les airs à bord d'un planeur jamais testé, conçu par un Anglais excentrique (un pléonasme). Mais avant cela, je devais retrouver ma future femme, qui se faisait passer pour la maîtresse créole du Noir le plus connu du monde, dans la prison la plus sordide de Napoléon.

En bref, ma soif de tranquillité m'avait entraîné dans un imbroglio politique impossible à démêler, et une fois de plus, on comptait sur moi pour résoudre tous les problèmes de ce monde. J'étais à nouveau un pion entre les mains des Anglais et des Français, qui semblaient attendre mon avis sur des prototypes de machines volantes et sur un mystérieux trésor aztèque pour savoir s'ils devaient repartir en guerre. Diable ! Les révoltes d'esclaves, la suprématie navale en mer des Caraïbes, l'invasion de l'Angleterre… voilà précisément le genre de problèmes dont je m'étais juré de ne plus m'occuper !

Et avec tous mes défauts, il est encore plus éprouvant d'être indispensable. Il faut dire qu'avidité, luxure, impatience, orgueil, paresse et bêtise ne font pas bon ménage avec l'idéalisme auquel je tends.

Tâchons de résumer mon destin de héros malgré lui. À la fin du XVIIIᵉ siècle, alors que mon mentor Benjamin Franklin essayait avant de mourir de faire de moi un homme respectable, j'exprimais mon aversion naturelle pour le travail honnête, l'épargne et la loyauté en coulant des jours heureux et oisifs à Paris. Et puis les circonstances me firent rencontrer un jeune vaurien du nom de Napoléon, et s'ensuivirent des aventures sans fin incluant livres et savoirs anciens, dieux nordiques, machines de guerre grecques, et une ou deux redoutables séductrices. Au final, je compris que l'héroïsme était mal payé et qu'il s'accompagnait souvent de son lot de saleté, d'inconfort et de douleur.

La première fois, j'étais parti à l'aventure parce que j'étais pauvre et qu'on m'avait injustement accusé d'un meurtre. Mais à présent, je souhaitais profiter de l'émeraude que j'avais volée aux Barbaresques pour vivre une vie de parvenu et ne plus jamais avoir à faire quoi que ce soit. Le grand intérêt d'être riche, ai-je cru comprendre, c'est d'échapper à toutes les misères de la vie et d'éviter le travail, les désagréments et les épreuves de tout poil. Les riches que j'ai rencontrés n'ont pas besoin de vivre, ils se contentent d'exister, telles des plantes bien arrosées. Après avoir connu batailles, tortures, peines de cœur et cauchemars incessants, j'avais décidé de devenir aussi terne et suffisant que les grands de ce monde. Je penserais races de chevaux et registres, j'offrirais mon opinion consensuelle à des connaissances bien sous tous rapports, et je passerais quatre heures à table à chaque repas.

J'avais hâte d'y être.

Dans cet espoir, Astiza, Harry et moi avions quitté Tripoli pour la France afin de vendre la pierre précieuse que j'avais dérobée. Les meilleurs joailliers – ceux qui payent le mieux, s'entend – se trouvent à Paris. Mon projet était de vendre la pierre au meilleur prix, traverser l'Atlantique, acheter une maison en Amérique, enseigner ma sagesse au petit Harry, et profiter de mon temps libre pour engendrer d'autres petits Ethan en compagnie de ma sublime épouse. Peut-être me laisserais-je tenter par quelque passe-temps inoffensif comme l'astronomie, et que j'essaierais de découvrir de nouvelles planètes, comme Herschel, le fabricant de télescopes qui avait le premier observé Uranus. Caroline, sa sœur, était douée pour repérer les comètes, et j'imaginais déjà Astiza se prendre au jeu, elle aussi. Je nous voyais devenir un couple de savants renommés.

Hélas, les choses avaient pris une tout autre tournure. Et pour l'heure, je devais escalader le fort de Joux et libérer un certain Toussaint Louverture, le sauveur noir de Saint-Domingue, la partie occidentale de l'île d'Hispaniola, que les autochtones appellent Haïti.

Le général Louverture avait reconquis son pays au nom de la France, puis il avait été arrêté pour avoir réussi et sa loyauté l'avait mené en prison. Dans les Caraïbes, les esclaves s'étaient révoltés contre leurs contremaîtres français, et les Espagnols et les Anglais y avaient vu une occasion d'envahir un territoire français. Opportunistes, les Français avaient alors recruté les armées rebelles en promettant la liberté aux Noirs, puis ils avaient arrêté Toussaint au moment où il allait réussir son pari. Napoléon essayait maintenant de faire machine arrière et de réinstaurer l'esclavage, et Saint-Domingue n'était plus qu'un chaudron d'oppression, de tortures et de massacres.

On me faisait du chantage pour que je trouve la réponse à la question suivante : est-ce que Louverture, emprisonné dans sa prison gelée, connaissait l'existence d'un ancien trésor permettant à l'homme d'assouvir son désir le plus fou – voler, et par là même devenir le maître du monde ?

Mes informateurs britanniques m'avaient appris que, lors de sa construction en 1034, la forteresse de la famille Joux n'était qu'une simple palissade en bois sur un escarpement rocheux. Depuis huit siècles (cette escalade se déroulait le 7 avril 1803, aux dernières heures de la nuit), elle s'était transformée en un amas de tours, de murailles, de chemins de guet et de grilles. À présent, elle comptait trois douves, cinq murs d'enceinte, et une vue sur la cluse à couper le souffle – d'autant plus que, à cette altitude et par ce climat, on avait bien du mal à respirer. Même en avril, la paroi abrupte que je devais gravir était recouverte d'une couche de givre particulièrement tenace. Quel endroit horrible pour enfermer le Spartacus noir des tropiques, le chef de la première révolte réussie d'esclaves noirs de l'histoire ! Au fort de Joux, l'humidité est plus mordante que le froid, et les montagnes alentour sont brunes, sinistres et couvertes de neige. Napoléon espérait que la température glaciale ferait craquer le général, et les Anglais voulaient le libérer avant qu'il ne parle.

Charles Frotté, l'agent français au service des Anglais qui m'avait recruté pour cette mission extravagante, tâchait de me faire voir le bon côté des choses.

« Cette forteresse est tout à fait pittoresque, et il y règne un silence des plus agréables quand elle n'est pas prise d'assaut par une armée », m'encouragea-t-il.

Cet espion avait plus d'employeurs qu'un courtisan n'a de personnes à flatter au royaume de Naples. C'était un mercenaire du Vatican qui avait essayé sans succès de sauver le pauvre Louis XVI de la guillotine. Il était toujours royaliste et avait été séduit par l'or anglais que lui avait promis Sidney Smith (mon ancien allié, aujourd'hui membre du Parlement). D'après les rumeurs, Frotté était également à la solde des Autrichiens, des Hollandais et des Espagnols. Je lui devais une fière chandelle pour m'avoir sauvé la vie à Paris, mais prendre d'assaut une forteresse médiévale à moi tout seul me paraissait assez peu équitable. Malheureusement, je n'avais guère le choix. J'avais besoin d'aide pour récupérer mon fils, qui avait été enlevé, et pour libérer ma femme, qui avait trouvé le moyen de se faire enfermer dans la cellule de Louverture.

« Si cette forteresse est si silencieuse, répondis-je, les gardes ne vont-ils pas m'entendre ?

— Non, ils détestent le mauvais temps autant que vous et préfèrent rester à l'intérieur. C'est un endroit horrible pour une sentinelle. Vous serez absolument invisible. Vous n'aurez qu'à passer par les toits pour rejoindre la cellule de Louverture puis, grâce à la

technologie anglaise, vous réussirez une évasion spectaculaire qui entrera dans l'histoire, et bientôt vous
serez au chaud à Londres, où on célébrera votre cran
et votre génie. Vous verrez, les choses vont se passer
à merveille.

— C'est exactement ce que m'a assuré Sidney
Smith. Et les choses ne se passent jamais à merveille.

— Essayez de ne pas heurter le cylindre dans votre
dos, Ethan. Ça me ferait vraiment de la peine si vous
explosiez. »

Le cylindre en question contenait un mélange
détonant inventé par un chimiste anglais du nom de
Priestley. J'avais également sur moi soixante mètres
de corde, un grappin, une masse de deux kilos, un
ciseau à froid, deux pistolets de marine, un couteau de
chasse, un manteau et des bottes pour l'homme que je
devais faire évader, et des vêtements d'hiver pour moi.
J'avais dû signer un reçu pour tout cet équipement et
m'acheter moi-même mes propres gants en cuir.

Oui, c'était une mission impossible, mais j'essayais
de rester concentré sur l'objectif. Récupérer mon émeraude et ma famille, glaner quelques informations sur
un trésor aztèque, et laisser derrière moi tous ces fous
furieux.

« Et si je n'arrive pas à faire échapper ma femme ?

— C'est précisément pour cela que votre plan doit
fonctionner. Au Moyen Âge, après une croisade, un
chevalier rentra chez lui, dans ce fort, persuadé que
sa jeune épouse de dix-sept ans, Berthe, lui avait été
infidèle. Fou de rage, il l'enferma dans un trou de
un mètre cube pendant dix ans. La pauvre femme ne
pouvait ni se lever ni s'étirer, et sa seule vue pendant
son calvaire fut le squelette de son prétendu amant,

accroché à la falaise de l'autre côté. Tout semblait pourtant prouver son innocence, mais le vieux chevalier ne voulut jamais rien entendre.

— Et c'est censé me rassurer ?

— Non, vous inspirer. Astiza fait semblant d'être la maîtresse de Louverture, et ça fait bien longtemps qu'on n'enferme plus les femmes adultères dans des cages. Les temps ont changé ! N'empêche, vous feriez mieux de ne pas traîner pendant votre ascension. Quand vous sauterez pour vous échapper, n'oubliez pas de la prendre avec vous. »

Cette conversation me revint en mémoire alors que j'empruntais un sentier forestier pour quitter La Cluse-et-Mijoux. J'étais en compagnie de George Cayley, mon autre complice anglais fou, qui traînait derrière lui son engin. Je me retrouvai au pied d'une falaise calcaire que j'escaladai sur quelques mètres pour me retrouver face à une paroi verticale, elle aussi en calcaire. Au sommet de ce mur se dressait la plus haute tour de la forteresse. En d'autres termes, pour ne pas me faire repérer, j'avais choisi l'itinéraire le plus périlleux.

« Vous êtes sûr que votre planeur va fonctionner ? demandai-je à nouveau à Cayley, qui avait passé le trajet à me répéter de ne pas déchirer le tissu et de faire attention à ne pas frotter les fils.

— Parfaitement. En théorie, du moins. »

Je ne suis ni un singe ni une mouche, mais j'avais néanmoins quelques raisons d'espérer. Le mur de la forteresse n'était pas tout à fait à pic, mais légèrement incliné vers l'intérieur pour renforcer la stabilité de l'édifice. Par ailleurs, cette muraille était tellement inaccessible qu'on n'avait pas pris la peine de l'entretenir. Le gel et les intempéries avaient creusé des fissures dans la roche et déplacé des pierres, ce qui me fournissait des prises que je n'aurais pas trouvées sur un mur récent. Si seulement je pouvais empêcher mes membres de trembler ! Je grimpai sans oser regarder vers le bas, jusqu'à ce que je puisse coincer mon coude gauche dans une fissure, poser mes deux pieds sur une pierre saillante et sortir ma corde à l'aide de mon bras droit libre. J'attachai le grappin à l'extrémité du filin par un nœud de chaise, puis je fis de grands moulinets. Le grappin siffla dans l'obscurité.

Enfin, je m'inclinai autant que possible vers l'arrière pour avoir un meilleur angle, puis je lâchai la corde. Le grappin accrocha la gouttière en pierre d'une tour cylindrique et mordit la roche. Je laissai tomber l'autre extrémité de la corde vers l'endroit où Cayley attendait. Il y attacha son engin.

Je repris mon ascension à l'aide de la corde, les yeux plissés pour me protéger de la neige. Le manteau que j'avais apporté pour Louverture claquait dans le vent comme une voile mal arrimée. J'approchais du sommet. J'avais un parapet sur ma droite, et je progressais à la manière d'un crabe sur la façade de la tour, mes orteils tâchant d'agripper la pierre.

Presque !

Malheureusement, je devais pour atteindre mon objectif passer devant une fenêtre grillagée. À l'intérieur, une bougie qui achevait de se consumer éclairait une chambre. Soudain, une silhouette se leva du lit. Avais-je bougé ? Avais-je fait du bruit ? Une femme aux longs cheveux ébouriffés s'approcha.

Derrière la vitre, mon visage devait ressembler à la pleine lune.

Elle était jeune, jolie, et sa chemise de nuit laissait deviner des formes séduisantes. Je crus voir une poitrine magnifique, de belles hanches et un visage d'ange. Je restai immobile quelques instants, sous le charme.

C'est alors qu'elle ouvrit la bouche pour crier.

2

Astiza et moi étions mariés depuis moins d'un an. La cérémonie avait eu lieu à l'été 1802, à bord de l'*Enterprise*, la goélette américaine du lieutenant Andrew Sterett. Cet élégant officier nous avait récupérés en pleine mer, à côté de Tripoli, après que nous eûmes échappé aux Barbaresques.

J'imagine que cette union célébrée dans un bateau n'était pas conforme aux rêves d'une jeune femme, puisqu'il n'y avait ni fleurs, ni banderoles, ni demoiselles d'honneur. Mais nous avions néanmoins trois savants réputés comme témoins (mes camarades Robert Fulton, l'inventeur fou ; Georges Cuvier, le zoologue ; et William Smith, le géologue) ainsi que mon minuscule ami Pierre Radisson, qui prenait soin de répéter à mon amante qu'elle était folle d'épouser un homme aussi stupide que moi. Heureusement, j'avais rencontré Astiza pendant la campagne d'Égypte de Napoléon, et elle avait eu largement le temps de peser le poids de mes qualités et de mes défauts. Cupidon avait jugé bon de nous réunir.

L'équipage fit de son mieux pour préparer une fête digne de ce nom en attachant des drapeaux au gréement, en fabriquant une traîne pour la mariée dans une vieille voile, et en montant un orchestre de fifres, de tambours, de cloches et de cors qui parvint non sans mal à massacrer quelques strophes de *Yankee Doodle* et de *Heart of Oak*, l'hymne de la marine britannique. Une marche nuptiale aurait été au-dessus de leurs forces. Quand Sterett nous eut déclarés mari et femme, j'embrassai la mariée avec enthousiasme, dansai une gigue avec le petit Harry, caressai dans ma poche l'émeraude que j'avais volée au pacha Yusuf Karamanli et rêvai d'une vie de bonheur.

Pierre nous fit don d'un médaillon serti de diamants qu'il avait dérobé lors de notre fuite de Tripoli.

« Pour ta lune de miel, petit âne ! me lança-t-il.

— Mais enfin, toi aussi, tu as bien mérité une récompense !

— Là où vivent les voyageurs canadiens, il n'y a rien à acheter. Utilise plutôt ce cadeau pour t'occuper de ta femme et de ton fils. »

Notre mariage démarra sous les meilleurs auspices. Sterett me débarqua à Naples avec ma petite famille, où nous visitâmes la ville antique de Pompéi, que venait de mettre au jour l'archéologue William Hamilton, lequel semblait avoir prêté de façon définitive sa femme Emma à l'amiral Horatio Nelson, une vieille connaissance à moi. Astiza se passionnait pour les ruines, et j'étais moi-même d'autant plus intrigué que j'avais pu observer des objets venus de Pompéi dans le château de Malmaison, à quelques kilomètres de Paris. C'était Joséphine, la femme de Napoléon, qui les collectionnait. Nous félicitâmes Hamilton pour son travail et nous vîmes qu'il était ravi de voir que nous nous intéressions à autre chose qu'à sa femme volage.

Pour ma part, je trouvais qu'il n'avait pas besoin d'elle, qu'elle était de toute façon trop jeune pour lui et encore plus calculatrice que moi.

Après Naples, Astiza, Harry et moi rejoignîmes Rome et son forum envahi par les mauvaises herbes, puis nous continuâmes vers le nord, profitant de la paix qui pour une fois régnait entre la France et l'Angleterre. Nous passâmes un Noël ensoleillé sur l'île d'Elbe puis, après le premier de l'An 1803, nous retrouvâmes la France, qui semblait prospérer depuis que Napoléon avait pris le pouvoir. Astiza et moi profitâmes du voyage vers Paris pour apprendre notre nouveau rôle d'époux.

Astiza était le genre de femme brillante et indépendante qui faisait fuir beaucoup d'hommes, mais qui me fascinait. Elle était aussi séduisante qu'une sirène, aussi impassible qu'une déesse et aussi raisonnable qu'une sage-femme. À ce jour, je ne sais toujours pas ce qu'elle me trouvait. Peut-être pensait-elle que faire de moi un homme nouveau serait une expérience difficile et intéressante. Quoi qu'il en soit, je savais que j'avais de la chance de l'avoir, et je m'estimais très heureux.

La première fois que je l'avais rencontrée, à Alexandrie, elle aidait son maître égyptien à tirer sur Napoléon et, depuis lors, elle n'avait cessé de se révéler une valeureuse combattante. Elle avait été esclave, mais une esclave cultivée, curieuse des mystères du passé et déterminée à comprendre le sens de la vie. Nous nous étions épris l'un de l'autre sur le Nil, tels Antoine et Cléopâtre, le faste et l'argent en moins.

Malgré mon amour passionné pour Astiza, je dois dire qu'un mariage demande beaucoup plus de travail que ne le laissent penser les poètes. Les négociations sont plus âpres que pour un traité de paix et les questions qui se posent sont nombreuses. À quelle heure faut-il aller se coucher et qui prend quel côté du lit (je dors côté gauche) ? Qui s'occupe des comptes (elle) et qui suggère des façons de dépenser l'argent (moi) ? Qui dicte les règles concernant l'éducation de notre fils (elle) et qui canalise l'énergie de notre rejeton en jouant avec lui (moi) ? Faut-il dîner dans des caves voûtées éclairées à la bougie où la bière coule à flots (mon choix) ou sur de belles terrasses ensoleillées aux tables encombrées de fruits et de légumes, avec un verre de vin à la main (le sien) ? Qui décide du trajet, négocie avec les aubergistes, s'occupe des lessives, achète d'encombrants souvenirs, prend l'initiative des ébats amoureux, se lève en premier le matin, lit tard le soir, choisit les étapes des voyages, décide de l'équipement nécessaire, fait des croquis de la maison idéale, traîne dans les bibliothèques, admire les temples anciens, n'hésite pas à débourser plus d'argent pour prendre un bain, allume de l'encens, joue aux dés ou s'assoit dans le sens de la marche à bord d'une diligence ?

Plus sérieusement, j'étais décidé à nous trouver une maison en Amérique, tandis que ma femme regrettait les mystères ensoleillés d'Égypte. Pour elle, les arbres emprisonnaient l'esprit ; pour moi, ils étaient synonymes de sérénité. J'étais attiré par la montagne, Astiza préférait la mer. Elle m'aimait, mais je représentais un sacrifice pour elle. Je l'aimais, mais elle m'entraînait dans des directions qui ne me plaisaient pas. Quand nous n'étions pas mariés, le futur était vague et plein de possibilités infinies. À présent, nous devions faire des choix.

Le bonheur conjugal est certainement plus compliqué que l'extase du coup de foudre mais, une fois qu'on a réparti les victoires et les défaites et qu'on a trouvé un compromis, il apporte une satisfaction plus intense que je n'en ai jamais connu. Voir le petit Harry grandir était un émerveillement de tous les instants, et sentir la nuit la chaleur de l'être aimé nous soulageait. Plus le temps passait, plus nous étions à l'aise l'un en présence de l'autre, et j'en vins à me demander pourquoi je n'avais pas envisagé de me marier plus tôt.

« Finalement, tu es plutôt un bon père, Ethan, me dit un jour Astiza d'un ton surpris, alors qu'elle me regardait construire un barrage sur un ruisseau dans la région de Nîmes avec Harry, qui avait eu trois ans au mois de juin.

— Ça aide d'avoir toujours douze ans dans sa tête, plaisantai-je. Même si c'est le cas de la plupart des hommes.

— Est-ce qu'il t'arrive de regretter ton indépendance ? »

Les femmes n'oublient rien et s'inquiètent toujours.

« Tu veux parler des ennemis acharnés ? Des épreuves insurmontables ? Des tentatrices sournoises ? Pas le moins du monde, répondis-je en montrant du doigt d'autres cailloux à Harry qui s'affairait comme un castor. J'ai vécu suffisamment d'aventures pour une vie entière. Voilà ce que je veux, maintenant, mon amour. Une vie terne mais confortable.

— Tu me trouves terne ? »

Les femmes sont plus habiles à rebondir sur les mots que des avocats.

« Bien sûr que non, tu es rayonnante. Je voulais

27

seulement dire que j'appréciais la quiétude de ma nouvelle vie, sans ennemis et sans épreuves.

— Et les tentatrices ? »

Vous voyez ce que je voulais dire, quand je disais que les femmes n'oublient rien ?

« Comment un homme peut-il succomber à la tentation quand il a à ses côtés l'incarnation vivante d'Isis, Vénus, Hélène et Roxane ? »

Un bon mari doit savoir manier la flatterie, et je dois dire que j'étais à ce jeu de première force.

« Tiens, Harry, voilà d'autres pierres : et si on construisait un château au bord de l'eau ?

— Oui ! Et après, on le détruit ! » s'écria-t-il.

Je lui apprenais à être un garçon, même si parfois ma femme n'appréciait que moyennement nos petits jeux.

Finalement, nous arrivâmes tous à Paris. Je savais qu'une pierre précieuse était plus facile à transporter et à dissimuler que des liasses de billets. Nous attendrions donc le dernier moment pour vendre l'émeraude et nous embarquer aussitôt après pour l'Amérique, ma terre natale, à la recherche d'une région calme et agréable pour établir notre foyer.

Hélas, je savais que ce plan était un peu trop simpliste pour moi. Après tout, j'avais récemment découvert et détruit le miroir d'Archimède, arrachant au passage Harry et Astiza aux griffes de pirates sanguinaires. Jamais je ne pourrais résister au plaisir d'aller raconter mes exploits au Premier consul, dans l'espoir qu'il me félicite et me comble de louanges. Il y avait par ailleurs toujours la question de la Louisiane, ce vaste territoire que la France avait acquis et dont je m'estimais spécialiste, après l'avoir exploré de long en large en compagnie d'un Norvégien illuminé. J'avais déjà conseillé à Jefferson d'acheter et à Napoléon de vendre, mais les négociations étaient au point mort depuis que le président avait envoyé un nouveau diplomate à Paris, un certain James Monroe. J'estimais être l'homme de la situation, et je voulais mener à bien cette dernière mission avant de prendre ma retraite bien méritée.

C'est le grand inconvénient du succès. On a tendance à se sentir indispensable, ce qui n'est qu'une illusion. L'orgueil engendre plus de problèmes que l'amour.

Quand j'arrivai à Paris en janvier 1803 avec ma famille, Robert Livingston, un émissaire américain, me demanda de faire pression sur Napoléon pour qu'il vende l'immense terrain vague qui s'étendait à l'ouest du Mississippi. Comme Livingston nous offrait l'hôtel et qu'il travaillait avec mon ami Fulton à la construction d'une nouvelle machine appelée « bateau à vapeur », je convainquis Astiza de profiter de Paris avec Harry et moi, en attendant que je m'entretienne avec Bonaparte. Dans la capitale, le bruit courait que la France allait de nouveau entrer en guerre contre l'Angleterre. La guerre est souvent le sujet de conversation préféré des gens de la haute société car, pour la plupart, ils savent qu'ils n'auront jamais à combattre. Astiza, elle, voulait visiter les grandes bibliothèques de la ville, à la recherche de documents sur des religions mystérieuses.

Nous profitâmes de notre séjour en bourgeois. J'étais ravi de voir qu'après avoir connu les prisons de Paris nous pouvions désormais profiter de ses salons les plus huppés.

Ce que nous refusions d'admettre, c'est que nous étions toujours tous les deux des chasseurs de trésor dans l'âme.

Et c'est cela qui nous mena à la catastrophe.

3

Lorsque j'obtins enfin une audience avec Napoléon, je m'empressai de m'y rendre, tout ému d'avoir rendez-vous avec l'histoire. Après avoir remplacé le Directoire, trop incompétent, par sa propre dictature, le Premier consul de France avait dépensé des millions de francs pour rénover le vieux château délabré de Saint-Cloud et en faire sa résidence principale. Il s'agissait d'un véritable quartier général, bien plus imposant que le château de Malmaison acquis par Joséphine, et situé à dix kilomètres de la puanteur de Paris et des débordements populaires. Cette nouvelle habitation était suffisamment vaste pour que Napoléon puisse y héberger sa suite grandissante de conseillers, de domestiques, de courtisans et de conspirateurs. Le luxe ostentatoire de l'endroit servait aussi à impressionner les ministres étrangers en visite, car c'est par l'opulence que les puissants se jaugent.

Ayant rencontré pour la première fois Bonaparte en 1798 sur *L'Orient*, un navire de guerre plein à craquer et inconfortable, je ne pouvais m'empêcher chaque fois que je le voyais d'être impressionné par la beauté toujours plus éclatante de ses demeures. Depuis le peu de temps qu'il était arrivé au pouvoir, il avait acquis plus de palais que je n'avais acheté de paires de bottes. Je n'avais toujours pas de maison et, lorsque je traversai le pont de Saint-Cloud qui enjambait la Seine pour remonter l'allée de graviers qui menait à la cour d'honneur, je ne pus que constater à quel point le contraste entre nos deux vies était saisissant. L'imposant palais en forme de U comptait quatre étages et encadrait une cour recouverte de graviers où les messagers descendaient de cheval, les voitures diplomatiques faisaient des allers et retours, les ministres flânaient, les valets fumaient, les chiens aboyaient, les commerçants effectuaient leurs livraisons et les domestiques se hâtaient. Les appartements somptueux de Joséphine donnaient directement sur cette espèce d'arène maculée de crottin de cheval. Selon les rumeurs, Napoléon passait tellement de nuits à travailler que le couple avait décidé de faire chambre à part, mais le palais était un tel dédale que lorsque le Premier consul voulait dormir avec sa femme il devait enfiler sa robe de chambre et son bonnet de nuit, sonner son secrétaire et se laisser guider jusqu'au lit dans la pénombre des couloirs, à la lueur d'une unique chandelle.

Bien entendu, il faisait jour lorsque j'arrivai au château, où je fus accueilli par Constant Wairy, le nouveau valet de Napoléon. C'était un fonctionnaire mielleux au visage rond encadré par d'épais favoris, qui renifla mes vêtements comme si j'étais un soldat subissant une inspection.

« Quel bel endroit pour être laquais ! lui lançai-je d'un ton moqueur.

— C'est vrai que vous savez de quoi vous parlez, monsieur Gage », rétorqua-t-il.

Ces quelques politesses échangées, nous gravîmes un immense escalier et empruntâmes un couloir lambrissé menant à une bibliothèque de la taille d'une grange.

Napoléon était là, engloutissant son déjeuner dans son bureau, puisqu'il n'y avait aucune pièce réservée aux repas dans ce palais (ni dans aucun autre de ses palais, d'ailleurs). Il était installé sur un sofa couvert de taffetas vert et prenait son déjeuner sur une table de campagne portative. Il avait déjà pris son bain – à présent qu'il disposait de domestiques pour faire chauffer l'eau, il avait adopté contre l'avis de ses médecins cette nouvelle mode française – et était vêtu d'un simple costume militaire bleu à col rouge, d'un haut-de-chausses blanc et de bas en soie. Je pensais qu'il allait me proposer un café et un petit pain, voire un bol de soupe et un morceau de poulet, mais il ignora ma faim et m'invita à m'asseoir dans un fauteuil.

Je regardai autour de moi. Il y avait un grand bureau en forme de viole, afin que Napoléon puisse s'installer au milieu et se laisser submerger par son abondante correspondance. Le meuble était couvert de documents et ses pieds étaient sculptés en forme de griffons.

À proximité se trouvait un bureau plus petit, celui de son nouveau secrétaire, Claude François de Méneval, qui avait remplacé Bourrienne du jour au lendemain quand ce dernier était tombé en disgrâce à la suite d'un désaccord sur les dépenses militaires. Jeune et bel homme, Méneval me regardait fixement, ce qui me rappela que nous avions dû nous rencontrer à Mortefontaine lors de la célébration du traité américain. Je lui fis un signe de tête, même si je n'avais aucun souvenir de lui.

Derrière, une imposante bibliothèque recouvrait le

mur du sol au plafond, permettant d'isoler contre le froid ce bureau caverneux. Deux bustes en bronze des antiques ennemis Hannibal et Scipion se faisaient face sur le manteau de la cheminée, comme si chacun souhaitait recruter de nouveaux éléphants de combat. La dernière fois que j'avais discuté d'Hannibal avec Napoléon, je m'étais retrouvé à guider son armée à travers les Alpes. Cette fois, je ne ferais pas cette erreur et je me promis de ne pas parler histoire militaire.

« Gage, me dit simplement Napoléon comme si nous nous étions entretenus la veille et non un an auparavant. Je pensais que les pirates auraient raison de vous, mais vous revoilà. Vous êtes comme le petit caillou dans le canon dont on n'arrive pas à se débarrasser. Le naturaliste Cuvier m'a annoncé que cette fois vous aviez enfin réussi à accomplir quelque chose : racontez-moi donc !

— Non seulement j'ai détruit une terrible machine de guerre antique, Premier consul, mais j'ai également trouvé une femme et un fils.

— Quelqu'un a donc eu pitié de vous. Remarquable. »

Il but une gorgée de son chambertin préféré, un pinot noir aux arômes de fruits rouges. Cela me rappela que j'avais soif, moi aussi. Hélas, il n'y avait qu'un seul verre.

« Il est vrai que j'avais repéré chez vous certaines qualités, reprit-il avec sa franchise habituelle. Le secret du pouvoir, c'est de trouver le talent naturel de chaque homme et chaque femme. Le vôtre, semble-t-il, consiste à rendre des services variés aux endroits les plus improbables.

— Mais à présent, c'est fini, je tire ma révérence, annonçai-je afin qu'il ne se fasse pas de faux espoirs.

La fortune m'a souri à Tripoli, et j'ai l'intention de m'installer avec mon épouse, Astiza, que vous avez rencontrée lors de la campagne d'Égypte.

— Exact, c'est elle qui voulait me tirer dessus. »

Diable, il avait plus de mémoire qu'une femme.

« Elle est plus affable à présent, assurai-je.

— Méfiez-vous des épouses, Gage, et je dis ça en tant qu'homme fou amoureux de la sienne. Il n'y a pas plus grand malheur pour un homme que d'être gouverné par sa femme. Si cela arrive, c'est comme s'il cessait d'avoir une existence propre. »

Il était de notoriété publique que, malgré son goût pour leurs charmes, Napoléon avait le plus grand mépris pour les femmes.

« Nous nous considérons comme associés, tentai-je de lui expliquer, même si je doutais qu'il comprît le concept.

— Bah. Méfiez-vous de combien vous l'aimez, fit-il la bouche pleine. De nombreux hommes pâtissent de l'affection excessive qu'ils portent à leur épouse.

— Vous sentez-vous coupable à cause de votre affection pour Joséphine ?

— Elle est aussi coupable que moi, comme vous ne l'ignorez pas si vous avez eu vent des vieux ragots parisiens. Mais toutes ces histoires appartiennent au passé. En tant que dirigeants, nous nous devons d'être des modèles de droiture. »

Je me gardai bien d'exprimer mes doutes à ce sujet.

« La différence entre nous, Gage, c'est que je suis capable de maîtriser mes émotions. Vous pas. Je suis un homme raisonnable, vous êtes un homme impulsif. Je vous apprécie, mais n'allez pas croire que je vous considère comme mon égal. »

Le message était clair.

« Chaque fois que je vous vois, Premier consul, vous semblez plus prospère.

— Oui, j'en suis le premier surpris. Mon ambition ne se presse pas, elle se contente de suivre l'allure des circonstances. J'ai parfois l'impression d'être mené vers un objectif inconnu. La vie est un théâtre, et nous jouons le rôle que nous dictent les prophètes. »

Il m'avait parlé de ses visions dans la grande pyramide et de la prédiction d'un nain légendaire surnommé le petit homme rouge.

« Vous croyez toujours au destin ? demandai-je.

— Comment sinon en serais-je où j'en suis aujourd'hui ? À l'école militaire, on me raillait à cause de mon accent corse. À présent, nous sommes en train de parachever l'écriture du Code Napoléon, une refonte complète des lois françaises. Quand je me suis engagé dans l'armée, je n'avais pas assez d'argent pour m'acheter mon uniforme. À présent, je collectionne les palais. Et si le destin n'existait pas, comment expliquer qu'un Américain comme vous ait plus de vies qu'un chat ? Mon ancien ministre de la Police, Fouché, avait raison de se méfier de vous, car votre survie est inexplicable. Et j'avais raison de me méfier de Fouché, car les policiers inventent plus de mensonges qu'ils ne découvrent de vérités. »

J'avais entendu dire que Fouché, qui m'avait arrêté un an auparavant, avait été démis de ses fonctions et occupait désormais un simple poste de sénateur, tout comme sir Sidney Smith qui, après avoir été seigneur de guerre au Proche-Orient, vivait maintenant dans l'anonymat relatif du Parlement britannique. J'en étais d'ailleurs soulagé : les parlementaires ne sont pas des anges, mais c'est rare qu'ils vous jettent directement en prison.

« Voulez-vous que je vous narre mes aventures en Méditerranée ? » proposai-je.

Bonaparte se servit un café et attrapa une pâtisserie, toujours sans rien me proposer.

« Oubliez la Méditerranée. Pendant que votre jeune nation mène quelques batailles contre les pirates tripolitains, la guerre menace contre la perfide Albion. Les Anglais refusent de quitter Malte, alors que cela faisait partie des termes de la paix d'Amiens.

— La France non plus n'a pas honoré ses obligations.

— Gage, les Anglais sont mauvais par nature, s'emporta-t-il sans tenir compte de ma remarque. Personne n'aime plus la paix que moi, le général qui sait tout des horreurs de la guerre. Les Anglais, eux, m'ont envoyé des dizaines d'assassins, ils ont des espions dans toute l'Europe et ils veulent reconquérir toute l'Amérique du Nord. Nos deux nations, l'Amérique et la France, doivent s'unir contre l'Angleterre. Si je vous ai reçu aujourd'hui, c'est pour parler de la Louisiane. »

Mes impressions de cette immense région étaient plutôt négatives : beaucoup de mouches noires et un climat effroyable. Mais je savais que Thomas Jefferson était impatient d'acquérir un territoire grand comme plusieurs fois la France. Les diplomates américains voulaient acheter La Nouvelle-Orléans pour s'assurer un accès commercial au golfe du Mexique, mais je leur avais fait une proposition bien plus alléchante.

« J'espère que nos deux pays trouveront un accord concernant ce territoire sauvage, déclarai-je. Mais je croyais que vous comptiez envoyer une armée afin d'y bâtir un empire.

« — J'avais une armée, jusqu'à ce que la fièvre jaune ne l'anéantisse à Saint-Domingue. Cette maudite maladie a aussi eu raison de mon beau-frère, le général Charles Leclerc, et maintenant ma pauvre sœur Pauline se retrouve veuve. »

Il me lança un regard appuyé en mâchant sa pâtisserie. Je suis presque certain qu'il savait que j'avais couché avec sa sœur lors des festivités du traité de Mortefontaine. Pourtant, cette petite entrevue indécente était son idée à elle, et j'en avais payé le prix, puisque je m'étais retrouvé exilé à la frontière américaine. Hélas, les frères ont tendance à voir ces choses-là à travers un prisme particulier ; ma relation avec Bonaparte était compliquée, et Pauline était une de ces complications. En attendant, je tâchai de dissimuler mon soulagement d'apprendre que son mari était mort.

« Quelle tragédie ! acquiesçai-je.

— Mon idiote de sœur a coupé ses magnifiques cheveux en signe de deuil. Pourtant, elle n'aimait pas vraiment son mari – en tout cas, elle ne lui était certainement pas fidèle –, mais, que voulez-vous, il n'y a que les apparences qui comptent, soupira-t-il en s'emparant d'une lettre. Elle s'est embarquée sur le premier bateau en partance pour la France. Cette femme a le pragmatisme d'une Bonaparte.

— Et la beauté d'une Bonaparte, renchéris-je.

— Cette lettre m'a été envoyée par Leclerc en octobre dernier, quelques semaines avant sa mort, je vous la lis : *Voilà mon opinion sur ce pays : il faut supprimer tous les nègres des montagnes, hommes et femmes, et ne garder que les enfants de moins de douze ans, exterminer la moitié des Noirs des plaines, et ne laisser dans la colonie aucun mulâtre portant des*

galons. Dans le cas contraire, la colonie ne connaî-
tra jamais la paix. Si vous souhaitez régner en maître
sur Saint-Domingue, vous devez sans plus attendre
m'envoyer douze mille hommes. »

Il reposa la lettre.

« Votre avis, Gage ?

— Je pense que c'est vain. »

Il hocha la tête, l'air grave.

« Si je vous garde à mon service, c'est pour votre franchise, n'est-ce pas ? Saint-Domingue est dans ce triste état, car on revendique la liberté là où elle ne pourra jamais régner. En voulant rendre tous les hommes égaux, les Noirs n'ont réussi qu'à les rendre tous aussi malheureux, et c'est à moi de prendre les choses en main et de rétablir l'ordre des choses. J'ai capturé Louverture, le chef des rebelles, et je l'ai fait enfermer dans le Jura, mais les Noirs ne veulent pas rendre les armes. Cette guerre me dévore des régiments entiers. Je n'ai pas douze mille soldats à envoyer à Saint-Domingue, et encore moins en Louisiane.

— J'en suis navré », déclarai-je alors que je n'en pensais pas un mot.

Car voyez-vous, je ne trouvais pas que le Premier consul méritât de posséder un million et demi de kilomètres carrés de territoire en plus. Il avait forcé l'Espagne à rendre la Louisiane à la France quelques années auparavant, mais le drapeau espagnol flottait toujours sur La Nouvelle-Orléans, car il n'avait pas cru bon d'y envoyer le moindre soldat pour en prendre possession. Il était trop occupé à s'accrocher désespérément à la plus riche colonie française, l'île à sucre de Saint-Domingue, où il avait rétabli l'esclavage afin d'être plus compétitif sur le marché mondial. La conséquence ? Cet ancien paradis s'était depuis transformé en charnier. En plus d'être en conflit total avec les idéaux de la Révolution française, sa politique était purement et simplement imbécile. Je suis toujours ébahi de voir que les gens pensent qu'ils peuvent forcer les autres à faire ce qu'ils ne voudraient jamais faire eux-mêmes.

À côté de cela, Thomas Jefferson était la seule personne au monde assez folle pour vouloir la Louisiane. Comme il n'avait pas vu l'enfer qu'était l'Ouest américain, il était persuadé qu'il s'agissait d'un paradis, et il réfléchissait sérieusement à envoyer son secrétaire Meriwether Lewis l'explorer. En promettant de convaincre Bonaparte de vendre ce territoire, j'avais gagné le privilège de partager une bonne bouteille de vin avec le président. Comme Franklin, Jefferson avait eu le génie de profiter de ses séjours diplomatiques en France pour apprendre à manger et à boire convenablement. Plus tard, il avait acheté tellement de vin à crédit qu'il avait constitué la plus belle cave et accumulé la pire dette d'Amérique. Par ailleurs, Jefferson était beaucoup plus doué pour l'art de la conversation que le brusque Bonaparte et, une fois la bouteille terminée, j'avais décidé que si je vivais jusqu'aux prochaines élections je voterais pour lui.

Napoléon était moins enclin aux plaisirs de la vie. Il fit un geste de la main et des serviteurs apparurent pour débarrasser les assiettes en argent. Qu'il s'agît de mets raffinés ou de rations d'infanterie, il mangeait toujours à la vitesse de la lumière.

« Votre nation, Gage, peut tirer profit de la folie qui déchire l'Europe. Je veux que vous alliez trouver les diplomates américains et que vous les convainquiez qu'acheter la Louisiane est leur idée. Les États-Unis deviendront ainsi un contrepoids à la Grande-Bretagne au Canada, et ils me fourniront l'argent nécessaire pour combattre les Anglais lors de la prochaine guerre. Si je ne peux pas contrôler Saint-Domingue, il est hors de question que les Anglais contrôlent la vallée du Mississippi. Tel le fils prodigue, les États-Unis aideront la France à contrecarrer les ambitions anglaises. »

Ce n'était pas tout à fait comme ça que mon pays voyait les choses, mais je sentais qu'un accord profiterait à tout le monde, moi compris. Après avoir participé à mettre un terme à une guerre larvée entre l'Amérique et la France en 1800, je jouais de nouveau les intermédiaires. Napoléon voulait se débarrasser d'un territoire qu'il avait acquis contre une signature avant que les Anglais ne s'en emparent. J'étais donc en position de satisfaire tout le monde. Sauf la Grande-Bretagne, évidemment.

« Je ferai en sorte que mes concitoyens voient les choses en grand, lui promis-je. Pourquoi acquérir une simple ville, La Nouvelle-Orléans, quand on peut acheter un empire ? »

Mon estomac affamé commençait à grogner.

« D'ailleurs, à combien êtes-vous prêt à vendre ? demandai-je.

— Cinquante millions de francs. Suggérez le double et laissez-leur le plaisir de négocier. Quand j'aurai conquis Londres et détruit la flotte britannique, votre pays et le mien deviendront les plus grands partenaires commerciaux du monde. La Louisiane n'est qu'une première étape. C'est une opportunité aussi importante que notre alliance victorieuse à la bataille de Yorktown.

J'utiliserai tous les dollars américains que je recevrai pour mater l'Anglais.

— C'est d'accord. Mais après cette mission, je me retire définitivement.

— Avec quel argent ?

— J'ai fait l'acquisition d'un objet de valeur à Tripoli. Je compte le vendre. »

Il me lança un regard surpris.

« De quoi s'agit-il ?

— Rien qui puisse intéresser le gouvernement français. Une babiole, mais qui me permettra de vivre avec ma famille sans plus jamais travailler.

— Ce doit être une belle babiole.

— Oui, la chance m'a enfin souri.

— Vous m'avez souvent été précieux, Gage, même s'il vous est arrivé d'être agaçant. »

Napoléon avait essayé de me faire fusiller deux ou trois fois.

« Mais sachez qu'on ne renonce pas à son destin comme on veut, poursuivit-il. Certes, vous êtes américain, mais quand vos intérêts coïncident avec ceux de la France, vous devenez français. Est-ce clair ?

— C'est précisément pour ce genre de chose que je souhaite prendre ma retraite. Je travaille très dur à être inutile. Sauf pour l'affaire de la Louisiane, bien sûr.

— Il est impératif que cette transaction, soit conclue, Gage. Vous devez rester à Paris jusqu'à ce que ce soit fait.

— Je comprends. Mais sachant que je n'ai pas encore réussi à vendre ma babiole, je me demandais si mon dur labeur ne méritait pas une petite récompense. Surtout si vous êtes à deux doigts de gagner cinquante millions de francs. »

Il est toujours judicieux de ramasser les miettes laissées sur la table des négociations.

« Un salaire achèverait de convaincre les diplomates américains que je vous représente vraiment, ajoutai-je.

— Ah ! Mais si vous souhaitez devenir un véritable partenaire, vous devrez adopter les traditions de mes plus fidèles agents.

— C'est-à-dire ?

— Un petit tatouage, symbolisant leur loyauté.

— Comment ça, un tatouage ?

— La lettre *N*, entourée d'une couronne de laurier.

— J'espère que vous plaisantez !

— Les ennemis sont partout. Il faut bien trouver un moyen de reconnaître ses amis.

— Pas en portant la marque d'un autre homme.

— C'est une légion secrète, m'expliqua-t-il, visiblement déçu que je ne sois pas plus flatté. Au pire, je peux vous donner un insigne plus discret, mais vous devrez me le rendre si vous me décevez.

— De quoi s'agit-il ? »

Il ouvrit un tiroir et en sortit une petite médaille accrochée à une chaîne. Toujours le fameux *N* entouré de la couronne de laurier, mais en or. Un collier.

« Je ne confie cet objet qu'à une poignée de mes agents. »

Voilà qui me donnerait de la crédibilité. Je le pris en main. Un objet petit, léger, discret et facile à enlever.

« Ça ne fait pas beaucoup de métal, fis-je remarquer.

— Des millions d'hommes seraient prêts à donner leur vie pour une telle faveur.

— J'apprécie l'honneur que vous me faites. »

Je n'en pensais rien, mais je ne voulais pas paraître grossier.

« Quant à vos découvertes, Gage, quand vous êtes en mission pour moi, elles appartiennent à la France.

— Une dernière mission à Paris pour traiter l'affaire de la Louisiane, et ensuite je rentre chez moi. En attendant, n'auriez-vous pas un petit quelque chose pour les faux frais ? » insistai-je.

Dès qu'il était question d'argent, Napoléon savait se montrer aussi évasif qu'un usurier.

« Si vous parvenez à convaincre votre président d'acheter la Louisiane, Gage, ils vous feront entrer au Congrès. »

4

J'œuvrai donc à doubler la taille du territoire de mon pays natal, arrangeant pour ce faire une entrevue avec Livingston au cours de laquelle je parvins à le convaincre d'acheter le moindre arpent de terre infestée de sauvages. D'ailleurs, nous avions quelque chose en commun. Avant de venir en France, Robert Livingston avait été le grand maître de la Grande Loge de New York. J'étais moi aussi franc-maçon, mais je me gardai bien de lui expliquer que j'avais bien mauvaise réputation dans cet ordre.

« C'est Benjamin Franklin en personne qui m'a enseigné les préceptes de votre fraternité, lui confiai-je pour m'attirer ses bonnes grâces. J'ai depuis fait tout mon possible pour m'y conformer. »

J'avais certes fait tout mon possible, mais j'avais échoué.

« Si mon gouvernement avait la générosité de m'accorder un modeste salaire, poursuivis-je, je pourrais rester à Paris pour m'occuper des négociations. Je suis un ami proche de Napoléon, vous savez. »

Je lui montrai le pendentif.

Heureusement pour moi, Livingston s'était lié

d'amitié avec mon collègue américain Robert Fulton. Il avait rencontré l'inventeur à un de ses « panoramas », des peintures circulaires donnant au spectateur l'illusion de se retrouver au milieu d'une ville en flammes. Fulton faisait payer l'entrée, ce qui lui permettait de vivre convenablement tout en concevant ses machines inutiles. Nous avions perdu son sous-marin, le *Nautilus*, lorsque nous avions secouru Astiza et Harry à Tripoli, mais Fulton s'était attelé depuis à un projet d'engin encore plus ambitieux, un bateau à vapeur. Le navire, qu'il imaginait paré de couleurs vives, devait à terme être deux fois et demie plus grand que son submersible. Il serait conduit par un homme appelé mécanicien et pourrait atteindre la vitesse de cinq kilomètres à l'heure à contre-courant, permettant ainsi de réduire la durée du trajet fluvial entre Nantes et Paris de quatre mois à deux semaines.

Une telle vitesse paraissait hautement improbable, mais Livingston (un passionné d'engins à vapeur qui avait d'ailleurs écrit à James Watt, l'inventeur de ce mécanisme) avait néanmoins rejoint le projet de Fulton. Les deux excentriques étaient aussi heureux que des gamins qui construisent un château de sable et, pour ne pas m'attirer leurs foudres, je m'abstins de leur avouer que je trouvais les machines chères, lourdes et assourdissantes. Comme tous les hommes, ils aimaient ce qui faisait du bruit, que ce soit les cris d'une vigoureuse matrone en plein effort, le grondement du canon ou le battement sourd d'une soupape sur une chaudière.

« Il doit être envisageable de vous fournir un petit quelque chose », dit Livingston.

Bonaparte m'avait confié une lettre de recommandation à l'attention de son ministre François

Barbé-Marbois, le négociateur français. Je m'entendis également à merveille avec lui, car nous étions tous deux victimes de l'impondérabilité du destin. François avait ainsi été intendant de Saint-Domingue en 1785, avant la révolte d'esclaves, et il était donc bien placé pour savoir que la colonie était en train d'engloutir les troupes de Napoléon. Mais après la révolution, sa modération avait éveillé la méfiance tant des royalistes que des révolutionnaires, car les ambitieux et les fanatiques se sentent toujours menacés par les hommes raisonnables comme nous. Il fut donc emprisonné pendant quelque temps dans l'enfer de la Guyane. Et maintenant que Bonaparte était de retour au pouvoir, son bon sens était de nouveau jugé utile.

Je lui confiai que j'avais également eu des hauts et des bas.

« J'ai laissé filer entre mes doigts le trésor d'un pharaon et un livre de magie et, avant que je ne me marie, les femmes m'ont fait vivre les pires supplices. Mais je reste ambitieux. Je vais tâcher de pousser les Américains à viser plus haut. Si vous pouviez m'avancer un salaire français pour mes frais, je tâcherais de faire entendre raison à James Monroe.

— Vous pensez vraiment que vos compatriotes sont prêts à payer pour cet immense terrain vague ? demanda Barbé-Marbois, sceptique à l'idée que nous autres Américains pussions être si crédules.

— J'avais deux compagnons qui pensaient que la Louisiane était le jardin d'Éden. L'un s'est fait tuer, l'autre blesser, mais c'étaient des optimistes. »

Ainsi, l'espoir d'être payé à la fois par l'Amérique et par la France pour négocier le plus bel accord immobilier de l'histoire me poussa à rester à Paris avec ma petite famille jusqu'au printemps 1803.

Ce fut un interlude agréable. Nous flânions dans le parc de Tivoli, où mon fils admirait les feux d'artifice et les acrobates. Il y avait aussi un éléphant enchaîné, deux lions miteux qui s'ennuyaient fermement dans leur cage en fer, et une autruche que les troupes de Napoléon avaient rapportée d'Égypte, et qui faisait preuve de beaucoup plus de férocité que les félins.

Aux jardins de Frascati (seulement un franc par personne et par jour), on trouvait un village miniature avec des moulins et des ponts où mon fils adorait jouer les Gulliver.

« Regarde, un vrai château ! » s'exclamait-il devant des fortifications hautes d'un mètre.

Après notre aventure égyptienne, les montgolfières du jardin des Tuileries provoquaient toujours chez Astiza et moi des émotions puissantes, et les costumes exotiques des artistes de rue nous rappelaient des temps périlleux en Terre sainte.

Je trouvais la vie conjugale très différente de notre relation de séduction fréquemment interrompue. Nous n'étions plus unis par le danger, et la frénésie provoquée par la nouveauté et la passion passagère avait disparu, remplacée par un sentiment profond d'affection et de sécurité. Comme beaucoup de grands hommes, mon mentor Benjamin Franklin avait été un piètre mari qui n'avait pas hésité à théoriser sur ce qui en faisait un bon. Il m'assura ainsi que le mariage était un investissement à long terme, un engagement fait de compromis qui engendrait satisfaction et, parfois, un véritable bonheur.

« C'est l'état le plus naturel de l'homme, me confia-t-il un jour.

— Si cet état est si naturel, pourquoi tournons-nous la tête dès que nous voyons une femme, tel un chien qui a repéré un lapin ?

— Car nous n'attrapons pas le lapin, Ethan. Et si par hasard cela se produit, on ne sait pas quoi en faire.

— Bien au contraire.

— Le mariage évite le trouble et les peines de cœur.

— Pourtant, votre femme se trouve à huit mille kilomètres d'ici, à Philadelphie.

— Et je tire un grand réconfort de savoir qu'elle m'y attend. »

Pour tout vous dire, je me sentais incroyablement chanceux. J'avais récupéré une émeraude, certes, mais quel était le véritable joyau que j'avais trouvé à Tripoli ? Ma femme. Nous marchions main dans la main sous les tonnelles de roses, dégustions des glaces sucrées, esquissions quelques pas de danse en passant devant les scènes brillamment éclairées où se produisaient des musiciens, et observions les centaines de personnes qui dansaient en même temps la valse, cette nouvelle danse venue d'Allemagne. La foule refluait au moment des quadrilles compliqués et des mazurkas, mais la gaieté avait fait son retour à Paris.

Cependant, il y régnait également une inquiétude sourde, car les journaux relataient les tensions grandissantes avec l'Angleterre. La rumeur disait que Napoléon avait commandé une flotte de barges pour traverser la Manche et envahir la Grande-Bretagne. Dès que les bateaux seraient prêts, c'en serait fini de la paix.

« Ethan, si nous traînons trop, nous allons nous retrouver coincés à Paris, me prévint Astiza alors que nous franchissions le pont des Arts, la nouvelle passerelle métallique qui faisait partie du vaste plan de construction de ponts que Napoléon avait mis en œuvre pour unir les deux berges de la Seine. Les Anglais organiseront un blocus, et les Français risquent d'arrêter tous les étrangers. »

En plus d'être belle à mourir (une robe à taille haute inspirée de l'Antiquité, des manches bouffantes et un décolleté voilé faisaient ressortir sa délicatesse gréco-égyptienne de façon époustouflante), elle gardait toujours les pieds sur terre. Elle pensait toujours avec un coup d'avance et, malgré les préjugés de Napoléon, elle était certainement beaucoup plus semblable à lui que je ne l'étais.

Par ailleurs, elle ne manquait jamais de me donner un petit coup de coude quand mes yeux s'attardaient trop longtemps sur les nombreuses beautés de la capitale, dont certaines n'avaient qu'un voile de mousseline pour dissimuler leur poitrine. Malheureusement, une nouvelle morale conservatrice et militaire encouragée par Bonaparte lui-même condamnait cette mode des plus réjouissantes. Le Corse, austère, avait ainsi déclaré que les femmes n'étaient pas sur terre pour exposer leurs charmes, mais pour engendrer de futurs soldats. Étant donné les instincts masculins, les deux me paraissaient aller de pair, mais je crois que, comme tout le reste, il voulait que la gaudriole soit canalisée pour servir un but bien précis.

Pour ma part, je considérais la mode comme un plaisir et un besoin naturel, et je trouvais qu'un vêtement bien taillé n'avait rien à envier à une conversation philosophique. Astiza et moi formions un couple des plus coquets : j'avais emprunté les attributs des dandys, bottes longues, manteau serré, chemise soigneusement froissée, haut-de-forme. Bref, un savant mélange d'élégance et de désordre, à l'image des temps troublés que nous traversions. Nous étions à la pointe de la mode, et je prenais plaisir à ce qu'on me regarde. La plupart de mes habits avaient été achetés à crédit, mais je savais qu'une fois l'émeraude vendue je n'aurais aucun mal à rembourser mes dettes.

« Les Anglais quittent déjà la ville », m'avertit Astiza.

Nous étions en pleine promenade. Harry galopait devant, puis revenait pour nous dire qu'il était épuisé avant de repartir en courant de plus belle.

« La rumeur circule que Napoléon veut envahir l'Angleterre, poursuivit-elle.

— Depuis qu'il a ordonné la construction des bateaux, ce n'est plus une rumeur. »

Je m'arrêtai pour regarder la Seine. En ce jour de mars ensoleillé, Paris offrait un spectacle magnifique. Le fleuve pollué scintillait, bordé de galeries couvertes où résonnaient les voix chantantes des commerçants. Les palais et les clochers écorchaient le ciel bleu éclatant comme autant de points d'exclamation. Le règne de Napoléon avait apporté stabilité et prospérité.

« Mais je n'ai pas le choix, repris-je. Je dois attendre Monroe et conclure la vente de la Louisiane. Même si la guerre éclate, en tant qu'Américains, nous sommes neutres et n'avons rien à craindre. »

Je savais qu'elle ne se sentait pas encore américaine, mais j'avais bien l'intention qu'elle le devienne.

« Deux forces navales qui s'affrontent, et, au milieu, Ethan Gage, le héros de Saint-Jean-d'Acre et de Morte-fontaine, railla-t-elle. Tu as réussi à te faire des ennemis de tous les côtés. Je te rappelle que nous avons un fils auquel nous devons penser. Prenons un bateau pour New York ou Philadelphie avant que Nelson ou Napoléon n'attaque. Là-bas, tu n'auras qu'à demander une entrevue à Jefferson. Tu as une famille, maintenant, Ethan. »

Sur ce dernier point, elle avait raison. Chaque fois que j'y pensais, ça me paraissait une révélation.

« Il faut quand même d'abord vendre l'émeraude, objectai-je. Nous en tirerons un bien meilleur prix ici qu'aux États-Unis, mais je ne veux pas m'occuper d'argent avant que les négociations soient conclues. Attendons le bon moment.

— Le bon moment, c'est maintenant. Tu sais aussi bien que moi que le Premier consul ne vit que pour la guerre. »

Encore une fois, elle avait raison. Les gens qui sont doués pour quelque chose ont tendance à ne plus faire que ça, et Napoléon était devenu ce qu'il était grâce à sa science du combat. Il avait beau clamer son amour de la paix, il écoutait toujours les roulements des tambours. Je soupçonnais que cette guerre à venir éclipserait toutes les précédentes.

Je lançai donc un regard affectueux à ma femme et décidai de l'écouter. Quand elle était inquiète, elle avait l'air vulnérable, ce qui ne lui arrivait pas souvent, et sa beauté dans ces moments-là me fendait le cœur.

« Très bien. Avec les conseils que j'ai prodigués aux négociateurs, ils devraient pouvoir s'en tirer sans moi. Vendons la pierre et trouvons enfin cette quiétude éternelle bien méritée. »

5

Le bijoutier préféré de Joséphine Bonaparte s'appelait Marie-Étienne Nitot. Il avait appris son art chez le grand Auber, le joaillier de Marie-Antoinette. Son succès illustrait parfaitement que la révolution bouleversait tout, sauf le goût du luxe. Le séduisant Nitot avait su allier le talent de son maître à un sens des affaires incroyable, et il ne lui avait pas fallu longtemps après la mort de la reine sur la guillotine pour se constituer une clientèle parmi la nouvelle élite française. On racontait qu'un jour, dans une avenue parisienne, le cheval de Napoléon s'était emballé et que le joaillier avait réussi à attraper la bride, évitant ainsi la chute. Les deux hommes auraient sympathisé après cette rencontre fortuite et Nitot aurait depuis cultivé cette amitié. L'artisan avait ouvert un magasin, Chaumet, au 12 de la place Vendôme, juste à côté de Breguet, l'horloger. Pour ces deux hommes, les affaires prospéraient. Avec le butin glané après les premières victoires de Napoléon s'était développée une fascination pour les babioles dorées, devenues du jour au lendemain synonymes de la puissance et de la fierté de la France.

Les colliers et les bagues s'amoncelaient derrière

la grande vitrine de Chaumet. Afin d'expertiser mon émeraude, Nitot ferma le magasin à clé et nous entraîna dans l'arrière-boutique pour que nous ne soyons pas dérangés. Puis il se lava les mains dans une cuvette, un geste que même la grande majorité des chirurgiens ne prenait pas la peine de faire.

Une lumière grise filtrait à travers une lucarne qu'on avait munie de barreaux pour décourager les cambrioleurs. Les lampes répandaient dans la pièce une lueur douce. Partout, des tiroirs qui à n'en pas douter devaient regorger de trésors, ainsi qu'un établi couvert d'étaux, de pinces et d'autres outils de joaillier. Çà et là, des paillettes d'or et d'argent scintillaient comme de la poussière d'étoile. D'épais registres gardaient trace des transactions passées et des trésors du monde.

Je pouvais déjà presque soupeser la bourse qu'il n'allait pas tarder à me donner en échange de ma pierre.

« Monsieur Gage, je suis honoré de faire affaire avec vous, commença Nitot. Vous êtes un homme aussi audacieux qu'élégant, et on m'a soufflé que vous reveniez tout juste d'une mission secrète contre les pirates. »

Je ne pus m'empêcher de bomber le torse.

« Et votre femme ! poursuivit le commerçant. Quelle beauté ! Quel exotisme ! Une véritable reine ! Je vous en prie, madame, permettez-moi d'orner votre cou somptueux.

— Nous sommes ici pour vendre, monsieur Nitot, pas pour acheter, répliqua-t-elle sèchement. J'ai dû confier mon fils à une nourrice le temps de venir ici, et je n'ai qu'une envie : conclure cette affaire au plus vite afin d'aller le retrouver. »

Son instinct maternel lui dictait de rester auprès de son petit.

« Certes, mais n'est-il pas merveilleux de vendre et d'acheter ? lança Nitot. Ce n'est qu'une suggestion inspirée par votre éclat. Tout comme une toile de maître mérite un cadre de goût, les bijoux exigent un teint exquis. Et que dire du vôtre ? Une peau d'ambre et d'olive, d'albâtre et de soie ! Votre cou, vos oreilles, vos poignets, vos chevilles ! Vous êtes une merveille au bras de votre mari, et le monde ne demande qu'à vous décorer ! »

Je trouvais que cela avait assez duré car, en plus d'être un peu trop directs à mon goût, les compliments de Nitot risquaient de me coûter cher. Je comprenais mieux à présent pourquoi ce coquin avait si bien réussi ; il était plus convaincant que le diable. Hélas pour lui, je n'étais pas un vulgaire général de brigade cherchant un moyen d'exposer ses prises de guerre au cou de sa compagne. J'étais un savant, un électricien, un disciple de Franklin, déterminé à financer une vie d'oisiveté grâce à une pierre volée à un pacha. Je maîtrisai donc mes émotions.

« Nous sommes venus pour un devis, monsieur, pas pour écouter vos commentaires sur ma femme.

— Bien sûr, bien sûr. C'est que je suis tellement sensible à la beauté ! Je suis à sa merci, pauvre artisan incapable de résister au désir d'offrir au monde un peu plus de splendeur. Je vous prie de m'excuser, monsieur, je ne voulais pas paraître présomptueux. Je suis là pour vous aider. »

J'étais contrarié parce que Astiza avait voulu rester à la maison pour garder Harry, et je commençais à regretter d'avoir insisté pour qu'elle vienne.

« Pourquoi est-ce que tu as besoin de moi pour vendre un bijou ? » m'avait-elle demandé.

Parce que c'était la première fois de ma vie que j'allais devenir immensément riche, et qu'égoïstement je voulais que ma femme me voie impressionner un bijoutier flegmatique. À présent, j'étais jaloux que Nitot soit plus intéressé par ma femme que par l'ingéniosité dont j'avais dû faire preuve pour mettre la main sur la pierre précieuse.

« Je suis un homme qui va droit au but », lui lançai-je.

J'étais nerveux, car j'éprouvais une appréhension à l'idée de vendre mon trophée. En effet, je n'avais pas gagné le fameux bijou. Même si j'attribue mon succès au jeu à mon intelligence, cette fois, j'écoulais le fruit de mes rapines.

« Bien sûr », s'empressa-t-il de répondre.

Il m'avait jaugé du regard, avait senti ma gêne et craignait de passer à côté d'une opportunité.

« Donnez-moi la pierre, je vous prie. »

Je l'avais glissée dans une bourse en fourrure attachée à une chaîne passée autour de mon cou, afin de ne pas risquer de me la faire subtiliser. J'y plongeai les doigts et en tirai l'émeraude, de la taille d'un petit œuf.

Nitot en eut le souffle coupé, ce qui ne manqua pas de me réjouir. Même sous cette lumière, le bijou brûlait d'un feu vert, lourd, lisse, imposant. Un joyau digne d'un roi, et j'espérais que le joaillier avait dans ses connaissances quelque souverain russe ou romain prêt à y mettre le prix.

« Où avez-vous trouvé cela ? demanda-t-il, sous le choc.

— Chez un Ottoman qui s'était un peu trop approché de ma femme.

— C'est… c'est incroyable.

— Et je suis prêt à parier que ça vaut beaucoup d'argent ! »

Il posa la pierre sur son établi et se dirigea vers une étagère garnie d'épais volumes anciens reliés en cuir. Il en tira un intitulé *Les Trésors perdus des païens*, le feuilleta pendant quelques minutes, tournant régulièrement la tête vers l'émeraude.

« Et votre Ottoman, où a-t-il trouvé cette pierre ? s'enquit-il enfin.

— J'imagine qu'il l'a volée. C'était un pirate qui avait blessé sa mère et tué son frère. Et je dois dire qu'il n'a pas été très poli avec moi. Il conservait ce bijou dans une cage gardée par un léopard plus grincheux qu'un contrôleur fiscal. J'ai profité qu'Astiza soit au milieu d'une empoignade pour m'en emparer. »

À vrai dire, il s'agissait plutôt d'un combat à mort, mais je n'en dis pas plus, de peur que le joaillier ne me croie pas.

« Je vois, fit Nitot qui ne voyait rien du tout. Eh bien, sachez que cette pierre a fait couler beaucoup d'encre. Il s'agit peut-être de la légendaire Pomme Verte du Soleil, monsieur Gage. Si c'est le cas, elle fut volée au XVIe siècle quelque part entre l'Espagne et Rome, car il s'agissait d'un cadeau que Sa Majesté Philippe II d'Espagne, l'empereur du Saint Empire romain, comptait offrir au pape. C'est du moins ce qu'on présume, car ni l'existence du joyau ni celle du trésor dont il serait issu ne sont attestées. C'est un des plus grands mystères de l'histoire.

— J'adore les mystères. Mais sinon, combien vaut cette pierre, exactement ? »

Quand on traite avec des experts, il faut souvent les empêcher de digresser. C'est un peu comme mettre des œillères à un cheval.

« En tant que pierre précieuse, elle a un prix. Mais

en tant qu'élément historique, sa valeur est inestimable. Vous êtes peut-être tombé sur un des objets les plus incroyables de toute l'histoire. »

Une fois de plus, je bombai le torse.

« Tombé dessus, tombé dessus, ce n'était pas non plus complètement du hasard.

— Monsieur, avez-vous entendu parler de *La Noche Triste* ?

— C'est un autre bijou ?

— C'est de l'espagnol, Ethan, dit Astiza. Ça veut dire "La Triste Nuit". »

Vous ai-je déjà dit qu'une des raisons pour lesquelles j'aime cette femme, c'est qu'elle est très cultivée ?

« Des tristes nuits, j'en ai connu, soupirai-je.

— *La Noche Triste*, monsieur Gage, correspond à un épisode historique, quand les Aztèques repoussèrent brièvement les Espagnols hors de leur capitale, Tenochtitlán. Ils se soulevèrent tels des diables, écrasant par leur nombre les mousquets des conquistadors. Épées d'obsidienne contre acier espagnol ! Hernán Cortés perdit des centaines d'hommes et la majeure partie de son artillerie, mais également quelque chose d'autrement plus précieux. Alors qu'ils battaient en retraite sur la chaussée qui traversait le lac au milieu duquel se dressait la ville spectaculaire, ses hommes perdirent le trésor de Montezuma et furent engloutis avec lui dans les eaux du lac Texcoco.

— Vous pensez que cette émeraude fait partie d'un plus gros trésor ? »

J'étais tout ouïe.

« Regardez ce livre. Selon la légende, l'empereur aztèque possédait une émeraude spectaculaire venue des jungles d'Amérique du Sud, dont la taille et la forme correspondent à la vôtre. Mais ce joyau ne représentait qu'une infime partie de ce trésor à faire pâlir nos rois occidentaux : une montagne d'or, de pierres précieuses et d'argent telle que l'Europe n'en avait jamais vu. D'immenses roues d'or et d'argent censées prédire l'avenir de l'univers. Des colliers en or si lourds qu'ils feraient courber l'échine d'un robuste guerrier. Un alligator en métal, avec des gemmes à la place des yeux et des cristaux à la place des crocs. Des oiseaux en argent ; des idoles en or. Si cette émeraude est bien celle de l'empereur aztèque, cela signifie qu'au moins une partie du trésor n'a pas été seulement perdue, mais retrouvée. Avant d'être perdue de nouveau.

— Que voulez-vous dire par là ?

— Quand les Espagnols reconquirent Mexico, nul ne mentionna les richesses que les soldats en déroute avaient jetées dans le lac. Et depuis, les théories vont bon train. Certains pensent que les Indiens retrouvèrent le trésor et le cachèrent dans des montagnes oubliées au nord du Mexique, au terme d'un voyage périlleux. Si c'est le cas, personne ne sait où il se trouve.

— Et les autres théories ?

— Il y a ceux qui pensent que les Espagnols ont forcé les Indiens à plonger pour récupérer le trésor englouti, avant de les massacrer afin qu'ils ne puissent révéler son existence. Après quoi, ils auraient chargé dans le plus grand secret le butin sur un galion en partance pour l'Espagne, mais le bateau disparut dans un ouragan. Seule cette émeraude aurait survécu, sauvée par l'unique survivant du naufrage, un mousse.

— Vous voulez dire que le reste du trésor se trouve au fond de l'océan ?

— D'après certaines rumeurs, des esclaves en fuite,

les Marrons, finirent par récupérer le butin en plongeant dans les récifs où le galion s'était abîmé. Une partie fut fondue ou volée, mais la plupart fut déclarée perdue. Pourquoi, on ne sait pas. En tout cas, personne n'entendit plus parler de ce trésor jusqu'à ce qu'on annonce que cette émeraude était en route pour Rome, en cadeau pour le pape. Mais elle n'arriva jamais à destination, et les gens se mirent à douter de l'existence du trésor de Montezuma. Beaucoup disent que toute cette histoire est un mythe.

— Jusqu'à aujourd'hui.

— Précisément. Est-ce que cette émeraude signifie que l'épave du galion a été récupérée ? Si c'est le cas, qu'est-il advenu de son contenu ? Les Noirs ont-ils gardé pour eux le secret du trésor, génération après génération, en attendant de s'ériger comme nation et de le récupérer ? Et le grand Ethan Gage, héros des pyramides, explorateur de l'Amérique sauvage, qui vient me voir avec son émeraude. Sont-ce les prémices de stupéfactions à venir ? Cachez-vous dans votre appartement tout un trésor aztèque ?

— Si c'était le cas, j'aurais plus qu'un appartement, non ?

— Hé, hé ! Même ce seul joyau vaut plus qu'un appartement, Ethan Gage.

— J'espère bien ! »

En attendant, il ne m'avait toujours pas fait de devis.

« Si cette pierre provient bien du trésor de Montezuma, reprit Nitot, nous pourrons bientôt nous acheter un palais. Vous en tant que fournisseur, moi en tant que vendeur. Car ce ne serait plus seulement un bijou, mais un morceau d'histoire. Je dois donc vous demander la permission de garder l'émeraude ici, le temps que je consulte d'autres ouvrages afin d'en vérifier la provenance. Si nous parvenons à prouver qu'elle est bien ce que je crois, sa valeur augmentera de manière astronomique. La question, maintenant, c'est de savoir si vous allez être riche, ou si vous allez être riche comme Crésus. »

Voilà exactement ce que je voulais entendre. Rien d'étonnant à ce que ce Nitot vendît à des ducs et des duchesses ; il savait comment traiter avec un mercenaire de ma trempe. Un trésor aztèque ! Et dire que je n'avais jamais mis les pieds au Mexique !

Mais lui laisser l'émeraude ? Nous étions sceptiques.

« Comment pouvons-nous savoir que vous êtes digne de confiance ? demanda Astiza.

— Madame, il ne s'agit pas là d'une babiole qu'on peut mettre en gage du jour au lendemain. Si je la volais, je devrais abandonner la vie lucrative que je me suis construite, et essayer de vendre un bijou qui indiquerait à tous que je suis un voleur. Ne vous en faites pas, il y a plus à gagner à être honnête. Laissez-moi le temps de faire mon enquête, et nous saurons sa valeur exacte.

— Comme je vous l'ai dit, nous sommes assez pressés, lui rappelai-je.

— Alors revenez me voir dans une semaine. Bientôt, nous serons tous célèbres. »

À l'instant où j'avais vu l'œuf vert sur le turban de Karamanli, j'avais su qu'il avait de la valeur. Après toutes ces années de chasses au trésor infructueuses, j'étais enfin récompensé, et beaucoup plus généreusement que je ne l'aurais cru ! Oui, nous avions eu du flair, et nous allions bientôt être plus riches que dans mes rêves les plus fous.

Je me tournai vers ma femme :

« Jamais je n'aurais espéré être aussi chanceux ! »

6

La chance est capricieuse.

J'ai manqué me noyer à de multiples reprises, et c'est le verbe « manquer » qui rend l'expérience si désagréable. Quand on se noie vraiment, on a la chance de perdre connaissance, et on disparaît vers un monde meilleur. Malheureusement, j'ai pour habitude de ne jamais mourir pour de bon, et je suis donc condamné à revivre la même histoire dans toute son horreur. C'était précisément ce qu'avait en tête le renégat Léon Martel, de la police secrète : une semaine après ma première visite au magasin de Nitot, je me retrouvai la tête en bas accroché à un croc de boucher, les chevilles liées, avec un collier en métal autour du cou. Méthodiquement, Martel m'immergeait dans un abreuvoir rempli d'eau froide.

« Je suis navré d'en arriver à de telles extrémités, monsieur Gage, me lança-t-il alors que je hoquetais. Je fais tout pour me comporter en gentilhomme, mais vous êtes connu pour ne pas être très coopératif.

— Mais c'est faux ! Je ne comprends rien à ce qui m'arrive ! »

Il me descendit de nouveau.

Suspendu de sorte que mes cheveux effleuraient le fond de l'abreuvoir, je retins ma respiration le plus longtemps possible. Finalement, la terreur me fit me tortiller comme un diable, je laissai échapper une série de bulles d'air et mes poumons se remplirent d'eau dans une douleur atroce. C'est là qu'on me remonta, toussant et crachant. Martel se pencha vers moi ; son haleine sentait l'ail.

« Où se trouve le trésor perdu des Aztèques ?

— Je n'en avais jamais entendu parler avant la semaine dernière ! »

Une fois encore, je me retrouvai la tête sous l'eau.

J'aurais dû me douter qu'une telle situation allait se produire, et ce pour deux raisons.

La première, c'est que la chance me fait toujours défaut au moment où je vais faire fortune. Alors pourquoi m'attendais-je cette fois à vendre mon émeraude fabuleuse sans le moindre problème ? Dès que je m'approche d'un trésor, il a le don de me glisser entre les doigts.

La seconde, c'est que la bijouterie de Nitot était beaucoup trop silencieuse quand nous y étions retournés comme convenu, afin d'en savoir plus sur l'histoire de ma pierre et de toucher notre dû. L'entrée principale était fermée, et il nous avait fallu frapper au carreau pour qu'un vendeur daigne nous ouvrir. Une fois de plus, Astiza était pressée, car elle n'aimait pas laisser Harry à la maison avec ses jouets. Elle n'avait pas arrêté de me dire qu'elle trouvait que les gens nous regardaient bizarrement, et elle m'avait assuré avoir repéré à trois reprises un homme en train de nous observer. Je lui avais répondu que c'était sûrement un admirateur.

« Tu es trop modeste, avais-je tenté de la rassurer. Tu ne te rends pas compte à quel point tu es magnifique.

— Nous n'avons qu'à dire que nous sommes malades, et nous irons une autre fois. J'ai un mauvais pressentiment. »

Elle était plus superstitieuse qu'un marin.

« Tu voudrais qu'on laisse notre immense fortune à Nitot ? Je ne pense pas que ce soit une bonne idée. Et puis, c'est toi qui répètes sans cesse que nous sommes pressés. Si tu as si peur que la guerre éclate, il vaut mieux conclure la transaction et filer vers l'Amérique. »

En général, les commerçants sont très affectueux quand l'argent change de main mais, lorsque le vendeur nous ouvrit la porte, il évita mon regard et fila s'asseoir à son établi.

« Où est Nitot ?

— Dans l'arrière-boutique, monsieur. »

Il avait l'œil collé à une loupe et observait un diamant comme s'il avait peur qu'il se sauve. Trop occupé à dépenser mon argent dans ma tête, je ne prêtai pas attention à l'atmosphère curieuse qui régnait dans la bijouterie. Naïvement, je pensais que notre vente était si monumentale que le joaillier voulait me laisser un peu d'intimité pour ramasser mon or.

J'avais fait l'acquisition d'une petite loupe que j'avais accrochée à mon cou, comme j'avais accroché quelques jours avant la bourse contenant l'émeraude. J'avais soigneusement observé ma pierre avant de la confier au joaillier, et je comptais bien répéter l'opération. Je ne voulais pas prendre le risque que Nitot remplace mon émeraude par une fausse et qu'il annule la vente au dernier moment. Comme vous pouvez le voir, j'étais à la fois malin et prudent. Hélas, pas assez.

J'avais confié à Astiza le pendentif de Napoléon afin de montrer que nous n'étions pas n'importe qui, et pour éviter que le commerçant tente de nouveau de nous vendre quelque babiole. Le collier lui allait bien et, même s'il m'avait été donné par un mégalomane notoire, je trouvais que c'était un bel objet.

Elle me posa la main sur le bras.

« J'aurais dû rester avec Horus, murmura-t-elle. Je trouve qu'il règne à Paris une odeur bizarre.

— Ce n'est que le marché aux poissons et les canalisations. Allez, viens, nous avons une vente à conclure. »

Nous avions laissé notre fils à la maison avec des dés à coudre et des bobines de fil. Il s'amusait à les faire rouler, sous la supervision de la nourrice. Autant vous dire que nous ne devions pas lui manquer beaucoup.

Nous nous dirigeâmes donc vers l'arrière-boutique.

« Marie-Étienne ? » appelai-je.

Il aurait pu préparer quelques biscuits ou une carafe de brandy pour fêter la transaction, mais la pièce était sombre. Curieusement, le vendeur nous emboîta le pas.

« Vous êtes là ? » demandai-je.

Soudain, la porte se referma derrière nous et les ombres s'animèrent. Cinq ou six voyous aux allures de croque-morts, coiffés de tricornes et vêtus d'épaisses capes noires, firent leur apparition. L'atelier était maintenant aussi plein que les toilettes de l'opéra quand la cantatrice chante trop aigu.

« Diable ! Des voleurs ? »

J'étais tellement pris au dépourvu que j'étais momentanément incapable de réfléchir. Puis je me souvins que nous n'avions pas l'émeraude sur nous, ce qui me rassura aussitôt.

« Désolé, messieurs, nous n'avons aucun objet de valeur.

— Nous ne sommes pas des voleurs, monsieur Gage, aboya le chef. Nous sommes là pour vous arrêter.

— M'arrêter ? » grommelai-je, contrarié.

J'ai beau essayer de toujours bien faire, il se trouve toujours quelqu'un pour vouloir m'incarcérer. Pourtant, je fais un piètre prisonnier ; je passe mon temps à m'évader.

« Pour quel motif, cette fois-ci ? demandai-je.

— Pour avoir refusé de divulguer des renseignements à l'État français.

— Des renseignements ? répétai-je, ébahi. Mais à quel sujet ?

— Une découverte archéologique de premier ordre, la Pomme Verte du Soleil. »

Qui étaient ces hommes ? Des gendarmes aux dents longues ou des historiens impatients ?

« Mais c'est justement pour obtenir ce genre de renseignement que je suis ici ! m'exclamai-je. Puis-je savoir qui a ordonné cette arrestation ?

— Le ministre Fouché.

— Mais il n'est plus ministre de la Police. Vous ne lisez pas les journaux ?

— Pour nous, si. »

Quand Joseph Fouché m'avait arrêté l'année précédente, c'était un des hommes les plus puissants de France, et son ministère était le bastion du pouvoir militaire de Napoléon... mais le succès de Fouché l'avait rendu trop puissant, et Bonaparte avait décidé de le relever provisoirement de ses fonctions. Napoléon aimait bien déstabiliser ses hommes. Malgré tout, l'ambitieux ministre avait laissé derrière lui une organisation policière efficace et insidieuse telle que le monde n'en avait jamais connu et, même s'il avait été réaffecté au Sénat, ses hommes n'avaient rien perdu de leurs instincts de conspirateurs. Ces gens-là avaient décidé d'agir comme si leur patron était toujours en poste.

« Et vous êtes ? demandai-je.

— Léon Martel, inspecteur », répondit leur chef en pointant son lourd pistolet de cavalerie vers mon intimité.

Ses collègues aussi étaient armés. Leurs petits yeux porcins s'attardèrent un peu trop longtemps à mon goût sur Astiza. Je les trouvai bien rustres pour des policiers. Je me préparai au pire.

« Monsieur Gage, dites-nous tout ce que vous savez ! »

Alors que Fouché faisait penser à un lézard, avec son air sournois et ses petites lèvres reptiliennes, Martel avait l'intensité d'un chat, et ses yeux noisette trahissaient une fourberie toute féline.

« Vous avez mis la main sur un bijou très précieux. Nous voulons en savoir plus sur son histoire.

— Je ne sais rien. D'ailleurs, où se trouve mon émeraude ? Et où est Nitot ?

— L'émeraude a été confisquée, et le joaillier a été renvoyé chez lui.

— Confisquée ? Vous voulez dire "volée" ?

— C'est vous qui l'avez volée en premier, monsieur, au pacha de Tripoli.

— Au secours ! hurlai-je. Au voleur !

— Personne ne peut vous entendre. Tous les employés ont reçu l'ordre de quitter le magasin pour la journée. Vous n'avez ni alliés ni espoir d'être secourus.

— Bien au contraire, le Premier consul est mon ami et protecteur, l'avertis-je. Regardez donc le pendentif au cou de ma femme. »

Il secoua la tête.

« Il ne protège pas ceux qui cachent des informations de première importance concernant l'avenir de la France. Vos poignets, s'il vous plaît, je vais devoir vous passer les menottes. »

L'expérience m'a appris que, lorsqu'on se montre hésitant face à des personnes désagréables, cela ne fait que les encourager ; mieux vaut être clair dès le départ sur la nature de la relation. Par ailleurs, je commençais à en avoir assez des gens qui pointaient leurs pistolets sur mon ancienne amante, devenue depuis peu ma femme. C'est pourquoi, après avoir sagement tendu mes poignets, je rassemblai mes deux mains en un poing imposant que j'envoyai de toutes mes forces sous le pistolet de Martel, projetant le canon vers le plafond. Le coup partit et l'arme s'envola comme une massue de jongleur. Aussitôt, je me remis à frapper et à faire pleuvoir les coups sur le nez du scélérat. Martel poussa un hurlement de douleur qui me procura une grande satisfaction. Astiza, aussi vive que moi, rabattit sa cape à la manière d'une aile de chauve-souris sur les acolytes de Martel, qui avaient fait l'erreur de se tenir rassemblés en un groupe un peu trop compact. Je me jetai dans la mêlée et distribuai des coups, aveuglé par l'épaisse fumée des pistolets qui faisaient feu au hasard. Notre masse informe fracassa les tiroirs remplis de bijoux, et, bientôt, le sol était jonché de babioles scintillantes.

Par miracle, personne ne fut touché par les coups de feu, à part la précieuse cape d'Astiza qui était désormais constellée de trous. L'avantage avec ces pistolets qui se chargeaient par le canon, c'était qu'à présent toutes les armes étaient vides.

« File retrouver Harry ! » criai-je à Astiza pendant que le pugilat se poursuivait sur l'établi démoli du joaillier, au milieu des insultes.

Et soudain, alors que je tentais d'attraper un des pistolets pour m'en servir de matraque, des mains m'agrippèrent à la gorge et aux chevilles, quelque chose me frappa le crâne, et tout devint noir.

7

Quand je repris connaissance, je me trouvais dans une cave voûtée aux pierres crasseuses, pendu par les pieds tel un pauvre opossum, et j'étais très inquiet à l'idée que ces policiers (si c'étaient bien des policiers) veuillent m'interroger, car je ne savais strictement rien.

Je repris peu à peu mes esprits et finis par voir mes agresseurs. Parmi eux se tenait Martel, que je reconnus sans peine, car il portait un bandage sur le nez et qu'il avait l'air contrarié. La corruption l'avait endurci. Il avait la mâchoire en forme de pelle, comme s'il avait l'habitude de déterrer tous les secrets des personnes qu'il interrogeait, et sa peau grêlée témoignait d'une variole mal soignée. J'émis l'hypothèse que cette cruauté du destin l'empêchait de séduire ces dames, ce qui le maintenait toujours dans une humeur exécrable – il est bien connu que les gens qui ne fréquentent pas assez sont des êtres amers et aigris. Il avait par ailleurs le teint hâlé par le soleil et le temps, et ses épais cheveux longs étaient négligemment coiffés en une natte maintenue par un lacet. Ses sourcils noirs se rejoignaient au niveau de son nez, à présent cassé, et ses épaisses lèvres étaient figées en un rictus cruel, certainement l'héritage d'une enfance malheureuse, d'un penchant pour la boisson et d'une liste d'échecs trop longue. Il avait une tête à garder une prison ou à en être pensionnaire. Finalement, il faisait plus penser à un rongeur enragé qu'à un chat. Il était apprécié de ses supérieurs, mais son côté rustique l'empêcherait toujours de devenir leur égal. À le voir, on devinait qu'il en avait conscience, et que cela le rongeait de l'intérieur. Le sommet de la hiérarchie lui était inaccessible.

« D'où vient cette émeraude, Gage ? »

Son haleine sentait celle des prostituées napolitaines vérolées qui ne se nourrissent que de mauvais vin et de produits suspects comme les tomates et les aubergines. L'expérience m'avait appris que les Italiens étaient prêts à manger à peu près n'importe quoi.

En revanche, n'allez pas croire que j'y connaissais quoi que ce soit en prostituées napolitaines vérolées.

« Où se trouve Astiza ? » rétorquai-je.

Cela me paraissait une question raisonnable mais, pour toute réponse, un de ses acolytes me donna un coup de fouet qui m'arracha un cri de douleur. Martel approcha de nouveau son nez bandé de mon visage. Il avait vraiment besoin de se laver les dents. Et de se les curer, aussi.

« Que savez-vous des machines volantes ?

— Des quoi ? »

Je compris alors que j'avais été capturé par des fous furieux. Ce n'était pas une bonne nouvelle, car ces gens-là sont toujours beaucoup plus dangereux que les rapaces avides.

« Dites-moi donc, ma femme a réussi à s'échapper, pas vrai ? » insistai-je.

Le second coup de fouet me fit penser que oui. Mes

agresseurs étaient contrariés de la façon dont les choses s'étaient passées, ce qui était de bon augure. Mais ils semblaient décidés à me plonger la tête dans une eau froide et répugnante, ce qui l'était beaucoup moins.

La première fois, je n'eus même pas le temps de retenir ma respiration et je m'étouffai aussitôt. Ils me relevèrent. Entre deux quintes de toux, je secouai la tête comme un chien pour éclabousser leurs hauts-de-chausses. Le seul acte de défi que je pouvais me permettre.

« Mais qui êtes-vous ? demandai-je, à bout de souffle. Vous n'êtes pas des voleurs, vous êtes pires que ça.

— Des policiers, je vous l'ai déjà dit. Je suis l'inspecteur Léon Martel. Souvenez-vous de ce nom car, si vous ne me dites pas ce que je veux savoir, je vous ferai payer pour mon nez. Le fait que nous ayons perdu notre chef au ministère ne signifie pas que nous ne sommes plus patriotes. Nous agissons seuls, pour le bien de la France. »

Les criminels avec un insigne sont les pires.

« Vos supérieurs ne sont pas au courant de ce que vous faites ?

— Ils nous remercieront en temps voulu. »

Toujours se méfier du diable quand il se dit animé des meilleures intentions.

« Je connais un secret, commençai-je. Des amis à moi sont en train de construire un bateau à vapeur, un vaisseau alimenté par un engin bruyant inventé par Watt. Une démonstration sera faite cet été sur la Seine, devant Napoléon en personne. Je n'ai pour ma part aucune envie d'aller ramasser du bois pour la chaudière, mais c'est à mon avis une opportunité à saisir pour un investisseur averti. Des hommes comme vous pourraient profiter de cette aubaine pour réaliser… »

On me plongea de nouveau dans l'eau.

Leurs questions résonnaient dans ma tête. Comment avez-vous su pour l'émeraude ? Où se trouve le trésor des Aztèques ? Que connaissez-vous des machines volantes ? Ils n'y allaient pas de main morte, et ils étaient visiblement ravis de me voir aussi ébranlé ; ils avaient ainsi l'occasion de me plonger dans l'eau, encore et encore. Ils semblaient y prendre un vrai plaisir, tandis que j'expérimentais le choc de l'eau froide, le noir et le désespoir, la respiration impossible à retenir, l'horrible sensation de la noyade, l'effroyable résurrection et le retour à la lumière… Comme il est précieux, cet air qu'on tient pour acquis ! La douleur atroce dans les poumons, la gorge en feu, les narines pleines d'eau, la peur de la fin…

Bref, j'avais connu des conversations plus agréables.

« J'ai volé l'émeraude à un pacha barbare ! bafouillai-je. C'est ma récompense pour avoir servi le Premier consul. C'est un ami, je vous préviens ! »

Retour aux ténèbres.

Chaque fois, ils me maintenaient sous l'eau plus longtemps, mais ça n'avait pas l'effet escompté : en effet, plutôt que de me délier la langue, la torture me rendait complètement insensible. Ils s'en rendirent vite compte et Martel se mit à faire les cent pas.

« Peut-être qu'il est aussi bête qu'il le dit, suggéra un de ses acolytes.

— Le grand Ethan Gage ? Héros, explorateur, négociateur ? Il berne son monde en jouant les idiots. Tu crois vraiment que c'est un hasard si celui qui a déniché cette pierre a arpenté le globe de la Terre sainte au Canada ? S'il est l'ami des savants et des hommes politiques ? S'il a servi l'infâme Sidney Smith ? Non, Gage en sait plus qu'il ne nous le dit. Regardez-le, pendu par les pieds, à jouer les crétins.

— Mais je suis un crétin... » commençai-je avant de me retrouver encore une fois la tête sous l'eau.

Vivre des choses extraordinaires n'est pas si passionnant qu'on le dit.

« Je crois que le trésor se trouve dans la grande pyramide », déclarai-je la fois d'après.

J'étais prêt à dire n'importe quoi pour qu'ils arrêtent.

« Les Aztèques et les Égyptiens avaient vraiment beaucoup de choses en commun, poursuivis-je. Notamment l'architecture. Bien sûr, je ne saurais pas comment retourner à l'intérieur, mais je suis sûr qu'avec suffisamment de poudre, on pourrait... »

Ils me fouettèrent de nouveau, poussant des grognements à chaque coup. Fouetter quelqu'un ne marche jamais, mais nous vivons une époque où c'est la première solution qui vient à l'esprit. Dieu que ça faisait mal ! Mais au moins, ils avaient compris que j'étais à deux doigts de me noyer, et qu'il valait mieux arrêter la baignade.

« Qu'est-ce qu'on fait, maintenant, Martel ? demanda l'acolyte. Fouché ne peut plus nous protéger, et Bonaparte va s'impatienter. Je t'avais bien dit que personne n'emmène sa femme pour une chasse au trésor, ni ne traîne à Paris quand la fortune l'attend.

— Silence ! hurla-t-il en me regardant droit dans les yeux. Il sait quelque chose, j'en suis sûr. »

Pourquoi les gens croient-ils toujours cela ? Quand j'ai un conseil à donner, personne n'en veut, et quand je n'ai rien à dire, on me fouette.

« Qu'il aille au diable, se ravisa Martel. Qu'on le noie une bonne fois pour toutes et qu'on jette son cadavre dans la Seine.

— Sa femme portait le collier de Bonaparte.

— Et Gage a lui aussi son collier en fer. D'ici à ce que quelqu'un le trouve, il ne ressemblera plus à rien. »

Une image assez traumatisante se dessina dans ma tête.

« Pourquoi ne gardez-vous pas l'émeraude ? proposai-je. Je vous promets de ne rien dire à personne et, si par hasard je mets la main sur un trésor, je vous assure que vous serez les premiers à qui... »

Soudain, un coup de feu retentit, faisant vibrer les murs de la cave. La balle frôla la corde, la mordant au passage. Celle-ci s'effilocha, je remuai, elle se rompit, et je tombai comme une pierre dans l'abreuvoir. Ma tête heurta le fond métallique dans un grand bruit d'éclaboussures. Même avec la tête sous l'eau, j'entendis d'autres coups de feu. C'est alors que je commençai à me noyer pour de bon.

J'aurais vraiment dû vendre mon émeraude à Naples.

8

Faire un plongeon dans une eau suffisamment profonde pour se noyer pouvait paraître pire que d'y être immergé intentionnellement, car il n'y avait plus de palan pour me hisser et le collier en métal maintenait ma tête au fond. Je tentai de m'agiter pour me dégager, mais j'étais empêtré dans les cordes.

Puis je pris le temps de réfléchir, je repensai aux coups de feu, et je finis par me dire que rester sous l'eau était peut-être la stratégie la plus sûre. J'arrêtai donc de remuer et me fis le plus discret possible, tandis que des objets durs heurtaient les parois métalliques.

Très rapidement, je n'eus plus de souffle. J'entendais des cris à travers l'eau et l'étain, et je me demandais ce qui pouvait bien se passer.

Devais-je remonter à la surface ?

Je n'eus pas besoin de prendre la décision, car mon nez émergea tout seul. Des balles avaient percé la cuve – heureusement, sans me toucher –, qui se vidait à présent à toute vitesse.

C'est alors que des mains puissantes m'agrippèrent pour me relever.

« Je ne sais rien ! » postillonnai-je.

Ce qui était assez proche de la vérité.

« Bon sang, Gage ! dit quelqu'un en anglais. Sidney Smith m'avait bien dit que vous aviez le chic pour vous retrouver dans des situations impossibles ! »

Sidney Smith ? Mon sauveur en Terre sainte (à moins que ce ne fût mon ennemi ?) ? J'avais combattu à ses côtés contre Napoléon, puis le destin m'avait fait basculer de nouveau du côté des Français. Apparemment, il m'appréciait toujours, malgré mes choix d'alliance particuliers. Que voulez-vous, je suis un être sympathique !

« Vous êtes anglais ? demandai-je, plus dérouté que jamais.

— Je suis un Français anglophile. Charles Frotté, à votre service. Avec les compliments de sir Sidney. »

Il s'attaqua à mes liens avec un couteau tellement large que je priai secrètement que son énergie débordante fût égale à sa précision. Deux cadavres de gendarmes renégats étaient allongés sur le sol, les autres avaient fui. Les compagnons de Frotté étaient à présent en train de recharger leurs armes.

« Martel s'en est tiré et il est en train d'aller chercher de l'aide. Nous devons faire vite. »

Le sang qui recommençait à circuler me brûlait les veines.

« J'ai bien peur de ne pas avoir la force de courir.

— Nous avons une voiture. »

Frotté était animé de cette intensité propre aux hommes petits et secs, une qualité souvent fatigante, sauf en situation d'urgence, comme c'était le cas à présent. Mes liens se détachèrent et un de ses collègues s'attaqua au cadenas qui verrouillait mon collier en fer. Après quelques secondes, l'objet tomba au sol dans un bruit métallique, manquant m'écraser un orteil. Mes bottes avaient disparu. Je vis que la loupe que je portais autour du cou se trouvait maintenant au fond de l'abreuvoir. D'instinct, je la récupérai, au cas où je parviendrais un jour à remettre la main sur mon émeraude. Quand vos sources de revenus sont aussi précaires que les miennes, vous n'oubliez jamais ce qui pourra vous permettre de préserver votre fortune.

Les hommes de Frotté durent presque me porter pour sortir de la cave. Drapés de noir, ils ressemblaient en tout point aux voyous auxquels je venais d'échapper. Il existe une grande constance dans l'espionnage ; ceux qui pratiquent cet art ont beaucoup en commun, même s'ils servent des nations que tout oppose.

Une voiture noire attendait dans une allée si étroite que les roues touchaient presque les murs. Deux chevaux noirs aux muscles saillants, harnachés et ferrés, s'ébrouaient, impatients. De la vapeur se dégageait des naseaux des animaux, tandis que le cocher, vêtu d'un capuchon qui le faisait ressembler à la Mort, se tenait recroquevillé sur le siège. Je jetai un regard alentour. Hélas, je ne vis pas de cabriolet décapotable.

« Nous devons également sauver ma femme », déclarai-je.

Je commençais à vraiment reprendre mes esprits.

« C'est votre femme qui vous a sauvé, monsieur Gage. Nous sommes d'ailleurs en route pour nous entretenir avec elle. »

Frotté me fit monter à côté de lui à bord de la voiture. Sur la banquette étaient posés un fusil et un mousquet. Deux de ses acolytes s'accrochèrent à l'arrière. Après un coup de fouet du cocher, la voiture démarra.

« Mais qui donc… commençai-je.

— Ils essaient de nous barrer la route, monsieur ! s'écria le cocher.

— Excusez-moi un instant », me dit poliment Frotté.

Il prit le fusil, se pencha à l'extérieur de la voiture et fit feu.

Il y eut des hurlements, d'autres coups de feu, un claquement sec lorsqu'une balle vint se ficher dans le bois à quelques centimètres de ma tête, puis nous roulâmes sur quelque chose qui poussa un hurlement dans un craquement d'os. Les chevaux étaient à présent lancés au galop, et notre véhicule filait au milieu des éclaboussures de gadoue. À l'arrière, un des hommes de Frotté poussa un grognement de douleur avant de tomber dans un bruit sourd. Nos roues dérapèrent, la voiture chancela, puis retrouva son équilibre.

Certains voudraient paver les rues de Paris, mais c'est à mon sens une idée farfelue et éphémère. En effet, n'importe qui peut réparer une allée en terre avec une pelle, et c'est en outre un excellent moyen d'enterrer fumier et déchets. En revanche, sur de la pierre, le crottin reste bien en vue, exposé comme les bijoux dans la vitrine de Nitot. Par ailleurs, contrairement aux pavés, la terre étouffe les bruits, et les chevaux peuvent y prendre de bons appuis. Personnellement, je trouve que paver Paris est aussi loufoque que construire des bateaux à vapeur ou des sous-marins. Les dandys se plaignent de la boue, mais ils ont tendance à oublier que les bottes et les planches ne sont pas faites pour les chiens.

Je suis quelqu'un qui a un avis sur tout, et si les gens se donnaient la peine de m'écouter ils verraient que j'ai souvent raison.

Une autre balle se ficha dans l'habitacle, me tirant de

mes divagations citoyennes. Mes bienfaiteurs, debout à l'arrière, répondirent par des coups de pistolet. Nous étions pris en chasse.

« Gage, on m'a dit que vous étiez un bon tireur ?

— Avec un fusil de précision américain, oui. Hélas, le mien a été englouti par un dragon, à Tripoli. »

Frotté haussa les sourcils, puis décida de ne pas tenir compte de ma remarque et me tendit un mousquet.

« Pouvez-vous les ralentir pendant que je recharge mon arme ? »

Je n'irais pas jusqu'à dire que je suis un tireur expert, en revanche, je pense savoir faire preuve de bon sens. Je pris donc le mousquet, me penchai par la fenêtre et commençai par analyser la situation. Au moins trois hommes étaient postés sur le toit d'une voiture lancée à nos trousses : le cocher et deux policiers renégats occupés à recharger leurs armes. Il était crucial que mon premier coup de feu fasse mouche, car je n'aurais peut-être pas l'occasion d'en tirer un deuxième. Hélas, les mousquets manquent cruellement de précision, d'autant plus lorsqu'on se trouve sur un véhicule cahotant.

Je pouvais essayer d'atteindre le cocher.

Ou mieux.

« Tournez ! » hurlai-je.

Nous perdîmes aussitôt de la vitesse pour nous engager dans une petite rue sinueuse. Nos poursuivants poussèrent des cris en voyant qu'ils se rapprochaient. Nous frottâmes un mur dans un grincement de roue, des étincelles jaillirent, puis un claquement de fouet nous fit de nouveau accélérer. Je me penchai un peu plus à l'extérieur. Nos ennemis abordaient le même virage, sous les jurons du cocher. Ses chevaux étaient passés, mais la voiture n'avait pas encore tourné.

Je visai la cible la plus facile, le cheval de tête, et je fis feu. L'animal s'écroula, emportant ses collègues dans sa chute, et la voiture s'écrasa dans le mur que nous avions frôlé. Le véhicule se disloqua instantanément, et ses occupants se retrouvèrent projetés dans les airs. Chevaux, harnais, roues et hommes formaient maintenant un tas au milieu de la rue.

Frotté me posa la main sur l'épaule.

« Le coup parfait, Gage !

— Il était parfait, parce qu'il était facile », répondis-je modestement.

Je jetai un coup d'œil derrière nous. Après la séance de torture que je venais de subir, voir la voiture de nos poursuivants désintégrée me fit chaud au cœur. Plus personne ne nous pourchassait. Je m'installai donc confortablement sur la banquette et regardai Frotté finir de recharger son fusil : un petit coup d'écouvillon pour nettoyer le canon, puis il enfonça la chevrotine.

« Qui étaient ces fous ? demandai-je.

— Des renégats, des Jacobins, des pilleurs et des pirates. »

Une fameuse équipe, pensai-je.

« Et qu'en est-il de ma femme, mon fils et mon émeraude ?

— Dans un premier temps, nous allons retrouver votre femme dans une maison en dehors de la ville, puis nous vous enverrons en mission pour récupérer non seulement la pierre, mais également un trésor plus gros que vous n'en avez jamais vu.

— Un autre trésor ? répétai-je, me demandant si j'avais de nouveau affaire à des fous. Mais j'ai arrêté tout ça.

— Et vous allez reprendre du service. Maintenant, vous travaillez pour l'Angleterre.

— Comment ?

— Nous sommes vos nouveaux amis. Gage, vous devez faire alliance avec la Grande-Bretagne. Après ce que vous a fait subir Bonaparte, je vous vois mal refuser.

— Et quel est le prix de cette alliance ?

— Faire échapper le roi de Saint-Domingue de la prison la plus atroce de Napoléon, et percer un mystère qui déroute les hommes depuis près de trois cents ans. »

9

Quand on reçoit une proposition de travail, on se sent souvent trop flatté pour songer au fait que l'employeur nous demande d'accomplir une tâche qu'il préfère ne pas effectuer lui-même. Pendant quelques instants, je crus donc que la chance me souriait enfin, jusqu'à ce que Frotté me fasse bien comprendre qu'il m'avait sauvé dans le seul but de me confier une mission suicidaire. Nous garâmes notre voiture dans la grange d'une ferme à l'extérieur de Paris, la cachâmes pour qu'elle ne soit pas repérée par d'éventuels policiers, et entrâmes dans une maison en pierre. Des planches faisaient office de parquet, les poutres avaient été taillées à la main, et un feu crépitait dans une cheminée suffisamment grande pour y rôtir une chèvre entière. Astiza attendait, impatiente, nerveuse et en colère, mais je ne vis pas notre fils.

« Où est Harry ? »

Le problème de l'amour, c'est qu'il tend à décupler les autres émotions, qu'il s'agisse du désir ou du dégoût. À présent, Astiza me dévisageait avec une expression de déconvenue et de chagrin atroce qui me brisa instantanément le cœur. En un instant, je passai du bonheur à l'horreur. Sous le choc, j'éprouvai de la culpabilité sans pour autant me sentir entièrement responsable.

Ma question était malvenue ; un père n'est pas censé perdre son fils. Je ressentis à cet instant la honte d'avoir manqué de discernement, et le vide qui s'installe dans tout votre être lorsque vous perdez un enfant. Pourtant, je refusai d'exprimer ma crainte, de peur de la rendre réelle.

« Il est toujours à l'hôtel ? » demandai-je.

Les yeux d'Astiza étaient aussi brillants que le feu dans la cheminée.

« Les gendarmes renégats l'ont enlevé. Quand je suis rentrée à l'auberge, essoufflée, la nourrice était ligotée et bâillonnée, et Harry avait disparu. Elle m'a dit que des hommes l'avaient capturé peu de temps après notre départ pour la joaillerie de Nitot. »

Mon Dieu. Mon fils avait déjà été enlevé peu de temps auparavant par les pirates barbaresques, et voilà que l'histoire se répétait. J'égarais ce petit plus souvent que mes marque-pages. Se retrouver plongé la tête en bas dans un abreuvoir paraît bien dérisoire quand on apprend que son fils est devenu l'enjeu d'une histoire d'alliances internationales. Intérieurement, je maudis Léon Martel. Il allait regretter de ne pas m'avoir tué.

De son côté, Astiza ne pouvait s'empêcher de me parler avec un ton accusateur. Elle m'avait supplié de me presser, et j'avais pris tout mon temps. Elle avait voulu rester auprès de Horus, et j'avais insisté pour qu'elle m'accompagne et qu'elle voie à quel point j'étais bon en affaires. Elle avait voulu se consacrer à ses précieuses études, et j'avais voulu jouer les entre-metteurs dans la vente de la Louisiane.

Je crois que les Grecs ont un mot pour ça, l'*hubris*.

« Et toi ? demandai-je d'une voix étranglée.

— J'ai échappé à une bande d'espions pour tomber aux mains d'une autre : ces gens-là, m'expliqua-t-elle, énervée. Plutôt que de poursuivre les bandits français, ils m'ont enfermée ici pendant qu'ils partaient à ta recherche. Ethan, j'ai tellement peur qu'ils aient tué Harry.

— Il n'est pas mort, madame, intervint Frotté d'un ton qui se voulait rassurant. Ils le retiennent sûrement en otage.

— Qu'est-ce que vous en savez ?

— Vivant, il peut servir de monnaie d'échange. C'est leur seul moyen de vous manipuler. Se lancer à leur poursuite sans plan préalable reviendrait à signer son arrêt de mort. Mieux vaut éviter que votre fils se retrouve pris entre deux feux. »

Ce nouvel espion m'apportait la confirmation qu'Astiza avait bien été récupérée par une bande de crapules, anglaise cette fois. Il se trouve toujours un groupe de voyous pour me courir après, aussi insistants que des goélands autour d'un bateau de pêche. Je me sentais nauséeux. J'avais perdu mon fils pour un caillou vert.

Un caillou qui aurait subvenu à vie aux besoins de ma famille.

« Ça ne pourrait pas être pire, finis-je par dire. Les Français ont capturé notre fils ?

— Oui, mais pour vous contrôler, pas pour lui faire du mal, tenta de me rassurer Frotté.

— Et vous avez sauvé ma femme ?

— Encore une fois, dans le seul but de vous manipuler. »

Au moins, il était honnête. Personne ne comprend

mieux les espions qu'un espion, et Frotté savait que les motivations de ses ennemis étaient semblables aux siennes. Les agents secrets se doivent d'être d'habiles calculateurs et des maîtres du double jeu, s'ils veulent garder leur emploi.

« Et comment comptez-vous vous y prendre ? demandai-je.

— Nous autres Anglais avons besoin de votre audace pour libérer Toussaint Louverture, le Spartacus noir de Saint-Domingue, de la prison glaciale où il croupit. Nous pensons que Louverture connaît la vérité sur le mythique trésor de Montezuma, et nous espérons utiliser ses informations pour mettre la main dessus. À partir de là, nous pourrons négocier avec Martel pour récupérer votre fils et votre émeraude : nous serons en mesure de payer une rançon, tout en cachant un secret capital aux Français. Sans le vouloir, vous êtes de nouveau devenu indispensable, Ethan Gage – une clé essentielle dans la lutte entre la France et l'Angleterre. »

Des compliments dont je me serais bien passé.

« Dire que je m'escrimais justement à devenir inutile. Je devrais m'accrocher des fils aux bras. Ethan Gage, la marionnette ! Et vous voulez que je libère un Noir emprisonné ? Comment suis-je censé faire ça ?

— Le plan consiste à le faire évader au moyen d'une machine volante ressemblant à un oiseau, un engin appelé "planeur". »

Ridicule.

« J'ai volé, une fois, à bord d'un ballon français. Une expérience plus traumatisante qu'une réunion ministérielle au sujet des impôts, et plus désastreuse que quand votre maîtresse vient vous voir pour parler d'avenir.

Astiza est tombée dans le Nil, et moi dans la mer. Je peux vous assurer que si les hommes n'ont pas d'ailes ce n'est pas pour rien. Dieu voulait que nous restions sur la terre ferme.

— Nous n'avons pas d'ouïes non plus, et pourtant vous avez séjourné sous la mer, rétorqua Frotté. Eh oui ! Nous savons tout de vos aventures tripolitaines à bord du bateau plongeant de Robert Fulton. Allons, Gage, nous sommes au XIXe siècle, l'ère de la modernité ! Vous êtes un homme de science – vous devriez être fou de joie en pensant à l'avenir !

— Pour moi, l'avenir, c'est une retraite paisible financée par une émeraude que je me suis donné beaucoup de mal à voler, et qui vient de causer la perte de ma famille.

— Martel a volé votre pierre précieuse, ce qui signifie que la retraite devra attendre. Il a enlevé votre fils et a essayé de capturer votre femme. Votre seul espoir, c'est d'avoir quelque chose à lui offrir en échange. Vous devez donc vous allier à l'Angleterre. Sir Sidney Smith m'a assuré que vous étiez le meilleur chasseur de trésor du monde. Ramenez-moi Louverture, et vous retrouverez cette paix à laquelle vous aspirez tant. »

Il était plus sérieux qu'un fossoyeur, mais son compliment n'avait pas de sens car, malgré tous mes efforts pour fourrager dans des tunnels et des tombeaux, j'étais toujours remonté les mains vides. Mais il est vrai que je suis sensible à la flatterie. Et que je connais bien l'injustice du destin. Néanmoins, je secouai la tête.

« Vous rendez-vous compte qu'une fois de plus je ne comprends absolument rien à la situation ?

— L'invasion de l'Angleterre et la conquête du monde par Napoléon sont en jeu, ce qui signifie que nous nous battons pour rien de moins que la civilisation. Et j'ai bien peur que vous ne soyez la clé de toute cette affaire. »

J'avais mal à la tête.

« Je ne suis qu'un Américain neutre qui essaie de passer un accord immobilier avec le Premier consul.

— Tu es le seul à pouvoir sauver Harry, mon amour.

— Astiza, tu sais bien que je souffre autant que toi.

— Je suis sa mère, Ethan. »

Un argument imparable.

« Horus est la raison pour laquelle le destin nous a réunis de nouveau, Ethan, et, pour l'heure, il n'y a que notre fils qui compte. Nous devons faire tout ce qui est en notre pouvoir pour le sauver.

— Je ne voulais que t'apporter la paix et la sécurité nécessaires à tes études, soupirai-je. Je voulais justement éviter ce genre de dilemme. »

Elle prit une profonde inspiration pour rassembler son courage.

« Le destin a d'autres projets pour nous. Ce Martel nous confronte à une épreuve plus cruelle que nous n'aurions pu l'imaginer, mais les dieux ont envoyé ces espions anglais pour nous donner une minuscule chance. Je pense que nous sommes punis pour notre relâchement, mais qu'on nous donne également une occasion de nous racheter. Si nous voulons récupérer Harry, nous devons l'échanger contre ce que tout le monde cherche. »

Astiza croyait fermement au destin, ce qui lui donnait un sang-froid dont peu de gens sont capables. Il est rassurant de ne pas être systématiquement jugé responsable en cas de malheur, même si cela ne l'empêchait pas de me reprocher secrètement une grande partie de ce fiasco. Si nous étions des gens ordinaires, rien de tout cela ne serait arrivé, mais elle m'avait justement épousé parce que je n'étais pas quelqu'un d'ordinaire. À présent, elle devait s'en mordre les doigts.

Les émotions sont décidément des choses bien compliquées.

Je me tournai vers Frotté.

« Le trésor perdu des Aztèques, déclarai-je d'un ton résigné.

— Qui contient des informations qui ne doivent jamais tomber entre les mains des Français », ajouta-t-il.

Un paysan entre deux juristes est comme un poisson entre deux chats, m'avait un jour dit Benjamin Franklin. Je pense que cela s'applique également à un Américain entre deux grandes puissances européennes. Pour moi, c'était comme choisir entre deux amantes. D'un côté, les Anglais avaient inventé la liberté, qu'ils avaient ensuite transmise aux Américains, et ils représentaient l'ordre et la prévisibilité. De l'autre, les Français brandissaient les droits de l'homme, nous avaient aidés avec notre révolution, et faisaient mieux la cuisine. En revanche, ils avaient passé un pacte avec le diable en plaçant Napoléon au pouvoir. Ces deux pays se détestaient parce qu'ils avaient des idéaux très similaires, et moi, le Yankee, je me retrouvais coincé entre les deux.

La première erreur en politique, c'est d'entrer en politique, m'avait également confié Franklin, mais je savais aussi qu'il était tout aussi incapable que moi de suivre ses propres conseils. Il jouait les hommes d'État à Paris et passait son temps à courir les jupons, tout en me donnant des leçons sur le mariage.

« Où se trouve ce trésor, au juste ? demandai-je.

— C'est ce que nous devons découvrir. Pour tout le monde, il avait définitivement disparu, jusqu'à ce qu'éclate la révolte d'esclaves à Saint-Domingue et que votre émeraude refasse surface. Depuis des années, la rumeur raconte que les généraux noirs connaissent les légendes concernant son emplacement, et qu'ils espèrent secrètement le récupérer afin de financer leur nouvelle nation. C'est notamment pour cela que Leclerc s'est arrangé pour capturer Louverture, le Spartacus noir. Napoléon l'a fait enfermer dans une prison jurassienne, dans l'espoir qu'il divulgue l'emplacement du trésor en échange de sa liberté. Mais il est plus fermé qu'une huître, et il est en train de mourir de froid. Jusqu'à ce que vous rapportiez cette émeraude, les gens ne prenaient pas vraiment cette légende au sérieux. À présent, Français et Anglais craignent que Louverture emporte son secret dans la tombe.

— Et Martel pense que si j'ai découvert une émeraude qui provient de ce trésor je sais où se trouve le reste ?

— Exactement. Sidney Smith, en revanche, pense seulement que vous êtes à même de l'apprendre. Si vous parlez à Louverture de votre émeraude et de l'enlèvement de votre fils, peut-être vous fera-t-il confiance.

— Mais pourquoi Martel m'a-t-il posé des questions sur des machines volantes ?

— Selon la légende, les Aztèques, ou leurs ancêtres, savaient voler. Le trésor contiendrait des représentations de leurs machines fabuleuses.

— Mais c'est ridicule ! S'ils savaient voler, pourquoi n'ont-ils pas écrasé les conquistadors ?

— Peut-être que le secret a été perdu, et qu'ils n'en

ont gardé que des fragments. Quoi qu'il en soit, peu importe si cette histoire est vraie ou pas, seul compte le fait que Martel y croie. S'il allait trouver Napoléon avec des machines volantes découvertes dans un trésor fantastique, il ne serait plus seulement riche, mais extrêmement puissant. »

Et si Léon Martel avait des goûts plus modestes, il profiterait de la vie pour ce qu'elle est, pas pour ce qu'elle pourrait être. Hélas, les ambitieux ont une vision du monde bien particulière.

« Mais je suis complètement inutile, arguai-je. Jusqu'à aujourd'hui, je ne savais rien de tout cela.

— En tant qu'Américain neutre et héros plus ou moins réputé, vous êtes celui qui peut espérer convaincre Toussaint Louverture que l'Angleterre représente son seul espoir. Dites-lui que s'il nous confie les secrets du trésor, il pourra aider Saint-Domingue à s'émanciper de la France. Si l'Angleterre remporte la victoire, c'est Louverture qui remporte la victoire ; mais si l'Angleterre est défaite, tous les Noirs opprimés de Saint-Domingue retourneront en esclavage. Vous avez la motivation pour le libérer de sa cage, l'emmener en lieu sûr et apprendre ce qu'il sait.

— Et quelle est ma motivation, si je puis me permettre ?

— Eh bien, pour commencer, dix pour cent du trésor.

— Dix pour cent ? Pourquoi pas l'intégralité ?

— Vous aurez besoin du courage et de l'expérience des Anglais pour réussir votre coup, Gage. Le gros du trésor reviendra à la Couronne et aux rebelles noirs, et permettra également de rembourser les frais engagés. Malgré tout, vous serez immensément riche.

— Risquer ma vie pour dix pour cent ? grommelai-je. Il y a une semaine, je possédais une émeraude et tout allait bien.

— Oui, mais c'était il y a une semaine.

— Ethan, tu ne comprends pas ? me lança Astiza. Nous n'avons pas le choix : nous devons libérer Louverture, pour récupérer le trésor, pour échanger le secret du vol, pour récupérer notre fils.

— Il n'est pas question de "nous". Je t'ai déjà attirée dans un piège redoutable. »

Il ne s'agissait pas là de galanterie déplacée ; j'avais tout simplement peur de la perdre, comme j'avais perdu notre fils.

« Selon le plan de cet espion, je dois faire croire aux gardes français que je suis la putain de Louverture venue lui arracher ses secrets, m'expliqua-t-elle brutalement. Il est connu pour avoir des concubines de toutes les races. Les Français penseront que je travaille pour eux, les Anglais penseront que je travaille pour eux, alors qu'en fait je travaillerai pour Horus.

— Vous avez l'âme d'une espionne, madame ! s'exclama Frotté, admiratif.

— Mais si le plan échoue, protestai-je, tu resteras enfermée dans leur prison !

— Tu dois donc réussir, Ethan. C'est le seul moyen de forcer Martel à négocier avec nous, et le seul moyen de récupérer notre fils. »

Frotté hocha la tête.

« Et ensuite, vous pourrez vous venger et massacrer Martel. »

10

Après le vol de mon émeraude et l'enlèvement de mon fils, je me retrouvai donc aux confins des Alpes, à escalader le mur d'une prison par un jour de printemps maussade. Quand la femme à la fenêtre du fort de Joux ouvrit la bouche pour crier, je m'empressai de mettre mon doigt sur les lèvres, et mes yeux la supplièrent de rester silencieuse. Il est difficile d'avoir l'air amène quand on est accroché à une corde au-dessus d'un précipice, chargé d'équipement et le visage giflé par les rafales de neige mais, que voulez-vous, je ne manque pas de charme.

Je ne fus donc pas surpris qu'elle ne donne pas l'alarme. Un sourire d'encouragement de ma part et elle se pencha vers l'extérieur pour voir dans quelle situation hasardeuse je me trouvais. Je lui fis signe d'attendre, puis j'achevai de longer les créneaux et me hissai enfin sur la muraille, les muscles fébriles. Je jetai un œil vers le bas. Je ne voyais ni l'aéronaute George Cayley ni son engin volant, mais j'attachai néanmoins la corde à la muraille et tirai trois coups. Le signal convenu. À l'autre bout, quelqu'un tira également.

Bon, me dis-je, chaque chose en son temps. Après

avoir vérifié qu'il n'y avait pas de sentinelles (comme prévu, les gardes, fainéants, s'étaient réfugiés à l'intérieur), je m'approchai de la tour que je venais d'escalader et frappai à la porte. Aussitôt, celle-ci s'entrebâilla, laissant apparaître la beauté de tout à l'heure. Prudente, elle m'observa quelques instants.

« Monsieur, pourquoi étiez-vous pendu comme une araignée sous ma fenêtre ? »

Avec ses formes généreuses et ses vêtements froissés, elle me fit penser à un tableau de Rubens. Dieu qu'il est difficile d'être marié !

« Pas une araignée, mais un papillon, aux ailes ouvertes par le feu de l'amour », mentis-je allègrement, ce que je ne manquais jamais de faire en présence d'une inconnue.

Je lui déposai un petit baiser sur la joue, ce qui la fit sursauter et rougir d'excitation. Bien sûr, je n'oubliais pas un instant que ma femme devait se trouver quelque part dans la forteresse, se faisant passer pour la maîtresse de Louverture. Que voulez-vous que je vous dise ? Notre union était unique, et le sort des nations était en jeu, sans compter la vie de mon cher petit Harry.

« Attendez-moi, mon amour, j'ai une surprise pour vous.

— Monsieur, répondit-elle, confuse mais intriguée, est-ce que je vous connais ?

— Si vous connaissez le désir, si comme moi vous chérissez la beauté, si vous rêvez de volupté, alors vous connaissez mon cœur. Je vous en prie, soyez patiente, attendez quelques minutes ! Je vous dirai tout ! »

Sur ce, je la repoussai doucement à l'intérieur et refermai la porte. Avec un peu de chance, j'avais affaire à une romantique attardée qui, mal réveillée, m'avait confondu avec un autre soupirant qui lui avait fait les yeux doux.

Je courus jusqu'aux remparts et remontai la corde. Peu après, je vis apparaître la machine volante de Cayley, un cylindre de six mètres de long composé de bâtons et de ficelles enveloppés dans une toile. L'ensemble semblait plus fragile qu'une feuille morte. Je hissai ce fourbi au-dessus des créneaux et relançai la corde pour que l'inventeur puisse grimper à son tour. L'idée était simple : pendant qu'il assemblait sa machine, je libérais Louverture. Si après cela nous étions tous les deux encore en vie, nous devions nous lancer dans le vide à bord d'un engin à peine plus élaboré qu'une cage recouverte de coton.

Au moins, ce serait plus rapide que d'attendre la guillotine.

Pendant des jours, Cayley avait essayé de me convaincre qu'il savait ce qu'il faisait.

« Les ailes de Dédale et d'Icare ne sont pas nécessairement un mythe, monsieur Gage. Le destin de l'homme est de voler ; d'ailleurs, il l'a déjà fait.

— Personnellement, j'en doute, avais-je répondu en regardant le ciel, sceptique.

— En 875, le scientifique berbère Abbas Ibn Firnas s'est élancé d'une montagne près de Cordoba avec des ailes artificielles. Peu avant les invasions normandes, le moine Eilmer a sauté d'une tour du monastère de Malmesbury. Léonard de Vinci a dessiné des plans de machines volantes et, il y a dix ans à peine, l'Espagnol Diego Aguilera s'est lancé du haut du château de Coruña del Conde.

— Et alors ? Que leur est-il arrivé ?

— Oh, ils se sont tous écrasés. Mais aucun n'est mort. Deux, trois os cassés pour les premiers, et à peine quelques égratignures pour Aguilera.

— J'imagine que c'est un progrès.

— J'ai étudié les ailes des oiseaux et j'ai appris des erreurs de mes prédécesseurs. Ils ont par exemple tous négligé la queue. Je suis persuadé que nous pouvons nous élancer du fort de Joux et planer sur des kilomètres, semant en quelques secondes nos éventuels poursuivants. Il faut juste avoir le courage de sauter.

— La limite entre bravoure et témérité est ténue. »

Je savais de quoi je parlais.

« Les premiers tests m'ont montré que des ailes courbées permettaient de soutenir plus de poids, exactement comme les oiseaux. Le tout, c'est de parvenir à trouver le juste équilibre. En revanche, l'atterrissage est un vrai casse-tête. Je n'ai toujours pas eu le temps de reproduire les pattes et les serres d'un rapace.

— Vous me proposez donc une chute contrôlée à flanc de montagne suivie d'une collision à grande vitesse ? Je veux juste m'assurer que nous parlons bien de la même chose.

— Non, je propose de viser un lac pour l'atterrissage.

— Atterrir dans de l'eau glaciale ? À la fin de l'hiver ?

— Peut-être plutôt un lac gelé. En tout cas, les Français seront pris par surprise, non ? L'ingéniosité plutôt que la fougue, Ethan, c'est ça, le secret des Anglais. Mais ce n'est qu'une première étape. Un jour, les hommes se déplaceront, assis dans d'énormes fauteuils à bord d'engins volants confortables, et de magnifiques domestiques leur serviront des plats raffinés dignes d'un dîner dominical. »

Il était évident que j'avais affaire à un fou qui avait sa place dans un asile, mais je m'abstins de rire car, si nous avions un plan pour pénétrer dans la prison de Louverture, nous n'en avions pas pour en sortir. Car toutes les alternatives impliquaient une garnison furieuse lancée à nos trousses. Les Français ne reculeraient devant rien pour récupérer le Spartacus noir, et Cayley était le seul à avoir une idée qui nous permettrait de prendre un peu d'avance.

Quand toutes les autres options sont synonymes d'emprisonnement ou d'exécution, la folie devient soudain plus séduisante. Et j'avais donc accepté le plan.

Cayley appelait son oiseau mécanique un « planeur ».

« Malheureusement, il ne peut que descendre, pas monter, m'expliqua-t-il.

— Descendre, je sais faire. Pas besoin de machine.

— Mais pas avec la délicatesse d'une plume, n'est-ce pas ?

— Pour tout vous dire, quelle que soit la manière, je n'aime pas chuter.

— Ce sera comme se laisser glisser sur une rampe. »

Notre stratégie se découpait en trois parties. Le planeur pour s'échapper, moi pour ouvrir la cellule du prisonnier, et Astiza pour préparer le terrain grâce à ses charmes féminins. La réputation d'homme à femmes de Louverture me rendait à vrai dire un peu jaloux. Il avait eu des concubines blanches, noires et métisses, et Astiza avait approché le commandant français en se faisant passer pour l'une d'entre elles. Elle avait persuadé les Français qu'avec Louverture, la chaleur aurait plus de succès que le froid, et que, grâce à la séduction, elle allait le convaincre de divulguer ses secrets en échange d'un pourcentage du trésor. Elle expliqua par ailleurs qu'elle avait fui la colonie exotique déchirée par la guerre, et qu'elle essayait de survivre en France, ce qui était loin d'être facile.

Je n'étais pas ravi de la voir si confiante. Moins un homme est innocent, plus il espère que sa femme l'est. Mais je savais mieux que personne à quel point ma femme pouvait être irrésistible quand elle le voulait. Je l'envoyais dans la fosse aux lions, avec l'espoir qu'elle parvienne à convaincre Louverture d'accepter de nous suivre dans cette évasion insensée sans trop de réticences. Le pire, c'est que j'étais intimement persuadé qu'elle serait à la hauteur. Elle n'aurait pas besoin de se forcer pour être à la fois séduisante et impitoyable, persuasive et distante, engageante et austère. Pour Napoléon, les femmes étaient par nature inférieures aux hommes, mais je dois dire que, chaque fois que j'en croisais une, j'émettais des doutes quant à sa théorie.

Ce plan de séduction avait été échafaudé pour deux raisons. La première, c'est que, en tant que maîtresse rendant une visite conjugale à son amant, Astiza pouvait demander par souci d'intimité qu'on ferme la lucarne de la porte de la cellule, me laissant le temps de faire échapper Louverture par le toit. L'autre, c'est que cela permettait de prévenir le prisonnier qu'il allait être secouru, lui donnant le temps de se préparer mentalement à être hissé par un trou, puis catapulté dans le vide. Il n'y aurait pas le temps de discuter. Nous devions fuir par les remparts, puis utiliser la machine volante de Cayley pour retrouver Frotté et son équipe d'espions, qui nous attendaient dans une clairière enneigée. Après quoi, nous devions rejoindre la frontière suisse, puis descendre le Rhin jusqu'à la mer du Nord et gagner l'Angleterre.

En tout cas, c'est ce qui était prévu.

« Combien d'hommes peut contenir votre engin volant ? avais-je demandé à Cayley.

— D'après mes calculs, trois.

— Nous sommes quatre. »

Quand on gagne sa vie au jeu, on se doit de maîtriser l'arithmétique.

« Au moment du décollage, l'un d'entre vous sera sûrement mort. En plus, nous n'avons pas le temps de concevoir une machine plus grosse. »

Il n'avait pas tort. Et puis mieux valait un plan suicidaire que pas de plan du tout.

En premier lieu, j'avais un problème de taille à résoudre : le seul moyen de faire échapper le prisonnier était de passer par une lucarne munie de solides barreaux métalliques.

« Il me faudrait jusqu'à Pâques pour en venir à bout avec une scie », avais-je objecté.

Or, Pâques tombait quatre jours après la date programmée pour l'évasion.

« La solution viendra de la science anglaise, Ethan », m'avait assuré Frotté.

Je ne comprenais pas pourquoi cet espion français était si friand d'ingéniosité anglaise, mais je soupçonnais que les sommes que lui versait sir Sidney Smith y étaient pour quelque chose. Ou peut-être me connaissait-il de réputation. Il faut dire que j'étais après tout un savant érudit, un électricien, un antiquaire, un tireur d'élite et un expert en bateaux plongeants.

Mais avant de penser à libérer Louverture, je devais m'assurer que la femme à la fenêtre resterait silencieuse. Nous n'avions pas prévu que je rencontrerais cette magnifique sentinelle, cette Raiponce qui attendait impatiemment que je la rejoigne, moi, un homme marié. J'étais trop bien élevé pour résoudre le problème en assommant la pauvre fille, et même s'il me venait à l'idée d'être infidèle, je n'avais pas le temps. Que faire ? Je profitai de l'ascension de Cayley pour frapper de nouveau à la porte de la jeune femme.

Pendant ce temps, j'étais sûr que, plus bas dans la forteresse, Astiza m'attendait fiévreusement dans la cellule de Louverture.

La belle ouvrit la porte. Elle était drapée d'une cape savamment entrouverte. Je notai immédiatement qu'elle ne portait rien d'autre. Depuis mon départ, elle avait allumé un petit feu dans la cheminée de sa chambre et s'était pincé les joues pour leur donner de la couleur. Dès qu'elle me vit, elle m'empoigna et me tira à l'intérieur.

« Entrez vite, vous devez avoir froid. »

Ça ne risquait pas.

« Une chose est sûre, susurrai-je, vous êtes une guetteuse hors pair.

— Ce n'est rien à côté de papa. Vous avez vraiment bien fait de passer par l'extérieur. »

Était-elle la fille du commandant ? Et le fait qu'elle ne soit pas surprise de me voir signifiait-il que ses prétendants étaient vraiment prêts à tout ? À la regarder, je pouvais comprendre pourquoi. Et je voyais bien que cette friponne en était ravie.

« Justement, je me méfie de "papa", murmurai-je. J'ai repéré une ombre sur un des parapets ; j'ai peur qu'il s'agisse d'un soldat parti prévenir votre père. »

Ses yeux s'écarquillèrent. Elle était affolée.

« J'ai une idée, repris-je. Faites semblant de dormir pendant que je vais vérifier. Ne bougez pas d'un

99

cheveu, même si vous entendez du bruit. Dès que le calme sera revenu – si personne ne sonne l'alarme –, je vous rejoindrai. Disons dans une heure, pour être sûr. M'attendrez-vous, ma douce ? »

Elle fit oui de la tête, excitée en pensant au reste de la nuit. Dieu merci, ce n'était pas ma fille. D'ailleurs, j'étais ravi de ne pas en avoir, car les filles doivent être un enfer à élever et à surveiller. En tout cas, une chose est sûre, je ne laisserais jamais un homme comme moi approcher à moins de cinq cents mètres de ma fille.

« Mettez-vous au lit et attendez-moi ! Allez, pas un bruit !

— Quel galant homme vous faites ! »

La cape glissa sur son épaule quand elle referma la porte ; un coup d'œil indiscret me permit d'entrevoir la courbe d'un sein. Une fois dehors, je me félicitai d'avoir fait preuve d'autant de sang-froid et de ne pas avoir suivi mon instinct, ce qui aurait immanquablement fait échouer notre mission. En tant que mari, j'étais un modèle de droiture.

Bon. Il était temps d'aller retrouver Astiza et Louverture dans leur cellule.

11

Nous vivons une époque gouvernée par la science, la modernité, le changement, et les inventions bizarres. Parfois, je me sens dépassé. J'étais en train de prendre d'assaut une forteresse parce que des illuminés français et anglais pensaient qu'il était possible de voler dans les airs comme des oiseaux, une découverte qui ne manquerait pas de bouleverser la stratégie militaire et la vie de tous les jours. Les missions les plus dangereuses sont plus souvent inspirées par les idées impossibles que par celles qui sont sensées, et la ferveur révolutionnaire qui avait vu naître des notions comme l'égalité avait poussé tous les inventeurs d'Europe et d'Amérique à aller au bout de leurs rêves. La Grande-Bretagne était à cette époque à la pointe des découvertes et des expériences, et j'appris que les Anglais avaient trouvé un moyen diabolique de venir à bout des barreaux de la cellule de Louverture.

« Du dioxyde de carbone comprimé à deux mille cinq cents kilogrammes par centimètre carré, annonça Frotté alors que nous préparions la mission de sauvetage.

— Du dioxyde de quoi ?

— C'est un composant de l'air », m'expliqua Cayley, le trentenaire extravagant qui rêvait de voler.

Avec son front haut, son long nez, ses lèvres plissées et ses yeux curieux, il avait tout de l'inventeur. Il semblait aussi surpris par ma présence que je l'étais par la sienne.

« Il y a quelques dizaines d'années, poursuivit-il, le chimiste Priestley a publié un article expliquant que, au contact de la craie, l'huile de vitriol se transformait en gaz.

— J'ai dû sauter cette page.

— Si on comprime suffisamment le dioxyde de carbone, il se liquéfie. Si on l'expose de nouveau à l'air, le liquide se transforme instantanément en gaz. L'évaporation transforme le dioxyde de carbone en neige en-dessous de moins soixante-dix degrés Celsius.

— Je ne vois pas vraiment l'intérêt d'une telle découverte. »

Qui peut bien s'intéresser à la composition de l'air ?

« Nous allons vous en fournir une bonbonne à pulvériser sur les barreaux, annonça Frotté. Sous l'effet du froid, le métal va devenir cassant, et un simple coup de burin devrait le briser comme une stalactite. En quelques secondes, la cellule de Louverture sera ouverte.

— Vous voyez à quoi sert la science ? ajouta Cayley.

— Vous savez, je suis moi-même un expert en électricité. Je l'ai utilisée pour vaincre des ennemis, trouver d'anciennes cachettes et faire durcir les mamelons des femmes au cours de démonstrations privées. »

Ils ignorèrent ma remarque.

« Le seul inconvénient, prévint Frotté, c'est que vous devrez porter une bombe au dioxyde de carbone extrêmement comprimé. Je ne vous cache pas qu'il existe un risque d'explosion. Si cela devait arriver, vous seriez déchiqueté instantanément et vos entrailles se retrouveraient gelées. Un tableau aussi bizarre que difficile à regarder, si vous voulez mon avis.

— Un tableau mortel, surtout.

— Voilà. Vous devrez donc faire extrêmement attention, ajouta Cayley comme s'il était nécessaire de le préciser.

— Et pourquoi vous ne porteriez pas la bombe, vous ?

— Parce que c'est vous qui avez la motivation de récupérer votre femme, répondit Frotté, et que George sera trop occupé avec sa machine volante. Comme il n'y a pas de place pour moi, je m'occuperai des chevaux. Grâce à votre émeraude, le destin nous fournit le héros de Saint-Jean-d'Acre et de Tripoli pour une mission des plus périlleuses. »

Il espérait sûrement que la flatterie achèverait de me convaincre.

« Mon émeraude, grommelai-je. Et maintenant, elle est entre les mains d'un policier français.

— Quand vous connaîtrez tous les secrets de Louverture, imaginez comme il vous sera facile de négocier ! »

Ces mots résonnaient dans mes oreilles alors que je traversais en courant le toit du château. Au-dessus des murailles se dressait un parapet, avec quelques tours ici et là. Au centre du fort, une série de voûtes en pierre marquait l'emplacement les cellules. Je me dirigeai droit vers celle de Louverture – on m'avait expliqué au préalable où elle se trouvait. Une lueur pâle s'échappait du trou au milieu de la voûte. Sous les barres métalliques qui en bloquaient l'accès devaient se trouver ceux que j'étais censé faire évader.

« Astiza ! chuchotai-je.

— Par ici, Ethan !

— Dieu merci. Il ne t'a pas violentée, j'espère ?

— Il est tellement vieux et malade qu'il a déjà du mal à tenir debout. Je t'en prie, fais vite !

— Est-ce que tu as eu du mal à t'introduire dans sa cellule ?

— Les Français s'ennuient, répondit-elle avec impatience. L'idée de séduire Louverture pour lui arracher ses secrets leur a paru amusante. Ils sont sûrement derrière la porte à essayer d'entendre nos ébats. »

Je m'emparai de ma bonbonne de gaz.

« Louverture est prêt ? demandai-je.

— Pas vraiment. Il nous prend pour des fous.

— C'est signe qu'il a encore toute sa tête !

— Les gardes se méfient. Arrête de parler et passe à l'action !

— Pousse des gémissements, ça nous fera gagner du temps. »

Les femmes sont douées pour faire du bruit.

Les barreaux formaient une croix, ce qui signifiait que je devais briser le métal en quatre points pour tirer de leur trou ma femme et le général noir. De ma main gantée, je dévissai légèrement un bouchon spécial conçu par les Anglais, puis j'approchai l'extrémité du cylindre d'un des barreaux. J'étais prêt.

« Reculez, ordonnai-je. Je vais libérer le gaz. »

Un levier me permit d'enlever complètement le bouchon et quelque chose – du dioxyde de carbone liquéfié, *a priori* – s'échappa en sifflant de la bonbonne pour se transformer instantanément en une neige blanche, comme on me l'avait annoncé. J'approchai ce que Frotté avait appelé la « glace sèche » de l'endroit où le barreau métallique jaillissait de la pierre. Neige et vapeur formèrent un nuage tourbillonnant. Après cette opération, je pris un marteau et un burin et appliquai un coup à l'endroit où j'avais gelé le métal. À ma grande surprise, le barreau se brisa net : il était fragile comme du verre. Finalement, peut-être que le stratagème allait fonctionner.

On se sent intelligent quand on joue les savants, mais que c'est bruyant ! Je jetai un œil autour de moi. Toujours aucune sentinelle en vue.

Je répétai l'opération sur le barreau suivant, puis sur celui d'après.

Un garde, alerté par le bruit, se mit à frapper à la porte de la cellule.

« Mademoiselle ?

— Je vous en prie, nous sommes occupés ! protesta Astiza, feignant d'avoir le souffle court.

— Au quatrième coup, la grille va tomber à l'intérieur. Essayez de l'attraper », les prévins-je.

Je gelai donc le dernier barreau et m'apprêtai à frapper, mais je n'avais pas prévu qu'il céderait de lui-même sous le poids de la grille, et que l'ensemble métallique chuterait dans un vacarme assourdissant avant même que j'aie pu lever mon marteau.

« Que se passe-t-il ? hurla un garde.

— Un jeu, répondit sèchement Astiza. Ne connaissez-vous donc rien à l'amour ? »

Je passai ma tête par l'ouverture. La cellule du Spartacus noir devait faire neuf mètres sur quatre. À l'intérieur, on trouvait une cheminée d'un côté, une porte de l'autre, et un lit étroit sur lequel on avait jeté des couvertures grossières. Sur la paillasse, un visage noir comme l'ébène se tourna vers moi, visiblement surpris. Le contraste entre l'obscurité ambiante et le blanc brillant de ses yeux était saisissant. Avec ses cheveux grisonnants, ses lèvres gonflées, ses joues creusées et ses bras décharnés, Louverture faisait peine à voir. À le regarder, j'avais du mal à l'imaginer grand séducteur. Le fatalisme que je lus dans son regard me troubla : il me dévisageait comme si j'étais un ange descendu du ciel, mais pas un ange de lumière. Plutôt l'ange tant attendu de la mort.

D'autres geôliers tambourinèrent à la porte de la cellule.

« Mademoiselle ? Est-il en train d'abuser de vous ?

— Comment voulez-vous que je me concentre avec toutes ces interruptions, bande d'idiots ! aboya ma femme. Fichez le camp et laissez-nous un peu d'intimité ! Nous sommes au beau milieu d'un jeu. »

Je jetai une corde dans la cellule.

« Astiza, cale le lit contre la porte, ordonnai-je. Toussaint, nouez cette corde sous vos bras.

— Ethan, il est trop malade pour bouger.

— Alors, bouge-le, toi !

— Les femmes avant les hommes », dit le général noir d'une voix grave et rauque, avant d'être pris d'une quinte de toux horrible.

Dieu qu'il était faible ! Il se leva tel un vieillard arthritique, attrapa son lit et le traîna à grand-peine pour barricader la porte en bois de la cellule.

« Votre femme – que je n'ai d'ailleurs pas touchée, monsieur – passe en premier. »

Cela faisait longtemps que je n'avais pas rencontré de gentilhomme comme ce Louverture.

Pas le temps de discuter ! D'une main experte, Astiza noua la corde sous ses bras (nous nous étions entraînés dans l'intimité). Je me campai sur les briques du toit voûté et tirai pour la hisser. Comme elle était bien plus légère qu'un homme, il ne me fallut que quelques secondes pour la faire sortir. Dès qu'elle fut dehors, elle me donna un rapide baiser, puis elle observa attentivement les alentours, tel un moineau prudent. Elle avait le regard vif et le sourire malicieux. Je compris alors que cette petite aventure lui plaisait beaucoup.

Pas étonnant que je l'aie épousée.

« Je suis bien content de ne pas t'avoir entendue négocier avec les gardes pour pénétrer dans la cellule, Astiza.

— Il suffit de laisser les hommes imaginer plus que ce qu'ils n'auront jamais. »

Une spécialité féminine qui ne manque jamais de nous perturber, nous autres hommes. Pour l'heure, les gardes frustrés avaient recommencé à marteler la porte de leurs poings et à poser des questions. Louverture se traîna jusque sous le trou.

« Je suis déjà presque mort, me dit-il. C'est un cadavre que vous libérez.

— Ne dites pas de bêtises ! m'exclamai-je. Vous pouvez encore défendre la liberté avec vos secrets. Allez, montez ! »

Je lui lançai la corde. Avec une lenteur insoutenable, il se la passa sous les bras. Je tirai pour serrer le nœud. Soudain, la lucarne de la porte de la cellule s'ouvrit. Aussitôt, on entendit des cris de rage, des récriminations de la part d'un officier, et un tintement de clés. Les gardes français étaient en train d'ouvrir la porte barricadée.

Astiza attrapa la corde, elle aussi.

« Tire ! » hurla-t-elle.

Nous tirâmes. Dans un sursaut, Louverture entama son ascension vers le paradis. Curieusement, il resta immobile, comme résigné. Sentait-il venir sa fin ? Soudain, un craquement retentit : la porte avait cédé. Le lit ne tarda pas à être réduit en miettes, puis des coups de feu illuminèrent la sombre cellule. Criblé de balles, le corps du héros de Saint-Domingue tressauta. Astiza et moi nous dévisageâmes, horrifiés.

Totalement pris au dépourvu, nous lâchâmes la corde. Un bruit sourd se fit entendre lorsque le corps de Louverture heurta le sol. Mon seul espoir de sauver mon fils venait-il de s'évanouir avec la mort du Spartacus noir ? Les soldats investirent la pièce enfumée, et quelques-uns repérèrent aussitôt le trou au plafond. Astiza et moi nous plaquâmes au sol pour ne pas nous faire repérer. Pour le moment, les mousquets des gardes étaient vides.

« Où est la courtisane ? demanda l'un d'entre eux.

— Sur le toit, je crois. Elle avait un complice. Vite, sonnez l'alarme ! Allez, grimpez, bande de crétins ! »

Une cloche se mit à sonner.

« Ne traînons pas, Astiza ! »

Je pris ma femme par la main et nous courûmes vers la muraille que j'avais escaladée plus tôt. Comme prévu, Cayley avait atteint le parapet, et il avait assemblé son invention derrière les créneaux. Le planeur ressemblait à une armature de lit en bois d'où jaillissaient des ailes de tissu, comme des volets sur un squelette d'oie. L'ensemble semblait aussi solide qu'un tas de brindilles.

Il parut soulagé de nous voir arriver.

« Dieu merci ! Nous pouvons enfin décoller ! s'exclama-t-il avant de regarder derrière nous. Mais, où est le général ?

— Ils l'ont abattu, répondis-je d'un ton qui ne parvenait pas à cacher mon désespoir.

— Alors, nous avons fait tout ça pour rien ?

— Pas tout à fait », murmura Astiza.

Je n'eus pas le temps de lui demander de développer, car la porte de la tour que j'avais escaladée s'ouvrit soudain. La silhouette de ma récente presque-conquête se découpait dans l'encadrement, ses formes généreuses délicatement enveloppées dans leur fourreau de coton.

« Monsieur, la cloche ! Que se passe-t-il ? Est-ce l'heure de notre rendez-vous ?

— Non, je vous ai dit de m'attendre.

— Ethan ? commença Astiza d'un ton à juste titre soupçonneux.

— Il fallait bien que je lui dise quelque chose pour l'empêcher de crier, me justifiai-je.

— Lui dire quoi ? Que tu allais tromper ton épouse ?

— Votre épouse ? répéta la jeune femme en apercevant Astiza à côté de moi.

— Ce n'est pas ce que vous croyez », leur dis-je à toutes les deux.

Hélas, la bougresse se mit à appeler son père avec des hurlements stridents. Diable, que les femmes peuvent être pénibles !

La porte d'une autre tour s'ouvrit à la volée, déversant son flot de soldats aux mousquets équipés de baïonnettes scintillantes.

« Il faut décoller tout de suite ! » s'exclama Cayley.

Il attrapa Astiza, la jeta sans ménagement sur la frêle armature, puis il me tira par la manche.

« Ethan, prenez l'autre aile ! »

Nous soulevâmes l'engin et nous hissâmes sur les créneaux du chemin de ronde.

Les gardes épaulaient déjà leurs fusils.

« Ils en ont après la fille du colonel ! » cria l'un d'eux.

D'une main, je tenais le planeur. De l'autre, je pris un pistolet et fis feu pour empêcher nos poursuivants d'ajuster leur tir. Un soldat tomba au sol. Je lançai alors le pistolet déchargé vers les gardes. Ils se baissèrent pour l'esquiver, me laissant le temps de sortir mon autre pistolet et de tirer à nouveau.

« Maintenant ! Vite ! » cria Cayley.

Une salve de mousquets. Les balles fusèrent vers nous. Ou plutôt vers là où nous étions une seconde avant.

Car nous nous étions jetés dans le vide.

12

Nous foncions dans un néant de ténèbres.

La sensation de chute était affreuse et j'avais l'impression que mon estomac était coincé dans ma gorge. Après quelques secondes, un coup de vent nous poussa sur le côté. Cayley cria un ordre inintelligible, je m'agrippai à l'armature et Astiza se retrouva écrasée entre nous deux. Nous étions trop lourds. D'autres coups de feu retentirent, des balles de mousquet sifflèrent à nos oreilles, puis nous nous mîmes soudain à planer au-dessus d'une crête hérissée de sapins qui ne demandaient qu'à nous empaler. Nous étions si près du sol que le vent m'apportait l'odeur de la forêt.

« Ça fonctionne ! » s'écria Cayley.

Moins enthousiaste que lui, j'attendais le moment où son invention ferait de mon fils un orphelin.

Je hais la modernité.

Notre machine n'avait rien à voir avec les ailes d'Icare. L'épine dorsale de l'engin était une perche de six mètres de long dotée d'une queue en forme de croix équipée de petites ailes qui ressemblaient à deux cerfs-volants assemblés à angle droit. Cet appendice, m'avait expliqué l'inventeur, permettait de contrôler l'équilibre et la direction. Les deux grandes ailes rappelaient plutôt celles d'une chauve-souris que celles d'un oiseau : le tissu tendu sur l'armature en bois avait en effet l'apparence de la peau séchée. Des câbles fins reliaient la queue et les ailes à un cadre rectangulaire suspendu sous la perche. L'Anglais avait allumé une petite lampe sur le support central pour permettre à nos alliés (et aux Français, pensai-je amèrement) de suivre notre progression.

Ou de trouver plus facilement nos cadavres.

Ce vol en piqué ressemblait à une descente en luge ; jamais de ma vie je n'avais atteint une telle vitesse. Cayley avait un câble entre les dents et un autre dans la main.

« Tirez la ligne sur votre gauche ! » m'ordonna-t-il.

Je m'exécutai et la machine s'inclina brusquement, manquant nous éjecter tous. Astiza poussa un petit cri d'effroi.

À moins que ce ne fût moi.

« Pas si fort ! »

Je relâchai le câble en grommelant.

« Parfait ! » s'écria-t-il alors.

Le planeur se stabilisa. Nous descendions toujours, mais notre trajectoire était beaucoup moins abrupte. En dessous, les paquets de neige ressemblaient à des nuages difformes. L'invention fonctionnait vraiment.

Nous entendîmes alors un boulet de canon fendre les airs dans un bruit strident, puis l'écho de l'explosion en provenance du fort. Ils n'ont pas perdu de temps, songeai-je, impressionné. Nous filions cinquante fois plus vite que n'importe quel cheval, la citadelle était à présent loin derrière, et une trouée dans les nuages nous permettait d'apercevoir un paysage grisâtre de champs, de bois et de routes.

Devant nous s'étirait une forme plus claire : une mare.

Non, un lac. Il grossissait à toute vitesse. Nous allons tous mourir, pensai-je, plus crispé que jamais.

« George, si la glace est épaisse, nous allons nous écraser, et, si elle est fine, nous allons nous noyer.

— Je vais essayer de me poser près de la rive. La glace sera plus fine et fera comme un coussin. Frotté sera là pour nous apporter des vêtements secs. »

Sa voix sèche témoignait de l'état de concentration extrême dans lequel il se trouvait. Les ailes du planeur tremblaient et les rafales nous projetaient tantôt vers le haut, tantôt vers le bas. Le vent hurlait dans l'armature en bois. J'entendis Astiza haleter et la serrai contre moi.

« Ça va faire comme un oiseau qui s'écrase contre une vitre.

— En avril, la vitre ne devrait pas être trop épaisse. »

Les scientifiques sont d'éternels optimistes.

« Et puis qu'importe l'atterrissage, mes amis, nous allons entrer dans l'histoire ! s'exclama Cayley.

— Oui, je suis sûr qu'on érigera une stèle à notre mémoire », raillai-je, amer.

Nous survolions à présent la glace et le lac se faisait encore plus grand et plus menaçant. Il y avait des congères partout, et la neige s'envolait quand nous passions au-dessus. Instinctivement, nous poussâmes un hurlement en fermant les yeux. Avant même que j'aie pu retenir ma respiration, nous nous écrasâmes sur la surface du lac. Nous traversâmes la fine couche gelée et plongeâmes dans une eau glaciale. Le planeur se désintégra sous le choc et les grandes ailes de tissu se mirent aussitôt à dériver. Mais je ne vis rien de cela, car je me trouvais sous l'eau, happé par les sombres profondeurs. Je m'agrippai à Astiza : si nous devions mourir, autant finir dans les bras l'un de l'autre. Le froid me paralysait.

Autour de moi, il n'y avait que le noir. Je cherchai la surface, mais ne la trouvai pas. Nos lourds vêtements d'hiver nous entraînaient vers le fond. Astiza se dégagea de moi pour tenter de s'en débarrasser.

C'est alors que mes pieds touchèrent quelque chose de dur.

Le fond du lac !

Je poussai de toutes mes forces et jaillis aussitôt à l'air libre, au milieu des éclats de glace et de neige. Je m'agitai dans l'eau glaciale comme un chien fou. À ma grande surprise, j'avais pied. J'attrapai ma femme et l'aidai à se relever.

« Astiza, ça va ?

— Je suis vivante. »

Elle était visiblement aussi ébranlée que moi.

« C'est tellement froid que ça brûle, ajouta-t-elle.

— Oui, mais l'eau n'est pas profonde, haletai-je en la serrant contre moi. On peut sortir à pied. »

Nous nous traînâmes jusqu'à la rive de galets, tantôt marchant, tantôt nageant.

« Où est George ?

— Je crois que je peux le récupérer ! » s'écria soudain une voix derrière nous.

Cayley avait toujours de l'eau jusqu'à la poitrine, et il tentait de rassembler les morceaux de sa machine volante.

« Laissez ça là, Cayley ! Ils croiront peut-être que nous nous sommes noyés ! »

Parfois, même les excentriques sont capables de sens

pratique. Il hocha la tête, lâcha les morceaux de bois qu'il avait dans les mains et nous rejoignit sur la berge. Nous nous éloignâmes tous les trois de l'eau glaciale et rejoignîmes une clairière enneigée. Les nuages s'étaient refermés, et on n'y voyait rien. Nous étions trempés et le vent nous engourdissait les membres : après avoir survécu à un vol en planeur, nous allions mourir de froid.

« De tous les plans tordus auxquels j'ai participé, celui-ci est sans conteste le plus stupide, grommelai-je, espérant que la colère me réchaufferait.

— Pour tout vous dire, admit Cayley, je ne pensais pas que mon planeur fonctionnerait. Dommage que cette invention doive rester secrète mais, que voulez-vous, c'est un des inconvénients de l'espionnage. Néanmoins, je pense qu'elle mériterait quelques améliorations.

— La personne que nous étions censés secourir est morte, votre invention est détruite, nous sommes tous les trois en train de mourir de froid et je n'ai toujours aucun moyen de pression pour récupérer mon fils des griffes de Léon Martel, résumai-je pour clarifier la situation. Astiza, pourquoi Louverture n'a-t-il pas grimpé plus vite ?

— Il était mourant. Glacé jusqu'à la moelle et maigre comme un clou. On pouvait voir la mort dans ses yeux. La trahison et la prison avaient anéanti tous ses espoirs. Il ne me regardait pas comme une personne venue le sauver, Ethan, mais comme un messager funeste.

— Et maintenant, notre Spartacus des temps modernes s'est fait crucifier pour rien.

— Pas pour rien, intervint Cayley. Pour la science.

— Très juste. D'ailleurs, vous allez certainement pouvoir nous dire en combien de temps nous allons mourir de froid, monsieur le scientifique. »

L'inventeur ignora ma remarque et gravit une pente enneigée. Soudain, nous entendîmes des bruits de sabots. Cayley fit un grand signe de la main.

« Frotté ! s'exclama-t-il. Avec des chevaux et des vêtements secs ! »

Si l'espion avait pensé à apporter du brandy pour nous ragaillardir, peut-être allions-nous effectivement nous en tirer. Mais en attendant, j'étais furieux d'avoir risqué la vie de ma femme pour tenter de sauver quelqu'un qui était presque mort.

« Tout ça pour rien, soupirai-je.

— Non, Ethan, pas pour rien, murmura Astiza à mon oreille.

— Comment ça ?

— J'ai eu le temps de parler à Louverture de l'émeraude et du trésor, et j'ai bien vu qu'il savait exactement à quoi je faisais référence. Ses yeux brillaient d'espoir. Juste avant que tu me hisses, il m'a donné un indice. »

Je voyais à présent les gerbes de neige qui jaillissaient sous les sabots des chevaux : nos sauveteurs arrivaient pour nous faire passer en Suisse. De leur côté, les Français devaient être en train de lancer leur propre cavalerie à nos trousses.

« Quel indice ? » demandai-je, grelottant.

Astiza faisait peine à voir, mais ses yeux scintillaient comme jamais.

« Il m'a dit de chercher les émeraudes dans le diamant. »

13

La chaleur de juin, annonciatrice de l'étouffante saison des ouragans, recouvrait les Caraïbes d'un lourd voile de mousseline moite. La frégate anglaise sur laquelle nous avions embarqué, l'*Hécate*, fit son entrée dans la baie d'English Harbour, sur l'île d'Antigua. Ses voiles étaient molles et la résine entre les lattes du pont bouillonnait sous l'effet des températures, telle une veine palpitante. Astiza et moi profitâmes de la lente arrivée pour observer ce que les officiers appelaient le Cimetière des Anglais. On disait de ces îles à sucre qu'elles étaient un enfer coloré, un mystère étouffant aux épaisses broussailles vertes, aux eaux bleu turquoise irisées par le soleil, aux esclaves noirs belliqueux et aux vapeurs nocives. Les soldats et les marins envoyés là avaient plus de chances d'être tués par la maladie que par une balle française ou espagnole. Les Européens ne se rendaient dans les îles à sucre que pour une seule et unique raison : s'enrichir. Après quoi, ils rentraient vite chez eux avant que la fièvre les dévore, que la vermine les morde, que leur propre servante noire les empoisonne, ou qu'un Marron – un esclave fugitif – leur tranche la gorge.

« Ici, la pluie tombe comme un seau qu'on retourne, nous prévint le capitaine Nathaniel Butler, transformant dans notre esprit le port serein en un piège menaçant. Dans l'air, les insectes sont partout, et la terre grouille de fourmis. L'eau des puits est mauvaise, il faut donc la mélanger avec des spiritueux ; en conséquence, afin de rester hydratés, les planteurs n'ont d'autre choix que d'être soûls du matin au soir, et tous finissent ivrognes. Tout ce qui vient d'Angleterre coûte trois fois plus cher qu'à Londres, et une seule tempête tropicale peut détruire l'équivalent de dix ans de dur labeur. Cependant, une seule de ces îles produit plus de richesses que tout le Canada. Un homme ambitieux peut raser un morceau de jungle pour établir sa plantation, et doubler son investissement chaque année. Le sucre, Gage, c'est l'or blanc. Et les hommes sont prêts à mourir pour l'or.

— C'est vrai que le lieu a l'air propice aux ouragans », approuvai-je.

English Harbour était entouré par des collines verdoyantes escarpées, et la baie sinueuse s'enfonçait dans l'île comme un terrier de lapin. Une centaine de canons jaillissaient des batteries côtières pour prévenir les attaques. C'était en somme le cimetière le mieux défendu que j'avais jamais vu.

« Mais peut-être qu'un petit plongeon dans la mer rendrait la chaleur plus supportable, ajoutai-je.

— Je vous le déconseille fortement, me répondit le chirurgien du navire, Thomas Janey, dont les saignées à répétition avaient valu à deux marins de finir plus tôt que prévu dans un linceul, un chiffre qui avait poussé trois matelots malades à garder leur poste pour ne pas passer entre les mains du docteur. Je sais que certains excentriques comme Nelson prennent des bains d'eau de mer, mais tous les médecins vous diront que c'est le moyen le plus sûr d'attraper la phtisie, ou pire.

— Bonaparte prend des bains tous les jours.

— Alors, c'est un mort en sursis. Laissez-moi vous confier comment rester en bonne santé sous les tropiques, monsieur Gage. Lavez-vous le moins possible. Portez de solides bottes pour éviter les morsures d'insectes. N'ouvrez jamais votre fenêtre la nuit, cela ferait entrer l'air putride dans votre chambre. Buvez des liqueurs fortes pour rester en forme et, si vous vous sentez malade, demandez à un médecin de vous faire une saignée. Tout cela n'est rien de moins que du bon sens. Notre race se porte mieux en Angleterre qu'ici, il est donc parfaitement logique de s'habiller, se nourrir et se soigner comme nous le ferions chez nous.

— Mais les autochtones semblent se porter très bien, et pourtant ils se promènent à moitié nus. »

Mes vêtements me grattaient, et je transpirais tellement que même Astiza préférait garder ses distances. Tous les autres Anglais à bord empestaient autant que moi.

« Péché et sauvagerie, monsieur. Péché et sauvagerie. »

Il est difficile de débattre avec un expert, mais je me rappelai soudain ce que Napoléon m'avait dit un jour : *Les médecins auront à répondre dans l'autre monde de la vie d'un plus grand nombre de gens que même nous autres généraux*. La seule astuce des médecins, c'est de s'attribuer le mérite d'une guérison et d'imputer la responsabilité d'un décès au Tout-Puissant. Un joueur comme moi ne pouvait qu'être impressionné par un tel taux de réussite.

« En tout cas, cet endroit est magnifique, murmura Astiza, qui observait la baie.

— Magnifique ? Cette île est colorée, je vous l'accorde, mais n'oubliez jamais que c'est aussi le jardin qui cacha le serpent. Ce que vous voyez ici, c'est la beauté de la dépravation. Les seuls Blancs qui viennent par choix sont là pour faire fortune. Antigua est un mal nécessaire, aussi sordide que la Jamaïque ou la Martinique.

— Des fleurs orange ! s'exclama-t-elle en désignant des arbres sur la rive. C'est un signe que je me rapproche de mon fils. »

*

Notre transition d'un lac gelé du Jura aux chaleurs étouffantes d'Antigua avait été pour le moins étourdissante. Notre vol catastrophique mais novateur prouvait que les élucubrations de Léon Martel à propos de machines volantes n'étaient pas complètement insensées. De son côté, l'aéronaute Cayley était pressé de rentrer dans son atelier du Yorkshire pour perfectionner son prototype. Conformément au plan, nous nous rendîmes à cheval en République helvétique avec l'espion Frotté, qui avait payé par avance notre passage de la frontière avec de l'or anglais. Après notre fuite en planeur, le trajet nous parut extrêmement long. Comme ce serait pratique si les rêves de Cayley devenaient réalité et qu'on pouvait traverser l'océan à bord d'une machine volante !

Nous quittâmes les cantons suisses pour remonter le Rhin vers le nord et les États germaniques.

Les préoccupations politiques du Reichsdeputationshauptschluss (l'ambitieuse réorganisation par Napoléon de centaines de duchés et royaumes germaniques situés à la frontière française) nous permirent de fuir sans encombre. Près de trois cents États germaniques avaient été réduits à trente, et les princes déchus s'étaient vu offrir des terres prises à l'Église en dédommagement. Cette résolution à l'instigation de Talleyrand, le ministre des Relations extérieures de Napoléon, représentait un tribut pour les récentes victoires militaires françaises. Elle permettait en outre de conforter la domination de la France sur l'Europe et sonnait le glas du Saint Empire romain germanique et de l'empereur François II.

Le pape pestait, mais Napoléon avait plus de canons.

Ceux qui bénéficiaient de ce bouleversement territorial passaient dans la sphère d'influence française et permettaient à Napoléon de disposer de nouveaux alliés à la frontière. Néanmoins, je ne pouvais m'empêcher de me demander si cette unification politique des Allemands était vraiment une sage décision pour la France et l'Europe. En tant que petits seigneurs, ils n'étaient que des barons voleurs qui faisaient payer l'accès au Rhin ; en tant que satellites de la France, ils devenaient des généraux mercenaires rêvant d'une nation allemande. Les nouveaux princes deviennent ambitieux et finissent toujours par renier le maître qui les a placés là, car ils veulent toujours plus. Je me demandais donc si ces États se retourneraient un jour contre Napoléon.

Mais qu'importe l'avenir. Pour ce qui était du présent, nous autres fugitifs parvînmes à descendre le fleuve depuis Bâle sans encombre car, après tous ces bouleversements politiques, les péages et les postes-frontières étaient complètement ébranlés. Nous suivîmes le courant tantôt à la voile, tantôt à la rame, admirant au passage les magnifiques châteaux en ruine qui s'accrochaient aux falaises. Une fois que nous fûmes arrivés en République batave, un navire hollandais nous permit de traverser la Manche. Nous entrâmes à Londres début mai, deux semaines à peine avant que la paix d'Amiens soit rompue et que la guerre reprenne entre l'Angleterre et la France.

À cette époque, Londres comptait un million d'habitants. Elle était plus étendue que Paris, mais aussi plus sale et plus désorganisée. Partout, la puissance navale de l'Angleterre était manifeste. Sur la Tamise, les mâts formaient une forêt plus dense que celle de Sherwood. Les barges grouillaient entre les navires plus imposants, telles des punaises d'eau, les tonneaux roulaient sur les quais dans un tonnerre constant, et les racoleurs enrôlaient les matelots dans la marine de Sa Majesté avec plus d'efficacité que des négriers. Dans les rues, la circulation était telle qu'il était presque impossible de se déplacer, les banques étaient plus imposantes que les églises, et la différence entre riches et pauvres était encore plus frappante qu'en France sous la Révolution. Les allées tortueuses débordaient de mendiants, de voleurs, de prostituées et d'ivrognes. Mon premier réflexe fut de chercher un cercle de jeu et un bordel, mais je me souvins à temps que j'étais marié et que j'étais désormais un homme respectable.

Londres était également splendide, avec ses clochers et ses coupoles qui captaient les rayons du soleil printanier, à présent que le vent avait chassé la fumée de charbon et de bois de l'hiver. Les roues des calèches étaient couvertes de boue et d'excréments, mais les moyeux étaient impeccablement lustrés par des légions de valets. Les caniveaux débordaient d'ordures, mais les fenêtres brillaient comme des diamants après le passage des domestiques irlandaises. Les berges empestaient la vase, le poisson et les égouts, mais les théâtres et les hôtels sentaient bon le parfum, les fleurs et le tabac. Dans les magasins, on pouvait entendre toutes les langues, l'empire rapportait des sommes d'argent colossales, et on comptait les colonies comme des jetons pendant une partie de cartes. Bref, l'Angleterre était riche, et elle pouvait faire la guerre pendant des siècles.

Napoléon aurait mieux fait de maintenir la paix, pensai-je.

Nous retrouvâmes sir Sidney Smith à Somerset House, le nouveau ministère construit sur la rive de la Tamise. La magnificence du lieu relevait d'un choix symbolique, une union entre l'eau et la terre. D'ailleurs, le bâtiment était si intimement lié aux marées que, sous la promenade en pierre, des arches permettaient d'y entrer en bateau. Pour s'y rendre, on avait le choix entre marcher et ramer ; comme nous avions déjà ramé pour quitter le navire hollandais qui nous avait amenés à Londres, nous décidâmes de marcher.

L'édifice était une illustration parfaite du développement de l'administration britannique et de la pression que faisaient peser sur l'Angleterre la guerre et l'empire : un projet pharaonique, mais inachevé. Les récents combats avaient en effet coûté cher, et il n'y avait plus d'argent pour les finitions de ce monstre d'architecture. Néanmoins, Smith avait trouvé pour notre rendez-vous un salon fraîchement terminé qui surplombait la Tamise et sentait encore la peinture. Un petit feu de cheminée chauffait la pièce et, au sud, le soleil qui jouait à cache-cache avec les nuages fournissait la lumière. Dans un coin, un globe terrestre de un mètre de diamètre permettait de suivre l'évolution de l'immense empire. En guise de décoration, on trouvait des claymores écossaises entrecroisées, des services à thé de Chine, des peaux de loutre du Canada, et des bâtons de combat en bois venus des îles du Pacifique. Nous entrâmes dans la pièce, à la fois épuisés par le voyage que nous venions d'effectuer et impatients de nous lancer à la recherche de notre fils.

« Ethan Gage ! Enfin nous voilà de nouveau alliés ! s'exclama le tout récent parlementaire avec un sourire digne d'un marchand de tapis égyptien. Et j'ai appris que vous aviez épousé cette charmante Astiza ? Qui a dit que les dénouements ne pouvaient pas être heureux ? Ma chère, vous êtes rayonnante ! »

Au moins, il était plus accueillant que Napoléon. Smith et moi avions été compagnons d'armes lors du siège de Saint-Jean-d'Acre, et il n'avait pas oublié le courage de ma femme.

« Je suis morte d'inquiétude pour mon fils, répondit-elle froidement. Mon mari a le don d'attirer les gens de la pire espèce. »

Il était clair à son ton que, pour elle, Smith faisait partie du lot. En effet, depuis que nous l'avions rencontré en Palestine, nous avions vécu les pires épreuves et, autant Astiza savait que nous avions besoin de l'aide des Anglais, autant elle craignait que sir Sidney ne nous cause plus d'ennuis.

« Et si le dénouement était vraiment heureux, je vivrais tranquillement retiré en Amérique, dans ma nouvelle demeure, maugréai-je. Franchement, sir Sidney, j'estime avoir vécu suffisamment d'aventures, et je ne souhaite qu'une chose : vivre en paix. Hélas, c'est apparemment impossible.

— Certes, mais c'est la faute de Napoléon et de Léon Martel, non ? fit remarquer Smith, qui n'était pas du genre à se laisser impressionner par la grogne de ses interlocuteurs. Et moi, je suis là pour vous protéger de ces gens-là. »

Bel homme, respirant la santé, il faisait partie de ces aventuriers intrépides qui avaient construit l'Empire britannique. Les récits de ses exploits faisaient se pâmer ces dames et rendaient jaloux ces messieurs et, à présent, il pouvait même se targuer de faire de la politique. Personnellement, je ne voudrais pour rien au monde siéger au Parlement mais, depuis la perte de mon émeraude, je ne pouvais m'empêcher de penser que les autres avaient toujours plus de succès que moi. Si j'avais été dans de meilleures dispositions, peut-être lui aurais-je demandé conseil mais, là, je voulais seulement lui faire passer sa bonne humeur.

« Le fort de Joux a été un fiasco, déclarai-je.

— Je dirais au contraire que votre mission a démontré une fois de plus le courage et l'ingéniosité des Britanniques, grâce au génie de George Cayley et de Joseph Priestley. Et je vois que vous êtes toujours aussi modeste, Ethan. Tous les pères ne sauteraient pas d'un château pour sauver leur fils. Cette crapule de Martel est un sale petit comploteur, mais vous êtes du bon côté, maintenant. D'ailleurs, si je ne m'abuse, c'est mon espion, Charles Frotté, qui vous a sauvés. Cette information mériterait de figurer en première page des journaux mais, pour l'heure, nous devons rester discrets.

— Il nous a sauvés, oui, mais seulement pour nous

faire ensuite jouer un rôle dans des intrigues et des magouilles anglaises.

— Des magouilles ? Comme vous y allez ! s'esclaffa-t-il. Ethan, je suis au Parlement, maintenant ! Nous autres hommes d'État ne sommes même pas censés connaître ce mot. Non, non, pas de magouille, mais une alliance contre la tyrannie de Napoléon et ses manœuvres d'intimidation. Je vous rappelle qu'il n'a pas respecté un seul précepte de la paix d'Amiens.

— L'Angleterre non plus. »

À jouer les intermédiaires, j'avais pu entendre les mêmes récriminations des deux côtés. Être diplomate peut se révéler aussi épuisant que séparer des enfants qui se chamaillent.

« Napoléon a trahi tous les idéaux de la Révolution, il s'est érigé en dictateur militaire, il aspire à dominer les Allemands et les Italiens, et il prépare une invasion du pays qui a engendré votre propre nation. Il veut rétablir l'esclavage à Saint-Domingue, bafouant ainsi tous les préceptes des droits de l'homme inventés par son pays. Et enfin, il veut voler un trésor ancien sur lequel il n'a aucune légitimité, afin de nous anéantir. Vous êtes bien placé pour savoir que Bonaparte est un hypocrite. Vous et moi formons une noble ligue, Ethan. Une ligue contre le vil César, tout comme à Saint-Jean-d'Acre ! Nous représentons le dernier rempart contre la tyrannie. »

J'avais rencontré Smith pour la première fois en 1799, lors du siège de la ville ottomane de Saint-Jean-d'Acre par les troupes de Napoléon. Le capitaine anglais était à la fois beau, élégant, vif, courageux, ambitieux, vaniteux et plus intelligent que nombre d'officiers, ce qui lui valait d'être profondément détesté par la majorité de ses pairs. Il avait été anobli pour service rendu au roi de Suède, et son évasion d'une prison parisienne grâce à l'aide de femmes qu'il avait séduites lui avait valu la gloire et la renommée. Son succès était tel que, lorsqu'on parlait de lui, Bonaparte entrait dans une colère noire. Les Anglais, de leur côté, ne savaient pas si c'était un génie ou un excentrique et, dans le doute, ils l'avaient envoyé au Parlement.

« D'une certaine manière, je me suis rapproché de Napoléon, confessai-je. En tant qu'Américain, je ne sais pas vraiment quel parti prendre.

— L'opportunisme, Ethan, l'opportunisme. Oui, on m'a parlé de vos négociations au sujet de la Louisiane. Vous êtes malin comme un renard, mais vous n'êtes pas le seul. Prenez Frotté, par exemple, figurez-vous qu'il se fait payer par cinq ou six gouvernements à la fois pour ses services. Vous êtes tous les deux des canailles, mais des canailles utiles et, aujourd'hui, vos intérêts concordent avec les miens. Est-ce que j'ai tort, Astiza ?

— Non, mais c'est seulement parce que les Français ont enlevé mon fils. »

Les femmes savent faire preuve de ténacité quand il est question de leur progéniture.

« Et les Anglais vont vous aider à le récupérer », assura Smith.

Elle était sceptique, mais je savais que, dans notre situation, nous devions accepter toutes les mains tendues.

« Sir Sidney, déclarai-je, je suis d'accord avec vous. Cette alliance nous arrange tous les deux. J'essayais simplement de vendre un bijou, mais un policier renégat me l'a volé, puis il a enlevé mon fils Horus et m'a torturé pour que je lui confie des secrets que je ne connaissais pas. Nous ne savons ni où se cache Martel ni quoi lui dire si nous le trouvons. D'ailleurs, je ne sais pas trop ce qu'il veut vraiment.

— Il veut conquérir l'Angleterre. Je vous en prie, prenez du thé, je vais vous dire ce que je sais. »

Nous nous assîmes autour d'une petite table pendant qu'on préparait le service. Sur les murs, des portraits d'Anglais morts nous scrutaient de leur regard austère, et j'avais l'impression d'avoir face à moi une version païenne du Jugement dernier. Pour les gens de la haute société, la vie consiste à tâcher d'être toujours à la hauteur d'ancêtres qui n'avaient pas pour habitude de s'amuser. Derrière les vitres ondulées, la Tamise offrait sa parade nautique, et les voiles se succédaient comme autant d'ailes d'oiseaux.

« Tout d'abord, Léon Martel est un scélérat, commença Smith. C'était une espèce de chef criminel – selon la rumeur, il convertissait de jeunes paysannes en prostituées et de petits orphelins en voleurs à la tire –, jusqu'à ce qu'il se décide à rejoindre les rangs de la nouvelle police secrète de Napoléon, plutôt que risquer d'être arrêté par elle. Il n'est loyal qu'à lui-même, et il aurait eu un temps l'espoir de succéder à Fouché en tant que ministre de la Police, soit par la promotion, soit par la trahison. Au lieu de quoi, il s'est fait chasser de la police et ses anciens acolytes le prennent désormais pour un informateur et un traître. C'est pour cela qu'il en est réduit à extorquer de l'argent aux gens comme vous, ou aux commerçants comme le joaillier Nitot. Il s'intéresse beaucoup à l'art de la torture, qu'il pratique régulièrement sur ceux qui le contrarient. C'est également un lâche : mobilisé par l'armée révolutionnaire française, il a déserté.

— À côté de lui, tout le monde passerait pour un saint », résumai-je en regardant ma femme.

Quand, comme moi, on n'est pas parfait, on s'accroche à ce genre de comparaison flatteuse.

« Comme vous le savez tous les deux, et comme le monde entier le sait, reprit Smith, l'Angleterre possède une puissante flotte de guerre. D'ici la fin de l'année, nous disposerons de soixante-quinze vaisseaux de ligne et d'une centaine de frégates, alors que la France ne compte que quarante-sept navires de guerre. Nous avons appris que dix-neuf étaient en construction, et nous devons nous méfier d'une éventuelle alliance entre Bonaparte et l'Espagne. Néanmoins, nous avons une confiance absolue en notre flotte. »

Et il y avait de quoi. Les Anglais gagnaient presque toutes les batailles navales auxquelles ils participaient.

« En revanche, poursuivit Smith, notre armée est plutôt faible. Nous sommes persuadés que nos soldats sont les meilleurs du monde, mais ils sont hélas peu nombreux et disséminés dans un empire immense. Si Bonaparte réussit à traverser la Manche avec cent cinquante mille hommes – et nos espions nous assurent que c'est ce qu'il a l'intention de faire –, Londres tombera. S'ensuivra un règne de terreur éternel. »

Pour ma part, j'estimais qu'une invasion française ne pourrait qu'être bénéfique à la cuisine londonienne, et je préférais nettement boire un verre de vin qu'une tasse de thé en fin d'après-midi, mais je me gardai bien de partager mon opinion. Les Anglais se battraient jusqu'au dernier pour défendre leur mouton bouilli et leur bière brune.

« Cela signifie que la Manche est une zone clé, dit Smith. Si Napoléon parvenait à en prendre le contrôle, même pendant deux semaines, rien ne l'empêcherait de débarquer une armée et de conquérir notre royaume. Il pourrait remporter une victoire navale décisive, mais nous n'y croyons pas. Il pourrait déjouer l'attention de nos navires par la ruse, mais j'espère que Nelson est assez malin pour ne pas s'y laisser prendre. Reste la dernière solution : l'utilisation de nouvelles machines de guerre étranges. Oui, on m'a parlé de Fulton et de son bateau plongeant, ou sous-marin, mais perfectionner ce genre d'invention demande du temps. En revanche, Bonaparte pourrait attaquer par les airs.

— Ethan et moi avons été dans un ballon dirigeable, une fois, dit Astiza.

— À vrai dire, tu n'es jamais vraiment entrée dans le ballon », objectai-je.

Je ne me rappelais que trop bien sa chute ; j'en faisais encore des cauchemars.

« Je m'en souviens, affirma Smith, dont le navire m'avait secouru lorsque je m'étais abîmé en Méditerranée. Mais les ballons sont faciles à abattre. En plus, ils sont lents et soumis aux caprices du vent. Le planeur de Cayley ne fait que descendre. Mais imaginez un tel engin capable de monter et de se déplacer dans une direction précise. Imaginez des hommes volant comme des faucons, tournoyant, plongeant, lançant des bombes depuis le ciel.

— Une idée épouvantable, approuvai-je. Et tout à fait injuste. Dieu merci, personne n'en est encore capable. J'ai essayé la machine de Cayley et je peux vous assurer, sir Sidney, que si vous parvenez à faire monter Napoléon dans un engin pareil vous aurez gagné la guerre ! Il va s'écraser au sol comme une pierre !

— George Cayley n'en est qu'au début de ses expériences, précisa Smith. Mais une civilisation antérieure à la nôtre aurait découvert les secrets du vol, ou du moins aurait construit des objets ressemblant à des machines volantes. Or, nous pensons que ces gens-là savaient contrôler non seulement l'atterrissage, mais également le décollage.

— Vous voulez parler des Aztèques. Mais comment ? Comment un tel amas de planches pourrait-il s'envoler ?

— Honnêtement, nous l'ignorons. Un moteur à vapeur, peut-être ? Votre réputation d'électricien et de maître des éclairs vous précède, Gage. Peut-être que cette force mystérieuse permettrait de faire avancer un engin volant. Des mécaniciens comme Fulton et Watt se penchent sur la question, et ils ne manquent pas d'idées. Quoi qu'il en soit, les civilisations anciennes étaient très avancées et avaient vraisemblablement une connaissance du vol plus poussée que la nôtre. Mais si les Français nous devancent, ils risquent de nous attaquer par les airs, comme des vautours.

— Les civilisations anciennes, vous dites ?

— C'est ce qu'on raconte, oui. L'idée que demain l'homme en saura plus qu'hier, ou que nous sommes plus avancés que nos ancêtres, est très récente. Pendant très longtemps, les gens croyaient que les anciens savaient plus de choses. Les Aztèques, monsieur Gage, pensaient que c'étaient leurs dieux qui leur avaient appris l'art de la civilisation. D'après la rumeur, ils auraient immortalisé les plans de leurs machines volantes divines dans l'or et les joyaux de leurs trésors perdus. Si le trésor de Montezuma était redécouvert et qu'il renfermait le secret du vol, cela bouleverserait le cours de la guerre. La Manche pourrait être enjambée. C'est ce que Léon Martel a entendu dire, et c'est ce qu'il compte faire.

— Mais des Aztèques ? Soyons sérieux !

— Vous êtes le mieux placé pour savoir que le monde renferme des secrets dans les endroits les plus improbables. Les pyramides ? Des objets nordiques mythiques en Amérique du Nord ? Des machines de guerre grecques ? »

Il n'avait pas tort. Notre planète est bien plus étrange que beaucoup ne veulent l'admettre. J'avais moi-même découvert de nombreux objets bizarres, et j'avais failli mourir plus d'une fois en voulant les récupérer. Des races de surhommes arpentaient très probablement la terre bien avant le début de notre civilisation, et je n'aurais pas été surpris d'apprendre qu'ils savaient également voler.

« Les Caraïbes sont un véritable cimetière de galions espagnols, poursuivit Smith. Entre 1550 et 1650, près de six cents vaisseaux ont fait naufrage, et chacun contenait entre quatre et huit millions de pesos. Imaginez un peu la richesse du Mexique et du Pérou, sachant que, malgré ces pertes considérables, les Espagnols en ont rapporté assez pour bâtir le plus riche royaume de la chrétienté. Le trésor de Montezuma existe-t-il vraiment ? A-t-il été perdu, retrouvé, puis caché de nouveau ? Qui sait ? Mais même si la théorie de Martel est hautement improbable, le simple fait qu'elle soit envisageable nous impose de tout faire pour l'arrêter. Des empires entiers sont en jeu. Une machine de guerre opérationnelle pourrait faire basculer l'équilibre des forces en une seconde. Imaginez un régiment de cavalerie français monté sur des espèces de tapis volants, fondant sur la Tamise comme des Valkyries. »

En plus de ne pas avoir toute sa tête, voilà que Smith mélangeait les références.

« Vous m'avez enrôlé parce que vous avez peur des Valkyries ? demandai-je, railleur.

— Non, nous vous avons enrôlé dans l'espoir que vous persuadiez Louverture de nous dire où se cache le trésor, afin que nous puissions le récupérer.

— Malheureusement, les Français l'ont criblé de balles. »

Les journaux s'étaient fait l'écho de la mort du Spartacus noir mais, officiellement, il était mort de maladie et non en tentant de s'évader.

« Il était mourant, de toute façon, mais ils l'ont abattu alors que nous le hissions, poursuivis-je.

— Quels barbares ! Mais… a-t-il eu le temps de vous livrer un indice ? »

J'hésitai à répondre. Ne valait-il pas mieux garder pour nous la seule monnaie d'échange dont nous disposions ? Astiza, elle, n'hésita pas. La vie de son fils était en jeu.

« Il m'a dit que les émeraudes se trouvaient dans le diamant, mais nous ne savons pas ce que ça signifie. Je vous en prie, partagez cette information avec Léon Martel et récupérez notre fils, sir Sidney. Le trésor de Montezuma ne nous intéresse pas. Vous n'aurez qu'à suivre Martel quand il ira le chercher et le devancer au dernier moment. Nous voulons seulement récupérer notre fils et rentrer à la maison. »

À la maison ? Je me demandai où elle l'imaginait.

Me suivrait-elle en Amérique, étant donné ma responsabilité dans la perte de notre fils ?

Smith hocha la tête, compatissant mais ferme.

« Il en est hors de question, dit-il. Nous ne partageons pas d'informations avec l'ennemi, madame Gage, et Léon Martel est votre ennemi, soyez-en certaine. En plus, il serait presque impossible d'entrer en contact avec lui. Il a senti la guerre venir et a déjà traversé l'Atlantique avec Horus avant que la flotte britannique ne puisse l'intercepter.

— Il a traversé l'Atlantique ?

— Et j'imagine qu'il n'a pas demandé son avis à Napoléon. Martel est un renégat. D'après nos renseignements, il opère seul. Il a profité de ce qu'une tempête menaçait pour se rendre à la rame sur un bateau en partance pour Saint-Domingue, sous le prétexte d'aller voir un ami. Quand le vent s'est levé, le capitaine a été contraint de lever l'ancre pour éviter les dégâts, emmenant Martel et votre fils. Je pense qu'ils sont déjà sur place. Nos espions nous ont également informés qu'il connaît des gens sur l'île française de la Martinique. Vous savez sûrement que c'est là-bas qu'est née Joséphine, la femme de Bonaparte. Martel pense que le trésor se trouve quelque part aux Antilles, et il a sûrement déjà envoyé des canailles à sa recherche, afin de se faire bien voir du Premier consul et de sa famille. »

Des canailles… Je me demandai comment m'appelleraient les Français s'ils apprenaient que je travaillais désormais pour les Anglais. Astiza m'avait rendu le pendentif de Napoléon, et je l'avais caché dans une boîte au cas où nous aurions besoin de nous rendre en territoire français. Je me gardais bien de le porter autour du cou, car je savais qu'il risquait d'une manière ou d'une autre de me valoir la corde.

Mais avions-nous vraiment le choix, dans cette affaire ? Nous ne savions presque rien et, si nous voulions récupérer mon fils et mon émeraude, il nous fallait soit une information à échanger, soit l'appui de la flotte britannique.

« Qu'est-ce que vous attendez de nous ? demandai-je, résigné.

— Je veux que vous alliez aux Antilles, que vous trouviez le trésor avant Martel, et que vous lui tendiez un piège. Quand tout sera fini, vous aurez votre fils, votre émeraude, dix pour cent de tout ce que vous découvrirez et la gloire éternelle », annonça-t-il d'un ton triomphant.

Les Antilles ? Pour beaucoup, elles étaient synonymes de mort. Je savais déjà que la fièvre jaune et les esclaves vindicatifs étaient en train de faire des ravages dans l'armée de Napoléon.

« Mais comment ? demandai-je.

— Louverture est mort, mais son successeur, le général Jean-Jacques Dessalines, continue le combat à Saint-Domingue. Il faut que vous partiez au front, Ethan, et que vous découvriez si les nègres ont caché la plus importante réplique en or de l'histoire. Vous disposez d'un avantage de taille : le gouvernement français ne sait pas que c'était vous et votre femme qui vous trouviez sur le toit du fort de Joux. Pour Napoléon, vous êtes toujours son intermédiaire avec les négociateurs américains, non ?

— J'ai dit à ses ministres que je partais quelque temps afin de dessiner une carte de mes explorations pour Monroe, expliquai-je. Ce n'est qu'ensuite que je suis allé sauver Louverture.

— Ce qui signifie que vous pouvez rejoindre la garnison française à Saint-Domingue en tant qu'agent américain. On vous prendra pour un allié. »

Smith était encore plus sournois que moi, ce qui n'est pas peu dire.

« D'accord, mais je ne vois pas vraiment l'intérêt…

— Vous apprendrez leurs secrets militaires, puis vous les confierez à Dessalines contre le secret du trésor, m'expliqua-t-il comme si c'était d'une simplicité enfantine.

— Mais ne pensez-vous pas que les Français nous pendront comme espions bien avant que nous n'accomplissions notre mission ? » demanda Astiza.

C'était d'une logique implacable.

« Pas si vous vous faites passer pour des négociateurs sur la question de la Louisiane, répondit Smith. Jugez plutôt : vous devez obtenir des renseignements concernant la guerre à Saint-Domingue afin de faire un rapport aux Américains et aux Français sur l'éventualité d'une vente. La France réussira-t-elle à garder sa colonie ? Et si ce n'est pas le cas, sera-t-il dans l'intérêt de Napoléon de vendre La Nouvelle-Orléans ? Ce sont vraiment des questions qui se posent. Vous pourrez prétendre être quelqu'un d'important, alors que ce n'est pas le cas.

— Et pendant qu'Ethan jouera les diplomates à Saint-Domingue, j'aurai le champ libre pour chercher Harry et Martel, ajouta Astiza.

— Précisément. Vous êtes des agents doubles prétendant travailler pour la France et l'Amérique, alors qu'en fait vous travaillez pour l'Angleterre et pour la rébellion des esclaves. Vous ferez croire à Dessalines que c'est Louverture qui vous a envoyés afin de récupérer le trésor et de financer leur nouvelle nation. Une fois que vous aurez menti à tout le monde, vous vous échappez et vous nous livrez le secret. »

Il nous gratifia d'un sourire de renard qui regarde passer la meute de chiens essoufflée et bredouille.

Évidemment, pour Smith, les choses étaient simples. Pour moi, elles l'étaient nettement moins. J'aimais la France et j'aimais les Français, à quelques exceptions près. La France s'était ruinée pour aider ma propre nation à gagner son indépendance, et la révolution causée en partie par cette ruine était plus proche des idéaux américains que des idéaux anglais. Je savais que si je réussissais à persuader Bonaparte de faire la paix je me sentirais plus chez moi à Paris qu'à Londres. Mais pour l'heure, c'était de l'Angleterre dont j'avais besoin, la faute à ce traître de Martel. Est-ce que, pour autant, je devais risquer ma vie en me rendant dans une colonie française en péril ? J'essayai de peser le pour et le contre.

« Si je trouve Harry et mon émeraude à Saint-Domingue, pourquoi partagerais-je quoi que ce soit avec vous ? demandai-je en songeant que mon honnêteté finirait par me perdre.

— Ce trésor doit être bien caché, puisque personne ne l'a encore trouvé ; vous aurez donc besoin de notre marine pour le récupérer. Et avec vos dix pour cent, vous serez l'homme le plus riche d'Amérique. Acceptez de jouer les espions une dernière fois, Gage, et vous pourrez enfin vivre une vie paisible. »

14

Étant donné le tumulte qui suivit la reprise des hostilités entre la France et la Grande-Bretagne, on peut dire que notre arrivée à bon port dans la colonie anglaise d'Antigua releva du miracle. Je me suis souvent demandé pourquoi la guerre est si populaire, pourquoi les nations ont une telle soif de gloire éphémère et de boucherie inutile. Dix mille morts, et les frontières changent à peine. La vérité, c'est que beaucoup s'enrichissent grâce au conflit, et la mer est l'endroit où on peut le plus facilement gagner ou perdre une fortune, les navires devenant les pions d'un vaste échiquier. Pendant les deux premières semaines de combat, nous fûmes ainsi capturés deux fois : nous commençâmes notre voyage sur un navire marchand, le poursuivîmes sur un corsaire français, pour le terminer sur une frégate anglaise.

De Londres, Astiza et moi prîmes un coche direct pour Portsmouth, afin de nous embarquer le plus rapidement possible. Nous avions repéré un brick, le *Queen Charlotte*, qui devait se rendre aux Antilles. Ce navire faisait régulièrement la navette entre l'Angleterre et les Caraïbes, emportant de la porcelaine, des meubles et du tissu à échanger contre du sucre, de la mélasse et du rhum. À Portsmouth, nous réalisâmes que nous n'aurions pas dû nous presser, puisque nous fûmes contraints d'attendre une semaine au port que les vents soient favorables – une semaine au terme de laquelle la guerre reprit. Astiza vivait dans un état d'angoisse constant et elle était facilement irritable, puisqu'elle savait comme moi que ma décision de rester à Paris plus longtemps que nécessaire avait conduit à l'enlèvement de notre fils. Comme trop de couples mariés, nous évitions de parler du problème, ce qui ne faisait qu'empirer les choses. J'étais attentionné, mais elle restait de glace. Elle était polie, mais j'étais trop têtu pour reconnaître mes erreurs.

Il fallait que je récupère notre fils. Tous les jours, j'arpentais le port, priant pour que le vent daigne tourner. Peut-être que les moteurs à vapeur n'étaient pas une si mauvaise idée, après tout ! Je portais toujours autour du cou ma loupe de joaillier : personne ne pourrait me reprocher de ne pas être, à ma manière, un éternel optimiste. Je ne m'étais par ailleurs toujours pas débarrassé du médaillon de Napoléon, même si je n'œuvrais que dans mon propre intérêt. Je peux vous assurer que changer de camp et ne faire confiance à personne est très éprouvant. Non seulement on se méfie de tout le monde, mais, en plus, on doute constamment des idéaux qu'on défend. J'avais décidé que, lorsque j'abandonnerais pour de bon cette vie d'aventurier, je deviendrais un patriote américain convaincu et que j'approuverais toutes les décisions politiques de ma nation, aussi stupides pussent-elles être, afin de pouvoir vivre en bonne entente avec mes voisins, lesquels penseraient que je pense ce qu'ils pensent que je devrais penser, alors même que je n'aurais pas à penser beaucoup.

Le 18 mai, nous prîmes enfin la mer en direction du sud et de la route commerciale située au large de l'Afrique. Ce que nous ignorions, c'est que la guerre venait de reprendre. Une semaine à peine après notre départ, nous fûmes capturés par un corsaire français, *La Gracieuse*, un brigantin équipé d'une douzaine de canons. Un corsaire est un pirate autorisé par un gouvernement à attaquer les navires ennemis en temps de guerre. Les pirates tirèrent donc quelques boulets vers notre proue, notre capitaine répondit par un seul coup de canon, pour l'honneur (il prit bien soin de viser l'eau pour ne pas fâcher les Français), et notre vaisseau se rendit sans effusion de sang. Une fois notre bateau investi par l'équipage français et notre capitaine confortablement enfermé dans sa cabine, notre petit convoi de deux navires mit le cap vers Brest. Je nous voyais déjà retourner au fort de Joux avec Astiza, non pas en tant que libérateurs, mais en tant que prisonniers – une perspective des plus inquiétantes.

Aussi avais-je tout fait pour dissuader notre capitaine anglais de se rendre.

« Ne pourrions-nous pas essayer de nous enfuir ? » lui avais-je suggéré peu avant notre capitulation.

Notre capitaine était un ivrogne aux yeux chassieux répondant au nom de Greenly. Il n'y voyait plus très bien et il boitait, une infirmité héritée selon lui d'une morsure de requin. Son second m'avait par la suite confié qu'en fait le pauvre homme avait lâché un palan sur ses orteils en voulant charger sa cargaison, un soir de pluie où il avait trop bu.

« Je pense que leur navire est plus rapide, monsieur

Gage, me répondit Greenly. Et son capitaine a l'air plus expérimenté.

— Je ne tiens vraiment pas à être capturé par les Français. Cette guerre promet d'être longue, et ma femme et moi devons absolument nous rendre aux Caraïbes pour récupérer notre fils. Si nous leur lâchions une bordée au moment de l'abordage ? Ensuite, nous n'aurions plus qu'à virer de bord pour briser leur beaupré et leur mât de misaine. »

Je ne suis pas d'ordinaire quelqu'un de très courageux, mais l'idée de me retrouver emprisonné me donnait du cran. Je lui proposais donc des tactiques navales que j'avais lues dans des romans d'aventures.

« Un prédateur reculera toujours s'il se fait piquer, assurai-je.

— Ah oui ? Et si vous avez tort, et que je me fais décapiter par un boulet de canon en défendant une cargaison qui n'est pas à moi ?

— Vos employeurs ne manqueraient pas de saluer votre loyauté. Peut-être même qu'ils verseraient une pension à votre veuve, si veuve il y a.

— J'admire votre audace, Gage, mais, contrairement à vous, je n'ai jamais combattu des pirates à turban et des Indiens emplumés. Il vaut mieux se rendre. D'ici un mois, j'ai toutes les chances d'être échangé contre un capitaine français prisonnier. Que voulez-vous, ce sont les aléas de la guerre.

— Mais nous, contre qui voulez-vous qu'on nous échange ?

— Je n'en sais rien. Honnêtement, je ne vois pas en quoi vous pourriez être utiles à aucun des deux camps.

— Ethan, ils ont une douzaine de canons, me fit à juste titre remarquer Astiza. On pourra peut-être convaincre les Français de nous envoyer à Saint-Domingue retrouver Martel. »

Comme je l'ai déjà dit maintes fois, elle était très pragmatique.

« Après tout, ils pensent sûrement que nous sommes toujours dans leur camp, poursuivit-elle. Tu as le médaillon pour le prouver.

— Dans leur camp, à bord d'un navire anglais ? Imagine que la fille du fort de Joux ou que son père me reconnaissent ; je finirais pendu devant sa fenêtre, et par le cou cette fois-ci ! »

Mon pessimisme concernant la prison et les femmes était justifié. Personne n'est plus affable que moi ni n'accumule autant les ennemis.

« Tu n'auras qu'à raconter aux matelots français des anecdotes amusantes sur Napoléon et te faire passer pour un diplomate américain devant se rendre impérativement à Saint-Domingue, suggéra-t-elle d'un ton mielleux.

— Mais je suis un diplomate américain devant se rendre impérativement à Saint-Domingue ! En revanche, Napoléon n'est pas quelqu'un de particulièrement amusant.

— Je séduirai le capitaine et le persuaderai qu'il nous a sauvés. Il ne sera plus notre ravisseur, mais notre libérateur, et il sera ravi de nous laisser repartir. »

J'étais sceptique car, si nous réussissions à convaincre les corsaires que nous étions des gens importants, ils risquaient de nous garder pour nous revendre ensuite au plus offrant.

Heureusement, nous n'eûmes pas l'occasion de mettre en pratique le plan d'Astiza, car notre captivité fut de courte durée. Avec le début du conflit, les capitaines avides de trophées ne manquaient pas, d'un côté comme de l'autre, et, deux jours plus tard, la frégate anglaise l'*Hécate* intercepta notre convoi et recaptura le *Queen Charlotte* et *La Gracieuse*. Les aléas de la guerre, décidément. Finalement, avec le recul, la couardise de notre capitaine n'était pas si mal venue. Peut-être que Greenly n'était pas aussi bête que je l'avais d'abord pensé.

Quelques membres d'équipage investirent le corsaire français et mirent le cap vers l'Angleterre avec les prisonniers, tandis que le brick marchand et la frégate reprenaient la route des Antilles. Pour embarquer sur le navire de guerre, plus rapide, je promis de narrer mes aventures à l'équipage, mais cette offre ne parut intéresser personne. En revanche, quand les officiers britanniques remarquèrent ma femme, ils ne se firent pas prier pour nous faire monter à bord. Les aventuriers n'y pensent jamais, mais être accompagné d'une femme peut se révéler très utile, que ce soit pour distraire un ennemi, désarmer un tyran ou amadouer un coléreux. Les Anglais se passionnaient pour les histoires de dieux et de pyramides que leur contait Astiza, mais elle aurait pu parler de polices d'assurance qu'ils auraient été tout aussi sûrement conquis.

Sa présence m'était utile pour une autre raison. J'avais toujours avec moi le pendentif en or de Napoléon, et je savais que si les soldats britanniques le remarquaient, je risquais de passer un mauvais moment. Dans un espace confiné comme un bateau, le bijou pouvait être découvert. Aussi le rendis-je à Astiza, en me disant à raison que, en tant que femme, elle aurait certainement droit à plus d'intimité que moi.

« Ne vaut-il pas mieux nous en débarrasser ? murmura-t-elle.

— Nous passons sans cesse d'un camp à l'autre. On ne sait jamais. »

Elle glissa donc le médaillon sous ses vêtements.

En troquant un brick marchand contre un navire de guerre, nous avions perdu en confort pour gagner en vitesse. La frégate était pleine à craquer de soldats, au cas où une bataille se présenterait ; la discipline était sévère et la cruauté quotidienne. En six semaines, nous assistâmes à trois flagellations – un des accusés avait volé de la nourriture, l'autre avait remis à sa place un aspirant de marine de treize ans, et le dernier s'était endormi pendant son quart –, mais on m'assura que les peines pouvaient être bien pires. Les coups de fouet brisaient les hommes au lieu de les éduquer mais, pour la marine britannique, il était impossible d'envisager une société basée sur autre chose que la peur du châtiment corporel. À côté de cela se développait une camaraderie de la misère partagée, et les rations salvatrices de rhum permettaient aux hommes de tenir. À quoi bon se plaindre ? Le monde était inflexible.

Astiza, elle, était rongée par l'appréhension. Comme elle avait l'habitude de méditer, mais que la frégate manquait de place, on lui aménagea dans la cale ce qu'elle appelait une « chambre de prière », juste à côté de la sainte-barbe, que deux soldats gardaient en permanence. Il n'y avait pas de hublot pour éclairer son réduit, mais on jugea qu'il se trouvait suffisamment loin de la réserve de poudre et Astiza put utiliser sa lampe (la sainte-barbe était en effet tapissée de fourrure pour éviter la moindre étincelle, et personne ne pouvait y entrer avec une bougie à cause du risque évident de faire exploser le bateau. Pour se repérer, les marins devaient se contenter d'une unique petite lampe protégée par une épaisse vitre en verre encastrée dans le mur de la pièce).

Pour obtenir sa chambre, Astiza n'eut aucun mal à expliquer aux officiers qu'elle avait besoin d'étudier loin des regards indiscrets. Les marins guettaient en effet ses moindres mouvements, tels des chiens ayant repéré un écureuil.

Une fois seule dans sa petite pièce, elle installa en silence son temple secret dédié à un panthéon de dieux qui, à une autre époque, nous aurait valu de finir sur le bûcher. Comme je ne voulais pas qu'on accuse ma femme de paganisme, je montais la garde chaque fois qu'elle allumait l'encens, qu'elle tirait de son sac en velours de petites figurines égyptiennes en os et en pierre, et qu'elle priait pour l'avenir. Et je faisais bien car, même si elle consultait aussi Jésus, elle avait une vision de la religion beaucoup plus œcuménique que la norme et je ne tenais pas à ce que les marins – des gens connus pour être superstitieux – nous passent par-dessus bord. Sa chambre était à peine plus grande qu'un confessionnal, et elle empestait de cette odeur propre aux navires que le cerveau ne parvient pas à oublier, même plusieurs semaines après l'arrivée : un mélange putride de corde, d'eau croupie, de bois humide, de cent hommes mal lavés, de charbon, de fromage moisi, de pain rassis et de bière (même si, après un mois, il n'en restait plus la moindre goutte). Un tombeau égyptien aurait été plus gai, mais Astiza avait autant besoin de cette solitude contemplative que j'avais besoin de charmer mes interlocutrices.

Dès qu'un officier me posait des questions, je lui

répondais que les méditations d'Astiza avaient tendance à porter chance, et que notre sauvetage par la marine britannique en était la preuve. Par mesure de sécurité, j'ajoutais toujours quelques inepties que ne manquait pas d'avaler l'équipage : les femmes sont par nature modestes, pieuses et contemplatives ; les Égyptiennes sont connues pour leur excentricité…

Chaque fois, j'espérais qu'Astiza sorte de ses sessions rassurée ; chaque fois, elle était taciturne et de mauvaise humeur. Elle me dévisageait tristement, et je ne pouvais m'empêcher de penser qu'elle avait vu quelque message surnaturel concernant la perte de notre fils.

Autant que possible, je la laissai tranquille mais, quand je la trouvai accoudée au bastingage, un soir – à présent, il faisait plus chaud et le ciel était parsemé d'étoiles –, je me décidai à aller la voir pour discuter, ce que j'aurais dû faire bien avant.

« Est-ce que Harry va bien ? » demandai-je.

Astiza était une sorte de sorcière, mais une bonne sorcière, et j'avais appris à croire en sa magie. Elle était capable de voir des endroits éloignés, et elle pouvait prédire l'avenir.

Comme elle ne répondait pas, je lui touchai le coude, aussi timidement qu'un écolier. Elle tressaillit, puis finit par se retourner.

« Et si c'était une erreur de nous marier ? » me demanda-t-elle d'une voix sourde.

Aucune insulte n'aurait pu me faire plus mal. Je reculai comme si on m'avait frappé au visage.

« Tu ne parles pas sérieusement, Astiza ? »

Elle était tout ce que je désirais, tout ce dont j'avais besoin, et suggérer que le destin ne voulait pas que nous soyons ensemble était comme un coup de poignard en plein cœur.

« Pas pour toi, Ethan, dit-elle tristement. Ni même pour nous. Mais pour notre fils.

— Qu'est-ce que tu as vu ? Il est malade ?

— Non, non, soupira-t-elle. L'avenir est-il déterminé ?

— Certainement pas ! L'avenir, ça se répare ! m'exclamai-je, même si, secrètement, je partageais sa peur du destin. Bon sang, mais parle-moi ! Qu'est-ce qui se passe ?

— Rien de précis, répondit-elle en secouant la tête. Seulement une impression… L'impression qu'une épreuve nous attend, une épreuve qui pourrait nous séparer au lieu de nous rapprocher. Un danger si nous sommes ensemble, comme s'il fallait que nous soyons deux pour attirer les ennuis.

— Mais c'est complètement faux ! Nous avons déjà échappé au danger. Au moins une dizaine de fois ! Nous devons arrêter ce voleur de Martel. Quand ce sera fait, nous pourrons vivre en paix jusqu'à la fin de nos jours. C'est pour cela que j'ai pris cette émeraude. Pour nous.

— Je sais bien, Ethan. Mais le destin est étrange, murmura-t-elle en regardant les vagues. Je suis si loin de chez moi. »

Je la pris dans mes bras.

« Nous rentrerons à la maison. Tu verras. »

15

Nous arrivâmes donc sur l'île de l'or blanc et de la main-d'œuvre noire. Dans l'air flottait une odeur tenace de fleur et de moisissure. Les Anglais nous avaient assuré que les Caraïbes étaient un enfer mais, à première vue, il s'agissait d'un enfer séduisant. Une brise douce, des couleurs éblouissantes, un climat moite, et des esclaves décadents dignes de la Rome antique, le tout dans une atmosphère menaçante de maladie.

En accostant à English Harbour, nous découvrîmes ce qui ressemblait, après un siècle et demi d'esclavage, à une île africaine. Il y avait beaucoup de Blancs, et tous semblaient suffoquer sous leur épais uniforme rouge. Ils hurlaient des ordres pour couvrir le grincement des scies et le martèlement des haches, tandis que le gros des troupes partait pour la guerre. Mais les trois quarts des hommes que nous vîmes occupés à tresser des cordages, raccommoder des voiles, forger des pièces métalliques, construire des tonneaux et monter la garde étaient noirs. Qu'ils fussent esclaves ou artisans libres, ils luisaient de transpiration et travaillaient avec une énergie qui faisait défaut aux faibles Européens. Contrairement à nous, ils se sentaient chez eux dans cet environnement.

L'officier désigné pour nous conduire, Astiza et moi, à un entretien avec le gouverneur de l'île, était un homme à la peau rose et à l'uniforme rouge. C'était un capitaine joyeux et loquace nommé Henry Dinsdale. Quant au potentat local que nous devions rencontrer, il s'appelait lord Lavington (un planteur originalement connu sous le nom de Ralph Payne), et c'était avec lui que nous allions parler politique et stratégie locale. En tant que secrétaire du gouverneur, Dinsdale assurait la liaison avec les soldats de l'île et était chargé d'escorter les visiteurs. C'était un homme grand et fin, plutôt jovial, et ravi de partager son savoir, notamment avec ma magnifique femme. La première fois qu'il la vit, il se prosterna devant sa gracieuse silhouette avec autant de révérence qu'un musulman à La Mecque.

« Lavington occupe principalement sa résidence de Saint John's, de l'autre côté de l'île, nous informa Dinsdale. Mais en ce moment, il inspecte sa plantation à Carlisle. Vous dînerez demain avec lui là-bas, et il vous dira tout ce qu'il faut savoir sur ces îles. La lettre d'introduction de Smith a éveillé sa curiosité. »

Sir Sidney Smith nous avait en effet donné une lettre ordonnant à tous les officiels anglais que nous rencontrerions de nous escorter jusqu'à Saint-Domingue (où se trouvait peut-être notre fils) et de nous fournir de faux papiers pour tromper la vigilance des Français.

« Il y a plus de Noirs ici qu'à Tripoli, fis-je remarquer. Et plus que dans la nouvelle capitale de mon pays, entre le Maryland et la Virginie. Même vos garnisons semblent constituées majoritairement de nègres.

— Vous êtes observateur. On ne compte que trois mille Blancs à Antigua, pour dix fois plus d'esclaves. La plupart des travaux sont effectués par des nègres

149

et des mulâtres libres, et même le gros de notre infanterie est noir. Ici, toute l'économie repose sur la canne à sucre, mais c'est une culture beaucoup trop éprouvante pour nous autres Blancs. Cette île est donc devenue une sorte de Congo.

— Vous ne craignez pas la révolte ?

— Nous en avons connu cinq ou six, dit-il en regardant ma femme, espérant sûrement la faire frissonner d'effroi. Nous empalons, brûlons, castrons, versons de la cire brûlante sur les plaies et coupons des membres. »

Il s'interrompit pour essuyer avec un mouchoir parfumé les gouttes de sueur qui perlaient sur son front, puis il poursuivit :

« Nous pendons, abattons, enchaînons et pourchassons les fugitifs avec des chiens. Nous y sommes obligés, si nous voulons éviter des ennuis plus sérieux. J'espère que vous me pardonnerez ma franchise, madame Gage. »

Ayant été élevée en Égypte, un pays chaud et profondément inégalitaire, Astiza semblait dans son élément sur cette île.

« Si nous voulons changer le monde, capitaine, nous aurons besoin d'encore plus de franchise, déclara-t-elle. Pour corriger le pire, la première étape est d'avoir conscience qu'il existe. »

Il hocha la tête, visiblement surpris et gêné par l'intelligence de ma femme.

« Pas besoin de changer quoi que ce soit, madame. C'est comme élever des animaux de ferme. Esclaves et maîtres ont réussi à trouver un certain équilibre. Les régiments noirs protègent la paix et défendent l'île ; ce sont les seuls à pouvoir supporter la fièvre jaune. En plus, ce sont des soldats obéissants. Pour tout vous dire, je préfère largement commander un régiment noir qu'un régiment blanc. Ici, en tout cas, précisa-t-il en s'éventant. Pas en Angleterre, ça va de soi.

— Vous êtes donc sensible à leur sacrifice ? » demanda Astiza.

Dinsdale fronça les sourcils.

« Il existe aux Antilles un ordre naturel, madame Gage. Sans les Blancs, pas de commerce. Sans les Noirs, pas de produit. À Saint-Domingue, les Français ont eu le malheur de menacer cet équilibre avec leurs grands discours révolutionnaires de liberté, et il s'en est suivi un massacre des planteurs et une décennie de guerres dévastatrices. Ici, chacun connaît sa place, et c'est d'ailleurs une des raisons pour lesquelles les Anglais et les Français sont en guerre. À Antigua, nous faisons tout notre possible pour maintenir l'ordre. Nous sommes, je pense, la ligne de front de la civilisation.

— Grâce au fouet et aux chaînes », nota Astiza.

Elle est directe, c'est une des choses que j'aime chez elle.

« Non, grâce à une hiérarchie sociale stricte. La liberté des Noirs, madame Gage ? Allez donc voir comment les choses se passent en Afrique ! La vie d'esclave n'est pas facile, certes, mais elle est plus sûre. Pas de cannibalisme, ici. Pas de guerres tribales. Et n'allez pas croire qu'ils ne pratiquent pas eux-mêmes l'esclavage ; quand ils arrivent à nos bateaux, ils sont déjà enchaînés, que ce soit par ceux de leur race ou par les Arabes. La vie dans une plantation est dure, madame, mais c'est aussi pour eux une opportunité. Cela leur donne une chance de sauver leur âme de la damnation éternelle. Et sachez que celles qui sont enceintes ne sont pas fouettées. Vous verrez. »

Nous passâmes la nuit à English Harbour, dans le quartier des officiers. Malgré les conseils du docteur, nous laissâmes les volets ouverts pour profiter de la brise nocturne, et nous tendîmes une moustiquaire autour de notre lit. Le parquet et les murs en brique n'étaient pas très différents de ceux que l'on peut trouver dans les hôtels anglais, mais les plafonds étaient plus hauts et les représentations de navires légèrement plus rongées par l'humidité. Dès que le soleil fut couché, les grenouilles arboricoles entamèrent un concert qui rappelait le bruit des vagues.

De longs porches ombragés avaient été conçus spécialement pour ce type de climat et, avant d'aller nous coucher, nous restâmes assis quelque temps à contempler un paysage aussi frappant qu'un rêve d'opium. Comme en Égypte, le soleil dictait la vie. Pour un enfer terrestre, je trouvais cet endroit plutôt langoureux et agréable. Nous bûmes du punch en observant les bateaux ; nous étions à la fois soulagés et impatients. Nous espérions que, quelque part, le petit Harry nous attendait, et nous espérions que ce quelque part n'était pas trop loin. Nous étions soulagés d'avoir réussi à traverser l'océan, inquiets à l'idée que la quête de notre fils n'était pas terminée, énervés d'avoir perdu autant de temps à retrouver sa trace, et angoissés de savoir que notre voyage nous mènerait à Saint-Domingue, une île désolée gouvernée par la guerre et la torture. La fièvre jaune avait déjà tué le général français ; aurait-elle également raison d'Astiza, de Harry et de moi ?

Pour éviter la chaleur, nous partîmes pour Carlisle avant l'aube, la période la plus fraîche de la journée. Un domestique noir vêtu d'un gilet et d'une chemise conduisait notre voiture. Dinsdale était assis à sa droite, avec deux pistolets et un poignard passés à la ceinture, et un mousquet planté à côté de lui comme un réverbère. Astiza et moi étions derrière, agrippant les larges chapeaux de paille qu'on nous avait donnés pour nous protéger du soleil.

En pénétrant dans la forêt, nous eûmes l'impression d'être tombés dans un encrier. Le jour finit par se lever, mais la jungle formait toujours un tunnel sombre, jusqu'à ce que nous arrivions au sommet d'une colline qui dominait la baie. Dès que nous nous fûmes éloignés de l'eau, la brise marine disparut, cédant la place à un air oppressant malgré l'heure matinale. Mais une fois la crête franchie, nous quittâmes la forêt et le vent reprit. Soudain, une sensation de fraîcheur bienvenue nous envahit. Derrière nous, le port rempli de bateaux à l'ancre offrait un tableau idyllique. Devant s'étendait un paysage infini de champs de canne à sucre, et sur chaque colline se dressait un moulin à vent en pierre aux ailes majestueuses. Pendant quelques instants, nous nous sentîmes vraiment bien, et nous en vînmes presque à oublier la description d'Antigua qu'en faisaient les Anglais.

« Les Espagnols ont logiquement délaissé ces petites îles pour gagner de plus grands espaces : Cuba, Hispaniola, le Mexique et le Pérou, nous expliqua Dinsdale sur le chemin. Les Indiens caribes qui vivaient sur les îles du Vent étaient féroces, et leurs minuscules territoires verts semblaient inutilisables. Mais très vite, les colons anglais, français et hollandais ont commencé à récupérer ces miettes que les Espagnols avaient laissées, et ils ont fait tout ce qui était en leur pouvoir pour survivre. Ils ont chassé et exterminé les Caribes et les cochons sauvages, avant de se lancer dans l'agriculture.

Quand ils se sont aperçus que les semences ordinaires ne prenaient pas, ils ont essayé le tabac, le café, le chocolat, l'indigo, le gingembre et le coton. Comme ils n'arrivaient pas à concurrencer la Virginie et le Brésil avec ces produits, ils ont tenté la canne à sucre. Et là, le miracle : un rendement d'une tonne par acre !

— Et c'est ce qui a rendu ces îles si riches ? demandai-je poliment.

— Au début, mais les employés ont vite arrêté de travailler, suivis par les servantes. Les champs de canne s'étendent à l'infini, ils sont poussiéreux et il y règne une chaleur effroyable. Finalement, nous avons décidé d'imiter les Portugais et de faire venir des esclaves d'Afrique. Ces derniers étaient capables de supporter la chaleur qui tuait les Blancs, et ils se contentaient du maïs, des bananes plantains, des haricots et des patates douces que les travailleurs blancs ne consommaient pas. Les Noirs se nourrissent d'une espèce de purée de maïs, et ils mangent même directement les épis, comme des animaux. Les planteurs ne sont pas ingrats. Ils donnent à leurs esclaves un petit verre de rhum le dimanche, et même de la viande, quand une vache ou un mouton tombe malade. Les nègres ont aussi droit à leurs arbres à pain, cette plante que William Bligh voulait récupérer à Tahiti. Et sachez qu'à leur façon les Noirs sont doués d'une certaine intelligence : ils fabriquent une liqueur à base de patates douces et une autre à base de manioc. On leur laisse également pratiquer leurs danses tapageuses à côté desquelles nos fêtes font pâle figure. Oui, nous sommes tolérants, à Antigua. Et le nègre est tout ce que le travailleur européen n'est pas : sociable, adaptable, endurant, doux, domestiqué et discipliné. Les Blancs veulent faire fortune ; les Noirs veulent seulement une hutte.

— Vous êtes un véritable expert.

— Nous étudions les esclaves de la même manière que les Anglais étudient les chevaux : les Ouidahs et les Pawpaws sont les plus dociles, les Sénégalais les plus intelligents. Les Mandingues sont très doux, mais ils ont tendance à s'inquiéter. Les Coromantins sont courageux et fidèles, mais ils sont aussi têtus. Les Igbos se morfondent, ils ne survivent jamais très longtemps. Les Congolais et les Angolais fonctionnent bien en groupe, mais pris un par un ils sont profondément stupides. Toutes ces caractéristiques se répercutent sur leur prix. À leur façon, les nègres sont des êtres merveilleux. Ils n'ont besoin de presque aucun vêtement ni aucun outil. Les planteurs leur mettent entre les mains une pioche, une hache ou un couteau incurvé, et ils fournissent sans rechigner dix heures de travail efficace, même avec une pause de deux heures au moment le plus chaud de la journée.

— Et les planteurs, qu'est-ce qu'ils font pendant ce temps-là ?

— Ils s'occupent des comptes et organisent des festivités, comme tous les riches de ce monde. »

Pendant quelques instants, nous restâmes silencieux.

« Chaque fortune est bâtie sur un crime », déclara enfin Astiza.

En bon guide, Dinsdale ne s'offensa pas.

« N'oubliez pas que vous aussi, vous êtes assis dans cette voiture, dit-il. Et j'ai appris que vous faisiez affaire avec Bonaparte. »

Voyant que sa remarque avait fait mouche, il poursuivit :

« Eh oui, j'ai entendu parler des rapports envoyés au gouverneur ; tout se sait à Antigua. Moi, je suis le fils d'un propriétaire terrien des Midlands, et notre pasteur là-bas demande aux pauvres des loyers exorbitants, ce qui lui permet de mener une existence confortable. Pas tout à fait ce que prêchait le Christ, n'est-ce pas ? Comme vous avez pu vous en apercevoir, nos navires avancent grâce aux coups de fouet et à la potence. Nos soldats ont pour la plupart interdiction de se marier, et ils sont battus comme plâtre au premier écart. La France a voulu abolir ce genre de procédés, et elle s'est retrouvée confrontée au chaos. À présent, Napoléon essaie de faire marche arrière. Pour tout vous dire, je ne comprends pas pourquoi nous sommes en guerre contre lui. Il essaie de rétablir l'esclavage à Saint-Domingue ; c'est précisément ce qu'il faut faire. »

Clairement, Dinsdale se considérait comme un réaliste, mais un réaliste qui ne pouvait concevoir une autre réalité. Les conservateurs sont des gens pessimistes, mais je comprends leurs craintes. Plus je vois le monde, plus je crois que la civilisation n'est qu'un vernis sur la vaste vitrine des passions, des peurs et des cruautés de l'homme : une armoire sombre de laquelle notre véritable nature cherche à tout prix à s'extraire. Les prêtres et les bourreaux sont là pour contenir notre barbarie, mais leur tâche est difficile.

« Vous n'êtes pas un progressiste, capitaine, résumai-je à mi-voix.

— Je suis pragmatique. J'étudie les Évangiles, mais je vis à Antigua.

— Les Noirs seront-ils un jour libres ?

— Non, sinon toute l'économie sucrière s'effondrerait. Aucun homme libre n'aurait les moyens de cultiver la canne à sucre. Les anciens esclaves vivraient dans la pauvreté la plus extrême, sur des îles considérées comme des nids à maladies. Personne ne viendra jamais à Antigua pour le plaisir.

— Personne ne s'élève pour l'abolition, ici ? »

Je savais que le sujet faisait débat en Angleterre. Influencés par les idées françaises, certains se battaient pour la fin du commerce triangulaire, voire pour une abolition pure et simple de l'esclavage. Les révolutions du monde avaient fait naître de magnifiques idées.

« Il y a bien les quakers, mais personne ne les prend au sérieux. En revanche, le Parlement est plein de dangereux utopistes qui veulent s'attaquer aux principes du libre-échange, et qui sont soutenus par de riches progressistes qui n'ont aucune notion des réalités. La société antillaise est basée sur la nécessité, monsieur Gage. Envoyez un régiment de Blancs ici et, en moins d'un an, les neuf dixièmes des soldats auront été terrassés par la fièvre jaune. Les Noirs, eux, sont plus résistants. La nécessité, monsieur Gage, la nécessité. Et n'oubliez pas qu'un dixième de ces nègres ont gagné leur liberté, grâce à la clémence de leurs maîtres. Ils sont aujourd'hui charretiers, charpentiers, bergers, pêcheurs. En tant qu'Américain, vous croyez en la liberté, n'est-ce pas ? Alors, pourquoi nous autres habitants d'Antigua n'aurions-nous pas la liberté de développer notre propre société comme bon nous semble ? La liberté de gagner notre vie honnêtement, même si cela implique l'achat et l'élevage d'esclaves ? »

Clairement, Dinsdale n'était pas à une énormité près.

Nous nous abstînmes de faire le moindre commentaire et nous contentâmes de siroter notre mixture d'eau, de citron et de madère. Avec la chaleur, nous étions obligés de boire régulièrement, ce qui transformait le trajet en une torpeur grisante malgré l'heure matinale.

« Les moulins me rappellent la Hollande », finit par commenter Astiza.

Les grandes ailes étaient toutes orientées face au vent, grâce à un procédé que je ne connaissais pas encore, et elles paraissaient tourner sans effort. Même si nous étions loin, nous pouvions entendre distinctement le grincement des roues dentées.

« Il n'y a pas d'eau ici pour faire tourner les moulins, nous expliqua Dinsdale. D'ailleurs, la sécheresse est notre pire ennemi. Le seul moyen de broyer la canne à sucre est d'utiliser la force de la brise. »

Les champs de canne formaient un mur de deux mètres cinquante de part et d'autre de la route poussiéreuse. Quand le soleil se leva au-dessus des tiges, nous mîmes notre chapeau. C'est alors que nous entendîmes une corne de brume, puis une autre, et encore une autre.

« Des conques, dit Dinsdale. C'est l'heure pour les esclaves de se mettre au travail. »

Avec l'arrivée du soleil, les insectes lancèrent l'assaut, que nous tentâmes de contenir avec de grands gestes.

« Les moucherons et les moustiques sont partout. Sur les plages et dans la mangrove, on trouve des crabes terrestres ; ils sont blancs, chétifs, répugnants. Ne vous promenez jamais pieds nus, les aoûtats provoquent des démangeaisons affreuses. Vous verrez également des cloportes, des punaises de lit, des lézards et des cafards de la taille de langoustes. Dans les maisons de maître, les domestiques les chassent, mais vous croiserez sûrement des esclaves au visage couvert de morsures de cafards. Ces infâmes créatures les attaquent pendant leur sommeil, quand ils sont allongés dans leur hutte, à même le sol. Il y a aussi des fourmis, bien sûr. Elles se comptent par millions. Et des termites. Des frelons. Des serpents.

— Êtes-vous en train d'essayer d'effrayer ma femme, monsieur ?

— Non, pas du tout. C'est seulement que les Anglais peignent souvent un tableau idyllique de l'existence des planteurs : une vie de paresse et d'oisiveté, alors que c'est en vérité une lutte de tous les instants. La cuillerée de sucre dans la tasse de thé londonienne a derrière elle une histoire épique. Les Européens ne comprennent pas le vrai coût d'une confiserie.

— On dirait que vous avez également des incendies, fit remarquer Astiza en observant d'épaisses colonnes de fumée qui s'élevaient dans des champs éloignés.

— Nous brûlons les champs après la récolte. C'est le seul moyen d'éloigner les serpents et les rats. La vermine nous dévaste un tiers de la récolte. À Carlisle, on a décidé d'offrir une récompense pour les rats – un épi de maïs ou un morceau de pain par rongeur. Les esclaves en ont attrapé trente-neuf mille. Vous vous rendez compte ? On a même cru qu'ils les élevaient eux-mêmes. Il faut compter entre quatorze et dix-huit mois pour que la canne à sucre soit mûre, et tout est fait à la main, alors nous devons faire le maximum pour éloigner les nuisibles. Perdre un esclave à cause d'une morsure de serpent coûte plus cher que perdre un cheval. Nous brûlons donc les champs pour assurer leur sécurité. »

Nous dépassâmes un groupe d'esclaves occupé à planter de nouvelles cannes dans un champ fraîchement moissonné. Leur peau luisait au soleil, et les pioches

frappaient la terre dans un rythme régulier. Des contremaîtres noirs les surveillaient, perchés sur leur cheval
à l'ombre d'un arbre immense qu'on gardait là pour
assurer une fraîcheur relative pendant la pause déjeuner. Il y avait des jarres le long des sillons, mais je ne
savais pas si l'eau qu'elles contenaient était destinée
aux plantes ou aux planteurs. Les hommes étaient vêtus
de pagnes et couverts de poussière rouge. Les femmes
étaient à demi nues, et certaines piochaient avec leur
nourrisson accroché dans le dos.

« Un Blanc a de la chance s'il survit cinq ans dans
un tel environnement, nous confia Dinsdale. Mais s'il
y arrive, il peut multiplier sa fortune par cinq. »

Nous pénétrâmes à nouveau dans la jungle, un
couloir torride de plantes entremêlées. Les fleurs jaillissaient, tels des points de lumière. Les moustiques
redoublaient d'ardeur, et nous transpirions en silence.

« Mettez du vinaigre sur les piqûres », nous suggéra
le capitaine.

Puis nous arrivâmes dans une immense clairière en
pleine forêt, recouverte de pelouse. Au centre se dressait une imposante demeure peinte en jaune, comme
une apparition irréelle. La maison était entourée d'un
porche à deux étages et chaque fenêtre était équipée de
volets. Çà et là, des fauteuils en osier et des hamacs
invitaient à la détente. D'immenses arbres tropicaux
fournissaient une ombre salvatrice. Les massifs de
fleurs du jardin formaient une mosaïque colorée, et
un ruisseau se jetait dans un bassin artificiel. Bref,
c'était une véritable oasis.

« Nous voilà arrivés à Carlisle, déclara Dinsdale. Vous allez pouvoir discuter affaires avec le
gouverneur. »

16

À Antigua, le déjeuner constitue l'occupation principale des planteurs. C'est une cérémonie qui dure entre trois et cinq heures, au moment le plus chaud de la journée. Lord Lavington et sa femme nous accueillirent chaleureusement dans leur véranda ombragée, parés de leurs plus beaux vêtements londoniens. Malgré leur embonpoint, on sentait qu'ils soignaient leur apparence. Comme tous les colons, ils avaient hâte d'entendre les derniers ragots en provenance de Londres et de Paris. Aux Antilles, la mode arrive avec six mois de retard et les garde-robes d'hiver font donc leur apparition en plein été tropical, mais aucun planteur ne peut résister à l'envie de les porter, et tous transpirent sans la moindre gêne.

Nos hôtes étaient aussi grisés que nous par l'eau purifiée au vin et au rhum dont ils s'abreuvaient du matin au soir pour hydrater leur corps ruisselant de sueur. Le gouverneur et sa femme avaient une soixantaine d'années. C'était un couple prospère, mais pas à l'abri d'un revers de fortune : lord Lavington était un rescapé politique qui s'était allié à contrecœur avec le Premier ministre William Pitt afin d'être nommé gouverneur – un poste qui lui assurait un salaire et lui permettait de s'occuper des terres qu'il n'avait pas fini de rembourser. La vérité, c'est que pour tout planteur qui faisait fortune un autre faisait faillite, et Lavington était retourné à Antigua pour éviter ce dernier cas de figure. La jungle, les ouragans, les guerres et les fluctuations du marché menaçaient toujours de détruire ce qui avait été construit, et la difficulté de gérer son patrimoine quand on se trouvait à plusieurs milliers de kilomètres de Londres contrariait souvent les rêves de retour en métropole. L'omniprésente crainte de la ruine éclairait d'une lumière nouvelle l'apparente gaieté des planteurs de cette île. J'avais déjà rencontré ce genre d'individus dans les cercles de jeu : des gens préten- tieux et présomptueux, mais au fond complètement désespérés.

Quand nous quittâmes le jardin ensoleillé pour entrer dans la salle à manger, nous eûmes l'impression de pénétrer dans une cave mais, une fois nos yeux habi- tués, nous découvrîmes une imitation convaincante d'un intérieur anglais. Au milieu de la pièce trônait une imposante table en acajou agrémentée de porcelaine fine et de couverts en argent. Aux murs, des scènes de chasse et des batailles navales se découpaient sur le papier peint en soie constellé de taches de moisis- sure. Les pieds de la table reposaient chacun dans une casserole d'eau.

« C'est pour éviter que les fourmis ne se retrouvent sur la viande, expliqua lord Lavington en prenant tout son temps pour s'asseoir à la place du maître. Si le jardin d'Éden comptait autant d'insectes, Ève aurait été trop occupée à se gratter pour s'intéresser à la pomme, si vous voulez mon avis !

— Gouverneur, enfin ! le réprimanda gentiment sa femme.

— Bah, M. et Mme Gage n'ont pas eu besoin de moi pour s'en rendre compte. Cette île est peuplée de petites bêtes qui rampent, sautent, mordent, piquent, et grandissent plus vite qu'en n'importe quel endroit civilisé. »

Il agita la main et une nuée de mouches s'envola.

« Hé là ! Éventez-nous mieux que ça ! » ordonna-t-il à deux jeunes domestiques noirs.

Pendant une minute, ceux-ci agitèrent leurs grandes palmes avec ardeur, avant de retrouver leur rythme irrégulier.

« En tout cas, cette île luxuriante est de toute beauté, déclara Astiza pour faire la conversation. Toute cette forêt, c'est l'exact opposé de mon Égypte natale.

— L'Égypte ! s'exclama lord Lavington. Voilà un endroit que je rêverais de voir ! Aussi sec qu'une biscotte, m'a-t-on assuré.

— C'est vrai, approuvai-je. Il y fait encore plus chaud qu'à Antigua.

— Ça, j'ai du mal à le croire ! s'esclaffa-t-il. Mais bon, nous avons quelques avantages. Pas de gel. Pas besoin de faire du feu dans la cheminée. Les averses peuvent être impressionnantes, mais elles ne durent jamais bien longtemps. Nous avons aussi des courses de chevaux ; peut-être que vous aurez le temps d'en voir une.

— Hélas, je crains que notre mission ne nous pousse à quitter Antigua au plus vite, déclarai-je.

— Notre fils de trois ans est à Saint-Domingue, aux mains d'un policier renégat français, précisa Astiza.

— Comment ? Les Français ont enlevé votre enfant ?

— Oui, ils veulent l'échanger contre un secret, expliquai-je. Le problème, c'est que nous ne savons pas quel est ce secret, et nous devons donc le découvrir au plus vite.

— C'est là la chose la plus atroce que j'ai jamais entendue. Maudits Français ! Dire que nous avons tenu pendant quelque temps la Martinique et que nous avons dû la rendre avec le dernier traité de paix. Alors que nous commencions tout juste à leur inculquer un peu de bon sens ! Quel gâchis ! Il faudrait y retourner et tout bombarder, si vous voulez mon avis.

— Nous avons seulement besoin de renseignements et d'un moyen de nous rendre à Saint-Domingue.

— Je comprends bien. Écoutez, Gage, mangeons un morceau, et ensuite je vous ferai visiter mes usines sucrières. Mieux vaut attendre la fin de la digestion avant de discuter stratégie. »

À l'instar de la salle à manger, la nourriture avait tout d'anglais : un festin absurde de mets plus riches les uns que les autres, alors qu'il régnait une chaleur étouffante. On apporta sur la table du ragoût d'agneau, des tranches de rosbif chaudes et froides, des poissons, de la soupe de tortue, des cornichons, du pain blanc, des friandises au gingembre, des pluviers et des pigeons rôtis, un jambon et des tranches d'ananas. Il y avait également des confitures, des brioches, du café, du thé, du lait et une dizaine de bouteilles de vin et de liqueur. Un des domestiques était habillé comme un majordome anglais ; le malheureux suait à grosses gouttes. Les autres allaient pieds nus et portaient de vieux vêtements en coton léger. Les immenses palmes continuaient à éloigner les mouches, et les fenêtres et les portes ouvertes laissaient entrer à la fois la brise et les chats, les chiens et les lézards. Et même une poule, qui se mit à picorer les miettes tombées au sol dans l'indifférence générale.

« Cette nouvelle guerre est une occasion que nous devons saisir pour chasser une bonne fois pour toutes les Français de ces îles, déclara Lavington. La fièvre est en train de décimer leurs troupes à Saint-Domingue. Je pense que leur défaite est la volonté de Dieu. Un juste châtiment pour un règne de terreur.

— Les Français veulent vendre la Louisiane aux États-Unis, annonçai-je.

— Ah oui ? À l'Amérique ? Et qu'est-ce que vous allez bien pouvoir en faire ?

— Jefferson pense qu'il faudra mille ans pour coloniser ce vaste territoire.

— Vous feriez mieux de laisser la Louisiane aux Anglais, si vous voulez mon avis. Les Américains ont déjà assez de mal à gouverner ce qu'ils possèdent. On m'a parlé d'élections épouvantables. Des mensonges, des pamphlets, des manifestations populaires. Un jour, vous aurez de nouveau besoin de la Couronne, vous pouvez me croire.

— Nous avons ici des loyalistes américains qui attendent ce jour avec impatience, approuva lady Lavington.

— Notre indépendance a été confirmée par traité il y a vingt ans ! m'exclamai-je.

— Je répare aujourd'hui encore des erreurs que j'ai faites il y a quarante ans ! » s'esclaffa notre hôte.

Lorsque le gouverneur nous emmena visiter sa plantation, il était déjà cinq heures et les ombres commençaient à s'allonger. Lady Lavington avait proposé à Astiza de rester avec elle, mais ma femme avait poliment décliné, préférant m'accompagner. Je savais pourquoi : elle détestait les bavardages de salon. En plus, après l'échec de la vente de l'émeraude à Paris, elle ne me faisait plus confiance et ne voulait pas me laisser seul.

J'avais à peine touché à mon assiette, mais je me sentais quand même lourd, à cause de la chaleur. Les trois quarts de la nourriture avaient été renvoyés en cuisine, sûrement pour y être dévorés par des esclaves ravis de voir ces Européens idiots essayer de maintenir les traditions.

Sous un ciel bleu voilé par la poussière et la fumée, nous attelâmes les chevaux.

« La canne à sucre est l'unique source de profit dans la région, monsieur Gage, commença le gouverneur alors que nous cheminions tranquillement vers un moulin. Elle met jusqu'à dix-huit mois à mûrir, sa récolte est éprouvante, et son fret élevé. C'est grâce à l'esclavage que ce commerce est possible ; ceux qui veulent l'abolir ne se rendent pas compte qu'ils menacent la prospérité d'une des plus riches colonies de l'empire.

— Le capitaine Dinsdale nous a tenu sensiblement le même discours.

— C'est pour cela que la révolte à Saint-Domingue est si inquiétante.

— Combien d'esclaves possédez-vous ? »

Nous étions trois inspecteurs pâles comme le givre, au milieu d'un océan noir de terre et de peau.

« Deux cents. Ils représentent la plus grande partie de mon capital. J'ai plus d'esclaves que de têtes de bétail, de chevaux, de moulins ou de maisons. Même Louverture insistait pour que les nègres libres de

Saint-Domingue continuent à travailler dans les plantations. Il savait qu'il n'y avait pas d'autre solution. Il avait besoin d'argent pour acheter des armes et de la poudre aux Américains, et le sucre était sa seule source de revenus. Abolir l'esclavage reviendrait à démanteler un navire de ses mâts, de ses voiles et de ses canons. C'est tout à fait impossible, monsieur. Et ce ne serait ni dans notre intérêt ni dans celui des esclaves. »

Nous atteignîmes le sommet aride d'une colline. Le moulin était là, avec ses murs en pierre de quinze mètres de haut. Une perche oblique de la taille d'un mât reliait le moyeu à une ornière dans le sol, en passant par le toit. Je comprenais à présent comment les volants de chaque moulin étaient parfaitement alignés avec le vent. La perche faisait office de gouvernail, et il n'y avait qu'à la déplacer pour orienter les ailes dans le sens de la brise. De l'intérieur de l'édifice s'élevait un grincement continu : la canne était broyée pour en extraire le jus brun.

Nous mîmes pied à terre et entrâmes dans la pénombre, où régnait une chaleur épouvantable. Il n'y avait pas le moindre courant d'air. Des ânes chargés de montagnes de canne fraîchement récoltée (près de cent kilogrammes par bête) faisaient l'aller-retour des champs au moulin. Dès qu'ils étaient arrivés à destination, on dénouait la corde de chanvre qui maintenait le chargement en place et tout tombait au sol. Les esclaves prenaient alors le relais et plaçaient la canne dans les cylindres. Aussitôt, le jus s'écoulait pour être recueilli dans une petite rigole.

Étant par nature affable, je voulus glisser un mot d'encouragement à ces travailleurs fourbus, mais ils m'ignoraient complètement, n'ayant d'yeux que pour l'énorme contremaître noir posté dans un coin et pour le fouet enroulé qu'il tenait à la main. Les mouvements des esclaves étaient comme chorégraphiés par les meules et les cylindres. Quand ils discutaient entre eux, je ne comprenais rien ; leur jargon était un mélange d'anglais et d'africain, avec çà et là quelques mots français et espagnols, le tout prononcé avec un accent très particulier.

Je ressentais vraiment le besoin de communiquer avec eux, de tendre la main à ces êtres humains, mais qu'aurais-je pu leur dire ? Je me trouvais dans un atelier de servitude duquel ils ne pouvaient espérer être délivrés. Ces esclaves se sentaient aussi peu concernés par les paroles des maîtres – et la couleur de ma peau me classait dans cette catégorie – que les Parisiens par les histoires de brioche de Marie-Antoinette. En Guadeloupe, les Français avaient maté une révolte inspirée par les révolutions française et américaine en embrochant et en faisant rôtir les meneurs comme de vulgaires cochons. La liberté n'était limitée qu'à une seule couleur.

D'ailleurs, la Constitution de mon pays disait sensiblement la même chose : les hommes et les femmes noirs n'ont pas le droit de voter. Dans cette atmosphère étouffante et cruelle, je me sentais d'autant plus mal à l'aise que, sans l'avoir voulu, j'étais un rouage de ce système abject. Mon sens moral me dictait de tenir un discours abolitionniste ; mon sens pratique me dictait de me taire. J'avais besoin de l'aide de Lavington pour secourir mon fils à Saint-Domingue.

Alors que je cherchais quelque chose à dire, je remarquai un sabre bien aiguisé accroché à proximité des meules cylindriques.

« Vous prenez le risque de donner une arme à vos ouvriers ? demandai-je finalement au gouverneur en désignant l'épée.

— Non, c'est pour que le contremaître puisse leur trancher les bras, répondit-il avec nonchalance. S'ils s'approchent trop près des cylindres, leurs doigts se font happer, ils n'arrivent pas à se dégager et leur tête finit par éclater comme un melon dans un étau. Je perds un bien précieux et, quand du sang se retrouve dans le jus de canne, il n'y a plus qu'à tout jeter. En revanche, un esclave avec une seule main peut toujours servir. La lame est toujours bien affûtée et étincelante, pour leur rappeler le danger. Je vous jure, certains sont vraiment stupides. Ou maladroits. De toute façon, ils savent qu'ils sont bons pour le fouet s'ils me font du jus rouge.

— Pourquoi ne pas inventer un système moins dangereux ? suggéra Astiza.

— Je ne suis pas ingénieur, madame, grommela-t-il.

— Une chose est sûre, il fait chaud, ici ! lançai-je à la fois pour changer de sujet et parce que j'avais réellement l'impression de visiter l'enfer de Dante.

— Ce n'est rien, les Africains sont habitués. Mais ce qu'ils peuvent être paresseux ! J'ai beau les encourager, c'est à croire que le travail ne les intéresse pas. Je vous assure qu'ils préféreraient ne rien faire, dit-il, visiblement surpris par ce constat. Mais suivez-moi, je vais vous montrer là où il fait vraiment chaud. »

Nous marchâmes quelques pas jusqu'à la sucrerie, un bâtiment en pierre rectangulaire ressemblant à une caserne. Au-dessus du toit, l'air semblait trembler sous l'effet de la chaleur. À l'intérieur, nous découvrîmes une longue galerie mal éclairée.

« Comme vous pouvez le constater, monsieur Gage, ici, ça chauffe vraiment ! Israel est mon bien le plus précieux, ajouta-t-il en désignant un esclave. C'est de lui que dépend la qualité du sucre. »

Cinq immenses chaudières en cuivre étaient suspendues au-dessus d'une tranchée pleine de braises. Israel, vêtu d'un simple pagne, se déplaçait entre les cuves brûlantes. Il commençait par verser le jus de canne dans la première (la plus grosse), puis il ôtait les impuretés qui remontaient à la surface à l'aide d'une écumoire, avant de transvaser le liquide purifié dans la cuve d'après, plus petite, et ainsi de suite jusqu'à ce qu'il ne reste plus qu'un épais sirop brun.

« Avec quatre litres de jus, on récupère environ cinq cents grammes de sucre muscovado, expliqua Lavington. On ajoute de l'eau de chaux au sirop pour que celui-ci devienne granuleux. Israel doit guetter le moment exact de la cristallisation pour plonger le produit dans un rafraîchissoir. Son travail est bien plus dangereux que celui du moulin, car le sirop colle comme du goudron et il peut vous brûler jusqu'à l'os. Regardez ce nègre, ne dirait-on pas qu'il danse un menuet ? En fait, à Carlisle, je suis en quelque sorte le chorégraphe d'un vaste ballet. La canne à sucre doit être broyée quelques heures à peine après sa récolte, car elle se détériore très vite. Ensuite, il faut se dépêcher de faire passer le jus dans les chaudières pour éviter qu'il ne fermente. Nous travaillons jour et nuit depuis trois mois.

— Et que faites-vous quand vous ne récoltez pas ?

— On plante, on brûle, on arrache les mauvaises herbes, on répand du fumier, on répare.

— Les esclaves ont-ils de la religion ? » demanda Astiza.

Sa question n'avait aucun rapport avec la discussion, mais elle se passionnait pour ce genre de choses.

« Surtout de la sorcellerie africaine, mélangée à un peu d'Évangile. Nous essayons de les en détourner, mais ils organisent leurs cérémonies dans les bois. C'est d'ailleurs après un de ces sabbats qu'a éclaté la révolte de Saint-Domingue.

— Pensez-vous que les esclaves ont une âme ? »

Lavington fronça les sourcils, peu habitué à ce qu'une femme lui pose de telles questions, et sûrement peu habitué à discuter avec une femme tout court.

« Je suis planteur, madame Gage, pas pasteur. Tout ce que je peux vous dire, c'est que nous faisons de notre mieux pour leur inculquer quelques éléments de la vraie religion.

— Il y a donc des esclaves au paradis. »

Le gouverneur choisit d'ignorer cette dernière remarque et se tourna vers moi.

« Reprenons. Ici, nous exportons principalement du muscovado, ou sucre brun, qui est ensuite raffiné en Angleterre. Mais si on ferme le rafraîchissoir avec un opercule en argile humide percé de trous afin que la mélasse puisse s'écouler, on peut fabriquer un sucre blanc d'une pureté incroyable. Malheureusement, c'est un processus qui prend quatre mois, et seule la Barbade dispose de réserves d'argile suffisamment conséquentes. À Antigua, nous nous contentons principalement de récupérer la mélasse pour en faire du rhum. Je dirige une exploitation agricole et une usine, je possède assez de bétail pour nourrir tout le monde, j'ai sous mes ordres des tonneliers, des charpentiers, des chaudronniers, des forgerons et des domestiques. Croyez-vous vraiment que des nègres libres sauraient en faire autant ? Moi, pas. L'homme blanc guide, l'homme noir travaille. L'Africain est heureux dans la servitude, Ethan. Chaque race à sa place.

— Pourtant, quand on leur donne le choix, ils semblent ne pas vouloir effectuer les tâches les plus ingrates, commentai-je. Ils deviennent artisans. Ou soldats. D'ailleurs, à Saint-Domingue, ils remportent victoire sur victoire contre les troupes aguerries de Napoléon.

— C'est la maladie et le climat qui déciment les Français. Nous autres Anglais éradiquons la superstition et la sauvagerie de nos nègres à coups de bâton. Nous accomplissons l'œuvre de Dieu. »

J'ai souvent remarqué que, quand les hommes veulent justifier leurs actions, ils en attribuent le choix à Dieu. Plus ils font preuve d'ambition cruelle, plus ils jurent que c'est la décision du Tout-Puissant ; plus ils sont cupides, plus ils affirment que leurs richesses sont un don du Seigneur. Si on devait croire cet état de fait, Dieu bénirait toutes les armées, tous les rois, mais pas les pauvres. Même si Benjamin Franklin et Thomas Jefferson n'avaient jamais dit de telles énormités, ils croyaient tout de même en l'existence d'une divinité ou d'une destinée donnant du sens à la vie. Je savais que certains esclaves s'étaient convertis au christianisme, mais leur nouveau dieu ne semblait pas avoir amélioré leur condition, et je me demandais ce qu'ils pensaient du destin. À quoi pouvait bien ressembler la vie quand on travaillait comme un animal de bât, sans espoir de changement ?

« J'imagine que ça ne doit pas être facile de tout

organiser comme vous le faites, approuvai-je, soucieux de ne pas me mettre Lavington à dos.

— Que les gens arrêtent de manger du sucre avant de nous juger ! s'exclama le gouverneur. Les citoyens de vos États du Sud savent de quoi je parle. Demandez leur avis aux Virginiens. Demandez au président Jefferson. Les Français oscillent entre anarchie et tyrannie, Gage, et nous devons tout faire pour les empêcher de gagner cette guerre.

— Ce qui nous ramène une fois de plus à Saint-Domingue. »

Je n'avais d'autre choix que de détourner la conversation, car ce n'était pas en discutant du sort des races et en visitant les terres de ce gouverneur que j'allais retrouver mon fils.

« Vous avez raison, dit-il. Éloignons-nous, les nègres ont l'ouïe fine.

— Vous pensez qu'ils nous comprennent ? Car pour ma part, je ne les comprends pas.

— Oh oui ! Bien plus qu'on ne le croit. »

Nous empruntâmes une allée entre les champs de canne, jusqu'à un affleurement rocheux qui offrait une vue panoramique sur la vallée boisée. Derrière s'étendait la mer turquoise, avec ses plages de la couleur du sucre local. À quoi ressemblerait cette île paradisiaque sans son économie impitoyable ? Malgré le vent, je transpirais sous ma veste et mon manteau – l'uniforme de rigueur lorsqu'on s'entretient avec un gouverneur. Pour pallier ce problème, je sirotais régulièrement mon eau au rhum.

« Sir Sidney m'a confié que vous étiez le dernier à avoir vu Louverture vivant. C'est vrai ? demanda Lavington.

— Oui. Si on ne compte pas les gardes qui l'ont abattu, bien sûr.

— Dans sa lettre d'introduction, Smith m'a dit que vous aviez trouvé une partie d'un trésor ancien qui contiendrait des secrets stratégiques – c'est du moins ce que croient les Français.

— C'est surtout ce que croit un certain Léon Martel, mais sinon, oui, c'est exact.

— Vous savez où se trouve ce trésor ?

— Non. »

Je préférais ne pas mentionner le mystérieux indice que nous avait confié Louverture ; pour l'heure, mieux valait garder cette carte dans notre manche.

« Mais si le Spartacus noir connaissait son emplacement, poursuivis-je, il y a fort à parier que d'autres Noirs à Saint-Domingue sont également au courant. C'est pour cela que vous devez absolument nous envoyer là-bas.

— Je me suis laissé dire qu'ils voulaient renommer l'île "Haïti". Des esclaves qui choisissent le nom de leur pays, on aura tout vu ! »

Il resta silencieux quelques instants, comme s'il craignait que ce nouveau siècle finisse par modifier son mode de vie. Tout le monde vieillit, et on finit tous par être dépassés par le changement.

« J'ai besoin de me rendre là-bas pour entrer en contact avec leurs généraux, affirmai-je. Apparemment, c'est un certain Dessalines qui a pris la tête de la rébellion.

— Un boucher noir. Pire que Toussaint Louverture.

— Mais il gagne. Les Français se replient.

— C'est exact, marmonna Lavington en se mordant la lèvre.

— J'apprendrai tout ce que je peux des Français, puis j'échangerai ces informations contre les secrets de Dessalines, et je finirai par découvrir la vérité sur ce trésor.

— Et après ?

— Après, j'irai trouver les Anglais pour qu'ils m'aident à le récupérer. »

C'était un mensonge, mais un mensonge nécessaire car, si j'ignorais qui allait remporter la course au trésor entre les Noirs, les Français et les Anglais, je savais que j'étais celui qui méritait le plus de mettre la main dessus. J'espérais utiliser le secret de son emplacement pour récupérer Harry et mon émeraude, puis doubler tout le monde et repartir, les bras chargés de bijoux. Au passage, j'en profiterais pour tuer Martel.

« Comment allez-vous convaincre Dessalines ? demanda le gouverneur.

— Premièrement, je suis américain, et, depuis dix ans que dure leur révolte, ils ont toujours pu compter sur le commerce avec mon pays. Ils m'écouteront. Deuxièmement, j'ai essayé de faire évader Louverture. Ils voudront savoir comment ça s'est passé. Troisièmement, je vais espionner les Français et mettre mes talents de stratège militaire au service des rebelles.

— Vous allez aider les nègres à gagner ? s'exclama-t-il, mal à l'aise.

— Oui, pour aider l'Angleterre à vaincre la France. C'est un jeu d'alliances, vous le savez aussi bien que moi.

— Vous avez sûrement raison. Mais vous êtes blanc. Dessalines risque de vous faire empaler avant même que vous ayez pu vous entretenir avec lui. Il est coutumier du fait.

— Je suis blanc, mais je suis affable. »

À vrai dire, j'étais effrayé à l'idée de me rendre à Saint-Domingue, mais avais-je le choix ?

« Quand nous les aurons trahis, les Français voudront nous pendre. Mais ils se feront vite déborder par les rebelles. Ils auraient dû y réfléchir à deux fois avant d'enlever mon fils. »

Astiza sourit, ce que ne manqua pas de remarquer notre hôte.

« Votre femme devrait rester ici. Lady Lavington serait ravie d'avoir de la compagnie.

— Vous êtes bien aimable, répondis-je pour éviter à Astiza d'avoir à le faire.

— Vous vous plairez à Carlisle, lui assura le gouverneur. Et vous serez en sécurité.

— Seule compte la sécurité de mon fils, répondit-elle sèchement.

— Je comprends. »

Je fus surpris qu'il n'insiste pas, mais je compris vite qu'il était plus malin qu'il ne le laissait croire, et qu'il ne tenait pas à ce que ma femme donne des idées à la sienne.

« D'ailleurs, être avec votre mari pourrait se révéler un avantage.

— Ah oui ?

— Le commandant français, Rochambeau, a un faible pour les femmes.

— Comment ça ? demandai-je, même si je savais exactement ce qu'il insinuait.

— Rochambeau est le fils du général qui a aidé votre nation à gagner son indépendance à Yorktown, mais il n'a ni l'intelligence ni la réputation de son père. La terreur est sa seule stratégie, et il a réussi l'exploit d'unir toute l'île contre lui. Les femmes sont pour lui un moyen de ne pas avoir à regarder la vérité en face.

— Vous voulez que je prostitue ma femme ?

— Je crois qu'il suggère seulement que je joue de nouveau un rôle, déclara Astiza.

— Précisément. Rochambeau est le maillon faible de l'armée française. Plutôt que d'attaquer Dessalines, il préfère organiser des fêtes et des bals costumés. Si vous voulez découvrir les positions stratégiques des Français, je pense que madame Gage en apprendra plus avec ses charmes que vous avec un télescope, un papier et un crayon. »

Après tout, elle s'était déjà fait passer pour la concubine de Louverture. Et nous avions absolument besoin d'informations à offrir à Dessalines.

« Un peu de badinage, mais pas plus, prévins-je.

— Naturellement, acquiesça le gouverneur.

— Je sais fixer les limites, Ethan.

— Rochambeau est gouverné par ses émotions, dit Lavington. Ce genre d'homme est toujours vulnérable. »

À mieux y réfléchir, cette mauvaise idée ne l'était peut-être pas. Astiza préférerait se couper un bras plutôt que de passer des semaines, voire des mois, en compagnie d'une idiote comme lady Lavington. Elle voulait à tout prix récupérer Harry, et je savais qu'elle n'hésiterait pas à émasculer Léon Martel de ses propres mains si elle en avait l'occasion. En plus, après ses visions magiques dans la cale du navire, elle voulait forcer le destin en agissant de manière imprévisible. Et puis, au besoin, je serais là pour défendre son honneur.

« Ce général français n'aurait tout de même pas le culot de courtiser l'épouse d'un diplomate américain, si ? demandai-je.

— Au contraire, faire des cornes aux maris lui procure autant de plaisir que l'acte sexuel en lui-même. Et il agit en toute impunité, protégé par ses soldats.

— Voilà qui n'est pas très rassurant.

— Ethan, jamais les choses n'iront aussi loin ; n'oublie pas que je ferai semblant.

— C'est vrai. Je vois le mal partout », ironisai-je.

Astiza se tourna vers le gouverneur.

« Vous devez nous aider à nous rendre à Saint-Domingue, lui dit-elle.

— Votre femme est décidément très déterminée.

— C'est une façon de voir les choses.

— Nous avons capturé un corsaire français. Nous l'utiliserons pour vous conduire à Cap-François, en battant pavillon français. Ensuite, vous n'aurez plus qu'à gagner la rive à la rame. Vous êtes des diplomates américains, ça ne devrait pas poser de problème.

— Parfait, alors c'est décidé ! s'exclama Astiza.

— Et moi, je n'ai pas voix au chapitre ? demandai-je.

— Quoi ? Tu n'es pas d'accord ? » fulmina-t-elle.

Il était évident que je n'avais pas mon mot à dire. Aussi ne pus-je que m'incliner.

« Si, si. Tu utiliseras tes charmes pour retrouver notre fils, et j'en profiterai pour tuer Martel. Et peut-être même ce Rochambeau, au passage. Je viserai le bas-ventre.

— Et une fois de plus, vous serez le héros, monsieur Gage. Un espion dans le camp français, un aventurier dans la jungle, qui conspire avec les rebelles sauvages sur une île en déliquescence ! s'exclama Lavington, rayonnant. Mais le but premier de toute cette opération, soyons clairs, c'est qu'Antigua reste anglaise. »

Deuxième partie

17

Les premiers symptômes de la fièvre jaune sont des douleurs aiguës. Pas seulement à l'estomac et aux reins, mais aussi aux pieds et aux orbites. À Saint-Domingue, des malades m'expliquèrent qu'ils avaient l'impression que leurs globes oculaires allaient exploser. Ensuite, les yeux devenaient vitreux et pleuraient abondamment.

Tous les cas suivent la même progression. Le visage rougit. La fièvre brûle. Le malade a du mal à respirer, il a l'impression de suffoquer et il halète bruyamment. Un épais fluide jaunâtre enveloppe la langue et les dents, les vomissures sont bileuses et les selles rouges. La bouche se couvre d'une croûte noire et le patient ne peut plus boire. Des plaies profondes s'ouvrent spontanément et s'infectent. C'est comme si le corps se dissolvait de l'intérieur, et la personne infectée maigrit à vue d'œil.

Difficile d'imaginer mal plus effroyable.

Au bout de quelques jours, l'état du patient s'améliore, ou du moins semble s'améliorer. En général, c'est signe que la fin est proche. Car après quelques heures de répit, les crampes atroces reprennent, le nez saigne et le pouls devient irrégulier. Du liquide s'échappe de chaque orifice. Le corps est « déjà mort », pour reprendre les mots d'un médecin. Impuissants, les docteurs se contentent d'effectuer saignée sur saignée, dans l'espoir vain d'équilibrer les humeurs du corps. Dans les hôpitaux français, il y a une cuvette de sang à côté de chaque lit.

Les saignées ne donnent jamais aucun résultat. Leur seul avantage, c'est qu'elles écourtent les souffrances, puisque le patient meurt plus vite. D'ailleurs, pour les soldats, se retrouver à l'hôpital était synonyme de mort certaine. Sur dix qui contractaient la maladie, neuf mouraient.

Les médecins étaient impuissants. Puis, ils mouraient à leur tour.

Telle était l'horreur qui anéantissait les légions caribéennes de Napoléon. Ce dernier recruta deux régiments de mercenaires polonais ; la moitié des hommes mourut dans les dix jours. Un navire suédois chargé de munitions accosta ; tous les membres d'équipage furent emportés, à l'exception d'un mousse. Les officiers français tout juste arrivés succombaient si vite que ceux qui se trouvaient déjà sur l'île évitaient de se lier d'amitié avec eux, de peur de les voir repartir dans un linceul. La maladie – que les Français surnommaient *mal de Siam*, en référence à des fièvres similaires observées en Asie – régressait pendant les mois d'hiver, plus frais. Mais elle reprenait sitôt que l'air se réchauffait et annihilait bataillon après bataillon. La race blanche semblait condamnée.

Les rescapés de la puissance française s'étaient retranchés sur la côte nord de l'île, à Cap-François, derrière un mur de fortifications censé maintenir à distance les anciens esclaves. Là, ils attendaient et se flétrissaient peu à peu. La grande avenue arborée qui menait des plantations à la ville était dénudée, tous les arbres ayant été abattus pour construire des parapets. Entre les souches, on distinguait des croix et des petits monticules de terre fraîchement retournée : des tombes qui attendaient d'être rebouchées. Les rares esclaves qui n'avaient pas fui la ville devaient creuser chaque jour des dizaines de trous supplémentaires pour accueillir bientôt leurs anciens maîtres.

La maladie faisait rage pendant l'été humide, et les médecins croyaient qu'elle était causée par les miasmes putrides qu'exhalaient les marais. Mais avec l'amenuisement des réserves de nourriture causé par le siège, la fièvre continuait à frapper jusqu'aux mois d'octobre et de novembre, pourtant plus frais. Pour oublier leur désespoir, les aristocrates français organisaient de grandes festivités. Alors que les caves à vin se vidaient, on trouvait de plus en plus son courage dans le rhum.

C'était dans cet endroit désolé que nous devions chercher notre fils, Harry, et son ravisseur, Léon Martel. Nous étions au début du mois de novembre. Le 6 juin, nous avions fêté son troisième anniversaire en son absence, en espérant qu'il serait en vie pour le quatrième. En 1803, il n'était pas rare que les enfants meurent. Pour Astiza, la séparation était une longue agonie ; chez moi, elle provoquait colère et culpabilisation. Je m'en voulais de ne pas avoir su mieux protéger notre fils, et je découvrais de la pire manière le sens du mot *responsabilité*. De père, je n'avais que le nom.

Vu du large, Cap-François ressemblait à beaucoup de villes luxuriantes des tropiques. Un boulevard bordé de palmiers longeait la large baie du nord de l'île :

le quai Louis, un nom qui avait survécu à la fin de la monarchie. La cité qui s'étendait derrière ressemblait à un décor de théâtre, avec ses étroits plateaux de terre qui formaient une terrasse devant les abruptes montagnes verdoyantes. Même le soleil ne semblait là que pour la faire scintiller.

À côté du quai s'élevait une rangée d'entrepôts en brique et en pierre, aux toits rouges, comme on en trouve dans tous les ports européens. En d'autres temps, cet endroit aurait été envahi par les tonneaux de rhum et de sucre, les carrosses huppés, les marchés aux esclaves et les étals de marchands : les planteurs de l'île gagnaient plus d'argent que les royalistes français en métropole sous l'Ancien Régime, et ces nouveaux riches dépensaient leur argent aussi vite qu'ils l'amassaient. On aurait vu des chaloupes apporter à terre des meubles luxueux, des malles de vêtements en provenance de Paris, des caisses de porcelaine de Chine ayant transité par l'Europe. On aurait vu des négriers débarquer leur chargement humain. Les esclaves auraient ensuite été déshabillés, examinés, tâtés – une expérience douloureuse dont je ne me souvenais que trop bien, pour l'avoir vécue à Tripoli.

Mais après dix ans de guerre, les entrepôts et les usines étaient fermés. Le boulevard était vide et sale, jonché de charrettes cassées que personne ne se donnait la peine de réparer. Partout, des tas d'ordures. Des Noirs dont les maîtres avaient succombé aux massacres ou à la fièvre jaune campaient là, dans des abris de fortune. Ils n'avaient pas fui, par peur d'être enrôlés par Dessalines et ses rebelles. On ne les récupérait pas, car il n'y avait pas de travail à leur donner et personne n'avait les moyens de les nourrir. Ils glanaient de quoi manger dans les ordures, survivaient grâce à quelques menus larcins, et attendaient la capitulation de la ville.

Derrière le quai, quelques clochers jalonnaient un quadrillage de rues menant à des bâtiments officiels, des casernes, des parcs et une place d'armes. Le tout était plus ordonné qu'un camp romain. Au-delà de la ville se dressaient des montagnes tropicales si escarpées qu'elles formaient une véritable muraille naturelle dominée par des colonnes de nuages et éclairée par des arcs-en-ciel. L'enchevêtrement d'arbres et de terre humide était si raide qu'aucune armée n'aurait pu attaquer par là. En cas de pluie, les torrents boueux descendaient en cascade des montagnes et traversaient la ville.

À l'est, une rivière débouchait de la plaine haïtienne recouverte jadis d'un vaste réseau de plantations. Entre cette rivière et le mur rocheux, la ville de Cap-François paraissait plate et ouverte vers le levant. Là, les anciens champs de canne à sucre s'étendaient à l'infini et, là, l'armée rebelle rôdait. De la rivière aux montagnes, les Français avaient construit des remparts et des refuges avec de la boue, des rondins et des pierres. Quelques drapeaux tricolores marquaient l'emplacement des batteries de canons. Au loin s'élevaient des colonnes de fumée – certainement le camp du cruel général noir avec qui nous devions entrer en contact pour en savoir plus sur le trésor de Montezuma. Tout comme Toussaint Louverture avait été surnommé le Spartacus noir, Jean-Jacques Dessalines était appelé le César noir par ses partisans, et l'Attila noir par ses ennemis.

Nous gagnâmes la rive en canot depuis le corsaire capturé que nous avait fourni lord Lavington.

L'équipage anglais avait pris soin de hisser le pavillon français, le temps de l'opération.

Nous expliquâmes aux autorités portuaires que ce navire, le *Toulon*, faisait le trajet entre Charleston et la Martinique, et qu'il nous avait déposés, ma femme et moi, pour une mission diplomatique. Avec la permission de Bonaparte, nous devions estimer les chances des Français de tenir Cap-François. De notre expertise dépendrait le rapport que nous ferions aux gouvernements français et américain afin de décider du sort de la Louisiane.

Mon histoire était crédible. Pourtant, les sentinelles nous dévisagèrent comme si nous étions perdus.

Pourquoi nous avait-on débarqués au beau milieu de l'enfer ?

Quelle merveille ce Paris des Antilles avait dû être jadis ! L'eau translucide et tiède léchait les marches en pierre qui menaient du quai à une place située entre la mer et la ville. La baie était d'un bleu saphir ; le sable avait la couleur de l'or. Une balustrade en pierre digne de Versailles longeait toute la digue, mais les canons et les mousquets ne l'avaient pas épargnée, et elle portait les stigmates de plusieurs années de conflit. Des colonnes décoratives soutenaient un amas informe qui avait dû être un monument. Dans les parcs, toutes les statues royales avaient été décapitées lors de la révolution.

Sur notre droite se dressait une solide forteresse. L'armée de Leclerc l'avait attaquée deux ans auparavant pour reprendre Cap-François aux rebelles. Sérieusement endommagée, elle avait été récemment réparée, et elle semblait hérissée de canons noirs. Les soldats, en revanche, restaient invisibles : sûrement s'étaient-ils réfugiés à l'intérieur pour se protéger du soleil. Je fus frappé par le silence qui régnait partout. C'était comme si la ville attendait patiemment sa fin.

Un lieutenant français, Levine, arriva du fort pour examiner nos faux papiers. À Antigua, lord Lavington nous avait aidés à fabriquer des documents français et américains prouvant mon statut de diplomate.

« Votre mission n'a plus lieu d'être, monsieur », déclara Levine.

Il s'adressait à moi, mais c'est ma femme qu'il regardait. Il paraissait à la fois admiratif et calculateur. Peut-être espérait-il que je succombe à la fièvre jaune en quelques jours, lui laissant le champ libre. Je ne pus m'empêcher de lui souhaiter le même sort.

« La Louisiane a été vendue à l'Amérique à la fin du printemps », nous annonça-t-il.

Sachant à quel point les informations mettaient du temps à circuler, j'étais sincèrement surpris.

« Eh bien, vous m'en voyez ravi ! m'exclamai-je. J'ai participé aux premières négociations, vous savez ? Je vais donc pouvoir m'attribuer en partie le mérite de cet heureux dénouement !

— Ce n'est pas tout, monsieur. Avec la reprise de la guerre entre la France et l'Angleterre, notre position à Saint-Domingue est des plus précaires. Il suffirait d'un blocus britannique pour nous faire capituler. En amenant votre femme ici, vous lui faites courir un grave danger.

— Ma femme est capable de prendre ses propres décisions, et je ne vois aucun navire anglais », notai-je en me tournant vers le large.

Je jubilais intérieurement, car j'étais en train de regarder le *Toulon*.

« Quoi qu'il en soit, j'ai besoin de faire un rapport le plus précis possible à mon gouvernement, poursuivis-je. Serait-il possible de m'entretenir avec le gouverneur général, Donatien Marie Joseph de Vimeur, vicomte de Rochambeau ? »

Levine dévisagea de nouveau Astiza, comme si cet entretien lui semblait une très mauvaise idée.

« Je suis sûr qu'il y a moyen de s'arranger, dit-il néanmoins. J'imagine que vous aurez besoin d'un hébergement ?

— Si vous connaissez une auberge qui tienne encore debout, je suis preneur !

— Ça doit pouvoir se trouver. »

Le lieutenant héla un coche. Nous n'avions pas emporté beaucoup d'affaires, mais nous avions emprunté une immense malle vide à Lavington pour coller au personnage du diplomate en mission officielle. Quand notre conducteur noir souleva la malle pour la mettre dans le véhicule, il nous jeta un regard surpris. Nous aurions dû la remplir de couvertures mais, à présent, il était trop tard. Peu après, nous démarrâmes dans un claquement de fouet. En route pour la ville !

Les boulevards principaux étaient pavés, mais la plupart des rues transversales n'étaient que des chemins de terre qui se transformaient en chemins de boue quand il pleuvait (ce qui arrivait souvent). Quelques bâtiments en pierre semblaient aussi fermement plantés dans le sol que des manoirs bavarois, mais la plupart des habitations étaient de petites maisons en bois sur pilotis. Sous chacune, le sol était jonché de palmes, de détritus et de bois de construction.

« Comme elles sont surélevées, l'eau et le vent peuvent facilement passer dessous, nous expliqua notre conducteur dans un français avec un fort accent. C'est aussi très pratique en cas d'ouragan. »

La plupart des bâtisses n'avaient qu'un étage, et le rez-de-chaussée consistait en une longue passerelle surplombant le sol comme un trottoir flottant. À l'étage, de minuscules balcons en fer forgé permettaient aux habitants d'observer la rue, d'étendre du linge ou de vider un pot de chambre. Des pots débordaient de fleurs fanées, et la peinture s'écaillait sous l'effet de l'humidité.

Malgré la chaleur et l'état d'inquiétude constant des habitants, les Blancs (certains nés en métropole, d'autres dans les îles, comme Joséphine, la femme de Napoléon) étaient tous élégamment vêtus. Il n'était pas rare de croiser de magnifiques uniformes bleus, des queues-de-pie et des robes fermées jusqu'au cou – la dernière mode à Paris. Absurde... Au moins, les chapeaux à larges bords étaient en paille et non en feutre.

Les Noirs passaient encore moins inaperçus. La ville était constituée d'au moins un tiers de Noirs et de mulâtres : les domestiques, ceux qui travaillaient aux champs et les hommes libres qui n'avaient pas rejoint les rangs de la rébellion. Les plus misérables étaient en haillons, mais la population métisse formait une deuxième aristocratie à Cap-François, tout aussi bien habillée que celle des Blancs. Plus on avait la peau claire, plus on était haut placé dans la société, mais la classification était très compliquée. Les quarterons étaient issus d'une union mulâtre-blanc, les octavons d'une union quarteron-blanc, les hexadécarons, les plus privilégiés, d'une union octavon-blanc. Ces derniers étaient blancs de peau, mais noirs selon la loi. Les relations au sein de cette palette de couleurs de peau avaient jadis été très réglementées mais, depuis quelques années, ce système de classification s'écroulait, car tous les métis, du plus clair au plus foncé, étaient rattrapés par la même guerre extrêmement complexe.

Lavington m'avait expliqué qu'en 1791, quand la révolte avait éclaté, l'île de Saint-Domingue comptait approximativement trente mille Blancs, quarante mille mulâtres et plus d'un demi-million d'esclaves noirs. Au cours des douze dernières années, ces trois groupes raciaux s'étaient tantôt alliés, tantôt opposés, tout en formant des alliances temporaires avec l'envahisseur, qu'il fût espagnol, anglais ou français. Les massacres avaient succédé aux massacres, et les trahisons aux victoires. La plupart des riches avaient fui – j'avais d'ailleurs rencontré quelques réfugiés deux ans auparavant à New York.

Malgré la guerre, la ville était toujours un merveilleux nuancier de peaux. À Saint-Domingue, les mouvements étaient lents, et les démarches nonchalantes et gracieuses. Les femmes, notamment, marchaient d'un pas chaloupé qui faisait ressortir leurs hanches et leur poitrine. À côté, les soldats blancs paraissaient bien patauds. La peau des indigènes allait du crème à l'ébène, en passant par des nuances noisette, café et chocolat. Les dents étaient blanches, les cous allongés, les muscles fins et les postures droites. Certains portaient de magnifiques chapeaux ornés de plumes multicolores. En d'autres circonstances, cet endroit aurait été un véritable paradis.

Cap-François, en revanche, portait les stigmates de la guerre. Il n'y avait plus de peinture nulle part. Les murs en brique étaient criblés d'impacts de balles, souvenir de la prise de la ville par les Noirs en 1793, par les Français en 1802, et des nombreuses batailles qui s'étaient déroulées entre les deux. Des pâtés de maisons entièrement calcinés abritaient encore quelques habitants, mais les fenêtres cassées étaient recouvertes de planches plutôt que réparées, car il n'y avait plus à Saint-Domingue ni verre ni vitrier. Les ordures s'empilaient dans les rues : il était trop dangereux de les sortir de la ville, et les esclaves chargés du ramassage avaient pris la fuite. De partout émanait une odeur de pourriture, d'égout et de fumée que tentait de compenser le parfum iodé de la mer.

« Cet endroit sent la maladie, murmura Astiza. J'ai peur pour Horus, si ce monstre l'a amené ici. Martel n'a rien d'une nourrice.

— Mais Harry n'est pas un enfant facile. Tu vas voir que Martel, excédé, va finir par nous le rendre sans rien demander en échange ! »

J'essayais, sans succès, de nous remonter le moral. La vérité, c'est que je craignais que mon fils de trois ans se soit adapté à sa captivité et à son ravisseur, et qu'il en ait complètement oublié son père.

À Cap-François régnait également une odeur de ferme. On avait enfermé dans les parcelles carbonisées quelques animaux, sûrement amenés là pour nourrir la ville. Il y avait des vaches, des ânes, des moutons et des poulets. Des chèvres et des cochons flânaient librement, et les mouches bourdonnaient autour des tas de purin.

Des palmiers bordaient toujours les places de la ville, ombrageant pelouses abîmées et massifs de fleurs hirsutes. Mais à la place des traditionnelles statues se dressaient des gibets auxquels étaient pendus des rebelles. Entre le port et notre auberge, nous passâmes devant trois cadavres noirs en décomposition, qui tournaient dans la brise comme des girouettes. À part nous, personne ne leur accordait ne serait-ce qu'un coup d'œil.

Nous prîmes nos quartiers rue Espagnole, non loin du palais du gouverneur où nous devions retrouver Rochambeau. Comme nous n'avions pas un sou, les Anglais nous avaient fourni une petite bourse pour nos frais. Ah, comme mon émeraude me manquait ! Heureusement qu'il n'y avait pas grand-chose à acheter dans cette ville assiégée, car ladite bourse était bien modeste : j'ai remarqué qu'on est toujours fauché quand on travaille dans la diplomatie ; mieux vaut en rester au commerce et aux jeux d'argent.

« Tout le monde semble attendre », dit Astiza en s'asseyant sur le lit.

L'auberge était en piteux état : volets cassés, sol crasseux, personnel acariâtre. De petits lézards verts couraient sur les murs. Mes rêves de richesse étaient de nouveau en suspens, tandis que, quelque part dans les Caraïbes, un trésor aztèque inestimable n'attendait que moi.

Il était temps de se mettre au travail.

Je m'approchai de la fenêtre et jetai un coup d'œil en direction du quartier général de Rochambeau. À cent mètres de la porte d'entrée scintillait la lame affûtée d'une guillotine.

18

En attendant de nous entretenir avec le général français, Astiza et moi échafaudâmes un plan pour explorer Cap-François et essayer de retrouver notre fils. Comme ma femme se passionnait pour la religion, elle décida de se rendre dans une église pour poser des questions sur les orphelins, les fugueurs et les paroissiens étranges. Je n'imaginais pas Léon Martel fréquenter le confessionnal, mais il était possible qu'un enfant indiscipliné ou un adulte patibulaire nouvellement arrivé aient attiré l'attention des nonnes.

Vu le passé de Martel, je pensais qu'une tournée des bordels serait plus fructueuse qu'un pèlerinage, mais j'étais marié depuis suffisamment longtemps pour savoir qu'il valait mieux éviter de commencer par cette suggestion. Je décidai donc d'apprendre la géographie militaire de la ville afin de découvrir une éventuelle faille qui pourrait profiter à Dessalines. Je n'avais aucune idée de comment nous pourrions traverser les lignes françaises pour rejoindre le Hannibal nègre, mais mon expérience chez les Sioux Dakotas m'avait appris que quand on fouille dans la tanière d'un ours on finit immanquablement par le trouver.

Contrairement à Sidney Smith, je ne pense pas que les choses finissent toujours par s'arranger ; en revanche, je sais que quand on cherche les ennuis on les trouve.

Je me mis donc à la tâche et me promenai dans la ville pour estimer l'état des troupes françaises, tout en essayant de retrouver la trace de Harry. J'espérais que ma simple présence ferait sortir Martel de son trou. Ce que j'ignorais, c'est qu'il ne se cachait pas. En effet, il avait entre-temps fait son retour au gouvernement et il avait dû apprendre que nous étions arrivés à Saint-Domingue à l'instant même où nous avions posé le pied sur le quai.

Et il n'était pas le seul à être au courant. À Saint-Domingue, le seul moyen de survivre et d'éviter les mauvaises surprises était d'avoir des yeux et des oreilles partout.

À première vue, ma quête semblait vaine. La ville était apathique et le climat étouffant. D'épais nuages s'accrochèrent quelque temps aux montagnes, avant d'étendre leur masse sombre au-dessus des toits. Un grondement de tonnerre sembla répondre aux quelques canons de siège. Et soudain, des gouttes grosses comme des balles de mousquet crevèrent le ciel pour s'abattre dans un bruit assourdissant, transformant instantanément les rues de Cap-François en véritables rivières. Je m'empressai de trouver refuge sous un porche et regardai passer le flot de boue et d'ordures qui filait vers la mer.

Comment poursuivre ma quête sous un tel déluge ?

C'est alors qu'une immense masse sombre traversa la rue pour s'approcher de moi, aussi insensible aux trombes d'eau qu'un taureau dans son enclos.

« Je peux vous emmener quelque part, monsieur ? »

J'avais face à moi un Noir massif qui arborait un large sourire. Mes yeux tentèrent de percer le rideau de pluie.

« Mais où se trouve ta voiture ? demandai-je.

— Mes épaules, monsieur l'aventurier. »

Je vis alors dans la rue un autre Blanc monté sur les épaules d'un Noir, tel un enfant à califourchon sur son père, les pieds bien au sec. Puis un autre, et encore un autre. Visiblement, il s'agissait d'une coutume locale. Le premier passager fut transporté jusqu'aux planches de l'autre côté de l'avenue, puis posé soigneusement comme un colis précieux. Après quoi, le client glissa une pièce dans la main du Noir.

« Il y a ici toute une compagnie de porteurs, m'expliqua l'immense nègre. Même pendant la révolution, l'homme noir doit bien gagner sa vie, non ? »

Je vis passer un autre duo : la mule humaine chantait des airs africains avec l'ardeur d'un gondolier vénitien, tandis que, sur ses épaules, le client s'accrochait à son chapeau dégoulinant. Une véritable caricature de l'oppression. À Rome, fais comme les Romains, comme on dit...

« Comment t'appelles-tu, grand gaillard ?

— Jubal, monsieur. »

J'ai toujours trouvé très pratique d'avoir des amis soit grands et massifs, soit petits et rapides. L'homme que j'avais en face de moi devait faire deux mètres, sa peau avait la couleur du charbon, il était aussi musclé qu'un cheval, et son sourire était plus blanc qu'une congère. Il portait un manteau d'infanterie rapiécé qui dégoulinait, et un pantalon coupé au niveau des genoux pour pouvoir marcher pieds nus dans le torrent qui faisait office de rue. Un foulard rouge autour du cou et une large ceinture complétaient son accoutrement. Il y avait dans sa posture une élégance qu'on ne retrouvait pas chez la masse des esclaves fatigués, et ses yeux brillants reflétaient l'intelligence et la vivacité. J'étais impressionné, mais pas surpris. Je ne compte plus ceux qui m'ont vanté la supériorité de la race blanche, mais j'ai rencontré au cours de mes voyages nombre d'Arabes à la peau brune, d'Indiens à la peau rouge et d'Africains à la peau noire dont les aptitudes naturelles démontaient les théories saugrenues de ces philosophes arrogants. J'ai beau répéter que les races se ressemblent, personne en Europe ne semble partager mon avis. Il est clairement plus simple de classer les gens en fonction de la couleur de leur peau.

« Venez, monsieur, je vais vous emmener jusqu'à la lointaine rive gauche ! Je suis le Mercure du bourbier, le Christophe Colomb de la navigation ! Grimpez sur mes épaules et je vous emmènerai où vous voudrez !

— Tu m'as l'air d'un porteur très érudit.

— Je sais lire, et je sais même penser. Pas mal, pour un nègre, non ?

— Et pourquoi un homme libre et éduqué ferait-il ce métier ?

— Qu'est-ce qui vous dit que je suis un homme libre ?

— Ton allure.

— Peut-être suis-je simplement présomptueux. Grimpez si vous voulez le savoir !

— Et combien me coûterait un tel trajet ?

— Un franc. Mais je suis le meilleur porteur de la ville, alors peut-être voudrez-vous m'en donner deux. »

C'était comme enfourcher un cheval. Dès que je fus installé, nous partîmes sous la pluie. J'avais gardé mon chapeau de paille acquis à Antigua et je voyais le monde à travers un voile liquide. J'eus instantanément les épaules trempées, mais l'eau était tiède et le trajet plaisant. Je me sentais ridicule mais, au moins, je n'avais pas de la boue jusqu'aux genoux.

Soudain, je remarquai que Jubal prenait un curieux trajet : au lieu de traverser directement, il s'arrêta au milieu de l'avenue et se mit à marcher vers le port.

« Non ! Non ! C'est là-bas que je veux aller ! m'écriai-je en désignant les planches, songeant que je n'allais peut-être même pas lui donner le franc qu'il m'avait demandé.

— J'ai bien compris, et je vais vous y amener. Mais je suis sûr que vous voudrez d'abord discuter avec moi. Ici, dans la rue, sous la pluie, là où aucun Français ne peut nous entendre. »

Il n'en fallait pas plus pour éveiller ma curiosité.

« Discuter ? Discuter de quoi ?

— Oui, discuter avec le grand Jubal, qui connaît à la fois les montagnes et la mer. Jubal a entendu parler d'un diplomate américain et de sa magnifique femme, tout juste débarqués, qui cherchent à obtenir des informations sur la libération d'Haïti. Jubal a entendu parler de cet électricien qui, pour poser des questions au loup, se jette droit dans sa gueule. »

Mon cœur se mit à bondir dans ma poitrine.

« Comment sais-tu tout cela ?

— L'homme noir sait tout, à Cap-François. Qui rame jusqu'aux navires, porte les malles, conduit les coches ? L'homme noir. Qui passe le balai dans les salles de réunion, sert les plats lors des banquets, creuse les tranchées ? L'homme noir. À votre avis, un ambassadeur américain devrait-il se contenter de discuter avec les Français, ou ferait-il mieux de s'entretenir également avec les légions africaines, celles qui régneront bientôt sur ce pays ? »

Je baissai les yeux vers sa tête laineuse qui luisait sous la pluie.

« Tu veux parler de Dessalines, qui fait commerce avec les États-Unis pour obtenir des armes ?

— Le Washington de notre révolution. Précisément. Je le connais.

— Tu es un de ses soldats ? »

Je n'imaginai vraiment pas ses hommes jouer les chameaux humains.

« À Cap-François, rares sont les hommes noirs qui ne servent pas deux, trois, voire quatre maîtres. C'est une question de survie, voyez-vous ? La *mambo* Cécile Fatiman a prédit qu'un homme blanc ayant connu notre héros Toussaint Louverture viendrait bientôt. Êtes-vous cet homme ?

— Oui. Mais qui est Cécile Fatiman ?

— La sage sorcière qui, il y a douze ans, a prêché la révolte lors de la cérémonie du Bois-Caïman. C'est là que tout a commencé.

— La révolte, répétai-je. Tu veux dire la guerre ?

— Elle a dansé avec le rebelle Boukman et a égorgé le cochon noir. J'ai vu de mes propres yeux la frénésie des esclaves, car j'avais moi-même tué mon maître et j'étais devenu un Marron qui se cachait dans la jungle. Cécile est habitée par l'esprit vaudou Ezili Dantor, la séductrice qui sait tout. Notre *mambo* a prophétisé qu'un Américain viendrait, et vous voilà. »

Pour ma part, j'étais toujours en train d'essayer de démêler les fils de cette histoire complexe.

« Qu'est-il arrivé à Boukman ? demandai-je.

— Sa tête s'est retrouvée au bout d'une pique. Mais sa révolte, elle, perdure. »

Cet homme aux larges épaules représentait pour moi une occasion inespérée. Je n'étais pas dans la meilleure position pour négocier, mais j'entrevoyais enfin une lueur d'espoir.

« Je suis la dernière personne à avoir vu Toussaint Louverture vivant, déclarai-je.

— Et il vous a dit quelque chose, non ? C'est en tout cas ce que Cécile a vu.

— Il a parlé à ma femme, qui est elle-même une sorte de prêtresse.

— Maintenant, l'âme de Toussaint nous attend en Afrique, en compagnie de tous nos proches et de tous nos ancêtres. Si nous mourons au combat, nous rejoignons Louverture. C'est Dessalines qui l'a promis.

— Je ne peux qu'être admiratif devant tant de conviction.

— C'est cette certitude qui nous permettra de gagner. Savez-vous que nos soldats n'hésitent pas à mettre le bras dans la bouche des canons français ? Qu'est-ce que vous en dites ?

— Que c'est aussi risqué qu'audacieux. »

Dès qu'il est question de foi, j'ai tendance à rester sur mes gardes.

« Quand le canon fait feu, leur âme s'envole vers notre patrie. Et les camarades qui restent taillent les canonniers en pièces.

— C'est une belle preuve de courage. Pour ma part, je pense que j'attendrais de ne véritablement plus avoir aucun autre choix avant de me sacrifier ainsi. Ce n'est pas vraiment de la lâcheté, mais plutôt de la prudence.

Survivre pour livrer la prochaine bataille me paraît plus sage. »

Une stratégie moins noble, j'imagine.

« Personne ne sait de quoi demain sera fait, dit-il. Vous êtes un instrument de Fa, monsieur, notre esprit du destin, mais vous courez également un grave danger. Certains hommes ont entendu ces prophéties et risquent d'être jaloux ou de prendre peur. Vous avez donc besoin de moi. Des hommes mauvais enverront la Mort contre vous, le sombre *Iwa* appellera le Baron Samedi. Ou cherchera à vous transformer en zombi.

— Un zombi ? De quoi s'agit-il ? »

Nous avions à présent fait le tour d'un pâté de maisons, comme si je n'arrivais pas à me décider sur ma destination. J'étais trempé jusqu'aux os, mais je devais admettre que cette conversation était autrement plus passionnante qu'un déjeuner chez un planteur.

Jubal ne répondit pas à ma question.

« Dessalines acceptera de vous rencontrer, monsieur Gage, mais seulement si vous pouvez lui dire quelque chose qui vaille la peine.

— Je compte inspecter les lignes françaises.

— C'est nous qui avons construit les lignes françaises. Vous allez devoir faire mieux que ça. J'ai cru comprendre que vous alliez vous entretenir avec les Français ? Alors, tendez l'oreille, et peut-être que vous apprendrez quelque chose d'intéressant. »

Pour un Marron, ce Jubal était plus dur en affaires qu'un commerçant. J'essayai de deviner la vie qu'il avait vécue.

« C'est vrai que j'ai vu Louverture, et c'est vrai que je suis prêt à aider les rebelles. Mais ma femme et moi sommes également à la recherche de Horus, notre fils de trois ans qui a été enlevé.

— Je vais essayer de le retrouver.

— Mon épouse t'en serait infiniment reconnaissante.

— Pour elle, je vais faire plus qu'essayer.

— Et Léon Martel ? Un homme basané, avec une mâchoire proéminente et une tête de fouine ?

— Jamais vu. Mais vous savez, les Français ne m'invitent pas à leurs fêtes.

— Martel est un policier renégat. C'est un homme cruel, comme Rochambeau.

— Je ne l'ai pas vu, mais j'en ai peut-être entendu parler, car l'homme noir entend tout.

— C'est vrai ? m'exclamai-je en bondissant sur ses épaules.

— Je demanderai », répondit-il d'un ton énigmatique.

Soudain, il changea brusquement de direction et acheva de traverser l'avenue. Bon sang, mais qu'est-ce que ce bougre pouvait bien savoir d'autre ?

« Autre chose, repris-je. Je compte aussi en savoir plus sur des légendes qui pourraient à la fois m'aider et aider les rebelles.

— Quelles légendes ? demanda-t-il en s'arrêtant subitement.

— Des histoires concernant un trésor récupéré par des Marrons. Un trésor caché, puis perdu, qui n'attend que d'être retrouvé.

— Si je connaissais l'existence de ce trésor, je ne serais pas en train de vous porter ! s'esclaffa-t-il. Non, Jubal ne connaît pas de telles légendes. Cécile, peut-être. Mais écoutez, nous avons besoin de la clé de Cap-François, pas de vieilles histoires. Apportez-nous cette clé, et je vous mènerai à Dessalines et à Cécile

201

Fatiman. Après quoi, nous vous aiderons à retrouver votre fils. »

Il me posa enfin sur les planches de l'autre côté de l'avenue. J'étais aussi mouillé que si j'étais tombé dans une rivière, mais au moins mes bottes étaient propres.

« Ces chefs de guerre avec qui vous allez vous entretenir sont des hommes cruels, Ethan Gage, reprit-il. Après douze ans de combats, la pitié n'existe plus. Alors, sachez reconnaître vos amis et vos ennemis.

— Et comment suis-je censé m'y prendre ?

— Regardez comment ils traitent votre femme.

— S'ils ne la traitent pas convenablement, ils le paieront de leur vie.

— Vous aussi, vous devez la traiter correctement, car vous ne savez pas quand elle pourrait vous être enlevée.

— Qu'est-ce que tu veux dire par là ?

— Faites attention. Au revoir.

— Attends ! Comment puis-je te retrouver ?

— Je vais parler à Dessalines. Ensuite, c'est moi qui vous retrouverai. »

Je me retournai pour partir, ne sachant pas si j'étais satisfait ou confus.

« Monsieur ? dit-il.

— Oui ?

— Un franc, s'il vous plaît. »

Je lui en donnai trois.

19

Rochambeau était un nom connu aux États-Unis. Comme Lavington nous l'avait rappelé, le vieux comte de Rochambeau, à la tête des forces françaises, avait aidé Washington à vaincre Cornwallis à Yorktown, permettant ainsi aux Américains de gagner leur indépendance. Son fils avait eu la chance d'hériter de la renommée de son père, et la malchance d'hériter de l'armée décimée de Leclerc, après que le malheureux général eut succombé à la fièvre jaune. Depuis, Donatien Marie Joseph de Rochambeau avait plus fait preuve de cruauté que d'esprit d'initiative. Il s'était replié à Cap-François, où les femmes et la boisson lui permettaient d'oublier la situation délicate dans laquelle il se trouvait.

Je ne fus donc pas surpris de voir que son invitation au palais était adressée à la fois à monsieur et à madame Gage. La rumeur de l'arrivée d'une beauté exotique en ville s'était répandue comme une traînée de poudre, et Rochambeau envisageait sûrement déjà un autre type de conquête pour compenser son manque de victoires sur le champ de bataille. Nous devions lui faire croire qu'il avait ses chances, tout en restant le plus prudents possible.

J'avais bien conscience du danger. Les femmes quelconques sont plus dévouées, les vieilles plus reconnaissantes, mais, ayant moi-même un faible pour les plus belles (on ne se refait pas), je savais que j'aurais à défendre la femme que j'avais épousée.

Le palais du gouverneur était une grande bâtisse en pierre blanche d'un étage, flanquée au nord et au sud de jardins censés souligner la puissance française. Mais pour l'heure, l'ensemble trahissait plutôt une décadence tant physique que morale. La peinture des fenêtres à guillotine s'écaillait, les massifs de fleurs étaient envahis par les mauvaises herbes, on trouvait des détritus dans tous les coins, et quatre petits canons étaient pointés vers la pelouse – à croire que Rochambeau se méfiait autant de sa propre population que de l'armée rebelle. La cour et l'entrée du palais grouillaient d'officiers et de soldats, mais c'était une assemblée désorganisée, comme si les hommes avaient perdu tout espoir et tout sens de la discipline. Des cartes et des documents étaient empilés un peu partout, les épées et les mousquets formaient des tas informes, et les bouteilles et les assiettes sales attiraient les mouches. Tout le monde avait ôté son couvre-chef et posé sa veste d'uniforme sur le dos d'une chaise, et le sol était maculé de traces de boue.

Quelqu'un examina nos papiers, puis nous escorta jusqu'au bureau du général, à l'étage. Quand la porte en acajou s'ouvrit, nous fûmes accueillis par une forte odeur de tabac et de parfum.

Rochambeau ne me fit pas une bonne première impression. C'était un homme courtaud, avec un visage rond et maussade, qui faisait penser aux petites terreurs qu'on peut croiser sur les bancs de l'école. Sa tête semblait

coincée entre ses épaules, et il avait une tache de naissance marron autour de l'œil, comme s'il avait reçu un
coup de poing. Il nous accueillit en uniforme de hus-
sard : haut-de-chausses bleu, chemise de cavalerie à col
rouge et ceinture en soie. L'épaisseur des vêtements le
faisait transpirer à grosses gouttes. Sur son torse rebondi,
une rangée de brandebourgs argentés constituait une
cible parfaite pour un tireur d'élite comme moi. Pour
parachever le tout, il portait des épaulettes suffisamment
robustes pour faire chacune office de guéridon. Bref,
l'accoutrement était ridicule, mais je savais que certaines
femmes avaient un faible pour les parures vaniteuses.
Il se leva pour nous examiner. Nous portions des vêtements assez semblables à ceux que nous avions lors de
nos promenades sur le pont des Arts.

Je jetai un regard autour de moi ; j'ai pris l'habitude de toujours me repérer quand j'arrive dans un lieu
inconnu, car il est bien pratique d'avoir une porte de
sortie en cas d'événement imprévu. Les fenêtres du
bureau de Rochambeau donnaient sur les jardins et,
plus loin, sur le port et sa forêt de mâts – le chemin
le plus direct pour fuir cette île en cas d'attaque-
surprise des rebelles. Un grand balcon courait sur le
mur, jusqu'aux appartements privés du gouverneur.
Chaque fenêtre était ornée de rideaux humides, trop
lourds pour s'agiter dans la brise.

Le général m'accueillit d'un simple « Monsieur
Gage », mais il prit la peine de quitter son fauteuil
pour s'incliner devant Astiza, lui faire le baisemain et
lui glisser un compliment, à la manière d'un Casanova
pataud. Il avait un regard que mon dégoût profond
pour sa personne me ferait qualifier de porcin. Apparemment, beaucoup de femmes le trouvaient séduisant

mais, à part le fait qu'il fût riche et bien né, je ne voyais pas ce qu'il y avait d'attirant chez lui. La mort de Leclerc avait vraiment été une catastrophe pour la France, car elle avait laissé son armée aux mains d'un homme incapable de penser à autre chose que la vengeance et la bagatelle.

Bien sûr, je voyageais moi-même sous des prétextes fallacieux, et Rochambeau pourrait très bien me faire fusiller comme espion s'il découvrait ma véritable mission. Heureusement pour moi, j'avais Astiza : elle portait une fine chaîne en or autour du cou, sur laquelle elle avait accroché le pendentif que Napoléon m'avait donné à Saint-Cloud, de sorte que le médaillon se trouvait exactement au creux de sa poitrine.

« Un bien beau bijou, madame.

— C'est un cadeau du Premier consul, répondit-elle en rougissant.

— Ah oui ? fit Rochambeau, le sourcil levé.

— C'est un médaillon qu'il donne à ses serviteurs les plus fidèles. Mon mari, en l'occurrence. Ethan est un très grand diplomate, vous savez ?

— Je vois, répondit simplement le général en nous dévisageant d'un air où se mêlaient à la fois respect et méfiance. J'espère que vous mesurez l'importance de cette babiole. »

Je savais que les hommes proches de Napoléon avaient autant d'amis que d'ennemis.

« Je vois ce médaillon comme une protection », affirma calmement Astiza.

Le général hocha la tête et nous invita à nous asseoir. Puis il tapota nos documents de voyage contrefaits, avec les fausses signatures de Livingston et de Monroe.

« J'ai cru comprendre que vous souhaitiez évaluer

nos positions stratégiques au Nouveau Monde, Gage, mais, malheureusement, si je n'obtiens pas très vite du renfort, toutes les informations que vous pourrez recueillir seront obsolètes. La Louisiane a été vendue et les Anglais nous attaquent de toutes parts. Ils ont déjà pris Castries, à Sainte-Lucie, puis Tobago, et ils récupèrent les îles hollandaises les unes après les autres. Où se trouve ma marine ? me direz-vous. Autant que je sache, elle se cache dans les ports français. Si les Anglais organisent un blocus, notre position ici sera des plus précaires. Cette colonie risque de devenir entièrement noire, ou plutôt entièrement sauvage. Il y aurait bien un remède, mais il semble toujours hors de portée.

— Un remède ? » demandai-je en regardant autour de moi.

Le bureau de Rochambeau était orné des attributs masculins habituels : drapeaux, étendards, épées, armes à feu et vieilles piques et hallebardes. À croire qu'il avait dévalisé la Bastille avant qu'elle ne soit rasée ! Il y avait également un sofa mauve couvert de coussins en soie jaune, ainsi qu'une armoire contenant vins, liqueurs et verres en cristal.

« La solution radicale consisterait à exterminer toute la population nègre de Saint-Domingue, infectée par les idées radicales, et de la remplacer par une nouvelle population africaine, plus docile. Ces nouveaux esclaves seraient tenus loin des livres et des conversations, ils auraient interdiction de se rassembler, et on leur apprendrait que la désobéissance entraîne systématiquement une punition impitoyable. Ce ne serait pas si différent que dresser un chien ou débourrer un cheval, dit-il en examinant ses ongles. Mais pour cela, j'aurais besoin d'une immense armée, car la fièvre jaune fait fondre la nôtre comme neige au soleil. À croire que Dieu est contre nous ; c'est proprement incompréhensible. Désire-t-il le règne du vaudou païen ? Une Église faite d'arbres et de marécages ? Des champs de patate douce plutôt que des plantations de canne à sucre ? Nous avions le Code noir, qui définissait les droits du maître et de l'esclave. C'était le paradis. Mais les nègres ont choisi l'anarchie.

— Peut-être que pour eux ce n'était pas le paradis, arguai-je.

— Ce code interdisait de frapper ou de tuer les esclaves sur un coup de tête. Et sachez que nous leur avons rendu service en leur faisant quitter l'Afrique. À l'époque du Code noir, tous les hommes connaissaient leur place. Le roi lui-même a participé à son élaboration, du temps où nous avions encore un roi. Aujourd'hui, Bonaparte essaie de restaurer le calme en rétablissant l'esclavage, et c'est à mon avis la seule solution viable. Mais les nègres sont devenus fanatiques, et je dois compter sur ma seule imagination pour repousser la barbarie. Je ne manque pas d'idées, mais les gens ne m'apprécient guère, à commencer par mes propres officiers, soupira-t-il.

— Les grands hommes ne sont pas toujours reconnus de leur vivant, fis-je remarquer, en espérant qu'il était sensible à la flatterie.

— La seule chose qui m'importe, c'est de protéger les innocents, comme votre femme, par exemple, reprit-il en adressant un sourire à Astiza. J'essaie également de remonter le moral de mes officiers en organisant des fêtes. D'ailleurs, il y a un bal, demain soir ; je compte sur votre présence. Abandonner la civilisation serait notre pire défaite. J'œuvre donc à maintenir la normalité, tout comme j'œuvre à nous protéger de Dessalines, qui a pendu et torturé un nombre incalculable de Français. Vous pensez bien que je n'ai pas l'intention de le laisser s'approcher de nos femmes, conclut ce salaud en faisant un clin d'œil à Astiza.

— Cette galanterie est tout à votre honneur, répondit ma femme avec une telle sincérité que, une fois de plus, je ne pus qu'admirer le talent de la gent féminine pour la comédie. J'espère vraiment que vous saurez nous protéger pendant notre séjour à Saint-Domingue, mon cher vicomte.

— Soyez-en assurée, fit-il avant de ramasser un pistolet que j'espérais déchargé et de se mettre à jouer avec. Il n'y a qu'une seule façon de traiter avec les nègres : il faut être impitoyable. Leclerc a fait de son mieux pour rester ferme, il a accroché de gros sacs de farine aux pieds de soldats rebelles avant de les jeter dans le port, mais je trouve que c'est du gâchis. Son problème, c'est qu'il se fixait des limites à ne pas dépasser. Moi, je n'ai pas de scrupules. J'ai fait pendre, fusiller, brûler, bouillir. Avez-vous déjà vu un homme bouillir vivant, madame Gage ?

— Jamais », répondit-elle en frissonnant.

Si quelqu'un pouvait espérer arracher des secrets à Rochambeau, c'était Astiza, mais je n'étais pas prêt à la laisser approcher de ses appartements.

« J'imagine que cela demande beaucoup de sang-froid de votre part, reprit-elle, tandis que je me déplaçais sur ma chaise, mal à l'aise.

— C'est vrai que cela requiert une certaine dureté, approuva-t-il d'un ton triomphal. Beaucoup d'officiers défaillent quand les victimes se mettent à hurler. Mais je peux vous assurer que le résultat sur les autres nègres est bénéfique. Si on me laissait en torturer et exécuter dix mille, je pourrais en mettre à genoux un million.

— Ce serait presque un acte de compassion.

— Exactement ! »

Son regard descendait régulièrement vers la poitrine de ma femme, comme s'il était atteint d'un mal qui l'empêchait de la regarder dans les yeux. Mais je ne pouvais pas le lui reprocher : j'avais le même problème.

« J'ai enfermé une centaine de nègres dans la cale d'un bateau et je les ai asphyxiés avec du soufre. Après quoi, j'en ai forcé une centaine d'autres à jeter les corps à la mer. Je peux vous garantir qu'en quelques heures toute l'île était au courant.

— Je l'imagine aisément.

— Je pourrais également vous parler de ma dernière trouvaille : les chiens mangeurs d'hommes. Je les ai fait venir à mes frais de Cuba. Sur un terrain dégagé, aucune armée noire ne peut espérer défaire un bataillon français, mais chaque fois que nous pourchassons les rebelles dans la jungle nous tombons dans des embuscades. C'est très agaçant, et mes hommes ne veulent plus les poursuivre. Mais les chiens n'ont peur de rien ; ils pistent les rebelles, ils les dépècent, et ils avertissent mes troupes du danger. Je n'ai pas personnellement participé à ces escarmouches, mais on m'a assuré que les molosses réduisent leurs victimes en charpie à une vitesse terrifiante. »

Mon Dieu ! Cet homme était un sadique fou à lier ! J'étais sur le point de laisser éclater mon dégoût, mais Astiza ne m'en laissa pas le temps.

« C'est horrible ! s'exclama-t-elle. Mais c'est aussi terriblement astucieux.

— Cette violence n'a pour but que de protéger les

beautés telles que vous, madame. Chaque monstruosité que j'invente permet de sauver les enfants de la France.

— Je peux vous assurer que votre bravoure est connue jusqu'à Paris, vicomte. Et nous ne manquerons pas de narrer vos exploits à notre retour dans la capitale. »

Il hocha la tête d'un air satisfait.

Pourquoi les bouchers se sentent-ils toujours le besoin de fanfaronner ? La vérité, c'est que Rochambeau et Dessalines trancheraient un million de gorges si cela servait leurs intérêts, et qu'ils étaient prêts à détruire l'île entière plutôt que de perdre la guerre. Le genre d'individus à préférer sacrifier des milliers d'hommes que se battre en duel dans une arène. Rochambeau ne quittait pas ma femme des yeux, et je ne pouvais m'empêcher de détester ce balourd qui, à l'évidence, préférait s'empiffrer de sucreries que faire une heure d'exercice.

« Vous pensez donc qu'il y a une chance de remporter la guerre ? demandai-je après m'être éclairci la gorge.

— Il y a toujours une chance, monsieur Gage. Et si ce n'est pas le cas, nous avons obligation en tant que soldats de tout faire pour résister. Souvenez-vous des Spartiates aux Thermopyles ! J'espère que Dieu verra la justesse de notre cause, et qu'il nous bénira contre les forces du mal.

— Je me suis laissé dire que les Noirs aussi avaient leur protection surnaturelle.

— Oui, de la sorcellerie africaine. D'ailleurs, ils font preuve d'un courage incroyable, concéda-t-il en regardant par la fenêtre le port et les navires qui pourraient lui permettre de s'échapper en cas de besoin. Bon. Ce n'est pas tout ça, mais j'ai un bal à organiser ! J'espère sincèrement vous y voir. Peut-être m'accorderez-vous une danse, madame Gage ?

— Ce serait un honneur, général. »

Je vous jure qu'elle battit des cils ! Tirait-elle du plaisir à jouer la comédie ? Non, je connaissais Astiza : je savais qu'elle n'avait pas cessé une seconde de penser à notre petit Harry.

« J'ai très envie de rencontrer tous vos officiers, poursuivit-elle. Et mon mari a hâte d'étudier vos positions stratégiques. Il a participé au siège de Saint-Jean-d'Acre en 1799 et, depuis, il voue une véritable passion aux fortifications. »

Tout cela était parfaitement faux puisque, depuis cet épisode sanglant, j'avais tout fait pour me tenir le plus loin possible des champs de bataille. Mais Astiza jouait son rôle jusqu'au bout.

« Ah vraiment ? demanda le général en me regardant, visiblement surpris.

— Ethan pourrait peut-être prodiguer quelques conseils à vos hommes.

— Je suis un savant amateur, déclarai-je en toute modestie. Un électricien et un explorateur, mais je dois avouer qu'en matière de stratégie militaire je ne suis pas totalement inculte. »

Astiza n'était pas la seule à savoir mentir.

« D'ailleurs, repris-je, je me disais que j'ai beaucoup à apprendre de vous. Vous avez su contenir les rebelles pendant si longtemps, c'est tout à fait admirable.

— Je suis sensible à votre requête, monsieur, dit-il prudemment, mais vous n'êtes hélas pas français. Je ne sais pas si je puis vous confier de tels secrets.

— N'oubliez pas que Lafayette était un étranger pour Washington !

— Mon mari sait garder les secrets, lui susurra Astiza. Et je suis sûre qu'il serait prêt à partager les siens.

— Mais il faudrait une escorte, je doute de pouvoir me passer de mes hommes. J'en ai si peu…

— Moi, ajouta Astiza, j'ai horreur du soleil. »

Je voyais où elle voulait en venir.

« Et je ne voudrais pas te laisser seule dans une ville inconnue, qui plus est en état de siège », lui dis-je.

Rochambeau, qui n'était pas le général le plus malin que j'avais rencontré, finit par comprendre l'opportunité qui se présentait à lui.

« Mais elle ne sera pas seule ! s'exclama-t-il. Elle sera avec moi !

— Général, si mon mari devait partir inspecter les fortifications, je vous serais tellement reconnaissante de me permettre de l'attendre ici. Je me sentirais plus en sécurité, mais je ne veux surtout pas déranger. »

Les yeux de Rochambeau scintillèrent comme ceux d'un cochon qui vient de recevoir sa pâtée.

« Mais vous ne me dérangerez pas, madame. Un gentilhomme a toujours du temps pour une femme dans le besoin. Je suis un homme occupé, certes ; j'aurai peut-être des ordres à donner, mais rien ne m'empêche de le faire de la véranda, pendant que monsieur Gage sera en train d'admirer les fortifications de cette ville. Nous boirons du punch et parlerons de Paris.

— Discuter de Paris dans le Paris des Antilles, souffla-t-elle d'une voix mielleuse.

— Ah, si vous aviez vu cet endroit du temps de sa grandeur !

— Votre résistance courageuse confère de la grandeur à ce qu'il en reste.

— J'ai voué ma vie à la défense de cette île.

— Ma femme sera en sécurité avec vous, déclarai-je pour mettre un terme à cet échange de politesses. Mais ne vous en faites pas pour moi, je n'aurai pas besoin d'escorte. Je préfère me promener seul.

— Pour vous faire tirer dessus par une de mes sentinelles ? C'est hors de question ! Je suis sûr que nous trouverons en bas un colonel qui n'a rien à faire, dit Rochambeau en fouillant dans ses papiers, comme s'il avait oublié jusqu'au nom de ses subordonnés. Profitez de mon hospitalité, faites votre rapport et faites part de notre défense héroïque. Votre réputation de guerrier vous précède, monsieur Gage, autant aux côtés de la France que contre elle. »

Comme je l'ai déjà dit, j'avais combattu à Saint-Jean-d'Acre avec les Anglais mais, en tant qu'Américain, j'avais également effectué plusieurs missions pour le compte de Napoléon. Parfois, il est utile de passer d'un camp à l'autre, même si cela engendre toujours beaucoup d'incompréhension.

« Vous êtes un homme neutre, capable de donner une opinion franche, poursuivit Rochambeau. J'espère que vous me donnerez votre avis sur les barricades de Cap-François, comme Lafayette et mon père à Yorktown.

— Je serais honoré d'apprendre et d'instruire. J'admire votre talent, général. Sachez que je me pique d'écrire ; peut-être pourrais-je raconter au monde ce que vous avez accompli ici. »

Il hocha la tête et je crus être allé trop loin, mais son regard retourna aussitôt vers la poitrine de ma femme.

« Très bien. Je vais m'occuper d'organiser cette visite, pendant qu'Astiza et moi profiterons de la vue sur la mer. C'est le seul chemin pour rentrer à la maison, madame. La mer. »

20

Je n'étais pas pressé de laisser ma femme seule en compagnie de ce pervers de Rochambeau, mais je savais aussi qu'en cas de besoin Astiza aurait été capable de mettre en déroute Napoléon lui-même. Pendant ce temps-là, j'aurais peut-être l'occasion d'apprendre une information capitale à fournir à Dessalines, une faiblesse dans la défense française à échanger contre le secret d'un trésor fabuleux. Une information qui pourrait me permettre de récupérer mon fils, qui sait ? Si j'agissais en traître, c'était uniquement parce que Léon Martel s'était attiré mon hostilité en me volant mon fils et mon émeraude. En outre, il me paraissait évident que la meilleure solution pour Rochambeau était de renvoyer ses soldats en France avant qu'ils ne succombent tous à la fièvre. Alors, pourquoi ne pas lui forcer la main ?

Ma couleur de peau, ma réputation, mes documents officiels et ma magnifique femme me valurent la confiance immédiate des officiers français. J'imagine qu'ils avaient également reçu l'ordre de me tenir occupé tout l'après-midi, afin de laisser le champ libre à Rochambeau pour attirer Astiza jusqu'à son sofa violet. On me donna ainsi un cheval récalcitrant – après quelques minutes d'âpres négociations, je parvenais à expliquer à ma monture où je voulais aller, et celle-ci finissait par obtempérer, choisissant son propre itinéraire pour s'y rendre. Pour ce qui était de l'escorte, on m'avait confié aux soins d'un colonel nommé Gabriel Aucoin. Cet officier ressemblait à l'image qu'on se fait d'un soldat : il se tenait bien droit, faisait preuve d'une assurance à toute épreuve et, surtout, il savait se faire respecter par sa monture. Ses longs cheveux blonds me firent aussitôt penser à Alexandre le Grand.

« Je vois qu'ils vous ont donné Piment. Ce n'est pas un cheval facile, mais vous semblez l'avoir dompté. Félicitations, l'Américain !

— Il serait plus juste de dire qu'il me tolère. Je ne suis pas vraiment un cavalier émérite, même s'il m'arrive parfois de monter.

— Et moi, je ne suis ni ingénieur ni guide ! Mais je vais quand même vous montrer nos batteries de canons. Ensuite, nous boirons un petit bordeaux. Je suis sûr que nous allons bien nous entendre. J'apprécie les gens honnêtes, pas les vantards. »

Et de fait, je me pris tout de suite d'affection pour ce colonel, et je me sentis coupable de m'apprêter à le trahir. Mais si cette trahison pouvait mettre un terme à cette guerre horrible, peut-être Aucoin vivrait-il. Car il était fort probable qu'il ne survivrait pas à un siège prolongé. C'était pour moi un moyen comme un autre d'avoir bonne conscience. Je prétendais être un diplomate alors que j'étais un espion, et je prétendais être un Blanc loyal alors que j'allais trahir ceux de ma race, ici, à Cap-François. Jamais je n'en serais arrivé à de telles extrémités si Martel n'avait pas enlevé Harry, mais je regrettais tout de même que des hommes comme Aucoin dussent pâtir de mes différends personnels.

Nous nous rendîmes à l'extrémité est de Cap-François, où se trouvaient les premières fortifications. Cette île, que Christophe Colomb nomma Hispaniola, est divisée en deux colonies : Santo Domingo, à l'est, est espagnole ; et Saint-Domingue ou Haïti, à l'ouest, est française. Comme l'île présente un relief très montagneux, la partie française fut stratégiquement divisée en trois : le Nord, l'Ouest et le Sud. Chaque partie formait une cuvette abritant d'immenses plantations. Les Noirs avaient déjà conquis l'Ouest et le Sud, et mettaient maintenant la pression sur Cap-François, le dernier bastion blanc, situé dans le nord de l'île.

Le destin de Saint-Domingue se déciderait à la frontière est de la ville, entre la rivière et les montagnes.

Alors que nous cheminions sous le soleil, j'admirai le paysage magnifique et calme qui s'offrait à moi : une mosaïque de verts, avec les champs de canne, les vergers et la jungle, qui scintillait comme mon émeraude sous un ciel parfaitement bleu. Les oiseaux s'envolaient à notre passage, les fleurs formaient une véritable palette de couleurs. Oranges, citrons, mangues et bananes semblaient attendre qu'on les cueille. C'était un véritable paradis, où les papillons voletaient et les insectes bourdonnaient.

Au loin, perturbant ce tableau vert, j'aperçus des incendies, mais je fus incapable de dire s'ils étaient causés par la guerre ou l'agriculture. Haïti était un rêve que la haine avait transformé en cauchemar, un jardin d'Éden luxuriant devenu porte des Enfers.

Nous louvoyâmes entre les souches et les tombes de la rue Espagnole. Il était midi, et j'avais l'impression d'être assommé par le soleil malgré mon chapeau de paille. Derrière les limites de la ville se trouvaient les lignes françaises. Des tentes militaires moisies, à l'intérieur desquelles devait régner une chaleur effroyable, étaient plantées sur la pelouse fatiguée. À côté de l'alignement des pièces d'artillerie, on trouvait des pyramides de boulets. Les mousquets formaient eux aussi de petites pyramides. Quant aux soldats, ils se reposaient sous des auvents.

« Nous limitons les exercices à la matinée, quand il fait plus frais, me confia le colonel quand il me vit observer l'inactivité ambiante. La moitié de mes hommes est malade, et tous sont amaigris à cause de la réduction des rations alimentaires. »

Une information utile, mais Dessalines savait déjà cela.

« Vous arrive-t-il de tenter des sorties pour affronter l'ennemi ?

— Plus beaucoup. La maladie décime nos rangs. L'armée de Dessalines grossit ; la nôtre s'amenuise. Il devient audacieux ; nous devenons timides. Il dispose de toute l'île pour ses manœuvres ; nous sommes coincés derrière un parapet de huit cents mètres.

— Combien d'hommes avez-vous ?

— Environ cinq mille. Les rebelles sont trois fois plus nombreux. Seule la stratégie militaire française nous permet de les maintenir à distance. Nous sommes mieux disciplinés et, avec des renforts, nous pourrions récupérer l'avantage. Mais avec la reprise de la guerre contre l'Angleterre, nous sommes pessimistes.

— Qu'espérez-vous, alors ?

— Officiellement, que Dessalines lance son armée contre nos fortifications, permettant à nos canons de faire leur sale travail. Après quoi, nous poursuivrions les rescapés avec nos chiens. »

Je ne devais donc pas recommander à Dessalines une attaque frontale.

« Et officieusement ?

— Qu'on nous donne une chance de négocier une trêve équitable avant de nous faire tous massacrer. »

Nous passâmes devant un chenil contenant ces fameux mastiffs mangeurs d'hommes que Rochambeau avait fait venir de Cuba. Dès qu'ils nous virent, les monstres baveux de la taille de poneys se mirent à s'agiter et à aboyer. Nos chevaux firent un écart en hennissant et, d'instinct, ils accélérèrent le pas. Les chiens devaient peser soixante-dix kilos chacun et ils se jetaient de toutes leurs forces sur les barreaux de leur cage. Sous le poids, les tiges de bois fléchissaient avant de se redresser brusquement, projetant les molosses en arrière.

Ils me firent penser au cerbère d'Aurora Somerset, ma vieille ennemie – un souvenir qui me fit frissonner, car j'avais vu de mes propres yeux l'animal massacrer au moins trois personnes.

« Comment faites-vous pour les contrôler ? demandai-je.

— Parfois, nous n'y arrivons pas. Ils se sont plusieurs fois retournés contre nous, et nous avons dû en abattre quelques-uns. Mais les Noirs les craignent plus que nos charges de cavalerie. Et de toute façon, la plupart de nos chevaux n'ont même plus la force de courir.

— Vous pensez que ces chiens peuvent vous aider à remporter la guerre ?

— Les rebelles savent aussi tirer sur les chiens.

— Et que ferez-vous si Dessalines n'envoie pas son armée se faire massacrer contre vos canons ?

— Alors, tout cela aura été vain », fit-il d'un ton résigné.

Très souvent, la défaite commence des semaines, voire des mois avant la véritable reddition.

« En fait, vous avez perdu tout espoir, résumai-je.

— C'est un peu ça, oui. Je suis ravi de vous faire visiter nos lignes, monsieur, mais la vérité est démoralisante. Et je pense que nous n'allons pas nous éterniser : vous feriez mieux de retourner voir votre épouse. Notre général a un faible pour les femmes des autres.

— Je fais entièrement confiance à Astiza.

— C'est bien le problème. Sa fidélité pourrait vous coûter cher. J'ai pour ordre d'assurer votre sécurité, mais il y a des limites à mes compétences. Ce serait dommage que votre femme finisse veuve.

— Qu'est-ce que vous insinuez ?

— Il y a peu, Rochambeau et La Touche ont organisé une fête à bord du navire amiral : le pont avait été transformé en jardin pour l'occasion. Il y avait des fleurs dans les sabords et des vignes suspendues au gréement. C'était magnifique ; on en aurait oublié la guerre. Malheureusement, une jeune beauté pas vraiment éprise de son mari est venue, vêtue d'une robe parisienne tellement scandaleuse qu'elle aurait aussi bien pu être entièrement nue. Cette femme, Clara, a passé la nuit à danser avec notre commandant et, le lendemain, son mari a été affecté à une colonne censée débusquer les rebelles. La colonne est tombée dans une embuscade, et le pauvre mari n'est jamais revenu.

— Et Clara ?

— Séduite, puis renvoyée à Paris.

— Astiza est plus qu'éprise de moi. »

En disant cela, ses mots me revinrent en mémoire – *Et si c'était une erreur de nous marier ?* –, et je ne pus m'empêcher d'être envahi par le doute.

« Alors, vous avez de la chance, monsieur, dit-il d'un ton prudent. Mais tout le monde peut être tenté. Qu'est-ce qu'elle désire le plus ? Parce que Rochambeau va le découvrir et le lui offrir sur un plateau. »

Notre fils, pensai-je.

« Une chose est sûre, je ne me porterai pas volontaire pour une sortie, plaisantai-je.

— Et ne tenez pas pour acquises la fidélité de votre femme et la parole de notre cher général – sans vouloir manquer de respect à votre épouse. Ce n'est qu'un conseil amical, monsieur. Cette île est dangereuse, et la peur pousse les gens à agir bizarrement.

— J'apprécie votre honnêteté, colonel Aucoin. Mais j'avais moi-même remarqué le zèle de Rochambeau. Pourquoi agit-il ainsi ? Est-il obsédé ?

— Non, je crois surtout que c'est un homme qui ne sait plus quoi faire. C'est pour cela qu'il massacre et torture les nègres. Au final, ça ne fait qu'attiser la haine et empirer les choses. Il le sait, mais il ne peut pas s'en empêcher. Je pense que coucher avec les femmes des autres lui permet d'oublier un temps ses cauchemars. Les domestiques l'ont souvent entendu hurler au milieu de son sommeil. »

J'appréciais le réalisme du colonel. Dommage que les gens les plus raisonnables ne soient jamais responsables des opérations.

« Il va sans dire que vous devez garder cette conversation pour vous, poursuivit Aucoin. Je suis un soldat et, en tant que tel, je fais ce qu'on me dit, mais j'essaie de dire la vérité dans l'espoir de protéger les innocents. »

Cela faisait bien longtemps qu'on ne m'avait pas qualifié d'« innocent » !

« Bien sûr, lui assurai-je. Je vous remercie de m'accorder votre confiance.

— C'est parce que j'ai peur, moi aussi, que je suis d'humeur à me confesser », dit-il en haussant les épaules.

Comme la limite est de la ville était plane et propice à une attaque, les Français avaient organisé leur défense du mieux possible. Sur une petite colline située juste à droite de la route principale, Rochambeau avait fait ériger une solide redoute en pierre et en rondin, assez haute pour voir l'ennemi approcher. La bâtisse était adossée à une montagne escarpée qui barrait tout passage. Ce fort était la clé.

Aucoin ouvrit la marche jusqu'au bastion.

Aucun ennemi n'était à signaler. L'immense plantation qui s'étendait devant semblait désertée. Le colonel me prêta sa longue-vue pour me montrer les restes calcinés des maisons et des moulins. Les cannes abandonnées oscillaient dans le vent – une mer de trois mètres de haut dissimulant tout ce qui se trouvait derrière. Ces plantations jadis cultivées étaient revenues à l'état sauvage, et de la fumée voilait l'horizon.

« Où se cache Dessalines ? demandai-je.

— Il nous regarde, quelque part, et il espère que la fièvre jaune lui donnera la victoire sans avoir à combattre. Il a déjà tenté quelques assauts, mais ses hommes ont vite appris que le vaudou ne protégeait pas des balles. Quand ils attaquent, ce sont des charges fanatiques – il y a même des femmes parmi ses soldats – qui se terminent toujours en carnage. D'ailleurs, on sent l'odeur des cadavres d'ici. »

En effet, la puanteur caractéristique de la chair en décomposition parvenait jusqu'à nous. Sans doute des hommes morts trop près des canons français pour que leur corps soit récupéré.

« À présent, il panse ses plaies et attend. Personnellement, je voudrais me lancer à sa recherche, mais le général pense que nous n'avons pas les forces nécessaires pour tenir le terrain si nous réussissons à le capturer.

— En somme, vous êtes dans l'impasse.

— Tout à fait. Dessalines ne peut pas nous conquérir et nous ne pouvons pas le capturer. Sans artillerie de siège et sans la technique nécessaire pour creuser des tranchées d'approche, je ne vois pas comment il peut espérer prendre notre fort. Il n'a d'autre choix que d'attendre que nous tombions tous malades, ou que nous mourions de faim. »

Je hochai la tête. Les Français disposaient d'immenses champs de tir, de plusieurs batteries de canons et de tonneaux remplis de poudre. La guerre risquait de durer encore longtemps.

« J'admire le talent de vos ingénieurs.

— Vous étiez à Saint-Jean-d'Acre, nous respectons votre opinion. »

Sans pour autant être un expert, j'avais développé en Terre sainte un œil pour tout ce qui concernait les champs de bataille. Je ne tardai donc pas à repérer sur le terrain une faille, nettement visible de là où nous nous trouvions, mais probablement impossible à voir pour Dessalines. Il ne s'agissait que d'un petit fossé qui serpentait entre les cannes, mais il était pointé vers les murailles françaises comme une tranchée de siège, et on avait du mal à en distinguer le fond. Bref, dans l'obscurité, il pourrait permettre aux hommes de Dessalines d'approcher sans être vus.

« Avez-vous suffisamment de pièces d'artillerie pour repousser les assauts ?

— Pas en cas d'attaque-surprise. Le secret, c'est de savoir ce que les Noirs vont faire avant qu'ils ne le décident eux-mêmes ; quand ils se déplacent, le frémissement des cannes à sucre trahit leur position.

— Lors de la bataille du mont Thabor, en Terre sainte, Kléber et Napoléon ont su utiliser le mouvement des blés à leur avantage, déclarai-je. Et si Dessalines contournait par le flanc ?

— Les montagnes sont trop difficiles d'accès pour une armée. Le risque d'enlisement et de morsures de serpent est trop grand. Non, tout se décidera ici, à découvert, sur terrain plat. Si un escadron naval français débarque, nous avons une chance de gagner. »

Je me tournai vers les montagnes. La plupart étaient si abruptes que les assaillants éventuels risquaient de se rompre le cou avant d'avoir atteint les lignes françaises. Avec un tel relief, impossible de mettre en place la moindre organisation.

Cependant, je repérai un torrent qui devait prendre sa source dans ces mêmes montagnes, et qui se déversait dans une petite mare, juste derrière l'artillerie française.

« Je vois que vous avez un approvisionnement en eau, fis-je remarquer.

— Oui. Les puits sont pollués, ici, et, même si nous pouvons toujours transporter des tonneaux depuis Cap-François, c'est particulièrement éprouvant. Nos ingénieurs ont détourné ce cours d'eau pour le rapprocher de nos lignes. Quand il fait vraiment chaud, ce ruisseau est une véritable aubaine. Côté rebelle, il n'y a pas d'eau, à part la rivière saumâtre : cela les dissuade d'établir leur campement trop près d'ici. »

Je vis une trace dans le sol rougeâtre qui longeait le torrent jusque dans la jungle.

« Y a-t-il un point de vue, là-haut ? demandai-je.

— Oui, on voit absolument tout. Venez, je vous y emmène. Nous en profiterons pour boire un peu de vin. »

Nous abandonnâmes nos chevaux et suivîmes le torrent, suant à grosses gouttes sous le soleil. Enfin, nous atteignîmes une crête à quelques centaines de mètres au-dessus des lignes françaises, où je pus profiter pleinement du panorama. À l'endroit où nous nous trouvions, le torrent s'enfonçait entre deux collines, pour disparaître dans la jungle. L'eau coulait paresseusement à nos pieds, puis descendait en cascade jusqu'au camp français, en contrebas. Je voyais distinctement le serpent que formaient les lignes défensives, les champs de canne à sucre silencieux, toute la ville de Cap-François, et les chaînes de montagnes qui s'entremêlaient.

« Qu'est-ce que vous allez dire à votre gouvernement, Gage ? demanda Aucoin, qui espérait que je le rassure, même si mon opinion ne valait pas mieux que la sienne.

— Tout dépend de la taille et de la stratégie de l'armée adverse, répondis-je d'un ton neutre. Je leur dirai sûrement que l'issue de la guerre est incertaine.

— Moi qui vous pensais honnête, je commence à en douter », plaisanta-t-il en me tendant une gourde.

Je bus une gorgée en observant les alentours.

Soudain, une idée me vint. J'avais enfin trouvé quelque chose à proposer à Jubal, lequel pourrait en échange me mener à Dessalines, à sa prêtresse vaudoue et aux légendes du trésor de Montezuma.

« Vos ingénieurs ont du talent, déclarai-je – ce qui était vrai. Avec suffisamment de poudre et de nourriture, vous pouvez effectivement tenir pendant des siècles, ajoutai-je en regardant les montagnes qui nous dominaient, échafaudant dans ma tête une stratégie inspirée par mon fils Harry. Vous avez su utiliser la géographie à votre avantage. En Amérique, on appelle ce genre de terrain escarpé "une terre qui se tient debout".

— Une description très appropriée, fit-il, un sourire aux lèvres.

— Je pense que je vais féliciter votre général : vos lignes sont parfaitement organisées. Pour tout vous dire, je préfère nettement me trouver derrière les canons que face à eux.

— J'espère que Dessalines partage votre avis », déclara le colonel d'un ton ironique.

Je m'approchai du torrent, pris de l'eau dans mes mains et me rinçai le visage pour me rafraîchir, tâchant au passage de mémoriser la géographie du lieu.

« Mais votre véritable ennemi, ça a toujours été la fièvre, non ? demandai-je.

— La maladie démoralise tout le monde.

— La peste a vaincu plus d'armées que les canons, approuvai-je.

— Le *mal de Siam* continue de frapper, parce que nos hommes sont affaiblis.

— Et vos médecins sont impuissants ?

— Nos médecins sont morts. »

Je repensai à l'esclavage.

« Est-ce que vous voyez dans ce carnage la main de Dieu ?

— Quand la chance est contre nous, c'est la main du diable que nous voyons.

— Je suis un joueur, vous savez. Je prends toujours en compte la chance.

— La vie ne tient qu'à un lancer de dés, monsieur Gage.

— C'est vrai. Dieu, Satan, le destin, la fortune. Ma femme sait prévoir l'imprévisible.

— Votre femme, monsieur, a autant à craindre de la fièvre que du général Rochambeau. Venez. Je vais vous montrer un hôpital réservé aux malades de la fièvre jaune. Après cela, vous n'aurez qu'une envie, retrouver votre femme et rentrer chez vous. »

21

Comme prévu, lorsque je retrouvai Astiza, sa vertu était toujours intacte.

« Je lui ai dit que j'étais timide et que je craignais le retour de mon mari, me confia-t-elle, mais que peut-être nous aurions le temps de visiter ses appartements lorsque tu serais occupé, pendant le bal. Ça a suffi à le rassurer sur son charme et à calmer ses ardeurs. Il ne m'a rien dit sur son armée, et je suis à peu près sûre qu'il n'a jamais entendu parler du trésor, sinon il serait lui aussi à sa recherche. Je lui ai également posé des questions sur des enfants qui se promèneraient seuls dans la ville, mais il m'a répondu qu'il y avait trop d'orphelins à Cap-François pour les compter. Clairement, ce n'était pas ce qui l'intéressait.

— Cette ville est un piège mortel, Astiza. J'ai vu des hommes rongés par la fièvre jaune. Si Harry est ici, je crains pour lui. S'il ne l'est pas, c'est presque une bénédiction.

— Il est là. Je le sens.

— Mais tu ne penses pas qu'un homme comme Martel attirerait l'attention s'il était accompagné d'un petit garçon ? Il n'a quand même rien d'une figure paternelle. Je suis sûr qu'on en aurait entendu parler.

— Pour ça, il faudrait déjà que Horus soit à ses côtés. Imagine qu'il l'ait enfermé quelque part, dans une cave, ou qu'il l'ait vendu à un de ces monstres pervers…

— Impossible ! Martel a enlevé Harry pour pouvoir nous contrôler. Il attend que je trouve le trésor, que je découvre le secret du vol et que je lui donne la clé pour conquérir l'Angleterre. Quand je l'aurai aidé, il nous rendra notre fils.

— Ça, c'est ce que nous espérons, dit-elle en grimaçant. Mais peut-être que, fatigué d'attendre, il le tuera.

— Il est trop calculateur pour ça.

— Assure-toi de ne pas t'inquiéter plus pour ton trésor que pour ton fils. »

C'était une remarque cruelle, de celles que peuvent échanger des amants quand ils parlent sans réfléchir. Mais c'était également une remarque révélatrice, et elle me blessa au plus profond de moi-même. Je nous avais libérés des pirates barbaresques, mais elle s'en fichait, et elle n'oublierait jamais que j'avais perdu notre fils en voulant vendre mon émeraude. Si les enfants peuvent rapprocher les couples, leur perte peut les séparer à jamais.

« Je m'inquiète pour ce trésor à cause de mon fils », affirmai-je.

Elle hocha la tête. Elle savait que j'aimais notre enfant, mais elle connaissait également mon désir de prospérité. Elle se serait contentée d'une cellule de nonne, alors que je rêvais d'un manoir. Néanmoins, je voulais à la fois mon fils et mon bijou, car les deux allaient de pair et me mèneraient à un trésor aztèque.

Je désirais également surclasser mes rivaux masculins, comme Léon Martel et le vicomte Rochambeau, et impressionner les grands stratèges militaires qu'étaient Smith et Napoléon. Comme vous pouvez le constater, contrairement à Astiza, je courais plusieurs lièvres à la fois, mais pouvait-on vraiment me le reprocher ?

« Je pense que le meilleur moyen de retrouver Harry est de passer par Dessalines, déclarai-je.

— Mais si nous quittons Cap-François, nous ne pourrons jamais y revenir, rétorqua-t-elle, réticente.

— Si la ville tombe, si. Et je crois savoir comment m'y prendre.

— Tu vas provoquer un massacre, et notre fils fera partie des victimes.

— C'est plus risqué de s'attarder ici, à espérer que Rochambeau laisse échapper une information stratégique dans le boudoir. Tout le monde sait que la vente de la Louisiane est achevée. Alors pourquoi rester ? Si quelqu'un découvre que nos documents sont des faux, ou que nous avons fait escale à Antigua, nous sommes bons pour la corde, le poteau ou la guillotine. »

Astiza s'approcha d'une fenêtre et se mit à observer les montagnes.

« Tu crois vraiment que les Noirs savent quelque chose sur ce trésor mythique ? demanda-t-elle.

— Je n'en ai aucune idée, mais j'ai rencontré quelqu'un de très intéressant, un homme immense nommé Jubal. Il pense qu'une prêtresse pourrait me venir en aide. »

Cette allusion à une prêtresse était calculée, car je savais que cela ne manquerait pas d'attirer l'attention de ma femme.

« En plus, je ne tiens pas à ce que ce débauché de

Rochambeau essaie de nouveau de t'attirer dans son lit, ajoutai-je.

— Rochambeau ne me fait pas peur.

— S'il te promet ton fils en échange de faveurs, qu'est-ce que tu feras ? »

C'était à mon tour d'être cruel. La chaleur et la tension qui régnaient dans cette ville assiégée me montaient à la tête, et j'étais bêtement jaloux. Mais d'un autre côté, je savais que les gens étaient prêts à tout pour obtenir ce qu'ils voulaient. Astiza semblait désespérée, Rochambeau téméraire, Cap-François condamné… Mon instinct me criait de fuir au plus vite et de sceller une alliance avec les rebelles.

« Pour récupérer Harry, je suis prête à lui trancher la partie du corps à laquelle il tient le plus, dit-elle. Quoi qu'il en soit, je ne quitterai pas Cap-François sans mon fils, ou avant d'être absolument certaine qu'il n'est pas ici.

— Très bien, soupirai-je, peu surpris par sa réaction. Voici ce que je te propose : nous allons au bal et tu essaies de tirer le maximum d'informations de Rochambeau. Si tu apprends où est détenu Harry, nous trouvons un moyen de le libérer. Sinon, nous allons retrouver Dessalines et, quand les Noirs auront repris Cap-François, nous retournerons la ville pour retrouver notre enfant.

— D'accord, mais il faut que tu me laisses un peu de temps.

— J'ai pris mon temps à Paris, et maintenant c'est toi qui veux prendre ton temps à Cap-François !

— J'ai de meilleures raisons.

— Les Noirs ont des espions, tu sais. Ils peuvent nous être beaucoup plus utiles que Rochambeau. »

Elle réfléchit quelques instants, puis décida de faire une concession pour compenser nos différences de stratégie.

« Les domestiques m'ont expliqué que les Noirs avaient leurs esprits sacrés. Quand nous irons retrouver Dessalines, je demanderai de l'aide aux dieux haïtiens. Je les entends murmurer dans la jungle, juste derrière les murs de la ville. »

Astiza croyait au surnaturel aussi fermement que je croyais à la chance et, comme je l'ai déjà dit, elle avait une vision très œcuménique de la religion. Elle pensait ainsi que toutes les religions étaient une manifestation de la même idée centrale, et que notre monde n'était que le reflet d'un royaume de l'au-delà bien réel. J'aurais été bien en peine de la contredire, car nous avions tous les deux assisté à des phénomènes très étranges, que ce soit dans la grande pyramide ou dans la Cité des Fantômes.

« Mon escorte, aujourd'hui, m'a confié que leurs dieux leur donnaient un courage exceptionnel, déclarai-je pour achever d'enterrer la hache de guerre. Les rebelles n'hésitent pas à mettre leurs bras dans la gueule des canons.

— Tout changement politique requiert une foi inébranlable.

— Évidemment, les pauvres nègres qui s'y sont risqués ne sont plus là pour en parler. »

Ma remarque la fit sourire. Elle connaissait mon scepticisme hérité de Benjamin Franklin.

« En attendant, les Français sont en train de perdre, dit-elle. J'ai appris beaucoup de choses sur l'histoire, ici. On m'a ainsi expliqué que cette guerre avait débuté lors d'un rassemblement vaudou, une religion originaire d'Afrique, dans une forêt sacrée. Leurs dieux leur ont dit de se soulever. Ils ont un être suprême, Mawu, et une multitude d'esprits inférieurs. Il y a Damballa, le dieu-serpent ; Papa Legba, qui apporte le changement ; Gu, le dieu de la guerre et du feu ; Baron Samedi, du royaume des morts ; et Ezili, la déesse de la beauté.

— Jubal m'a suggéré de consulter cette dernière.

— Je te l'interdis ! s'exclama-t-elle en souriant. Tes dieux devraient être Sogbo, le dieu du tonnerre, et Agau, le dieu des tempêtes et des tremblements de terre. Tu as déjà provoqué la foudre par le passé, mon cher électricien américain ! »

C'était vrai, mais je n'avais aucune envie de réitérer l'expérience, car celle-ci s'était révélée terrifiante.

« Si les dieux existaient vraiment, arguai-je, les esclaves auraient triomphé il y a dix ans de cela.

— Et si les dieux n'existaient pas, ce seraient les Français qui auraient triomphé. »

Quand vous épousez une femme remarquablement intelligente, vos arguments ont tendance à se retourner contre vous. J'étais empli de désir pour ma brillante épouse, et pas seulement pour son esprit éclairé. Les avances de Rochambeau n'avaient fait que renforcer mes ardeurs : nous voulons tous ce que l'autre convoite. Et je ne me lassais jamais de la beauté du visage de ma femme, de la délicatesse de ses mains qui s'animaient quand elle parlait, de la finesse de son cou, du renflement de sa poitrine, du miracle de ses fesses, de la fragilité de ses hanches, de…

« Ethan, les hommes croient tous que des êtres spirituels leur viennent en aide, quelle que soit leur race.

— Et les spiritueux fortifient les hommes, plaisantai-je en nous servant un verre de punch. Il se fait tard, si nous devons continuer à parler religion, je préfère le faire au lit.

— Je te vois bien venir ! Le lit, c'est ça, ta religion !

— Au moins, ce serait un culte beaucoup plus utile et confortable que les autres ! D'ailleurs, je suis d'avis que, si les gens dormaient plus, le monde serait beaucoup plus serein. Un des problèmes de Napoléon, c'est qu'il ne dort jamais assez. Je suis prêt à parier que Rochambeau et Dessalines souffrent du même mal. Un colonel m'a confié que le général était hanté par les cauchemars.

— Ça ne me surprend pas.

— Pour reprendre la discussion, est-ce que tu dirais que les *lwas* haïtiens correspondent à nos saints catholiques ?

— D'une certaine manière, oui. Mais je pense qu'Ezili est l'Isis noire, l'équivalent de Marie, Vénus, Aphrodite ou Freyja. »

Astiza s'approcha de notre couche, puis s'allongea comme si elle posait pour un peintre, ses épaules nues cuivrées à la lumière de la bougie, le reste de son corps ondulant comme un serpent. Autant vous dire qu'il ne m'en fallut pas plus pour oublier la religion ! Non seulement je voulais retrouver mon fils, mais je voulais en faire un autre. Ou une fille. Mettre la main sur mon émeraude, me retirer au calme, et vivre en paix avec ma petite famille.

« Et moi, je pense que tu es Ezili, ma chère. »

*

Pour le bal de Rochambeau, le palais avait été complètement transformé.

Les uniformes négligés des officiers fatigués avaient disparu, remplacés par des cascades de fleurs tropicales et des guirlandes de laurier-rose, une plante importée d'Afrique que j'avais humée pour la première fois dans les ravins en Terre sainte. Les marbres avaient été astiqués, et les planchers fraîchement cirés reluisaient. La salle de réception, convertie pour l'occasion en salle de bal, scintillait à la lueur d'une multitude de bougies. Les lustres en cristal et les armures réfléchissaient la lumière. Des étendards flottaient pour nous rappeler les victoires illustres de l'armée française. De toute évidence, Rochambeau déployait plus d'énergie pour organiser ses festivités que pour mener la guerre.

Les invités étaient tout aussi rayonnants. Les officiers étaient parés de leur plus bel uniforme, les épées s'entrechoquaient quand ils se retournaient, tintant comme un carillon désaccordé. Les vestes étaient bleues, les hauts-de-chausses blancs, les écharpes rouges, les brandebourgs argentés ou dorés, et les bottes si bien cirées qu'on aurait pu se regarder dedans. Les civils portaient d'élégants vestons parfaitement ajustés, tandis que les serviteurs transpiraient sous leur épais gilet français, un tricorne posé sur leurs cheveux crépus poudrés pour l'occasion.

Les femmes, enfin, éclipsaient tout. La beauté féminine n'est jamais difficile à trouver mais, cette nuit-là, Cap-François semblait touché par la grâce. Peut-être était-ce dû à la situation militaire désespérée, qui poussait ces dames à une élégance éphémère, une gaieté forcée. La fièvre jaune, les baïonnettes et le viol étaient les invités indésirables et tus de ces réjouissances, et ils donnaient au bal toute son intensité.

Les robes étaient aussi magnifiques qu'audacieuses,

avec leur décolleté mis en valeur par de somptueux colliers. Les cheveux étaient coiffés en chignon pour découvrir la nuque. La couleur de peau oscillait de l'albâtre au brun, selon que les femmes étaient des Européennes fraîchement débarquées ou des créoles et des mulâtresses ; à part les domestiques, il n'y avait aucune Noire. Les demoiselles métissées avaient ma préférence : c'était comme si les dieux avaient récompensé le péché du maître et de l'esclave par une grâce divine. Elles avaient un teint parfait, des lèvres pleines, et des yeux sombres d'une profondeur inouïe dignes d'une houri. Astiza était toujours la plus magnifique mais, pour une fois, elle avait de la concurrence. Le tourbillon de tissu, de peau, de parfum et de sourires éblouissants nous plongeait, nous autres hommes, dans une espèce de transe. Nous avions chaud et nous nous sentions à l'étroit dans nos uniformes et nos costumes d'apparat, tandis que les femmes paraissaient aussi légères que des nymphes sylvestres.

Astiza et moi fîmes notre entrée dans la salle de bal. Rochambeau se tenait au centre de la pièce, accueillant chaque couple et détaillant effrontément du regard chaque femme, comme s'il se trouvait dans un lupanar. J'étais surpris qu'aucun mari ne l'ait encore abattu mais, évidemment, le meurtre d'un général conduisait tout droit au poteau d'exécution.

Une phrase que Franklin avait écrite dans son livre d'aphorismes me revint en mémoire : *Le mari qui montre trop sa femme et sa bourse s'expose à ce qu'on les lui emprunte*. Une fois de plus, je me sentis personnellement visé.

Me voyant fusiller le général du regard, Astiza me pinça le bras et m'adressa un sourire éclatant.

« N'oublie pas que nous sommes là pour en savoir plus sur Harry, murmura-t-elle, la mâchoire serrée. Tu es un diplomate et, en tant que tel, tu te dois de garder le contrôle de tes émotions.

— Je t'en conjure, fais en sorte de ne pas te retrouver seule avec Rochambeau. Ses soldats le protègent pour qu'il n'ait pas à répondre de ses grossiers appétits.

— Alors, reste avec moi. »

Cela se révéla vite impossible. En effet, il y avait dans la salle un orchestre militaire et, dès que la musique commença, tout le monde se mit à danser, changeant de partenaire au fil de la chanson. Trois officiers firent ainsi tourner Astiza, avant que Rochambeau ne s'approche d'elle avec une aisance surprenante pour un être de sa corpulence. Il profita de la valse, cette danse que la vieille génération trouvait scandaleuse, pour ferrer sa proie. Sa main droite descendit doucement vers les hanches de ma femme, et son nez semblait planté entre ses seins. Souriant comme un conquistador qui vient de découvrir l'Eldorado, il dansait avec un talent que je ne pouvais espérer égaler. Je me dis qu'il devait être en plus un escrimeur remarquable, ce qui me fit le détester encore plus. Pour me rassurer, je me répétai que, contrairement à lui, je ne ressemblais pas à un crapaud.

« C'est donc vous, l'illustre Américain ? » s'enquit une voix derrière moi.

Il s'agissait de la femme d'un planteur. En temps normal, la délicatesse exquise de ses traits m'aurait enchanté. Je fis la révérence et tendis la main mais, alors que nous tournions sur le sol en bois, je ne quittais pas Astiza des yeux, déterminé à ne pas la perdre comme j'avais perdu Harry. Les mains de Rochambeau avaient fait la moitié du chemin jusqu'aux hanches de ma femme, et celle-ci lui susurrait des confidences à l'oreille qui le faisaient saliver. Ah, si j'avais pu déverser du rhum dans son haut-de-chausses et y mettre le feu...

« Excusez-moi. »

Je quittai ma partenaire pour aller chercher un verre de punch. Je n'avais pas l'habitude d'avoir une femme que les autres désiraient, et cela me mettait de mauvaise humeur. Je me sentais certes coupable de trahir tous les couples autour de moi en rejoignant les rangs de Dessalines ; mais cette perspective vindicative m'apportait également beaucoup de satisfaction. Rochambeau avait saisi ma femme de la même manière que la France et les autres puissances européennes avaient saisi ces îles des Caraïbes. Je comprenais la colère des rebelles.

Mais étions-nous vraiment proches de Harry et de mon émeraude ?

Je maudissais ces dilemmes et ce destin injuste quand, soudain, Astiza apparut devant moi, les joues empourprées, la peau luisante de transpiration, des mèches de cheveux collées aux tempes. D'un geste vif, elle me poussa vers l'ombre.

« Il est là ! s'exclama-t-elle.

— Qui ? »

Elle avait failli renverser mon verre mais ne l'avait même pas remarqué. Ses yeux brillaient d'excitation.

« Léon Martel, répondit-elle. Il est venu me voir quand la musique s'est arrêtée pour me dire que le général m'invitait à le rejoindre à l'étage pour une audience privée.

— Il ne manque pas de culot, ce salaud !

— Il sert de proxénète privé à Rochambeau.

— Bon sang ! Smith m'avait prévenu qu'il était entremetteur du temps de sa carrière criminelle. Mais qu'importe, où est Harry ?

— Je n'ai pas eu l'occasion de lui demander, Ethan. Je ne crois pas qu'il m'ait reconnue ; la seule fois qu'il m'a vue, c'était à la bijouterie, et tout s'était passé très vite. Il est seulement ici pour s'occuper des liaisons du général. Mais il a quand même eu l'audace de se présenter ; j'ai failli m'évanouir avant de reprendre mes esprits et de lui donner un faux nom. Mais Rochambeau risque de lui apprendre très vite qui je suis vraiment. Et c'est sûr qu'il te reconnaîtrait, vu qu'il t'a capturé et torturé. Fais tout ton possible pour qu'il ne te repère pas.

— Qu'il ne me repère pas ? Tu plaisantes, j'espère, je m'en vais embrocher ce fumier de ce pas !

— Non, pas encore. On ne sait toujours pas où se trouve Horus.

— C'est un piège, Astiza. S'il t'a proposé de te rendre à l'étage, c'est soit pour te violer, soit pour te capturer.

— Mais puisque je te dis qu'il ne m'a pas reconnue ! Rochambeau espère seulement me mettre dans son lit. Martel est à son service, c'est tout. Si je veux en apprendre plus, je dois y aller.

— Non, c'est trop dangereux…

— Il arrive. »

Elle jeta un coup d'œil par-dessus son épaule et je vis effectivement Martel, avec son visage basané et féroce, fendre la foule pour rejoindre ma femme. Il se déplaçait avec l'assurance d'un courtisan privilégié, d'un homme ravi de frayer avec des gens plus haut placés que lui. Ça nous faisait un point commun.

« Promets-moi que tu ne prendras pas cet escalier !

— Attends-moi dans la bibliothèque et laisse-moi faire, répondit-elle. Après, nous verrons ce que nous ferons de l'invitation de Rochambeau. »

Elle me poussa de nouveau. Je sortis de la pièce à reculons.

D'instinct, je tâtai ma ceinture, mais j'avais délibérément choisi de ne pas emporter d'armes à Saint-Domingue, afin de ne pas éveiller la suspicion. À présent, je regrettais de ne pas avoir d'épée pour tuer Léon Martel.

Quand il s'adressa à ma femme, je reconnus aussitôt la voix grinçante du ravisseur de mon fils, même si la musique m'empêchait d'entendre la teneur de la conversation. Était-il vraiment un entremetteur au service du commandant français ? Comment ce renégat avait-il réussi à gagner les bonnes grâces de la garnison ? Et si je le provoquais en duel, là, tout de suite ? Peut-être que le colonel Aucoin et les autres officiers se joindraient à moi et exigeraient de cet arriviste qu'il me rende mon fils !

Alors que je bouillonnais intérieurement, un domestique noir se mit à me tirer la manche.

« Monsieur, un messager pour vous, dans la cuisine, me dit-il.

— Fiche-moi la paix, je suis occupé !

— Désolé, mais il m'a dit de vous dire qu'il était prêt à vous porter de nouveau. »

Le nègre me regardait intensément. D'abord, je ne vis pas où il voulait en venir puis, soudain, je compris.

Jubal ! C'était bien le moment !

« Est-ce que ça peut attendre ? demandai-je.

— S'il vous plaît, il n'y a pas de danger, mais c'est urgent. »

Tout allait trop vite. Le cœur battant, furieux à l'idée de laisser ma femme aux mains de ces vautours, je suivis l'esclave. Astiza ne va quand même pas aller retrouver Rochambeau à l'étage, me dis-je pour me rassurer. Mais je savais également qu'elle était très indépendante. C'est d'ailleurs pour cela que je l'aimais.

« Par ici, monsieur. »

À ma grande surprise, une étagère remplie de livres pivota, laissant place à un couloir. Ce n'était pas un passage secret à proprement parler, mais plutôt un corridor caché pour apporter des rafraîchissements lors des audiences privées qui avaient lieu dans la bibliothèque. Après vingt pas, je franchis une autre porte pour me retrouver dans le cellier, qui retentissait des bruits de la cuisine, située juste derrière. Des cuisiniers noirs chantaient en travaillant, tandis que les majordomes hurlaient ordres et jurons. Des jambons et des volailles pendaient au plafond, des rangées de bocaux remplissaient les placards, et des tonneaux de farine et de viande jonchaient le sol. Une montagne de nourriture au beau milieu d'un siège. À quelques kilomètres de là, une sombre armée se dressait, prête à libérer tous les domestiques qui travaillaient ici. Je me demandai ce que les Noirs pensaient de soirées comme celle-ci.

L'immense silhouette que je connaissais bien émergea d'un coin sombre.

« Jubal ! Tu as pris le risque de venir jusqu'ici ?

— Je fais ce qu'on m'ordonne. Dessalines a envoyé une patrouille pour vous. Les officiers sont tous occupés, c'est le meilleur moment pour s'échapper. Pendant qu'ils boiront et mangeront, nous escaladerons les montagnes en remontant le lit de la rivière pour semer les chiens.

— Ce soir, ce n'est pas possible. Nous sommes des invités de marque, des diplomates, et ma femme a un rendez-vous urgent avec Rochambeau.

— Si vous voulez rencontrer Dessalines, vous n'avez pas le choix. C'est lui qui dicte les règles, pas vous. Il se méfie des pièges. Nous partons dans une heure.

— Une heure ? Mais… et nos affaires ?

— Laissez-les ici ! Vous les récupérerez quand nous prendrons la ville.

— Ma femme risque de ne pas être d'accord.

— Si vous voulez, vous pouvez la laisser là. Et si vous désirez ensuite la récupérer, vous nous aiderez à donner l'assaut contre Cap-François. »

D'ici là, elle risquait d'être devenue la concubine forcée de Rochambeau, ou pire. Ah, vraiment, Jubal choisissait mal son moment !

« Ce n'est pas possible, Jubal. Je suis à la recherche de mon fils, et j'ai enfin une piste !

— Si vous ne venez pas dans une heure, vous ne rencontrerez jamais Dessalines, sauf s'il vous pend lui-même avec les autres Blancs quand il aura conquis Cap-François. »

Diable. Pourtant, je savais que Jubal avait raison : ce bal était l'occasion parfaite pour quitter discrètement la ville. Arriverais-je à convaincre Astiza ?

« Il faut que je voie ça avec ma femme.

— Ordonnez-lui de vous suivre ! Ensuite, retrouvez-moi dans le parc, juste derrière. Une heure. Faites attention à ne pas être suivis. »

Il disparut dans l'ombre. Pendant quelques instants,

j'hésitai, énervé, puis je me rendis compte que le délai imposé par Jubal était en fait une solution à mes problèmes. En effet, Astiza et moi devions fuir avant que son badinage avec le général n'aille trop loin. J'avais une excuse pour l'éloigner de ce pervers ! L'instinct maternel lui dictait de rester près de son fils, mais la seule solution viable – la solution paternelle – était de s'acoquiner avec le successeur de Louverture.

C'est du moins ce que je pensais.

Je me hâtai de retourner vers la salle de bal. Le niveau sonore avait augmenté au fur et à mesure que les invités vidaient le punch. Les danseurs tournaient plus vite, mais semblaient moins assurés. Les rires se faisaient hystériques. Dans les coins, derrière les colonnes, des couples s'embrassaient. Les officiers célibataires marchaient bras dessus bras dessous en se racontant des histoires salaces.

Je ne voyais pas Astiza.

Ni Rochambeau.

Ni Martel.

Par la barbe d'Odin, étais-je arrivé trop tard ?

Je repérai Aucoin et pris le risque de traverser la foule, comptant sur le fait que Martel avait sûrement quitté la pièce.

« Colonel ! l'interpellai-je.

— Ah ! Monsieur Gage. Comme Néron, nous chantons pendant que Rome brûle !

— Avez-vous rencontré ma femme ?

— Hélas, non. Je vous ai vus tous les deux, un peu plus tôt. Elle est magnifique.

— Oui, je sais, mais, pour l'heure, je la cherche. Il faut que nous partions le plus vite possible.

— J'ai bien peur que vous ne deviez prendre votre

mal en patience. Elle est montée à l'étage avec un conseiller de notre général, Léon Martel. Un homme dangereux à la personnalité redoutable. Il est arrivé il y a quelques mois et semble avoir jeté un sort à notre commandant.

— Avez-vous vu Martel en compagnie d'un petit garçon ?

— Il y a effectivement des rumeurs concernant de jeunes garçons, mais ce ne sont que des rumeurs. »

À force de serrer les dents, ma mâchoire me faisait mal.

« Je dois à tout prix faire passer un message à ma femme ! » m'exclamai-je.

Le colonel me posa la main sur l'épaule.

« Mieux vaut ne pas déranger Rochambeau, déclara-t-il. Je sais que c'est douloureux, mais la politique avant tout, n'est-ce pas ?

— Non, la fidélité avant tout, colonel. Et l'honneur.

— Bien sûr. Mais il a beaucoup de soldats ; elle est là-haut et vous êtes ici. Prenez un verre et attendez, comme tant de maris l'ont fait avant vous.

— Hors de question !

— Alors, la mission suicide vous attend… »

22

Personne n'écoute mes conseils, à commencer par ma femme. Peut-être est-ce dû à ma tendance à me retrouver empêtré dans des imbroglios politiques, coincé sur des champs de bataille, criblé de dettes, et mêlé à des affaires romantiques inconsidérées, mais quand même – est-ce qu'Astiza avait le moins du monde l'intention de m'obéir et de ne pas prendre ces fameux escaliers afin de glaner quelque information sur notre fils ? Visiblement, non. Des sentinelles armées de mousquets et de baïonnettes étaient postées sur le balcon qui s'ouvrait sur le bureau et les appartements de Rochambeau. Quelque part derrière ces portes closes se trouvaient Astiza, deux hommes que j'abhorrais, et une vieille horloge importée de chez Breguet qui égrenait implacablement les minutes jusqu'à mon rendez-vous avec Jubal.

J'étais dans l'impasse : si je ne retrouvais pas Dessalines et ses rebelles, je n'avais aucune chance de mettre la main sur le trésor de Montezuma ; si je ne restais pas proche de Martel et de Rochambeau, je n'avais aucune chance de retrouver mon fils et la confiance de ma femme.

Mais imaginons que je tire ma femme des griffes du général Rochambeau, et que j'en profite pour castrer le malotru… Imaginons que je parvienne à capturer Léon Martel et à le traîner avec nous jusque dans les montagnes… Il ferait à n'en pas douter un beau cadeau à offrir au général nègre. Peut-être même aurais-je l'occasion de rendre la monnaie de sa pièce au policier renégat, en lui jouant le coup de la fausse noyade. Un échauffement avant de le confier aux rebelles et à leurs tortures innovantes. Pour l'heure, j'étais sans arme dans une maison comptant une centaine d'officiers français. Mais ne dit-on pas que la fortune sourit aux audacieux ?

Oui, j'allais capturer Martel, récupérer Astiza, castrer Rochambeau, rejoindre Dessalines, trouver le trésor, reprendre mon émeraude et, en chemin, je parviendrais bien à mettre la main sur mon fils.

Je me précipitai vers la bibliothèque, ouvris de nouveau la porte secrète et empruntai le couloir pour me retrouver dans le cellier. Le même domestique m'interpella :

« Monsieur ? Ce n'est pas encore l'heure de votre rendez-vous.

— D'abord, je dois me rendre là-haut, mais l'escalier principal est gardé.

— L'accès à l'étage est formellement interdit pendant les festivités. Le général Rochambeau y reçoit en privé.

— Ma femme est avec lui.

— Le général est un grand séducteur, dit-il d'un ton compatissant.

— Non, elle est détenue contre son gré, affirmai-je sans trop y croire. Un mari a des droits.

— Et Rochambeau a des sentinelles. Je suis désolé, monsieur, mais c'est impossible.

— Il doit bien y avoir un moyen de contourner les gardes. Un accès pour le personnel, peut-être.

— Oui, mais lui aussi est gardé. »

Cependant, je notai une hésitation dans sa voix. Il avait une autre solution en tête.

« Après, je m'échapperai avec Jubal et j'aiderai les rebelles à libérer Haïti, promis-je. Personne ne saura que tu m'as aidé jusqu'à la victoire finale, et tu seras alors érigé en héros. »

Il fronça les sourcils.

« S'ils me soupçonnent, ils me donneront à manger à leurs chiens, marmonna-t-il.

— Si nous réussissons, il n'y aura bientôt plus ni chiens ni Français. Ni fouets ni chaînes. »

Après un temps d'hésitation, il céda enfin.

« Il y a un monte-charge pour apporter la nourriture à l'étage. Une idée empruntée à votre président, Jefferson. Un marin a rapporté les plans de Virginie. Peut-être que vous pouvez tenir à l'intérieur... »

Je lui tapai sur l'épaule.

« Merci mille fois. Rochambeau est certainement ivre, et ses hommes à moitié endormis. Je récupère ma femme sans faire le moindre bruit, et nous nous éclipsons dans la nuit avec Jubal. »

Ou bien je plante une lame dans la tête du général, mais à quoi bon inquiéter mon nouvel allié ?

Quand l'esclave se retourna pour me montrer le chemin, j'en profitai pour glisser un hachoir dans mon dos, sous ma veste. Je me rendis alors compte à quel point je m'étais senti tout nu sans armes, une situation qui durait depuis que j'avais échappé aux pirates tripolitains. Il fallait que je me fasse fabriquer un nou-veau fusil mais, pour l'heure, il y avait plus urgent.

L'engin dans lequel l'esclave me proposa de monter ressemblait à un placard. Il me fallut un bon nombre d'acrobaties et de grognements pour tenir dedans. Diable, qu'il est triste de vieillir ! À maintenant trente ans passés, je regrettais amèrement ma souplesse d'antan. En plus, je devais prendre garde à ne pas me couper avec le hachoir.

« Quand le monte-charge s'arrêtera, descendez tout de suite ! me dit le domestique. S'ils vous trouvent là-dedans, ils vont vous embrocher comme un cochon avec leurs baïonnettes, afin de ne pas troubler la fête avec des coups de feu.

— Et pour éviter de gâcher de la poudre, ajoutai-je en lui faisant signe que j'étais paré. Ne t'en fais pas, je ne ferai aucun bruit. Je serai aussi discret qu'un fantôme.

— Faites en sorte de ne pas en devenir un, monsieur. »

La porte se ferma, et je me retrouvai dans l'obscurité. Soudain, dans une secousse, l'ascension commença. Je me sentais aussi impuissant qu'une oie dans un four. J'espérais seulement qu'Astiza ne soit pas en train de descendre gaiement les marches pour me retrouver, tandis que je faisais le chemin inverse.

Le monte-charge s'immobilisa, et je poussai pour sortir. C'est alors que je me rendis compte que la porte se fermait de l'extérieur : j'étais coincé. Mon nouvel allié avait dû oublier ce détail. À moins qu'il ne m'ait sciemment tendu un piège…

Mon premier réflexe fut de trouver un moyen de redescendre. Voyant que cela n'était pas possible, je me résolus donc à placer mes pieds contre la porte et à pousser le plus fort possible. Le bois grinça, sans céder.

Il faisait chaud, et je commençais à manquer d'air.

Je me recroquevillai donc le plus possible, puis me détendis d'un coup, projetant mes pieds en avant. Le loquet céda dans un craquement, des éclats de bois volèrent, et l'élan me fit atterrir dans un bruit sourd sur le parquet. J'étais dans un couloir.

Pour la discrétion, on repasserait.

« *C'est quoi ?*[1] »

Moins endormie que je l'espérais, une sentinelle approchait. Je me blottis derrière un mur et, dès que le garde passa à portée, je bondis sur lui. Il tomba et lâcha son mousquet, qui heurta le sol avec un bruit de casserole. Aussitôt, je l'assommai d'un coup de manche de hachoir sur la tempe. Je n'avais pas l'intention de tuer qui que ce soit, je voulais seulement arracher ma femme aux griffes du pervers en chef. Malheureusement, il y avait fort à parier que l'autre garde avait entendu le raffut. Il fallait faire vite !

Je me relevai, pris quelques secondes pour m'orienter – une tâche assez simple puisque j'avais pris soin de repérer les lieux lors de notre entretien avec Rochambeau –, puis me dirigeai d'un pas décidé vers ce qui devait être la porte de la chambre. Tenant fermement le hachoir, je m'aperçus que j'avais oublié de prendre le mousquet. L'action et l'excès de punch m'avaient embrouillé l'esprit. Bah, qu'importe ! L'ustensile de cuisine ressemblait assez à mon vieux tomahawk. Là encore, pourquoi ne m'en étais-je pas fait faire un autre ?

---

1. En français dans le texte. (*N.d.T.*)

Parce que j'étais marié, que j'étais père et que j'avais opté pour une vie tranquille de petit propriétaire terrien.

La porte de la chambre de Rochambeau n'était pas verrouillée. Je me coulai à l'intérieur et tentai d'apercevoir ma femme. Je ne disposais que de quelques secondes avant que la sentinelle suivante ne me repère. La pièce était sombre : en guise d'éclairage, une simple bougie et la lumière de la lune par les fenêtres ouvertes. Et là, sur le lit, derrière la moustiquaire, une femme chevauchait notre Casanova de pacotille. Elle avait le dos courbé, la poitrine pointée vers le plafond, des cheveux longs qui lui tombaient sur les fesses, et elle poussait de petits gémissements pour accompagner les grognements rauques de l'homme situé en dessous.

Astiza ! J'avais l'impression d'avoir été perforé par une lance.

Je savais qu'elle était prête à tout pour retrouver Harry. Mais de là à me trahir ainsi… J'étais aussi humilié qu'abasourdi. Je maudis l'affreux dilemme devant lequel le plan de Martel m'avait mis et le sacrifice que ma femme avait dû consentir. Rochambeau allait payer !

Je brandis donc mon hachoir et lançai la charge. D'un coup sec, je déchirai la moustiquaire, puis j'attrapai Astiza par les cheveux, l'arrachant à son amant. Prise au dépourvu, elle se mit à hurler.

Rochambeau, lui, m'observa bouche bée. La lame de mon hachoir scintillait dans la pénombre.

C'est alors que je me rendis compte que ce n'était pas les cheveux d'Astiza que je tenais dans la main, mais ceux d'une autre conquête de ce coureur de jupons.

La pauvre femme haletait, la bouche déformée par

la peur et la surprise, et elle secouait la tête pour me faire lâcher prise.

Mais où se cachait donc ma femme ?

Derrière moi, la porte de la chambre s'ouvrit avec fracas. Une sentinelle fit irruption.

« Halte là ! Qui êtes-vous ? »

Il épaula son mousquet. La baïonnette était pointée sur notre petit ménage à trois.

« Ne me tire pas dessus, crétin ! » s'exclama le général Rochambeau.

Voyant que le commandant tendait la main vers un pistolet posé sur sa table de nuit, je poussai violemment sa pauvre conquête vers lui. Bon sang, mais où était ma femme ? Je bondis vers les portes-fenêtres qui donnaient sur le balcon. Un coup de feu retentit ; la balle me frôla la nuque. La chasse à l'homme était lancée !

« C'est l'Américain ! s'écria Rochambeau. C'est un assassin ! »

Ce n'était pas tout à fait vrai, puisque j'avais complètement oublié de lui fendre la tête avec mon hachoir. Qu'à cela ne tienne, je me retournai brusquement et lançai mon arme de toutes mes forces dans sa direction. Le couple se baissa, la femme poussa un petit cri, tandis que la lame tournoyait dans les airs avant d'aller se ficher dans une colonne de lit. Après quoi, je sautai par-dessus la balustrade en pierre du balcon, direction les jardins. Le pistolet de Rochambeau fit feu au même moment, et cette fois le projectile m'atteignit à l'oreille, m'arrachant un cri de douleur.

Je chutai dans l'obscurité, mon corps heurta les buissons et le sol meuble, et je me mis en boule pour ne pas me casser la jambe. Enfin, je me relevai, haletant. La balle avait éraflé l'oreille mais, malgré le saignement, celle-ci paraissait intacte. J'étais écorché de partout, couvert de boue et perplexe. Si cette femme n'était pas la mienne, où diable Astiza s'était-elle cachée ?

Et où était Léon Martel ?

Quelle histoire ! J'écoutai le concert de hurlements. Les coups de feu avaient semé la panique chez les invités. Des officiers poussaient des jurons en dégainant leur épée.

J'avais réussi à transformer un bal en nid de frelons.

23

Je levai les yeux. Deux hommes apparurent sur le balcon : la sentinelle de tout à l'heure et Rochambeau, entièrement nu. Leur arme était vide, puisqu'ils m'avaient tous les deux raté. Une fois de plus, je regrettai de ne pas avoir mon vieux fusil avec moi. Je voulus me faire une idée de la taille des génitoires du général – peut-être était-ce là le secret de son succès –, mais il faisait trop sombre. Sans aucun moyen de contre-attaquer, je m'éloignai en claudiquant pour soulager la cheville que je venais de me fouler. Ils durent sentir ma présence, car ils se mirent aussitôt à crier, mais je continuai sans me retourner, disparaissant dans la pénombre des jardins.

Et maintenant, que faire ? Pas de femme, pas de fils, et pas de festivités pour détourner l'attention pendant que je rejoignais les rangs de Dessalines. À la place, j'avais trouvé le moyen de réveiller toute la garnison. J'aurais dû réfléchir aux conséquences de mes actes avant de lancer une charge aussi impétueuse, mais la peur de savoir ma femme dans les bras d'un autre m'avait fait agir de façon inconsidérée. L'amour, le désir et la jalousie peuvent brouiller les esprits aussi sûrement qu'un gin anglais.

Et maintenant que j'avais lancé un hachoir à la tête du général, mieux valait ne pas me faire attraper.

J'aurais certes pu demander un jugement équitable, mais je doutais que mon indignation de mari pèse bien lourd devant une cour martiale française. D'autant plus que le général en question était occupé avec une femme qui n'était pas la mienne. J'entendis les soldats se déployer dans les jardins et les roulements de tambour en provenance des casernes situées contre les remparts. Je remarquai également des aboiements de chiens, et je me demandai s'ils sentaient arriver l'heure du dîner. Ils étaient sûrement habitués à une viande plus noire, mais j'étais à peu près sûr qu'ils n'allaient pas faire les difficiles.

« Monsieur Gage ! murmura quelqu'un derrière moi avant de me prendre par la main et de me tirer dans les fourrés. Qu'est-ce qui se passe ? J'ai entendu des coups de feu. »

Jubal.

« J'ai essayé de secourir ma femme, bredouillai-je.

— Où est-elle ?

— Je ne l'ai pas trouvée, répondis-je d'un ton que je trouvai moi-même ridicule. Rochambeau était au lit avec l'épouse de quelqu'un d'autre. Maintenant, toute la garnison est sur le pied de guerre, et le général veut ma peau autant que je voulais la sienne.

— Et moi qui croyais que nous étions censés agir avec discrétion…

— C'était l'idée, mais je crois que je me suis un peu emporté quand je me suis aperçu que ma femme avait disparu. Je ne suis pas marié depuis très longtemps, me justifiai-je.

— Les femmes vous rendent bête ? »

— Il faut croire.

— Pour l'heure, la situation est très délicate. Nous devons toujours fuir vers les montagnes, mais ils risquent de nous repérer. Je dois dire que je suis un peu déçu, monsieur. Les Anglais nous avaient assuré que vous étiez plus rusé qu'un renard.

— L'oisiveté demande plus de travail qu'on ne le pense. Je crois que je suis un peu rouillé, voilà tout.

— Chut ! J'entends leurs chiens ! Vite, dépêchons-nous ! »

Il se retourna pour courir, mais je l'arrêtai.

« Jubal, je suis navré, mais nous ne pouvons pas partir sans ma femme. Nous avons repéré un homme extrêmement dangereux, qui m'a torturé lorsque nous étions encore à Paris. J'ai peur pour Astiza. Est-ce que tu l'as vue sortir du palais ? Magnifique, très mate de peau, l'air pressée ?

— Je n'ai pas vu de femme seule. Mais j'ai effectivement vu une femme, plutôt poussée qu'escortée : un homme lui agrippait le bras d'une main, et de l'autre il tenait un enfant.

— Un enfant ? Est-ce que c'était un garçon ?

— Peut-être. Mais je ne pourrais pas dire si l'homme qui était avec eux la forçait à l'accompagner, ou si c'était elle qui voulait partir. En tout cas, elle s'est retournée plusieurs fois. Ils prenaient le chemin du port. »

Martel avait dû lui promettre qu'elle retrouverait Harry si elle acceptait de le suivre, et elle avait choisi son fils plutôt que son mari. À présent, je les avais perdus tous les deux.

« Si c'était bien Astiza, elle doit être prisonnière d'un salaud de Français.

— Je suis désolé, monsieur Gage, mais nous devons vite rejoindre Dessalines si nous ne voulons pas finir pendus ou dévorés. Il est même peut-être déjà trop tard.

— Non, c'est moi qui suis désolé, Jubal, car, avant de retrouver Dessalines, nous allons nous rendre au port et récupérer ma femme. D'ailleurs, appelle-moi Ethan. À partir de maintenant, nous sommes égaux. »

Il grogna, visiblement peu intéressé par cette amitié que je lui proposais. Nous entendîmes des ordres criés en français. Un clairon au milieu de la nuit. Un concert grandissant d'aboiements.

« C'est une très mauvaise idée, dit-il. Les lignes rebelles se trouvent de l'autre côté.

— Nous n'avons pas le choix, mon ami. J'ai une fâcheuse tendance à perdre ma famille, comme un vieil homme qui passerait son temps à égarer ses lunettes, et je veux prouver à ma femme qu'elle peut compter sur moi. Tu ne connais pas un chemin détourné pour atteindre le port sans se faire repérer ?

— Non, il n'y en a pas. Les rues de Cap-François ont été tracées à la règle. Une balle de mousquet peut traverser la ville de part en part sans rencontrer une maison. Ils vont nous tirer comme des lapins. Et si par miracle nous réussissons à atteindre le port, nous nous retrouverons coincés entre les chiens et l'océan.

— On volera un bateau.

— Je ne pense même pas qu'on ait une chance d'atteindre la mer. Toute la garnison est à nos trousses. »

Il devait me trouver aussi fou que stupide. Mais il avait tort, j'avais seulement la foi.

Je jetai un œil autour de moi. Une grappe d'officiers se trouvait devant la porte principale du palais, le sabre tiré, tâchant de comprendre la raison de l'alarme. Rochambeau avait disparu ; sûrement était-il allé s'habiller. Les aboiements se rapprochaient et, à côté des casernes, je crus voir des silhouettes canines qui s'agitaient, leurs crocs scintillant dans la nuit. En bas de la rue Dauphin, à côté de la mer, des soldats se mettaient en ligne. D'ici peu, les chiens sentiraient notre trace et nous irions rejoindre les corps qui se balançaient au gré du vent, l'odeur de nos cadavres en décomposition se mêlant à la puanteur ambiante de la ville. À moins que…

« On peut utiliser ça ! » m'exclamai-je en désignant une forme dans une cour sombre adjacente au parc.

C'était une charrette remplie de tonneaux qui devaient contenir du sucre. Malgré la guerre, il restait encore quelques plantations à Cap-François, et le navire censé embarquer la production ne devait plus avoir de place pour ces quelques barils. En effet, la plupart des bateaux au départ étaient systématiquement pris d'assaut par les aristocrates qui fuyaient l'île avec famille et meubles.

« Nous n'avons ni chevaux ni bœufs, fit-il remarquer.

— D'ici à la mer, c'est une longue pente douce. Nous n'avons qu'à viser, pousser et sauter à bord ! »

À présent, nous entendions des bruits de sabots qui s'amplifiaient dans la nuit. Les aboiements se rapprochaient toujours.

« De toute façon, maintenant, nous n'avons plus le choix, ronchonna-t-il en examinant le véhicule.

— Ce chariot va filer comme le vent ! » m'exclamai-je.

J'aurais préféré qu'il file comme la machine volante de Cayley mais, vu le poids de l'engin, j'avais des doutes. Je libérai le levier de frein. Seul, je n'aurais jamais pu déplacer cette immense charrette, mais Jubal attrapa la barre d'attelage et la tira sans mal jusqu'à la rue. Cet homme avait la force d'un ours ! Pour faire bonne mesure, je l'aidai en poussant un peu. Nous positionnâmes le véhicule face à la mer. Pour éviter les frottements, je détachai la barre d'attelage, maintenue en place par une goupille en fer, puis utilisai ladite goupille pour bloquer l'essieu avant et éviter ainsi que notre véhicule ne se mette à tourner. Puis je jetai la barre d'attelage sur le chargement de tonneaux.

« Et maintenant, pousse ! Pousse ! Pousse ! » m'écriai-je.

Notre chariot de plusieurs tonnes se mit à bouger.

Tout doucement.

Alors que nous commencions à prendre de la vitesse, nous passâmes devant la fenêtre éclairée d'une maison.

Tout de suite, nous fûmes repérés et les cris et les aboiements ne tardèrent pas à s'élever. Les animaux se ruèrent vers nous, les yeux brillants. Les soldats couraient derrière en brandissant leur sabre.

La charrette accélérait encore.

« Tu as un fusil ? demandai-je à mon compagnon.

— Trop dangereux. Si je me fais arrêter avec une arme, c'est le fouet assuré. C'est sûr que, maintenant, c'est tout aussi dangereux d'être désarmé.

— Tant pis, on va utiliser la barre d'attelage, déclarai-je en regardant les chiens. Fais comme si c'était une rame ! »

Jubal attrapa la lourde perche en bois et s'en servit pour pousser de toutes ses forces contre le sol de la rue. Instantanément, nous accélérâmes.

Des coups de feu éclatèrent dans la nuit, et bientôt le sifflement familier des balles de mousquet déchira l'air. Mon oreille ne saignait plus, mais j'avais toujours mal. Je crus voir Rochambeau faire de grands gestes au milieu de ses officiers, tout en maintenant autour de sa taille une robe de femme. Un major – le mari cocu ? – brandissait son poing vers le général.

Nous descendions rapidement, à présent, fondant vers la mer comme une boule vers des quilles. Soudain, les mastiffs sortirent de l'ombre à une vitesse stupéfiante et s'approchèrent de nos roues en aboyant. Un molosse bondit vers nous mais, vif comme l'éclair, Jubal fit tournoyer la lourde perche aussi facilement que s'il s'était agi d'un bâton. Le chien, frappé de plein fouet, rebondit contre un mur et tomba lourdement au milieu de ses congénères. Ceux-ci, affamés, s'arrêtèrent pour le dévorer, nous faisant gagner de précieuses secondes.

Nous filions maintenant à une vitesse effrayante : les bâtiments que nous dépassions étaient flous, la mer devant scintillait sous la lune, et le vent chaud nous fouettait le visage.

« Comment fait-on pour freiner ? demanda Jubal.

— Le levier de frein.

— Tu penses qu'il va fonctionner, à cette vitesse ?

— Il n'y a qu'un seul moyen de le savoir. Je vais tirer. »

Un grincement strident retentit, puis le bois se brisa net.

Après une petite embardée, nous continuâmes à accélérer.

« Il va falloir trouver autre chose ! m'écriai-je. Essaie d'utiliser la barre ! »

Il s'exécuta. La perche en bois rebondit contre le sol, faisant voler des gerbes de boue, puis elle accrocha quelque chose et échappa des mains de Jubal, qui manqua tomber de la charrette. Nous allions à présent plus vite que n'importe quel cheval.

Derrière nous, les chiens et les soldats disparurent dans l'ombre.

J'entendis quelqu'un crier un ordre. Aussitôt, je me retournai. Devant nous, des soldats s'étaient alignés pour nous barrer la route. L'un d'eux tenait une allumette à quelques centimètres de la mèche d'un canon de campagne.

« Halte ! » cria-t-il.

Nous ne pouvions rien faire. Jubal me plaqua au sol.

« Ils vont tirer ! » s'exclama-t-il.

Le canon aboya. Un impact terrible faillit nous faire décoller et, pendant quelques secondes, nous ralentîmes. Un tonneau de sucre explosa en un nuage blanc – il est bien raffiné, me dis-je, fier d'avoir retenu les leçons de Lavington –, puis nous reprîmes de la vitesse. Nous heurtâmes le canon, qui se disloqua sous le choc. Les soldats se mirent à hurler de terreur et je crois bien que nous en écrasâmes un ou deux. Quelques-uns eurent le réflexe de faire feu ; les balles crevèrent d'autres tonneaux. Le sucre se déversa dans la rue, formant de longues lignes semblables à des traînées de poudre.

Où étaient donc Astiza et Harry ?

« Encore des Français ! » prévint mon compagnon.

Je regardai le port qui grandissait à vue d'œil. Une poignée de soldats se tenait sur le quai en pierre, tandis qu'une chaloupe s'éloignait du rivage. Des marins ramaient, et je vis une femme qui regardait dans notre direction et un homme à la poupe qui pointait quelque chose – un pistolet ? – vers elle. La femme nous montra du doigt, et l'homme – ça ne pouvait être que Martel – se tourna vers nous. C'est alors que je remarquai qu'elle tenait un enfant dans ses bras.

« On va passer par-dessus ! » prévint Jubal.

Nous heurtâmes la balustrade qui marquait la limite du quai, et tout vola en éclats : pierres, bois et tonneaux de sucre explosèrent comme les nouvelles bombes à fragmentation anglaises. J'avais lu dans les journaux qu'un certain lieutenant Henry Shrapnel en était l'inventeur. Nous aussi nous retrouvâmes projetés dans les airs. Après avoir traversé un nuage de sucre blanc, nous plongeâmes dans les eaux sombres et regardâmes les débris de notre charrette tomber tout autour de nous.

De peur d'être pris pour cible, je nageai sous l'eau aussi longtemps que possible. Quand ma tête refit surface, je regardai autour de moi, à la recherche des deux êtres qui m'étaient les plus chers.

« Astiza ? Harry ?

— Ethan ! s'écria-t-elle, au loin. Va-t'en ! »

De petites gerbes d'eau s'élevèrent quand les hommes de Martel firent feu dans ma direction. Puis, ils s'arrêtèrent pour recharger, me laissant le temps de me demander de quel côté je devais aller.

Soudain, quelque chose m'agrippa. J'allais crier quand je m'aperçus que c'était mon compagnon. Il se mit à me tirer dans la direction opposée à la chaloupe.

« Par ici ! souffla-t-il. Ta stupidité a tout gâché, mais il reste peut-être une chance de nous en tirer.

— Il faut que je retrouve ma femme !

— Eh quoi, tu penses pouvoir rattraper un bateau à la nage ? Et ensuite, leur donner l'occasion de t'égorger quand tu voudras monter à bord ? »

J'abandonnai et le laissai me traîner.

« Ça ne devait pas se passer comme ça, murmurai-je.

— Notre seule chance, c'est de retrouver Dessalines. C'est ce que je te dis depuis le début.

— Facile à dire, quand on n'est pas marié. »

Il s'arrêta quelques instants et m'agrippa par le col, furieux.

« Parce que tu crois que je ne l'ai jamais été ? Tu crois que je ne sais pas ce que tu ressens, sous prétexte que je suis un Noir, un ancien esclave ? J'ai tué le maître qui a violé et assassiné la femme de ma vie. Mais ce n'est pas en me lamentant que j'ai survécu ces quinze dernières années. J'ai utilisé ma tête. Il serait peut-être temps que tu fasses de même. »

Sa diatribe me calma instantanément. Je n'avais pas l'habitude de recevoir des leçons d'un ancien esclave mais, là, je le méritais. Au lieu de suivre discrètement Martel, j'avais lancé une charge avec un hachoir et réveillé toute une ville. *Tout ce qui a commencé dans la colère finit dans la honte*, m'avait prévenu Benjamin Franklin.

Peut-être était-il temps de laisser Jubal décider.

Nous nageâmes parallèlement au quai vers l'est et l'embouchure de la rivière, prenant soin de rester toujours au moins à cent mètres du rivage. Hélas, ma femme et mon fils prenaient la direction opposée.

« Elle va embarquer dans un bateau, et je vais encore la perdre, gémis-je.

— Elle sera loin du siège et de la fièvre. C'est peut-être mieux ainsi. À présent, si tu veux la retrouver, tu as besoin de l'aide des Noirs.

— De Dessalines, tu veux dire ?

— Oui. Et de moi, accessoirement. »

Il avait fait cette dernière remarque d'un ton boudeur, mais sa proposition était sincère.

Pour ma part, j'étais énervé. Astiza m'aurait sûrement prévenu avant de partir avec Martel, mais je m'étais précipité à l'étage. Pourquoi n'avait-elle pas demandé secours aux officiers français ? Il ne faisait aucun doute qu'ils auraient préféré aider une mère plutôt qu'un ravisseur.

Je voyais des hommes courir sur le quai. Ils criaient et faisaient de grands gestes, mais les balles de leurs mousquets passaient loin de nous. Il faut dire que nous étions d'autant moins faciles à repérer dans le noir que seule notre tête dépassait de l'eau. Les chiens aussi couraient dans tous les sens en poussant des aboiements frustrés, mais ils ne pouvaient sentir que l'odeur de la mer.

« Je commence à fatiguer, confessai-je.

— Enlève ton manteau et tes bottes et mets-toi sur le dos. Je vais te tirer pendant quelque temps. »

Alors que je me laissais ainsi promener, je repensai à ce qu'il venait de me dire.

« Un planteur t'a vraiment pris ta femme ? demandai-je.

— Oui. Pour me punir. Quand j'étais jeune, il a vu en moi beaucoup de potentiel, et il m'a appris à lire et à écrire, alors que ma taille faisait de moi un travailleur parfait pour les champs. Mais j'ai utilisé ce savoir pour communiquer avec les révolutionnaires noirs et, quand il a découvert que je l'avais trahi grâce à l'éducation, il a décidé de se venger d'une manière qui me ferait beaucoup plus mal que le fouet. Nous étions très proches, comme père et fils, et il m'avait promis la liberté. Pour me punir, il l'a violée et a menacé de la vendre, pour me rappeler mon statut. Je l'ai donc tué, pour lui rappeler que j'étais un être humain.

— Mais tu m'as dit qu'il l'avait assassinée ?

— Je l'ai surpris avec elle comme tu as cru surprendre Rochambeau avec ta femme. Elle est morte pendant qu'on se battait, tout le monde hurlait, c'était affreux. Les émotions sont très complexes dans une plantation. »

Je me remis à nager, doucement.

« Il n'y a pas que dans les plantations que les émotions sont complexes, objectai-je.

— Peut-être, mais ce n'est jamais pire que quand des hommes ont tout pouvoir sur toi. C'était comme tuer mon propre père. Toute cette révolte se résume à ça, un gigantesque parricide, la destruction d'une horrible famille incestueuse. L'esclavage n'est pas seulement cruel, Ethan. C'est une affaire intime, de la pire manière qui soit. »

Apparemment, je n'étais pas le seul à avoir des problèmes. Mais pour l'heure, c'était moi qui avais mis ce pauvre homme dans cette situation délicate.

« Je suis désolé, Jubal.

— Tu n'as pas à être désolé. Tu me connais à peine.

— Alors, je suis désolé pour la façon dont fonctionne le monde.

— Ça, je veux bien. »

Nous accélérâmes la cadence.

« Tu es bon nageur, le complimentai-je.

— J'ai grandi près de la mer et je prie tous les jours Agwé, le *lwa* de la mer.

— J'ai tout de suite vu que tu avais de l'éducation. C'est pour ça que Dessalines t'utilise comme espion, pas vrai ?

— Je sais faire de nombreuses choses. Et j'ai

beaucoup de chagrin. Les révolutionnaires se nourrissent de la haine.

— Parfois, tout finit bien.

— Non, Ethan. À la fin, il y a toujours la mort. »

Ce n'était pas une remarque amère, seulement une observation réaliste.

Enfin, nous atteignîmes l'embouchure de la rivière qui se trouvait de l'autre côté de Cap-François, hors de portée des fusils. Nous prîmes quelques minutes pour nous reposer dans les eaux peu profondes, en regardant la ville de laquelle nous venions de nous échapper.

« Et maintenant ? demandai-je. On court ?

— Non, il y a un marais, plus loin. Avec des serpents. Il nous faut un bateau.

— Comme celui-ci, fis-je en désignant une espèce de tronc d'arbre, qui bizarrement se mit à bouger.

— C'est un caïman, me dit-il d'un ton exaspéré.

— Un quoi ?

— Un alligator. »

Le reptile sortit alors de sa torpeur, se glissa dans l'eau et, d'une ondulation régulière de la queue, se dirigea droit sur nous.

« Contrairement aux chiens, ils peuvent même nous sentir dans l'eau, expliqua-t-il. Et apparemment, celui-ci a faim. »

24

« Qu'est-ce qu'on fait ? » demandai-je, terrifié.

Le monstre nageait vers nous à toute vitesse.

« Mets-toi debout et crie ! ordonna Jubal.

— Mais… et les Français ?

— Précisément. »

Je me levai donc. L'eau nous arrivait aux mollets.

« C'est pour effrayer les caïmans ?

— Non, c'est pour attirer les soldats ! Ici ! Ohé !
Par ici ! » s'exclama-t-il en faisant de grands gestes.

Le corps du reptile se contractait comme le bras d'un
forgeron, me rappelant une très mauvaise expérience
avec un crocodile du Nil. Quand nous nous redres-
sâmes, nos silhouettes se découpèrent à la lumière de
la lune. Des cris retentirent et les mousquets firent feu,
criblant la surface de l'eau. Un petit canon gronda.
Dans un sifflement, le boulet heurta l'eau et ricocha
jusqu'à la plage.

« C'est ça, ta stratégie ?

— Regarde plutôt, répondit Jubal en désignant l'alligator qui, surpris, faisait demi-tour. Maintenant, cours !
Vite, sur le sable ! »

Une dernière fois, je me tournai vers le port. La

chaloupe était toujours visible. Elle s'approchait d'un navire, et je vis – ou est-ce que j'imaginai ? – Astiza, debout, tâchant de voir sur qui les soldats tiraient. L'instant d'après, je courais pieds nus sur le sable dur, le long de la rivière. Sur l'autre rive, à moins de deux cents mètres, les soldats nous poursuivaient en déchargeant leur mousquet. Dans ces marécages, nous n'étions que deux ombres au milieu de la végétation. Par réflexe, je rentrai la tête dans les épaules en entendant le sifflement des balles.

« Là ! Un bateau de pêcheur ! s'écria Jubal en désignant un canoë dans les hautes herbes, qui ressemblait lui aussi à un tronc d'arbre.

— Comment fais-tu pour reconnaître un bateau d'un alligator, dans ce pays maudit ?

— Les bateaux ne mordent pas », plaisanta-t-il en tirant le canoë dans l'eau.

Nous sautâmes à bord et chacun prit une pagaie.

« Contrairement à eux », ajouta-t-il en montrant d'autres « troncs » qui glissaient sur l'eau.

La rivière était infestée d'alligators, tirés de leur léthargie par nos cris et notre odeur. Je les entendis faire claquer leurs puissantes mâchoires.

« Rame vite ! » dit Jubal.

Je n'avais pas besoin de ses encouragements, car déjà je pagayais comme si ma vie en dépendait. Les caïmans nous suivaient, formant dans l'eau une multitude de petits deltas. C'était comme être escortés à un dîner officiel, sauf que nous constituions le plat principal.

Nous remontâmes la rivière. Heureusement, nous étions toujours difficiles à discerner depuis l'autre rive. Une balle de mousquet vint pourtant se ficher dans la coque de notre embarcation mais, globalement, les plombs passaient assez loin. La marée était avec nous et nous aidait à remonter la rivière. Dans l'eau, les formes sombres des reptiles nous suivaient, observant nos moindres mouvements de leurs yeux préhistoriques, devinant le goût de notre chair avec leur cerveau primitif. Sur la rive opposée, les chevaux galopaient derrière les chiens excités.

Après la ville, nous devions longer l'avenue de palmiers fatigués, puis les campements et les avant-postes français. Nous entendîmes crier des ordres, nous vîmes des torches s'allumer et des soldats se mettre à courir. Rochambeau n'avait apparemment pas l'intention de me laisser lui échapper.

« C'était imprudent de fuir comme nous l'avons fait mais, dans un kilomètre ou deux, la rivière fait un coude et s'éloigne de leurs lignes, m'assura Jubal.

— Tant mieux. Parce que j'ai déjà fait du canoë au Canada, mais je ne me suis pas entraîné depuis. Je ne pensais pas devoir en refaire un jour.

— C'est un tort, car tu sembles attirer les ennuis, mon ami. J'avais prévu de quitter la ville le plus discrètement possible mais, avec ton plan, nous devons affronter toute une armée. En même temps, j'ai l'impression que c'est un peu ta marque de fabrique, non ?

— Plutôt une mauvaise habitude, je dirais. C'est que je suis amoureux, moi.

— Alors, tu ferais bien d'apprendre à mieux surveiller ta femme ! »

Je commençais à croire que nous étions tirés d'affaire. Les mousquets tiraient toujours, mais nous n'entendions même plus les balles siffler autour de nous. Les cavaliers continuaient la poursuite, mais n'avaient aucun moyen de nous rejoindre. Les chiens aboyaient, mais c'étaient surtout des jappements de frustration. Même les alligators, lassés, commençaient à faire demi-tour.

C'est alors que nous aperçûmes des flammes sur la rive, devant nous. Ma confiance s'effrita instantanément. Des artilleurs étaient en train d'allumer des feux pour éclairer la rivière, et ils avaient installé toute une batterie de canons de campagne. Nous allions devoir passer devant avec notre frêle esquif.

« Tu ne penses pas qu'on devrait couper par les marécages ? demandai-je.

— Non. C'est le meilleur moyen de finir dévorés par les alligators et les serpents.

— Mais les Français vont nous réduire en miettes !

— Je sais. Quand je te dirai, retourne le canoë !

— Mais… et les reptiles ?

— Nous n'avons pas le choix, monsieur l'amoureux transi. On se mettra sous le bateau pour respirer. La marée va nous aider à progresser. Tu n'auras qu'à battre des pieds, et, si tu sens la mâchoire d'un caïman, essaie de le frapper sur le nez. Mais le plus important, c'est la vitesse. »

Nous nous mîmes donc à pagayer de plus belle, haletant sous l'effort. Nous foncions droit vers les canons. J'entendais distinctement les ordres des supérieurs, et je comptai les canons : sept, tous pointés sur notre flanc droit. La cavalerie s'était arrêtée pour assister au spectacle. Les chiens également attendaient en grondant. Dès que nous entrerions dans leur ligne de tir, c'en serait fini.

« Vérifiez les canons ! »

Les mots semblaient flotter sur la rivière. Devant nous, les flammes se reflétaient à la surface de l'eau. Quelques alligators nous suivaient toujours.

« En joue ! »

Je me sentais comme une mouche sur une pièce montée.

« Maintenant ! s'écria Jubal. Tiens bien ta pagaie. »

Il se balança sur le côté, je l'imitai et, dans un bruit d'éclaboussures, nous nous retournâmes. Alors que nous avions la tête sous l'eau, j'entendis le dernier ordre :

« Feu ! »

L'eau était noire, mais je parvins à m'orienter en gardant la main sur le bord du canoë. Je me dépêchai de passer la tête sous la coque retournée. Comme l'avait promis Jubal, il y avait bien une poche d'air. Dans l'obscurité, je ne le voyais pas, mais j'entendais sa respiration tandis qu'il battait des pieds pour avancer.

Soudain, je sursautai en sentant quelque chose heurter ma jambe.

Puis le spectacle commença. Un projectile toucha notre canoë, qui résonna comme un tambour. Partout autour de nous, les boulets crevaient la surface dans un bruit de tempête. Je ne voyais pas les éclaboussures, mais je sentais les vibrations. Nous entendions aussi le bourdonnement étouffé des balles de mousquet qui passaient à côté de nous avant d'aller se planter dans la vase de la berge.

« Au moins, ça va faire peur à monsieur Caïman », plaisanta Jubal.

Et de fait, les reptiles abandonnèrent tous la poursuite.

J'entendis des cris de joie à travers la coque en bois. Les Français pensaient-ils que c'étaient eux qui nous avaient retournés ? Apparemment, oui. Ils devaient se dire que nous nous étions noyés ou que nous avions été dévorés, puisque nous ne refaisions pas surface. Il faut dire que le canoë émergeait à peine. Jubal essayait de nager, tenant d'une main le bord de la coque et de l'autre sa pagaie. Je l'aidais du mieux que je pouvais, et nous dépassâmes doucement les feux de camp.

« Je crois que nous commençons à manquer d'air, murmurai-je.

— Attends un peu. Soyons patients.

— Et si les caïmans reviennent ?

— Alors, tu leur serviras de déjeuner pour me laisser le temps de fuir.

— Merci, Jubal.

— C'est toi qui tenais absolument à aller au port ! »

S'ensuivirent une petite éternité d'obscurité, des halètements dans l'air étouffant de notre canoë retourné, quelques coups de feu lointains, et l'impression désagréable d'attendre que des dents m'arrachent le mollet. Je ne savais même pas si nous allions dans la bonne direction, mais j'étais tellement préoccupé par le fait que j'avais une fois de plus perdu ma femme et mon fils que je m'en fichais. Quel fiasco…

« Jubal, il faut que je sorte pour respirer, soufflai-je.

— Encore une minute. »

Et soudain, quelque chose frappa à coups répétés sur la coque de notre embarcation. Aussitôt, nous nous arrêtâmes. Les Français avaient-ils lancé des bateaux à notre poursuite ? J'avais deux options : nager jusqu'aux marais et me faire dévorer, ou me rendre et me faire fusiller.

J'étais trop fatigué pour continuer à fuir.

« Surface ! s'exclama soudain Jubal.

— On abandonne ?

— On est sauvés. »

Je passai la tête sous l'eau et émergeai à côté de

271

notre bateau. Il y avait un gros creux dans la coque à l'endroit où la balle avait tapé mais, à part ça, il était plutôt en bon état ; le bois devait être aussi dur que de l'acier. Je clignai des yeux et aperçus dans le noir des uniformes blancs. J'ouvris la bouche, toussai, et préparai dans ma tête une excuse pour avoir jeté un hachoir à la tête du gouverneur.

C'est alors que je m'aperçus que les visages qui m'observaient étaient tous noirs. Des bras tendus nous hissèrent à bord d'un petit bateau de pêche.

« Vous êtes des rebelles ?

— Des libérateurs.

— Pas trop tôt, fit Jubal.

— C'est surtout vous qui êtes en retard, rétorqua le soldat. En tout cas, Jubal, le général Jean-Jacques Dessalines est furieux que tu n'aies pas suivi ses ordres.

— À vrai dire, c'est de ma faute si les choses se sont passées comme ça, intervins-je.

— Mon camarade est un idiot, Antoine, dit Jubal. Mais il peut nous être utile.

— Il n'a pas l'air utile, commenta un homme vêtu d'un uniforme de sergent. Il a surtout l'air d'avoir bu la tasse ! »

Cette dernière remarque provoqua l'hilarité générale. Les feux de camp français avaient disparu, la nuit nous entourait.

« J'ai un message urgent pour Dessalines, déclarai-je.

— Tu pourras le lui donner pendant qu'il choisira s'il préfère te pendre ou te faire bouillir, petit Blanc », dit Antoine.

Une fois de plus, tout le monde s'esclaffa, et je ne pus qu'espérer que les rires n'attireraient pas l'attention des soldats français.

25

Jubal et moi descendîmes du bateau rebelle et, incapables de faire un pas de plus, nous nous endormîmes sur la berge, invisibles au milieu de la mangrove. Nous fûmes réveillés en milieu de matinée par la chaleur et les insectes. Puis, nous déjeunâmes de porc et de bananes plantains, en regardant les crabes courir sur la grève et les alligators ouvrir paresseusement leur immense gueule. Notre escorte d'une dizaine de Noirs était armée jusqu'aux dents, avec pistolets, mousquets et baïonnettes. Les machettes destinées initialement à la coupe des cannes remplaçaient les épées. Un garçon de dix ans était perché dans un arbre, aussi immobile qu'un chat, surveillant le passage d'éventuelles patrouilles françaises.

« Apparemment, tu t'attires beaucoup d'ennuis, le Blanc, me dit Antoine, un ancien travailleur aux champs devenu colonel. Je n'ai jamais entendu autant de monde tirer sur une seule personne.

— Deux personnes, si on compte Jubal.

— Je crois que c'était surtout toi qu'ils visaient, non ?

— C'est vrai. Ma vie n'est qu'un grand malentendu.

— Il suit son cœur plutôt que sa tête, traduisit Jubal.

— Ah ! Une femme ! devina Antoine. Je vois !

— Pire, dit Jubal. Sa femme.

— Fini l'insouciance, bonjour les contraintes ! commenta Antoine.

— À vrai dire, j'ai toujours été soucieux de l'organisation, et ma femme encore plus, déclarai-je. Mais visiblement, les Français de Cap-François sont nerveux.

— Alors, tu as décidé de passer dans l'autre camp.

— Il faut dire que vous avez l'air plus détendus.

— C'est toujours comme ça, quand on gagne. »

Les soldats m'escortèrent à travers les plantations de canne à sucre abandonnées. Je claudiquais toujours à cause de ma cheville, mon oreille me faisait souffrir et j'étais pieds nus mais, heureusement, le sol rouge était meuble. Par ailleurs, j'étais soulagé de ne plus avoir mon manteau ; je me demandai même comment j'avais pu le porter aussi longtemps dans ces îles tropicales. Les Noirs me donnèrent un nouveau chapeau de paille et une crème à base de cendre pour protéger mes oreilles et mon nez du soleil.

Des chemins de terre reliaient les plantations mais, à la place des grandioses demeures coloniales, il ne restait que des ruines calcinées, souvenirs de douze ans de massacres. Tout paraissait déserté mais, régulièrement, nous traversions une clairière taillée dans les cannes abritant un campement rebelle. Tous les hommes étaient vêtus d'un curieux mélange d'uniformes militaires français, d'habits volés à des planteurs et de haillons hérités de l'époque de l'esclavage. Ils étaient fins, musclés, et ils affichaient une confiance inébranlable. Quelques-uns fumaient la pipe, d'autres affûtaient leur machette. Dès qu'ils nous voyaient, ils cessaient de parler et me dévisageaient, se demandant ce qu'un Blanc faisait au milieu de soldats noirs. Étais-je un prisonnier ou un mercenaire ?

Mais à les observer, j'étais désormais certain que Napoléon ne rétablirait jamais l'esclavage sur cette île. Ces hommes n'étaient pas seulement indépendants dans les faits, ils étaient libres dans leur tête. Ç'aurait été comme forcer un adolescent à retourner en enfance : tout simplement impossible.

« Je comprends pourquoi les Français hésitent à vous attaquer, dis-je à Jubal.

— Certains de ces hommes n'ont connu que la guerre depuis qu'ils sont adultes. La plupart ont perdu un frère, une mère, une femme. Quand nous libérons une plantation, nous partageons ce que nous trouvons, mais tout l'argent sert à acheter des armes aux trafiquants américains. Avec un bon fusil, certains sont capables d'abattre un officier français avant même que ce dernier ne se soit rendu compte qu'il était pris pour cible.

— Avant, j'avais moi-même un fusil de ce genre. D'ailleurs, je suis plutôt bon tireur.

— Nous avons tous les tireurs qu'il nous faut. Dessalines a besoin de penseurs.

— Comme toi, n'est-ce pas, Jubal ?

— Les livres sont aussi importants que le pain. Mon maître a fait une erreur. Je me suis rendu compte qu'un autre système était possible.

— Tu es le genre d'homme qui lit, qui pense, et qui réfléchit avant de parler. La plupart des Londoniens et des Parisiens en sont incapables.

— Pour l'instant, j'essaie surtout de réfléchir à un moyen de t'éviter la corde. »

À quelques kilomètres de Cap-François, nous traversâmes des villages peuplés de femmes et d'enfants libérés. De petites sections de plantation avaient déjà été transformées en potagers et en enclos pour les bêtes. Je croisai ainsi quelques poulets et cochons. Il y avait aussi des enfants qui erraient, entièrement nus, et qui me rappelaient à chaque fois mon petit Harry. Se souviendrait-il de moi après si longtemps ? Je ne pouvais qu'espérer qu'il était ravi d'avoir retrouvé sa mère, et que celle-ci lui parlerait en bien de papa.

Comme ce serait intéressant si les femmes avaient le pouvoir, plutôt que les hommes et leur désir constant de batailles ! Il en résulterait sûrement moins de chagrin et plus de tranquillité. Plus de satisfaction, moins d'inspiration. Ce ne serait ni mieux ni moins bien, ce serait différent. En tout cas, un environnement plus favorable pour qui veut passer une vie de quiétude.

Sur une petite colline au sol trop pauvre pour l'agriculture s'élevait un petit bois. C'était là que se trouvait le campement principal des rebelles. Les Noirs avaient troqué les tentes fermées de l'armée française contre d'immenses toiles tendues entre les arbres, qui laissaient passer la brise. La position élevée permettait de maintenir les moustiques à distance. Des tables et des chaises volées à des planteurs étaient disséminées à l'extérieur, et quelques personnes dormaient dans des hamacs. Un nuage de fumée s'accrochait dans les branches. Je sentis l'odeur du porc grillé et du pain chaud et, après notre marche, j'avais aussi faim que la dernière fois que j'avais vu Napoléon.

Malheureusement, cette fois encore, on ne me proposa rien à manger.

Tous les soldats de l'armée rebelle n'étaient pas

noirs comme l'ébène. Il y avait aussi des mulâtres, et quelques déserteurs blancs – des Polonais qui avaient espéré étendre la révolution à leur pays en s'engageant dans les troupes françaises, mais qui s'étaient retrouvés à travailler comme mercenaires dans les Caraïbes. La plupart avaient vite succombé à la fièvre jaune, mais beaucoup de survivants avaient déserté pour rejoindre les rangs de l'armée rebelle. Plusieurs étaient même devenus instructeurs, car les hommes analphabètes qui avaient toujours connu l'esclavage obéissaient sans réfléchir aux ordres donnés par un Blanc. Je vis ainsi toute une compagnie défiler sous des ordres criés dans un mélange de français, d'africain et de polonais.

Je vis également des enfants et des grands-mères, des femmes magnifiques, des estropiés, des artisans et des cuisiniers. Il y avait aussi des chiens, des chats, des perroquets apprivoisés et des ânes. Dans un coin, des hommes organisaient un combat de coqs et encourageaient leur favori à grands cris.

Le quartier général de Dessalines se trouvait au milieu de cette petite ville de plusieurs milliers d'habitants : un pavillon abrité par ce qui ressemblait à la grand-voile d'un navire. Des tapis orientaux recouvraient le sol. D'immenses gardes du corps entouraient une espèce de salle du trône à ciel ouvert, où le général se tenait sur un sofa en velours rouge qui me rappela celui que j'avais vu dans le bureau de Rochambeau. Je m'approchai. Il leva les yeux des documents qu'il était en train de lire et me dévisagea, le sourcil froncé. J'étais pâle, boiteux, désarmé, sale et pieds nus. Je n'avais vraiment rien d'un héros.

Jean-Jacques Dessalines, en revanche, respirait la puissance et le danger.

Il était plus beau que Louverture. C'était un homme de quarante-cinq ans, aux pommettes saillantes, au menton appuyé et au torse puissant. Il se tenait droit, comme l'officier de l'armée française qu'il avait jadis été. Il portait d'épais favoris et ses cheveux crépus étaient coupés ras : dans la chaleur, avec sa peau étincelante et ses yeux de faucon, il ressemblait à ces statues romaines en marbre noir représentant quelque roi nubien. Il avait posé à côté de lui un bicorne orné de plumes d'autruche, et il portait une veste militaire détachée avec épaulettes et brandebourgs. C'était un curieux mélange entre un chef de guerre africain et un maréchal français, mais son regard rusé indiquait qu'il était bien plus dangereux que les deux réunis. Dessalines était réputé pour être cruel, vif, et extrêmement déterminé.

Jubal m'avait raconté que, grâce à son intelligence, le général était devenu contremaître très jeune, puis qu'il avait été racheté par un Noir libre nommé Dessalines et qu'il avait pris son nom. Lors du soulèvement de 1791, il avait immédiatement rejoint les rebelles. Son courage, sa cruauté et sa personnalité lui avaient valu de devenir un proche lieutenant de Louverture. Il était resté fidèle à Toussaint au gré des alliances complexes avec l'Espagne, l'Angleterre, la France et les armées noires rivales, à l'époque où l'île était en proie à une lutte féroce pour le pouvoir. Dessalines était le poing de Louverture : il ne faisait pas de prisonniers et brûlait systématiquement les maisons prises à l'ennemi. L'année précédente, il avait héroïquement défendu un fort contre dix-huit mille soldats français, ne battant en retraite qu'après vingt jours de siège. Quand Toussaint avait été trahi en 1802, il avait pris sa place. Et pour l'heure, en novembre 1803, il avait réussi à acculer les derniers Blancs de l'île à Cap-François. Il rivalisait en cruauté avec les pires atrocités que pouvaient inventer les Français, et il n'hésitait pas à pendre, fusiller, brûler, noyer et torturer.

C'était vers cet homme que j'avais choisi de me tourner.

« Nous avons repêché l'Américain, annonça Antoine. Il a décidé de nager au lieu de marcher. Jubal a eu la gentillesse de ne pas l'abandonner aux caïmans.

— Les reptiles l'ont recraché », plaisanta mon camarade.

Dessalines m'examina, sceptique.

« Peut-il nous servir ? demanda-t-il.

— Il est connu, répondit Jubal.

— Ce n'est pas ce que j'ai demandé.

— Et il est beau ! » s'exclama une femme dans la foule, appuyée paresseusement contre un tronc d'arbre.

L'assemblée partit d'un grand éclat de rire, ce que je pris pour un bon signe. Je me redressai, tâchant de ressembler à un savant déterminé et non à un réfugié sans défense. Peut-être réussirais-je à les intéresser à l'électricité, aux aphorismes de Franklin. Je pourrais éventuellement leur apprendre un jeu de cartes…

« Silence ! » s'exclama Dessalines, le bras levé.

Aussitôt, les rires se turent. Il se tourna vers moi.

« Alors comme ça, vous avez rejoint le camp des vainqueurs ? dit-il d'une voix caverneuse.

— Je pense que nous avons des intérêts communs, commençai-je avec plus d'assurance que je n'en ressentais. Les États-Unis souhaitent votre victoire, pour que Napoléon scelle la vente de la Louisiane à mon pays. Les Anglais, eux, espèrent que vous allez priver leur pire ennemi de Saint-Domingue, la colonie la plus riche de la France. Quant aux Français, ils sont à la poursuite d'une légende qui, pensent-ils, leur permettra de conquérir l'Angleterre. Vous n'êtes plus seulement l'homme le plus important de cette terre que vous appelez Haïti, général Dessalines, vous êtes un des hommes les plus importants du monde. »

J'avais répété ce couplet flatteur, car je n'étais pas certain de la façon dont je serais accueilli. J'étais entouré par la puissance de l'Afrique, et il fallait que je trouve un moyen de demander de l'aide. Les officiers de Dessalines semblaient aussi sceptiques et opportunistes que des seigneurs du Moyen Âge. L'un d'entre eux, qui s'appelait Christophe, faisait plus de deux mètres. Un autre, nommé Capois, paraissait plus tendu qu'un ressort, et prêt à bondir à tout moment. Ils avaient tous l'air plus rusés les uns que les autres, ils étaient armés, très musclés et ils arboraient des tatouages sur les bras et sur le visage. Certains étaient aussi bizarrement accoutrés que Dessalines, mais celui qui retint le plus mon attention était une espèce de géant torse nu qui portait pour tout vêtement une paire d'épaulettes. Son dos portait encore les stigmates des coups de fouet.

Je tentai de me rassurer en me disant que c'étaient avant tout des hommes, comme moi. Comme l'avait un jour dit Benjamin Franklin : *Nous les appelons sauvages parce que leurs manières diffèrent des nôtres.*

« C'est vrai, répondit Dessalines à mon discours. Le monde entier connaît l'importance de Jean-Jacques Dessalines. Mais maintenant que j'ai du pouvoir, les hommes ne viennent me trouver que dans un seul but :

que je leur vienne en aide. Dites-moi si j'ai tort ! »
ajouta-t-il en me regardant droit dans les yeux.

Il était inutile de nier l'évidence.

« Vous avez raison, j'ai besoin d'aide, répondis-je.

— Mmm. »

Ses yeux firent le tour de l'assemblée. En bon acteur,
il évaluait sa performance.

« On m'a assuré que vous étiez le dernier à avoir
parlé à Toussaint Louverture, reprit-il.

— J'ai essayé de le faire évader, mais il a été abattu.

— Il a eu le temps de vous dire quelque chose,
cependant.

— Oui, un secret. Mais c'est à ma femme qu'il l'a
confié.

— Toussaint était le chef des Noirs, mais mainte-
nant il est en Guinée, où il veille sur ses frères sacrifiés.
Aujourd'hui, le chef des Noirs, c'est moi : Jean-Jacques
Dessalines.

— Et c'est pour ça que je suis venu vous trouver,
général.

— Mais sachez que mon aide n'est pas gratuite.

— Nous avons chacun beaucoup à apporter à l'autre.

— Les Français ont enlevé sa femme et son fils,
commandant, intervint Jubal. Il a une bonne raison de
rejoindre notre rébellion.

— Ah oui ? Laquelle ? s'enquit le général, avant
d'ouvrir une tabatière nacrée et d'y piocher une pincée
de tabac à priser.

— La vengeance, répondit Jubal.

— Mmm. »

Le général noir désigna une bannière rouge et bleu
accrochée à un arbre, ornée en son centre d'un blason.

« Est-ce que vous savez de quoi il s'agit, monsieur Gage ? demanda-t-il.

— D'un étendard ?

— C'est le nouveau drapeau d'Haïti. Est-ce que vous voyez ce qui manque ?

— Je ne suis pas très doué pour les devinettes, confessai-je.

— Il a été découpé dans un drapeau tricolore français, mais j'ai fait enlever la partie blanche.

— Ah.

— Je hais les Blancs, monsieur le Blanc. Je hais les mulâtres, ces *gens de couleur*[1] arrogants qui nous ont combattus et qui prétendaient nous être supérieurs à cause de la couleur de leur peau, aboya-t-il en fusillant du regard certains de ses sujets qu'il venait d'insulter. Je hais les Français, je hais les Espagnols, je hais les Britanniques et je hais les Américains. Moi et mes frères esclaves avons été fouettés et pendus par des Blancs pendant deux cents ans. J'en ai fouetté, brûlé, égorgé et étranglé plus de mille en retour, de mes propres mains. Qu'est-ce que vous dites de ça ? »

Les choses commençaient à prendre une mauvaise tournure. J'ai beau avoir combattu sur des champs de bataille dans le monde entier, je tombe toujours sur des gens plus belliqueux que moi. Je m'éclaircis la gorge et me lançai :

« Que je ne tiens pas à être le mille et unième. »

Un silence de mort s'ensuivit. Aurais-je dû répondre autre chose ? Tout de suite, je priai pour finir fusillé plutôt que bouilli vivant. Puis, soudain, Dessalines partit d'un grand éclat de rire. Soulagé, Jubal l'imita,

1. En français dans le texte. (*N.d.T.*)

282

bientôt rejoint par le reste de l'assemblée. L'hilarité gagna tout le campement, alors qu'on répétait ma plaisanterie à ceux qui ne l'avaient pas entendue. Mal à l'aise, je me contentai de sourire.

Il est toujours flatteur de se trouver au centre de l'attention.

Dessalines leva la main et, aussitôt, tout le monde se tut de nouveau.

« Alors, vous devrez travailler dur, comme tous les soldats de mon armée. Êtes-vous mon soldat, désormais, Ethan Gage ? »

Quand on vient de se faire enrôler, mieux vaut faire contre mauvaise fortune bon cœur.

« Je l'espère. Je tiens à participer à la libération de Cap-François, affirmai-je en tâchant de continuer à sourire et en bombant le torse comme un brave. Je soutiens les Noirs, et j'admire ce que vous avez accompli.

— Si vous vous révélez utile, peut-être que je vous laisserai nous aider pour la bataille finale, bien que vous soyez blanc. »

C'était le moment.

« Je sais comment faire tomber les fortifications françaises, déclarai-je.

— Ah oui ? fit-il, incrédule.

— Mais avant de vous le dire, il faut que vous fassiez quelque chose pour moi. »

Mon expérience avec les tyrans m'avait appris qu'il ne fallait pas hésiter à faire preuve de culot. Bonaparte et Sidney Smith avaient ainsi tous les deux été séduits par mon insolence.

« Vous osez négocier avec moi ? » tonna Dessalines.

Le blanc de ses yeux avait pris une teinte jaunâtre,

et il se mit à tapoter le pommeau de son épée. Mais j'étais presque sûr que son courroux était feint.

« Je suis à la recherche d'un secret ancien, expliquai-je d'une voix forte. Et il y a des chances que votre peuple, et votre peuple seul, puisse m'aider. Si je le découvre, nous pourrons partager. Il s'agit d'un secret si fabuleux que vous pourrez vous en servir pour construire votre nouvelle nation. Mais je suis la clé. Vous serez plus grand que Spartacus, plus grand que Washington, plus grand que Bonaparte.

— Je veux être empereur.

— Et je peux vous aider à le devenir. »

Bien sûr, c'était impossible, mais je ne me souciais pas de ce qui pourrait arriver une fois que j'aurais trouvé le trésor de Montezuma. Il fallait que j'échange le butin contre Astiza et Harry, et ce mégalomane était mon seul moyen de mettre la main dessus.

« En revanche, repris-je en dévisageant son entourage d'assassins, ce n'est pas un secret à partager avec toute une armée ni quelque chose que vos officiers ont besoin de savoir. Je vous aiderai pour l'attaque contre Cap-François : j'ai un plan pour percer les défenses françaises. Mais avant cela, je dois rencontrer des *hungans* et des *mambos*, ces prêtres et prêtresses qui savent communiquer avec vos dieux et vos légendes. Il faut qu'ils m'enseignent leur savoir. »

C'était Astiza qui m'avait appris ces titres, et je regrettais amèrement de ne pas l'avoir à mes côtés, car elle savait s'attirer la sympathie des étrangers et remarquer les détails auxquels je ne faisais pas attention.

« Méfiez-vous de notre vaudou, monsieur le Blanc. Nous-mêmes n'arrivons pas toujours à contrôler sa puissance.

— Je n'ai pas besoin de puissance. Seulement de légendes. Après, je vous aiderai.

— Il négocie avec rien », grogna l'immense Noir, Christophe.

Dessalines le considéra avec respect.

Quand on joue aux cartes, il y a toujours un moment où il faut aller au tapis. Aussi décidai-je de me lancer :

« Je veux rencontrer Cécile Fatiman.

— Cécile ? répéta Dessalines. Comment connaissez-vous ce nom ?

— Jubal m'a assuré que c'était une grande prêtresse.

— Une *mambo*, oui.

— Une *mambo* qui était là lors du soulèvement initial, au Bois-Caïman, m'a-t-on dit.

— C'est la plus sage d'entre nous. On raconte qu'elle a plus de cent ans.

— C'est elle qu'il me faut. Elle a prédit ma venue. Et ma femme a appris que Cécile était habitée par l'esprit vaudou Ezili Dantor. »

Un murmure s'éleva de la foule quand je prononçai ces noms, mais je n'en tins pas compte et poursuivis :

« Je dois impérativement rencontrer la *mambo* Cécile et exploiter son savoir magique afin de résoudre mes problèmes et les vôtres par la même occasion.

— Et les défenses françaises, dans tout ça ?

— Une fois que j'aurai vu Cécile, je vous aiderai à gagner la guerre. »

26

Dessalines me dit qu'il allait s'entretenir avec ses officiers au sujet de ma requête, et que, en attendant, Jubal et moi n'avions qu'à aller manger. Mon immense compagnon était encore plus affamé que moi. On nous invita à nous asseoir à une table magnifiquement gravée, mais tachée et abîmée après avoir été traînée à travers la forêt depuis la demeure de son ancien propriétaire. On nous apporta ensuite du porc, de la chèvre, de la patate douce et des bananes plantains frites, ainsi que de l'eau purifiée au rhum. J'avais rarement mangé mets aussi délicieux mais, comme disait Franklin, *c'est toujours par la faim que commence un bon repas*.

Le service était assuré par une jeune Noire magnifique que Jubal appelait *chérie*[1] en lui tapant sur la croupe avec beaucoup de familiarité. Quand il croisa mon regard surpris, il me la présenta.

« C'est Juliette, ma nouvelle femme.

— Ta femme ?

— Je suis pas ta femme ! s'exclama l'intéressée en le repoussant. Si tu veux une femme, va voir un

1. En français dans le texte. (*N.d.T.*)

prêtre ou un *hungan* ! Et donne-moi de l'argent, ou une maison !

— Ma femme officieuse, rectifia Jubal en m'adressant un clin d'œil. Quand nous aurons gagné la guerre, nous fonderons un foyer.

— Et celle dont tu m'as parlé hier ? demandai-je.

— C'était il y a longtemps, répondit-il en reprenant un travers de porc. Cet Américain est connu, Juliette. Il sait tout sur la foudre, tu sais ?

— Peuh ! fit-elle en m'examinant des pieds à la tête. Il ne tiendrait pas une demi-journée dans les champs.

— Aucun Blanc n'en serait capable.

— Alors, à quoi il sert, hein ?

— Il va nous trouver un trésor, et ensuite je pourrai t'acheter une maison.

— Peuh ! Tu es juste fier d'avoir un Blanc avec toi. Mais il sera mort de la fièvre avant Noël, affirma-t-elle en me servant une cuillerée de purée de patate douce. Prends garde, Jubal. Il va t'attirer des ennuis. »

Je me rassurai en pensant qu'ils ne gâcheraient pas de la nourriture s'ils comptaient me pendre. Puis je me dis que, en revanche, ils voulaient peut-être m'engraisser pour pouvoir me manger ensuite et, inquiet, je regardai autour de moi s'il n'y avait pas un grand chaudron ou un immense tournebroche. Je ne croyais pas vraiment aux rumeurs selon lesquelles les rebelles étaient cannibales, mais qui aurait pu dire de quoi se nourrissaient leurs ancêtres, en Afrique ? Les livres fantaisistes traitant de ce continent étaient très populaires, car moins un auteur en savait sur un endroit, plus il était libre d'inventer ce qu'il voulait. Tout ce que j'avais lu à Paris sur les Noirs avait été écrit par des Blancs, et les histoires les plus sordides et les plus extravagantes étaient celles qui se vendaient le mieux.

Contrairement à ce que j'avais d'abord cru, l'armée rebelle n'était pas un groupe hétéroclite de bandits et de brigands. La plupart des soldats portaient des uniformes européens volés aux vaincus, et beaucoup avaient bénéficié d'un entraînement militaire occidental à un moment ou à un autre de la guerre. Les hommes étaient fins et musclés – une qualité que je leur enviais –, mais tous faisaient preuve d'une discipline exemplaire. Ils étaient répartis en petits bataillons bien organisés, sous les ordres d'officiers austères, et ils suivaient un entraînement régulier. Ils disposaient d'une dizaine de pièces d'artillerie, prises ou achetées, et la majorité des soldats avait en sa possession un bon mousquet, une baïonnette et une machette. À côté du campement était installé un bivouac de cavalerie avec un millier de chevaux, et Jubal me confia que les troupes rebelles comptaient plus de quinze mille hommes. Les combats entre les Noirs et les Français duraient depuis plus d'années que n'avait duré la guerre d'indépendance des États-Unis, mais la persévérance était le secret de la réussite. Les soldats de Dessalines affichaient l'assurance de ceux qui ont accumulé les victoires, et l'ingéniosité de ceux qui ont su tendre des pièges efficaces.

La fièvre jaune n'était vraiment pas seule responsable de la débâcle française.

Alors que je buvais du punch et réfléchissais à mes prochains plans, je me rendis compte que, si je voulais jouer un rôle dans la victoire, j'allais devoir me dépêcher, car ces terribles guerriers risquaient de ne pas avoir besoin de moi. La victoire finale ne faisait aucun doute, mais je devais les convaincre que mon expertise serait fondamentale si je voulais qu'ils m'aident à trouver le trésor. Si tant est que ce dernier existât réellement.

Enfin repu, je m'adossai contre un arbre. Le soleil baissait doucement, étirant les ombres, et je me mis à penser à Astiza. Je savais que c'était une erreur d'avoir laissé ma femme jouer les espionnes, mais il faut dire qu'elle ne m'avait pas vraiment laissé le choix. Jamais je n'avais rencontré femme plus indépendante. Mais pourquoi était-elle partie avec Léon Martel ? L'avait-il reconnue ? N'avait-elle pas pu s'empêcher de lui poser des questions sur Harry ? Avait-elle passé un pacte avec le diable, choisissant une alliance opportune avec Martel et des retrouvailles avec son fils plutôt qu'un partenariat douteux avec moi ? Et à quel jeu jouait donc ce maudit Français ? En avait-il assez de s'occuper d'un petit garçon, ou voulait-il faire monter les enchères ? Comment pouvais-je utiliser son avidité à mon avantage ? J'avais mal à la tête, mes muscles étaient courbaturés, ma peau dévorée par les insectes, et, bientôt, je m'assoupis.

Peu avant minuit, Antoine me secoua pour me réveiller. Le camp était endormi, mais quelques officiers et sergents vaquaient encore à diverses occupations, les sentinelles montaient la garde, et des lanternes étaient allumées dans le quartier général de Dessalines. Peut-être était-il encore debout ; Napoléon n'était peut-être finalement pas le seul tyran à ne jamais dormir. Quand Jubal ouvrit les yeux à son tour, Antoine lui posa la main sur l'épaule.

« Pas toi. L'Américain. Seul. »

Je me levai dans le noir, désorienté.

« Où va-t-on ? demandai-je, toujours inquiet à l'idée d'être exécuté.

— Là où tu voulais aller. Maintenant, silence ! Suis-moi ! »

Il ouvrit la marche et traversa le camp plongé dans l'obscurité, louvoyant d'un pas assuré entre les dormeurs. Il murmura quelques mots à l'oreille des sentinelles, puis nous nous retrouvâmes dans les bois, et bientôt dans les champs de canne à sucre. On y voyait assez pour suivre les chemins de terre, mais je remarquai que la lune déclinait. Les nuits noires de novembre seraient bientôt là – la période idéale pour une attaque-surprise. Parfois, j'entendais des coups de feu au loin, le signe que les deux armées s'étaient trop rapprochées l'une de l'autre.

Nous marchâmes vers le sud-est, dans la direction opposée à Cap-François. Le terrain était descendant et, comme j'étais pieds nus, je ne tardai pas à me rendre compte qu'il était également de plus en plus boueux. Après avoir passé un nouveau bosquet, je reconnus l'odeur de pourriture typique des marécages. Il faisait complètement noir, mais je sentais l'eau stagnante, et je devinai que nous étions de nouveau à proximité de la rivière. Le brouillard nous entourait, de la mousse pendait aux branches comme des rideaux déchirés, et mon guide, qui n'avait pas ouvert la bouche de tout le trajet, prit une lanterne dans un arbre et l'alluma. Le sol était traître, et nous passâmes d'île en île, traversant parfois de petites mares sombres. J'essayais de repérer les caïmans et les serpents d'eau, et je sursautais dès que je voyais une souche, ce qui faisait systématiquement sourire Antoine – un éclat blanc dans la nuit.

Les grenouilles et les insectes proposaient leur

concert habituel, mais, très vite, je remarquai un autre son : un bruit de tambour, qui semblait accompagner les battements de mon cœur. Boum, boum, boum. Parfaitement calé avec le rythme de nos pas, un écho au mystère de la vie. Était-ce le chemin vers chez Cécile Fatiman ? Nous progressâmes vers le bruit, qui se fit plus sourd, plus menaçant. Bientôt, on put le ressentir autant que l'entendre.

« Où va-t-on ? »

Dans la jungle, les yeux des animaux étincelaient.

Nous poursuivîmes notre route, nous enfonçant toujours plus profondément. Malgré l'air chaud et humide qui m'enveloppait comme une couverture, je ne pouvais m'empêcher de grelotter.

Soudain, mon guide s'arrêta.

« Ici, dit-il en me tendant la lanterne. Tu finis tout seul.

— Quoi ? Attendez ! » m'exclamai-je.

Je regardai dans la direction qu'il m'avait indiquée. Le noir complet. Était-ce un piège ? Quand je me retournai pour demander à Antoine de rester, je m'aperçus qu'il avait disparu.

Les grenouilles continuaient leur chorale infernale. Les insectes bourdonnaient à mes oreilles. Et, recouvrant le tout, cette musique obsédante, ce tambour régulier. Se retrouver seul dans cette situation était pour le moins intimidant.

Sauf que je n'étais pas seul. Une silhouette au loin, dans la brume, semblait m'attendre.

Je levai ma lanterne. Mon nouveau compagnon était élancé mais, à la façon dont il se tenait, je devinai qu'il s'agissait plutôt d'une femme. Cécile ? Non, la silhouette paraissait jeune. Un simple guide, peut-être ? Je décidai de m'approcher.

Elle attendit que je sois plus près puis, sans un mot, elle s'enfonça un peu plus profond dans les marais, sans me laisser le temps d'apercevoir son visage. L'eau qui nous entourait était opaque, immobile. Des racines surgissaient de la boue, tels des serpents pétrifiés. L'odeur putride était aussi lourde que celle du sang.

Oui, il s'agissait bien d'une femme. Sa grâce sur ce terrain accidenté était troublante, et je n'arrivais jamais à la rattraper. Elle était vêtue d'un vêtement en coton ample qui, après m'avoir d'abord dissimulé ses formes, me laissait à présent deviner la cambrure de ses hanches et de ses épaules. Il y avait dans ses mouvements quelque chose d'aussi naturel que le brouillard, l'eau, les nuages et les vagues, qui me convainquit que je n'avais pas seulement affaire à une belle femme, mais à une créature à la beauté céleste, parfaite et indescriptible. J'accélérai la cadence pour confirmer cette impression, mais elle me distançait sans effort, comme un arc-en-ciel irrattrapable. Je savais que si elle décidait de m'abandonner je serais complètement perdu.

Elle m'attirait comme de la limaille à un aimant.

À présent, j'étais certain que le tambour se trouvait bien dans les marais. Je devais me rendre à une espèce de cérémonie religieuse ou politique, semblable peut-être à celle du Bois-Caïman qui avait déclenché la révolution. Petit à petit, cet esprit sylvestre m'emmenait vers le bruit, ralentissant quand j'étais trop loin derrière, accélérant soudain si je menaçais de le rattraper. Je transpirais d'excitation et d'inquiétude. Qui était-elle donc ?

Celle que tu cherches, répondit soudain une voix dans ma tête.

Nous atteignîmes enfin une petite île aride au milieu du marais. Au centre se dressait une hutte en bois éclairée de l'intérieur par une unique bougie. Mon guide s'arrêta à l'extrémité de l'île et désigna la hutte. Visiblement, je devais entrer. Me suivrait-elle ? Non, elle disparut aussitôt au milieu des ombres, et je ressentis une profonde déception. Je m'approchai de l'entrée.

Hésitant, je posai ma lanterne, me baissai et passai la tête par l'ouverture, aussi peu rassuré que si je l'avais glissée sous le couperet d'une guillotine.

La structure était aussi primitive que l'image que je me faisais de l'Afrique : un dôme de branches et de feuilles sur un sol en terre. La bougie se trouvait à trente centimètres du sol, posée sur un petit autel recouvert d'un tissu rouge à carreaux maintenu en place par quatre galets plats. Au centre de ce tabernacle, une coupe qui semblait contenir de l'eau. D'un côté de la coupe trônait un crâne humain ; de l'autre quelques fleurs éparpillées. Je remarquai également un petit tas de coquillages.

Tout cela était certes exotique, mais pas plus inquiétant que le genre d'objets que l'on peut trouver dans une loge maçonnique. En tout cas, je ne ressentis pas l'angoisse que j'avais pu éprouver au contact des membres du Rite égyptien.

« Le symbole d'Ezili Dantor est le cœur en damier rouge », dit une voix.

Je scrutai les coins sombres de la pièce. Contre le mur opposé semblait flotter le visage d'une vieille dame. Sa peau paraissait cuivrée à la lueur de la bougie. Il aurait été difficile de déterminer son âge : son visage peu ridé paraissait remarquablement jeune, mais ses cheveux gris clairsemés étaient ceux d'une vieillarde. Ses yeux ressemblaient à deux cailloux plantés dans la vase, mais ils renfermaient une sagesse que seules les années peuvent conférer. Ses lèvres écartées laissaient entrevoir le bout d'une langue reptilienne qui semblait vouloir goûter l'air. J'avais certainement face à moi Cécile Fatiman, l'illustre *mambo* de la révolution.

« Je me passionne moi-même pour le symbolisme religieux, déclarai-je en réponse à sa remarque. Pas autant que ma femme, toutefois. Et les fleurs, que signifient-elles ?

— Elles représentent Ezili, qui est elle-même une fleur.

— Et l'eau ?

— La pureté de la vie. Les pierres marquent les quatre points cardinaux. »

Par sa voix, Cécile marquait son approbation. Elle appréciait ma curiosité.

« Et les coquillages ?

— Ils ont été jetés là pour deviner l'avenir. Pour prédire votre venue, Ethan Gage. »

Ne sachant pas ce qu'on attendait de moi, je m'accroupis dans l'entrée.

« Vous n'êtes pas venu avec votre femme, la prêtresse, reprit-elle d'un ton aussi réprobateur qu'interrogatif. Les coquillages m'ont aussi parlé d'elle.

— Elle a été enlevée par un Français malveillant.

— Et c'est pour ça que vous venez nous voir, vous, le Blanc qui a besoin des Noirs.

— Exactement. Et je suis également à la recherche d'informations concernant mon fils. Ces informations peuvent aussi vous être utiles.

« — Utiles à mon peuple, vous voulez dire.

— Oui, aux révolutionnaires haïtiens. Vous êtes Cécile, n'est-ce pas ?

— Bien entendu. Asseyez-vous. »

Elle me désigna un emplacement près de l'entrée. La hutte était à peine plus grande qu'une petite tente. Je m'exécutai et croisai les jambes. Assis, ma tête touchait presque le dôme de branchages. La bougie était rouge comme le sang, et la cire fondue qui coulait le long de l'autel faisait penser à des torrents de lave.

« Est-ce que vous pouvez m'aider ? demandai-je.

— Peut-être que les *lwas* peuvent vous aider. Est-ce que vous savez ce que sont les *lwas* ?

— Des dieux, ou plutôt des esprits.

— Ils ne parlent qu'à ceux qui croient.

— Alors, je vais faire de mon mieux. En la matière, je ne suis pas aussi doué que ma femme.

— Les *lwas* parlent par le biais du pouvoir qui anime toutes les vraies religions. Savez-vous quel est ce pouvoir ?

— La foi ?

— L'amour. »

La chose la plus difficile à obtenir, et la plus difficile à donner. Je restai silencieux.

« Seul l'amour peut vaincre le mal, poursuivit-elle. Sans amour, nous sommes damnés. Maintenant, buvez ceci ! ordonna-t-elle en me tendant un bol en bois rempli d'une mixture à l'odeur répugnante. Ça vous aidera à écouter et à voir.

— Qu'est-ce que c'est ?

— La sagesse, homme blanc. Buvez. »

J'avalai une première gorgée qui confirma l'amertume du breuvage. J'hésitai.

« Vous pensiez que la sagesse aurait un goût sucré ? » railla-t-elle.

Celle que tu cherches. Je haussai les épaules et vidai le contenu du bol. Avais-je vraiment le choix ? Les rebelles n'avaient aucun intérêt à m'empoisonner : il existait mille façons beaucoup plus simples de me tuer. Ils auraient certes pu me droguer, mais dans quel but ? J'avalai donc à grand-peine le liquide au goût infâme, grimaçai et rendis le bol à sa propriétaire.

Elle rit doucement. Il lui manquait la moitié des dents.

« Avez-vous vraiment plus de cent ans ? demandai-je entre deux haut-le-cœur.

— Un esclave n'a pas de nom, un esclave n'a pas de date de naissance. Un esclave se contente d'exister. Je calcule donc mon âge en fonction des événements historiques dont je me souviens. C'est vrai que j'ai vu et retenu plus que la plupart des gens. J'ai au moins un siècle, sûrement plus. »

Mon estomac cessa enfin de me tourmenter. Je commençais à me sentir ivre, mais d'une façon très étrange. Mon corps était saisi de fourmillements – une sensation curieuse, mais pas désagréable –, et la flamme de la bougie semblait osciller. J'avais ingéré de la drogue. À ce rythme, je n'allais pas tarder à rencontrer les *lwas* ! Était-ce là le but de l'opération ?

« Je suis à la recherche de légendes concernant un trésor, déclarai-je, obligé de redoubler d'efforts pour rester concentré. Peut-être en avez-vous entendu parler ? Je compte les utiliser pour retrouver ma famille. Si vous me venez en aide, votre peuple pourra garder le butin et ainsi empêcher les Anglais ou les Français de mettre la main dessus. Vous pourrez bâtir votre nouvelle nation. Et je vous aiderai à reprendre Cap-François à Rochambeau.

— Quel trésor ?

— Le trésor de Montezuma.

— Ha, ha ! Si je connaissais l'existence d'un tel trésor, ne serait-il pas en ma possession ? »

À la lueur de la bougie, son visage parut fondre, puis se reformer. Je vis alors qu'elle était plutôt ronde, bien nourrie. Elle était vêtue d'une longue robe à motifs aux couleurs indéfinissables dans l'obscurité. Elle avait le nez épaté et des ongles longs au bout de ses doigts noueux comme du bois.

« Je ne sais pas, répondis-je, mal à l'aise. Louverture a confié un secret à ma femme. Les Anglais pensent que votre peuple en sait plus. Moi, je ne peux que me contenter d'espérer.

— Vous avez vu Toussaint vivant ?

— Je l'ai vu se faire tuer. J'essayais de le libérer. Il était très malade.

— C'est Napoléon qui l'a tué, marmonna-t-elle avant de cracher par terre – une goutte noire qui me parut aussi mortelle que le venin d'un serpent. Les hommes comme Napoléon s'attirent les malédictions.

— Les hommes puissants ont souvent des ennemis puissants. »

Elle but à son tour, bruyamment, puis poussa un soupir, posa le récipient et s'essuya les lèvres d'un revers de main.

« Et que vous a confié Louverture, Ethan Gage ? Les *lwas* ont dit que vous traverseriez l'océan pour nous trouver et que vous nous apporteriez des nouvelles de notre héros. »

Le breuvage avait fait gonfler ma langue.

« Il nous a dit que les émeraudes se trouvaient dans le diamant », parvins-je à articuler.

Elle fronça les sourcils, visiblement déçue.

« Je ne sais pas ce que cela signifie. »

C'était à mon tour d'être déçu.

« Mais… j'étais sûr que vous sauriez ! Vous êtes la *mambo* la plus éclairée !

— J'ai entendu des histoires. Les esclaves en fuite qui se cachent dans la jungle sont appelés Marrons, et il y a toujours eu des légendes selon lesquelles certains d'entre eux auraient retrouvé un trésor fabuleux et l'auraient caché, pour des raisons inconnues. Mais personne ne connaît son emplacement. Et personne n'a jamais parlé d'un diamant. Ce trésor n'a jamais été retrouvé.

— Louverture était malade. Peut-être qu'il était en proie au délire. »

Elle réfléchit quelques instants, puis haussa les épaules.

« Les *lwas* auront la réponse. Vous voulez comprendre ce que Louverture a dit à votre femme, l'Américain ?

— Bien sûr.

— Alors, venez. Vous allez devoir danser avec Ezili Dantor, la sombre séductrice des bois et de l'eau. »

27

Je sortis en reculant de la hutte, suivi par Cécile. Elle ramassa ma lanterne et se dirigea en titubant vers les bruits de tambour. Je lui emboîtai le pas. Le dédale de terre et d'eau qui nous entourait n'avait visiblement pas plus de secrets pour elle que pour mes guides précédents mais, contrairement à eux, elle progressait lentement, s'arrêtant parfois pour se reposer. J'attendais alors qu'elle ait repris son souffle, inquiet à l'idée d'avoir été amené là pour une épreuve et non pour un simple entretien.

Dans les bois, le bruit était omniprésent, entêtant.

« J'ai l'impression que quelque chose nous observe, soufflai-je.

— Ce ne sont que des *bakas*. Des petits monstres, précisa-t-elle.

— Des petits quoi ?

— Ils vivent la nuit. Comme les *diabs*. Mais de ces derniers, il faut se méfier. Ne les laissez pas approcher.

— Et comment suis-je censé m'y prendre ?

— Rester sur le bon chemin. Vous êtes à Haïti, maintenant. »

Celle que tu cherches. Je restai si près de Cécile que

je sentais le frottement de sa jupe contre mes chevilles. La forêt paraissait maléfique, comme si j'avais pénétré dans un monde obscur. Je sentais régulièrement des créatures autour de moi, m'observant, rampant, mais je ne les voyais jamais.

Cécile, elle, poursuivait sa route en poussant de petits gloussements.

Enfin, j'aperçus quelque chose entre les feuilles. Je devinai que nous arrivions à proximité des tambours. Notre chemin humide se transforma en une piste bordée par deux rangées de poteaux, comme des lampadaires. Je levai les yeux et m'aperçus que ce que j'avais pris pour des fleurs et des rubans au sommet des poteaux étaient en fait des coqs noirs égorgés et pendus par les pattes.

« Les pauvres mangeront demain », dit Cécile.

Nous pénétrâmes dans une église à ciel ouvert : les arbres des marais formaient un immense mur, et un toit conique en chaume recouvrait cette cathédrale végétale. Au centre du péristyle, un pilier phallique planté dans le sol culminait à cinq mètres de haut. Au moins cent personnes vêtues de longues robes étaient rassemblées autour du temple, aussi captivées par le pilier que les membres d'une congrégation méthodiste par un autel. Les flammes d'un foyer illuminaient les visages sombres. Les fidèles oscillaient doucement en suivant le rythme obsédant. Quatre musiciens étaient installés en face de nous : c'étaient eux qui tapaient sur la peau tendue de tambours évasés. D'autres hommes les accompagnaient, équipés de cloches, de flûtes en bambou et de triangles en bois. Le rythme sourd était comme le battement d'un immense cœur.

« À présent, vous pourrez dire que vous avez vu

le vaudou, dit Cécile. C'est la plus vieille religion au monde. Elle remonte aux premiers hommes. »

Elle ramassa une gourde en forme de hochet et l'agita : c'était un instrument de musique contenant des graines.

« C'est un *asson*, il va me permettre d'invoquer Ezili », me confia-t-elle.

Elle se déplaça dans le péristyle, répondant aux saluts des fidèles par un mouvement sec de son instrument. L'assemblée se mit à battre des pieds à l'unisson, et le temple parut se charger d'électricité, comme si j'avais utilisé le générateur que j'avais fabriqué à Saint-Jean-d'Acre. L'air lui-même semblait grésiller. Mes propres sens s'affinèrent, me donnant l'impression de pouvoir entendre les murmures les plus lointains et voir dans le noir.

Cécile s'empara d'un pichet qui devait contenir de l'eau bénite. Elle en répandit sur les quatre points cardinaux, puis en trois autres endroits : sur le pilier, à l'entrée du péristyle, puis, curieusement, à mes pieds. Comptait-elle me sacrifier ? Cécile prit la parole en créole, la foule répondit, mais je ne compris que quelques mots. Parfois, je croyais entendre le nom d'une des divinités vaudoues qu'Astiza avait mentionnées, des souvenirs de la vieille Afrique mélangés à des histoires de saints catholiques : Mawu, Bossou, Damballa, Simbi, Sogbo, Ogun. La vieille femme se baissa et se mit à tracer d'étranges dessins sur le sol en terre. À l'instar de la communion, censée faire venir le Christ dans l'âme de ses adorateurs, ces dessins avaient sûrement pour but de faire venir les divinités vaudoues dans l'assemblée.

Je ne comprenais toujours pas ce que je faisais là,

mais je notai que le rythme accélérait doucement, et que les mouvements des fidèles s'accentuaient. Enfin, ils se mirent à danser et à chanter, formant une ronde qui ondulait comme un serpent. Ils burent dans des bols, comme je l'avais fait plus tôt, répondant en chœur aux exhortations de Cécile. Les danses étaient complexes et majestueuses, pas du tout sauvages ou érotiques, et la chorégraphie en était aussi étudiée que celle des valses au palais de Rochambeau.

Des mains noires me tirèrent et je me retrouvai au milieu des danseurs, sans trop savoir quoi faire. Je me contentai dans un premier temps de me balancer, mais je me sentais maladroit. Néanmoins, je notai autour de moi des sourires d'encouragement. On me proposa un autre bol, que je bus par politesse. Cette fois, le goût me sembla moins âpre, mais je sentais que ma bouche était devenue insensible. Comme j'avais soif, je bus encore un bol.

Le temps s'interrompit, ou du moins parut s'interrompre. Je ne saurais dire combien de temps nous dansâmes – ça me sembla à la fois un instant et une éternité –, mais la mélodie me pénétra si profondément que je me sentis faire corps avec la musique. Le bruit devint un pont entre notre monde et le royaume de la magie et, en effet, des esprits venus d'ailleurs ne tardèrent pas à faire leur apparition.

Soudain, la foule s'écarta, comme mue par une force invisible, et une silhouette pénétra dans le temple. En la voyant, je trébuchai, interdit. C'était mon guide de la forêt, l'insaisissable femme des marais, sauf qu'à présent elle avait enlevé sa capuche et je voyais ses longs cheveux bruns tomber en cascade jusqu'à sa taille. Elle s'approcha du pilier central avec une grâce féline, me laissant le temps d'admirer ses grands yeux noirs, ses lèvres sensuelles et son cou délicat. Il y avait en elle quelque chose d'animal, humain, mais sauvage, nerveux.

« Ezili ! » murmura la foule.

Ça ne pouvait pas être réellement une déesse ; sûrement une jeune femme qui jouait le rôle. Cependant – et sûrement était-ce dû aux drogues qu'on m'avait fait ingérer –, elle semblait flotter plutôt que marcher, et tout son corps brillait d'une lumière divine. Quand elle posa la main sur le pilier, une étincelle jaillit entre la chair et le bois, me faisant sursauter. J'étais hypnotisé, submergé par l'émotion, incapable de penser.

Comme l'avait fort justement fait remarquer Jubal, les femmes me rendaient bête.

La créature s'adossa au pilier et tourna la tête pour embrasser l'assemblée du regard. Elle sourit à tout le monde, et plus particulièrement à moi. C'est du moins l'impression que j'éprouvai. Envoûté, je tentai de garder ma dignité. Astiza était magnifique, mais cette femme était bien plus que cela : rayonnante comme une madone, polie comme une statue de saint, délicate comme du verre vénitien. Elle avait une peau de mulâtre, mais avec une teinte dorée d'ambre ou de miel, et des reflets qui semblaient expliquer la précision indolente de ses mouvements. Tout en elle était perfection, à tel point que c'en était peu naturel : elle attirait et repoussait à la fois. Ezili ressemblait à une idole que l'on n'avait pas le droit de toucher. Quand elle leva les bras au-dessus de la tête et qu'elle se cambra pour s'adosser au pilier, cela fit ressortir sa poitrine et je ne pus qu'admirer la sublimité divine de son corps. Où avaient-ils trouvé une telle beauté ? Mais peut-être que ce n'était pas du tout une comédienne, mais bien la vraie Ezili ! Ou du moins Ezili telle que je me la serais imaginée après trois bols de la mixture de Cécile. Je ne pouvais pas détourner le regard. Elle semblait habillée par un sculpteur érotique, avec sa tunique aussi légère et transparente qu'une toile d'araignée.

Le martèlement des tambours s'accentua.

« Damballa ! »

La foule poussa un cri, presque un souffle, et je sursautai en voyant un serpent entrer dans le temple. Personne n'eut de mouvement brusque. Le reptile devait faire deux mètres de long, et il était épais comme mon bras. Il se dirigea vers Ezili en ondulant, comme un animal apprivoisé. Les yeux de la déesse lui souhaitèrent la bienvenue, et le serpent répondit en faisant sortir sa langue. Je jetai un œil en direction de Cécile. Elle aussi avait la langue tirée.

« Damballa nous fait l'honneur d'une visite ! » s'écria-t-elle.

Le serpent avait l'air aussi à l'aise que le reste de l'assemblée, et il fondit sur la femme adossée au pilier comme s'il voulait l'enserrer ou la dévorer. J'étais à la fois subjugué, atterré et fasciné. Personne n'avait donc l'intention de venir en aide à cette femme sans défense ?

Mais non, Ezili s'agenouilla, tendit la main, et le serpent grimpa le long du bras comme sur une branche, sous les regards admiratifs des fidèles. Le reptile s'enroula autour des épaules et, bientôt, la femme et l'animal ne formaient plus qu'un. La tête en forme de diamant semblait vouloir explorer la poitrine de la déesse, une image aussi révoltante que profondément érotique.

« Damballa me dit qu'il est temps », déclara Ezili d'une voix forte.

Des hommes s'avancèrent, récupérèrent le serpent et l'emmenèrent jusqu'à la jungle environnante avec autant de vénération que s'il s'était agi de l'Arche d'Alliance. Là, ils relâchèrent l'animal, qui disparut aussitôt dans les hautes herbes.

C'est alors que j'entendis un couinement atroce accompagné d'un bruit de sabots. Un cochon noir fit son entrée dans le temple, traîné par une corde en cuir rouge. L'animal avait été complètement nettoyé, et des rubans ornaient sa queue et ses oreilles. Il tremblait de tout son corps et ouvrait de grands yeux, comme s'il savait le sort qui l'attendait.

Les yeux d'Ezili – car c'était comme cela que je la voyais désormais, Ezili Dantor, la déesse vaudoue de la beauté – se fermèrent pour l'accueillir.

Le cochon dérapa sur les dessins qu'avait tracés Cécile pour invoquer les esprits. La vieille femme s'approcha, tenant à la main un couteau à la lame scintillante. Elle s'adressa aux fidèles, qui lui répondirent en chœur. La scène se répéta plusieurs fois. C'était un chant sacrificiel. À présent, la déesse tenait à la main un bol en argent – je n'avais pourtant vu personne le lui apporter. Quand Cécile se pencha pour trancher la gorge du porc d'une main experte, l'assemblée poussa un rugissement harmonieux. Ezili récupéra le sang dans son réceptacle métallique, puis, quand le jet se tarit et que l'animal s'effondra dans la poussière (avec une dignité que je trouvai tout à son honneur), elle brandit le bol et se mit à danser en tournant sur elle-même. Les Haïtiens levèrent les bras et l'imitèrent.

Puis elle reposa le récipient, et Cécile ajouta des

herbes, du sel et du rhum à l'épais liquide rouge. Ezili, elle, continuait à danser avec les fidèles. Quelques-uns trempèrent le doigt dans la mixture avant de le lécher, tandis que d'autres utilisaient le sang pour se dessiner des croix sur le front.

C'était un blasphème, mais un blasphème en harmonie avec la vie et la mort, avec les vérités de notre terre, comme le symbole du vin lors de la communion.

Ezili aspergea de sang le pilier, puis les dessins piétinés, et enfin les instruments des musiciens. Les gouttelettes volaient au bout de ses doigts, et elle riait, et elle dansait.

Je fus le dernier servi. La déesse s'arrêta devant moi, ses cheveux et sa robe s'immobilisèrent quelques instants. Elle me gratifia d'un sourire éblouissant. Qu'étais-je censé faire ? Mais je le savais très bien et, observé par elle et par tous les fidèles, je plongeai à mon tour le doigt dans le sang avant de le lécher. C'était salé, fort à cause du rhum, et les herbes troublèrent un peu plus ma vision. L'assemblée poussa un nouveau rugissement, les tambours accélérèrent la cadence et, bientôt, je dansais avec Ezili, tournant avec elle sans pour autant la toucher, comme si la magie des percussions africaines m'avait appris les pas. Enivré par sa beauté, je me demandai si je ne venais pas de signer un pacte avec le diable.

Soudain, Cécile m'agrippa par les épaules. Ses vieux doigts étaient aussi puissants que des serres.

« C'est elle qui a les réponses, monsieur, murmura-t-elle à mon oreille.

— J'ai envie d'elle. Mais elle me terrifie.

— Vous devez la suivre, pour trouver ce que vous cherchez. »

Celle que tu cherches. Sans vraiment savoir ce que je faisais, je suivis Ezili à l'extérieur, puis dans la jungle. J'avais l'impression d'être au milieu d'un rêve. Une fois de plus, elle flottait devant moi, lumineuse, prenant garde de ne pas me distancer. Elle me mena de marécages en collines, de crêtes en fossés, de plus en plus loin des tambours.

Alors que je la suivais, je sentis également une autre présence, plus sombre, plus dangereuse. Rien à voir avec les esprits maléfiques que j'avais ressentis plus tôt avec Cécile. Non, c'était quelque chose d'immense, sombre, malfaisant ; je sentais son souffle chaud dans mon cou. Mais dès que je me retournais, je ne voyais rien : pas d'yeux scintillant dans la nuit. Tout était dans ma tête. Ce n'était pas un animal qui me poursuivait, mais un homme, un sorcier, un *lwa*, aussi têtu qu'une ombre ou qu'un terrible secret. Je me retournais d'un coup, régulièrement, mais il n'y avait rien. Rien de visible, en tout cas. Je courus vers Ezili, haletant. Sa robe maintenant presque transparente mettait encore plus en valeur les courbes de son corps. Mon esprit embrumé se rappela que j'étais marié, et que j'étais ici pour ma femme, mais je ne pouvais pas plus m'empêcher de suivre cette apparition que je n'aurais pu m'empêcher de respirer.

À quoi est-ce que je pensais ? À rien.

Petit à petit, les tambours de la cérémonie lointaine furent remplacés par un bruit d'eau. Des fougères de deux mètres formaient une porte qu'Ezili poussa. Je la suivis dans une grotte et me retrouvai face à une immense cascade qui dévalait une falaise pour tomber dans un bassin sombre. À présent, je pouvais voir les étoiles, des milliers d'étoiles, qui se reflétaient à la surface de l'eau. Il faisait plus frais dans cette grotte, l'air était humide. Ezili s'arrêta au bord du bassin et se tourna vers moi.

« Voici notre source sacrée. Qu'est-ce que tu veux savoir, Ethan Gage ? » demanda-t-elle d'une voix mélodieuse.

J'eus bien du mal à retrouver ma question et, quand enfin j'y parvins, ma voix, contrairement à la sienne, n'était qu'un coassement.

« Je voudrais savoir ce qu'est le diamant », finis-je par articuler.

Mais est-ce que cela avait vraiment de l'importance, à présent ?

Je sentais toujours l'homme-monstre derrière moi, tapi dans l'ombre.

« Viens, et je te répondrai. »

Comme par magie, ses vêtements glissèrent le long de son corps. Elle était évidemment parfaite, mais je trouvai presque cette absence de défauts inquiétante, comme si ce corps m'était interdit. Sa peau était incroyablement pure, et ses seins, son ventre, ses cuisses et sa toison sombre absolument irrésistibles. L'incarnation de la tentation. Je gémis de désir. Ezili entra dans le bassin ; les ondulations de l'eau reflétèrent un instant sa silhouette vaporeuse. Maladroitement, je la suivis, incapable de réfléchir, guidé par mon excitation.

Je sentis la menace sombre grandir et s'élever au-dessus de moi, mais je savais que, si je parvenais à atteindre Ezili, elle nous laisserait tranquilles. C'était une déesse, après tout ! Un rêve, un fantasme. L'eau lui arrivait à mi-cuisses, accentuant sa nudité.

« Attendez ! » bafouillai-je.

Je m'apprêtai à me déshabiller. Elle me gratifia d'un sourire de séductrice.

Et puis soudain, je m'interrompis.

Astiza. Le nom explosa dans mon esprit enténébré comme une vitre brisée.

Je titubai. Mon Dieu, j'étais marié, et pas seulement marié, j'étais comme soudé à la mère de mon fils, la femme la plus incroyable et la plus magnifique du monde. J'avais prêté serment ! J'avais mûri !

Je me sentis malade. J'eus l'impression d'avoir reçu un coup de poing à l'estomac. Je grognai, me courbai en deux, puis vomis d'un coup l'affreuse mixture que j'avais avalée. Elle se mêla à l'eau, exhalant une odeur nauséabonde.

Ezili m'observa souiller son bassin avec dédain. Je fis un pas en arrière, vidé, honteux. Je me sentais humilié et malade, et je tremblais de tout mon corps.

Son sourire de séductrice disparut, et son corps cessa de scintiller. Le bassin était plongé dans l'obscurité, désormais, et même les étoiles s'éteignaient. Ezili n'était plus qu'une silhouette, la cascade une vague ligne grise. Avais-je offensé les dieux ?

« Que se passe-t-il ? » demanda-t-elle d'un ton glacial.

Elle était toujours aussi belle, mais quelque chose avait changé. Je ne pouvais pas trahir ma femme. Et mon refus avait brisé le charme.

« Je suis marié, répondis-je.

— Et ?

— Je suis là pour sauver ma femme. Je ne peux pas faire ça.

— C'est ton choix, de me courir après et de me résister.

— Je suis désolé.

— Pourquoi ?

— Je voulais seulement une réponse à l'énigme de Louverture. »

Elle leva légèrement la tête pour me regarder dans les yeux.

« Le diamant se trouve à la Martinique.

— Comment ?

— Le diamant, répéta-t-elle doucement, se trouve à la Martinique.

— Comment suis-je censé trouver un diamant sur un territoire aussi vaste ?

— Il sera juste en face de toi, Ethan. »

J'avais la tête qui tournait. L'ombre noire se cambra, prête à fondre sur moi, mais la menace avait disparu. Ezili commença à s'éloigner. Avais-je fait une erreur impardonnable ? Ou au contraire avais-je réussi à tous nous sauver ?

« Mais comment des émeraudes peuvent-elles se trouver à l'intérieur d'un diamant ? demandai-je.

— Elles sont frappées par la malédiction de Montezuma. Elles ont porté la mort pendant presque trois cents ans. Es-tu prêt à risquer ta vie ? »

Sa voix n'était plus qu'un murmure.

« Oui, répondis-je. Pour Astiza. Pour mon fils.

— Mais réussiras-tu à la sauver ? »

Elle avait presque entièrement disparu. Quelque chose de sombre, horrible et puissant s'approchait de moi.

« Attendez ! Je vous en supplie…

— La force, Ethan, murmura-t-elle, au loin. Mais si tu fais le mauvais choix, tu perdras à jamais ce que tu aimes le plus.

— Attendez… »

Un souffle glacé me balaya la joue, une caresse de mort, mais qui ne dura pas. C'était comme l'écaille d'un caïman, l'ondulation de Damballa, le fer froid de la guillotine… et puis plus rien.

Je titubai jusqu'à la rive, les yeux plongés dans les ténèbres les plus profondes que j'avais jamais traversées.

Qu'avait-elle voulu dire par « mauvais choix » ?

Et soudain, je m'évanouis.

28

La brise sur ma joue me fit reprendre connaissance. Les grandes ailes des moulins d'Antigua tournèrent quelque temps encore, fragments d'un cauchemar. Puis, je me rendis compte que j'entendais un bruit d'eau et que le soleil était levé. Je plissai les yeux et regardai vers le haut.

Il y avait un dôme de ciel au-dessus du bassin où j'avais suivi la déesse Ezili. Des arbres tout autour, un véritable puits végétal. Des oiseaux aux couleurs éclatantes volaient çà et là, gazouillant gaiement. Des fleurs s'entortillaient comme de petites trompettes dorées. Des reflets argentés dansaient dans la cascade. Je me trouvais dans un endroit enchanté, mais l'enchanteresse avait disparu.

Me redresser m'arracha un gémissement de douleur. La femme magnifique était partie, laissant derrière elle un sentiment d'intense soulagement et de perte irréparable – je savais qu'une telle occasion n'était pas près de se représenter. Je me sentais vidé. Mais je savais aussi que j'avais réussi une épreuve, et que de cette épreuve dépendait mon salut. Car la sombre présence prête à fondre sur moi pour me dévorer avait elle aussi disparu.

J'avais mal à la tête.

Soudain, je me rendis compte que je n'étais pas seul. Brusquement, je me retournai sur la berge boueuse. Cécile Fatiman était assise sur une pierre, toujours aussi vieille, rondelette et sereine.

« Vous m'avez drogué », m'indignai-je.

J'avais la bouche en coton, et mes joues étaient toujours engourdies.

« Je vous ai montré la lumière », se contenta-t-elle de répondre en m'adressant un sourire.

De jour, sa bouche édentée me parut beaucoup moins effrayante.

« J'étais en proie à des hallucinations. J'ai cru suivre une femme jusqu'ici.

— Vous avez suivi Ezili. Ce n'est pas tout le monde qui a cette chance. Ça signifie qu'elle vous aime bien, homme blanc.

— Ezili ? Non, c'est impossible. Elle ne pouvait pas être réelle. »

Cécile ne répondit pas.

« Elle était trop parfaite pour être vraie », ajoutai-je.

Cécile ne répondit toujours pas.

L'esprit encore embrumé, j'essayai de faire le point. Mes vêtements étaient sales et trempés, mon visage couvert d'un léger duvet. Mon estomac était toujours trop tourmenté pour ressentir la faim. Néanmoins, j'étais assoiffé, et je plongeai la tête dans le bassin d'eau claire pour boire.

Cécile m'observait.

« Qu'est-ce que vous faites ici ? finis-je par demander.

— Je vérifie si vous êtes un zombi », dit-elle simplement.

Le mot avait une sonorité maléfique et, pendant un

313

instant, la jungle parut s'assombrir. Je me souvenais qu'on m'avait déjà parlé de cet esprit horrible.

« Qu'est-ce qu'un zombi ?

— Quelqu'un revenu des morts, ou plutôt quelqu'un qui n'est jamais vraiment mort.

— Comme Lazare ?

— Non. Les zombis sont des créatures malveillantes, esclaves de leurs maîtres, les prêtres magiques appelés *bokors*. Le *bokor* donne une potion à son ennemi. Quand l'ennemi la boit, il tombe, comme mort. On enterre l'ennemi. Puis le *bokor* creuse la tombe et réveille l'ennemi, mais seulement sous la forme d'un zombi, un mort vivant condamné à le servir. Au lieu de retourner en Guinée retrouver ses ancêtres, le zombi devient un esclave éternel, prisonnier d'Haïti. Aucune révolte ne pourra jamais le libérer. C'est une malédiction bien pire que la mort.

— Vous voulez dire que votre mixture était une potion zombi ? demandai-je, aussi surpris qu'outré.

— Non, et apparemment, vous n'avez pas pris ce qui était offert. Un *bokor* vous a suivis, vous et Ezili. Avez-vous couché avec elle ?

— Non, bien sûr que non. Je suis marié. Fidèle. Quand j'ai refusé, elle a disparu. »

Ezili me dévisagea d'un regard sincèrement surpris.

« Ezili n'a pas l'habitude qu'on la rejette.

— Je peux vous assurer que je n'ai pas l'habitude de repousser les avances d'une femme aussi belle.

— Il y a peut-être en vous plus de force que je ne le croyais, homme blanc. Je pense que votre loyauté a éloigné le *bokor*. Ezili l'a empêché de vous toucher, car vous ne l'avez pas touchée, elle. Elle vous a protégé, vous a sauvé dans un autre but. Mais sachez qu'Ezili est un esprit jaloux, et qu'il y a toujours un prix à payer.

— Donc, je ne suis pas un zombi ?

— Vous êtes toujours un peu idiot, mais pas aussi stupide qu'un zombi. Eux titubent, la bouche ouverte et le regard vide. Ils sont laids et sentent l'odeur de la mort. Vous n'en êtes pas encore là. »

Les compliments sont toujours bons à prendre.

« Cela signifie qu'Ezili a d'autres projets pour vous, ce qui ne manquera pas de surprendre Dessalines. Je peux vous dire que vous ne lui avez pas fait bonne impression. Mais à présent, peut-être qu'il vous acceptera dans son armée. Est-ce qu'Ezili a résolu votre énigme ?

— Attendez, soyons clairs, cette femme n'était pas vraiment Ezili, si ? »

Cécile ne répondit pas. Son regard trahissait une légère impatience.

« C'était elle ? insistai-je. Mais… comment est-ce possible ?

— Vous n'avez pas répondu à ma question.

— Elle m'a dit d'aller en Martinique. Que j'y trouverais le diamant qui renferme les émeraudes. D'ailleurs, je ne sais même pas ce que ça veut dire. Et puis, même si je parvenais à le découvrir, je devrais me rendre dans une colonie française pour récupérer un trésor au nez et à la barbe des soldats, tout en sauvant au passage ma femme et mon fils. Je ne suis pas sûr de pouvoir y arriver sans aide.

— Alors, demandez à Dessalines de vous prêter main-forte.

— Vous pensez qu'il se soucierait de ma mission ?

— Si vous vous souciez de la sienne. »

*

315

Je n'avais toujours pas de réponse intelligible à l'énigme que Louverture avait confiée à ma femme, mais j'avais enfin une destination précise et, je l'espérais, de nouveaux alliés. Mon idée était de persuader Jubal de venir avec moi en Martinique mais, pour que Dessalines consente à le laisser partir, il fallait d'abord que je passe un accord avec lui. Je retournai donc au campement du général noir et lui racontai lors d'une audience privée tout ce qu'il y avait à savoir sur ce trésor tant convoité. J'en profitai pour lui demander une escorte pour m'aider à le récupérer. Ce roi noir m'avait donné une opportunité en m'envoyant à Cécile Fatiman. Il était temps de la saisir.

« Cette histoire est très pittoresque, déclara Dessalines. Des empereurs aztèques, un trésor perdu, des machines volantes.

— Une partie de la légende doit être vraie. Je n'ai pas autant d'imagination.

— Je ne pense ni que ce soit vrai ni que ce soit faux. Je ne crois pas à votre courage, Ethan Gage, mais je sens en revanche que vous êtes doté d'un instinct de survie incroyable. Je ne pourrai me passer de mes soldats qu'une fois que j'aurai pris Cap-François et mis en fuite les Français. J'ai appris qu'un escadron britannique approchait pour couper la route à Rochambeau. Une attaque-surprise pourrait donc se révéler décisive. Maintenant, reste à savoir dans quel camp vous êtes. »

C'était là toute la question.

« Je suis dans le camp de ceux qui m'aideront à retrouver ma femme, mon fils et mon émeraude, répondis-je. Et aujourd'hui, c'est vous. Je dois absolument réussir avant de me faire doubler par les Anglais et les Français. »

Il hocha la tête. Les hommes ambitieux comprennent l'opportunisme.

« Vous m'avez assuré que vous saviez comment surprendre les troupes françaises. Si vous voulez que je vous aide à récupérer votre femme et votre fils, vous devez d'abord m'aider à gagner la guerre. Sinon, je vous empale et je vous plante devant les lignes françaises, vivant et hurlant. Ça leur montrerait ce qui arrivera aux Blancs quand nous aurons gagné. Sans compter que vos cris leur mineraient le moral. »

Il avait suggéré cette alternative d'un ton très calme. En repensant aux gens dangereux que j'avais pu rencontrer, que ce soit Alessandro Silano, Djezzar le boucher, le chef indien Red Jacket ou le pacha Yusuf Karamanli, je m'aperçus que la seule chose qu'ils avaient en commun était une absence totale d'intérêt pour ma santé. Pouvoir et cruauté vont souvent de pair. Quant à moi, j'étais certainement trop compatissant pour diriger un jour quoi que ce soit ; je ne pouvais pas me résoudre à massacrer des innocents.

Néanmoins, j'étais un conseiller avisé, et je n'avais aucune envie de finir embroché.

« Je vais gagner cette bataille, ou du moins vous aider à la gagner, grâce à un stratagème qui va percer les lignes françaises et mettre un terme à cette guerre. Mais je suis un Blanc, alors vous devez me promettre que vous laisserez les Français fuir, une fois qu'ils se seront rendus.

— Ils ne méritent pas de s'échapper.

— Ce qu'ils méritent m'importe peu. Acculés, ils risquent de redoubler de courage. »

Il réfléchit quelques instants, puis hocha la tête.

« Je les laisserai peut-être partir si cela permet

d'épargner le sang de mon peuple. Mais comment espérez-vous prendre la ville, alors que mon armée se casse les dents sur ses fortifications ?

— Grâce à une idée empruntée à mon fils de trois ans. »

Après quoi, je lui expliquai par le menu ce que je comptais faire.

29

Deux tempêtes se formèrent avant l'aube du 18 novembre 1803. L'une consistait en une tour de nuages noirs qui grossissait à l'horizon – une interaction mouvementée entre le soleil et la pluie imminente. L'autre était l'approche finale de l'armée rebelle vers les lignes françaises.

Une marée humaine impossible à dissimuler. Les champs de canne à sucre étaient piétinés par les régiments qui gagnaient leur place les uns après les autres et les artilleurs qui installaient leurs canons. On construisit des parapets temporaires, on empila les munitions et on dressa le campement. Les Français étaient tout aussi occupés : grâce à une longue-vue prêtée par un officier noir, je pus observer la frénésie de la garnison qui se préparait à défendre son dernier bastion. Les clairons sonnaient. Les soldats rehaussaient les tas de terre, dans l'espoir qu'une pelletée de boue de plus arrêterait la balle fatale. D'autres drapeaux tricolores furent hissés dans la brise tropicale, comme pour rappeler aux assaillants qu'ils n'avaient aucune chance. Les cavaleries des deux camps galopaient en tous sens pour terroriser l'ennemi avec le tonnerre de leurs sabots. Les artilleurs français tirèrent quelques coups de canon pour ajouter à l'illusion. Aussitôt, ceux de Dessalines répondirent. Ces petits coups de patte et ces grognements me rappelaient les cerfs à la saison des amours, qui savaient très bien que la clé du succès n'était pas seulement de battre physiquement l'adversaire, mais d'instaurer en lui la peur avant même de charger, les bois en avant. La guerre est un jeu d'esbroufe, de surprise, de désespoir, et de panique à peine contenue.

Mon rôle consisterait à décupler ce sentiment de panique.

Tandis que les armées se positionnaient, je préparai une expédition nocturne, quelques heures avant l'attaque finale. J'allais partir avec Jubal, Antoine et une dizaine de camarades pour gravir les montagnes qui dominaient le flanc français.

Notre groupe était volontairement réduit. Dans la jungle qui recouvrait les collines autour de Cap-François, une grosse escouade aurait eu plus de chances de se faire repérer et de tomber dans une embuscade. Mon équipe de braves allait effectuer sa mission pieds nus et sans mousquets ni pistolets, afin d'éviter qu'un coup de feu involontaire ne nous trahisse. À la place, nous avions des sabres et des machettes. Dessalines m'avait nommé capitaine et m'avait offert des épaulettes maculées de sang que j'avais poliment refusées. Mais en tant que chef, j'avais droit à une sagaie. C'était une arme africaine fabriquée par les rebelles, avec une pointe en forme de goutte aussi longue que mon avant-bras et un manche en bois de fer.

« Nos ancêtres utilisaient ce genre d'armes pour chasser le lion, m'avait confié Dessalines.

— Ils devaient s'approcher très près, non ?

« — Oh oui ! À portée de mâchoires !

— Je préfère utiliser mon cerveau. »

Pour tout vous dire, j'avais hésité à laisser au campement cette arme préhistorique. Mais Jubal m'avait convaincu qu'il était inconscient de partir au combat les mains vides, et que cette lance pouvait également faire office d'étendard, de bâton de marche et de piquet pour la tente. Sans oublier qu'elle imposerait le respect à mes hommes. La sagaie avait quelque chose de sauvage et, dès que ma main enserra le bois poli, cette impression s'amplifia. C'était la première vraie arme que je possédais depuis que j'avais perdu mon fusil à Tripoli, et je compris à son contact ce qu'avaient dû ressentir les premiers hommes lorsqu'ils affrontaient les éléphants laineux de Jefferson. Les anciens esclaves semblaient considérer ma sagaie comme une marque de pouvoir, ce qui me rassura quant à la confiance que me portait Dessalines. Tous me suivirent sans rechigner. J'y étais si peu habitué (d'habitude, personne ne m'écoute) que je me sentais pousser des ailes. Il y a vraiment du bon à être chef de guerre.

Nous attendîmes le crépuscule avant de nous mettre en route.

Malgré la relative fraîcheur, nous ne tardâmes pas à transpirer et à haleter. Nous portions chacun un baril de poudre de quinze kilogrammes sur le dos (c'était aussi pour éviter les explosions que nous n'avions pas d'armes à feu), et, quand nous quittâmes la piste laissée par les animaux, nous dûmes nous tailler un chemin dans la jungle à coups de machette.

Pour nous hydrater, nous avions des gourdes contenant de l'eau mélangée à de l'alcool de patate douce. Très vite, quelques hommes se mirent à fredonner sous l'effet de la boisson, mais Jubal calma aussitôt leurs ardeurs d'un regard assassin. De mon côté, j'avais apporté une flasque de rhum à partager avec mes hommes : le moral était au beau fixe.

Dès que nous atteignîmes les montagnes, Jubal passa devant. Il connaissait parfaitement le terrain, et nous lui emboîtâmes le pas le long d'un ravin sinueux d'où s'élevait le murmure d'un torrent qui couvrait le bruit de nos pas. Sous les arbres, il faisait si noir que j'avais du mal à discerner le dos de mon ami. Je donnai donc l'ordre d'arrêter la marche, je demandai à un volontaire de déchirer sa vieille chemise blanche, et j'attachai un morceau de tissu à chaque baril de poudre, afin que personne ne perde de vue celui qu'il avait devant lui. Jubal reprit la tête de la colonne, Antoine ferma la marche, et je restai au milieu.

Régulièrement, nous glissions et manquions de tomber. Par miracle, tous les jurons français, anglais ou créoles furent ravalés.

Nous poursuivîmes notre ascension. Les arbres dégoulinaient, la faute aux averses de la journée, et j'entendis quelques cochons sauvages s'éloigner en poussant de petits couinements. Je repensai aux esprits maléfiques, mais la superstition me parut idiote alors que je n'avais pas pris de drogue vaudou et que j'étais entouré par des soldats. Régulièrement, nous nous arrêtions pour vérifier qu'aucune patrouille française n'était dans les parages, ni qu'aucune sentinelle n'était en train de fumer sa pipe à quelques mètres de nous, mais, visiblement, la nuit nous appartenait.

Mes hommes n'avaient pas le droit de fumer, toujours à cause du risque d'explosion. Lors des pauses, ils devaient donc se contenter du contenu des gourdes.

La marche semblait ne jamais vouloir finir.

« Je veux seulement grimper au-dessus des lignes françaises, Jubal, pas traverser les Alpes !

— Que veux-tu, ici aussi, les montagnes sont raides ! répondit mon compagnon.

— Et boueuses. Et infestées de vermine et de bêtes sauvages.

— Nous allons bientôt franchir une crête. Ensuite, nous n'aurons plus qu'à descendre. Ne t'en fais pas, Ethan, je connais bien ces montagnes. Et Dessalines dit souvent qu'une goutte de sueur peut économiser une goutte de sang.

— Peut-être mais, en attendant, c'est nous qui suons, et c'est lui qui économise son sang.

— Ha, ha ! Franchement, je préfère suer qu'avoir ses soucis ! »

Enfin, nous arrivâmes à la crête promise par Jubal, où nous fûmes accueillis par une brise bienvenue. Nous nous trouvions au-dessus du camp français. Au loin, la mer à perte de vue. Comme je l'avais prévu, c'était une nuit sans lune, et seules quelques lueurs brillaient à Cap-François. D'où nous nous trouvions, je pouvais également apercevoir les feux de camp des Français, à l'est de la ville. Si mes calculs étaient exacts, nous nous trouvions juste au-dessus du vallon où nous étions montés avec le colonel Aucoin pour observer les défenses françaises.

À présent, j'allais utiliser l'avantage du terrain pour mettre un terme à cette guerre.

La nuit était déjà bien avancée, et nous n'avions plus que quelques heures pour tout préparer.

« On ferait mieux de se dépêcher. Votre armée attaquera à l'aube.

— C'est vrai, mais regarde, nous surplombons déjà les lignes françaises, dit Jubal d'un ton satisfait. Et mes hommes sont des travailleurs acharnés, n'est-ce pas, mes mignons ? »

Une dizaine de sourires s'allumèrent dans l'obscurité.

« Tant mieux, répondis-je. Parce que sinon, nous sommes tous morts. »

La descente nous soulagea les poumons, mais se révéla une véritable torture pour les jambes. Enfin, nous entendîmes le murmure d'un autre cours d'eau, et nous sortîmes de la jungle. Nous avions atteint le petit bassin au milieu des collines, celui duquel partait le torrent alimentant en eau potable les troupes françaises. Nous nous approchâmes aussi furtivement que des panthères. Puis le plus petit et le plus discret d'entre nous, un ancien esclave nommé Cyprus, se porta volontaire pour partir en reconnaissance. Nous attendîmes en silence pendant dix minutes, tâchant d'ignorer les moustiques. Enfin, il revint me faire son rapport.

« Six soldats : quatre qui dorment et deux qui montent la garde. »

Une dizaine de machettes scintillèrent dans l'obscurité.

« Pas un bruit, rappela Jubal. Ni de votre part ni de la leur. »

Je déglutis. C'était la guerre, dans tout ce qu'elle avait de plus horrible.

Les assassins s'éloignèrent en rampant. Jubal et moi les suivîmes, prêts à les couvrir en cas de besoin. J'avais peur d'entendre un coup de feu ou des cris. Mais non, tout était silencieux. Nous longeâmes le bassin jusqu'à atteindre la petite crête qui dominait les fortifications françaises. Je n'avais rien vu ni rien entendu, mais six têtes étaient alignées le long du torrent, comme des melons sur l'étal d'un maraîcher. Leurs yeux étaient fermés, comme soulagés que tout soit terminé.

Je ne sus jamais ce que mes hommes avaient fait des corps.

« Parfait », les complimenta Jubal.

Je pris une profonde inspiration, tâchant de ne pas m'identifier aux Blancs massacrés.

« Maintenant, nous allons jouer les castors ! Je veux vous voir déployer autant d'énergie que mon fils pour construire un barrage.

— C'est quoi, un castor ? »

Je réfléchis, mais ne trouvai pas d'équivalent africain.

« C'est un peu comme un éléphant », expliquai-je enfin.

Après tout, ces bestioles étaient elles aussi capables de construire des choses, et Harry en avait vu un en action à Tripoli.

« C'est quoi, un éléphant ? »

Ces anciens esclaves n'avaient de toute évidence jamais vu une telle créature, que ce soit à Haïti ou en Afrique. Bon sang, mais quels animaux avions-nous en commun ?

« Un castor, c'est une mule poilue qui travaille très dur, finis-je par leur dire. Allez, venez m'aider à transporter ce bois ! »

Et nous nous mîmes au travail, avec autant d'ardeur que mon fils.

30

Le soleil se leva derrière l'armée de Dessalines, aveuglant les troupes françaises. Depuis notre position élevée, nous fûmes les premiers à l'apercevoir. En contrebas, la bataille de Vertières se préparait ; j'avais sous les yeux un livre de stratégie militaire, avec les colonnes de soldats qui se déplaçaient comme des flèches sur une carte. D'un côté les Noirs, de l'autre les Blancs.

Mon barrage visait un double objectif. Le premier consistait à couper l'approvisionnement en eau potable de la garnison française. Et de fait, aux premières lueurs de l'aube, j'entendis les cris de surprise des soldats qui venaient de s'apercevoir que leur réservoir s'était tari. Très vite, une escouade fut formée et commença à gravir péniblement la colline afin de découvrir pourquoi le torrent était mystérieusement à sec. Si nous voulions nous en tirer, nous devions absolument finir notre travail avant de nous trouver à portée de mousquet.

Le deuxième objectif était de créer une diversion. Nous avions empilé rondins, cailloux, branches et boue, transformant le torrent paresseux en un important réservoir. À présent, nous installions les barils de poudre et leur mèche à la base de notre barrage. Le but était de surprendre les lignes françaises situées en dessous au moment précis où Dessalines s'apprêterait à lancer ses meilleurs régiments contre la redoute. Pour ce faire, je comptais créer une crue éclair au niveau de l'arrière-garde française en détruisant notre barrage, comme je l'avais fait à Nîmes avec Harry. Je repensai aux tourbillons qui avaient emporté brindilles, feuilles et insectes, aux cris de joie de mon fils, et à Astiza, qui avait secoué la tête en nous voyant si excités.

Je regardai notre réservoir se remplir avec la satisfaction d'un enfant. Les Noirs étaient allongés au sommet du barrage, observant les soldats qui grimpaient vers nous. Ils avaient disposé les têtes tranchées des malheureuses sentinelles comme des trophées, ce qui me rappela les heures les plus sombres de la Terreur.

« Il va être temps d'allumer les mèches », déclarai-je.

J'étais tellement couvert de boue que plus rien ne me différenciait de mes camarades : une dizaine de castors crasseux et souriants. Enfin, une dizaine de mules, plutôt. Le niveau de l'eau n'allait pas tarder à atteindre le sommet de notre digue, ce qui risquait de mouiller les barils de poudre. Je plongeai la main dans la poche de ma veste pour en tirer du petit bois récupéré au campement et une boîte en fer contenant des charbons.

Je fronçai les sourcils. Le petit bois était trempé. La boîte était froide.

Emporté par l'enthousiasme de la construction de mon barrage et embrumé par le rhum, je n'avais pas fait attention à ne pas me mouiller, et de l'eau et de la boue s'étaient infiltrées par les trous d'aération de la boîte.

Les morceaux de charbon étaient éteints. Je contemplai le désastre.

Je n'étais pas plus malin qu'un enfant de trois ans. Je m'éclaircis la gorge.

« Qui a pensé à apporter une pierre à feu et une lame ? » demandai-je.

Jubal et ses compagnons me dévisagèrent, perplexes.

« On ne manque pas de lames, Ethan. Mais personne n'a de pierre à feu.

— Un pistolet, alors ? Ça suffirait à faire une étincelle.

— Tu nous as ordonné de laisser nos armes à feu au campement.

— C'est exact. Les armes des sentinelles françaises, peut-être ?

— Tu nous as dit de les jeter dans l'eau.

— C'est vrai, c'est vrai. Je voulais éviter le moindre coup de feu. »

Je commençais à me rendre compte que, conformément à mes habitudes, je n'avais pas pris en compte tous les aspects de mon plan. Il faudrait que je commence à noter les choses.

Soudain, je pensai à une astuce que Fulton m'avait racontée.

« Est-ce que quelqu'un a du phosphore ? demandai-je.

— Du quoi ? » s'enquit un de mes compagnons.

À Paris, j'avais eu l'occasion d'utiliser une bouteille de phosphore. Quand on débouche le récipient fermé hermétiquement et qu'on y insère un éclat du composé chimique, celui-ci s'embrase soudainement, comme par magie.

« Ethan, il n'y a pas de phosphore dans l'armée rebelle, m'assura Jubal.

— Tu as raison. Dommage !

— Certains ici peuvent faire du feu avec deux morceaux de bois.

— Parfait !

— En revanche, ça met environ une heure », précisa Antoine.

Mince ! Et dire que, il n'y a pas si longtemps, j'avais découvert un miroir géant capable d'embraser des navires entiers ! J'avais l'air malin, avec mon chargement de poudre inutile ! Nous avions bien du métal, comme me l'avait fort justement fait remarquer Jubal, mais nous nous trouvions sur un sol argileux et humide. À tout hasard, j'envoyai des hommes à la recherche d'un quelconque silex, mais je ne me faisais pas d'illusions. J'avais autant de chances de démarrer un feu dans cette boue que de trouver du bois sec au fond de l'océan.

Ah, si je pouvais être génial jusqu'au bout !

En contrebas, les soldats qui gravissaient la colline s'étaient arrêtés pour souffler et pour écouter les curieux bruits qui résonnaient au-dessus d'eux. Ils appelèrent leurs sentinelles mais, bien sûr, elles ne répondirent pas. Nous les observâmes charger leur mousquet. Puis leur chef aboya un ordre, et tous se remirent en marche, épuisés, mais déterminés.

Je vis que la colonne de Dessalines avait presque atteint l'extrémité du ravin et s'apprêtait à attaquer. Bientôt, le soleil éclairerait la position, et un simple coup de canon pourrait anéantir les rebelles avant même qu'ils aient lancé l'assaut.

Tout dépendait de moi.

Réfléchis, Ethan, réfléchis ! Que ferait Franklin à ta place ?

Celui qui néglige à se préparer doit se préparer à être négligé, me disait-il souvent. Il m'avait assuré que je lui avais inspiré au moins la moitié de ses sermons. C'était exagéré, mais j'avais tout de même retenu le message.

Quoi d'autre ? Quoi d'autre ?

Ne cachez pas vos talents. Ils sont faits pour être montrés. Qu'est-ce qu'un cadran solaire dans l'ombre ?

Cadran solaire. Solaire. Le soleil ! Bien sûr ! Et moi qui repensais au miroir d'Archimède quelques minutes à peine auparavant... comment n'y avais-je pas songé plus tôt ? Moi aussi, je pourrais m'inspirer de la technique du grand inventeur pour faire exploser mes barils de poudre. Le soleil matinal éclairait maintenant les montagnes, à l'est, nous inondant de lumière. Par chance, j'avais toujours autour du cou ma loupe de bijoutier, pour identifier mon émeraude quand j'aurai étranglé Léon Martel. Parfois, il est utile d'être cupide !

Pendant qu'il cherchait des silex, Jubal en avait profité pour ramasser du bois sec sous les souches.

« Pose-le là ! lui ordonnai-je. La convexité de l'ouverture va me permettre de concentrer l'effet radiatif. »

J'avais employé un ton sérieux, même si je ne savais pas moi-même ce que je disais. Quand on joue le rôle d'un savant, mieux vaut être aussi incompréhensible que possible.

Mes compagnons me regardèrent m'agiter, impressionnés. Nous entendions à présent distinctement les voix des soldats français qui approchaient. Nous n'avions rien pour les ralentir. Ils étaient quelque part dans les arbres, à moins de cent mètres de nous.

Je pris la loupe, l'orientai vers le soleil pour

concentrer les rayons, et attendis, tendu. Ceux qui affirment que le temps est constant sont des charlatans : selon les circonstances, il file à toute vitesse ou traîne de façon interminable. Les jours de printemps, on ne le voit pas passer ; en automne, quand il pleut, les heures paraissent durer des mois. Dans ma situation, il semblait s'être arrêté. Je maudissais le soleil de n'être pas plus chaud et me demandai si mon stratagème allait fonctionner.

En plus, les nuages commençaient à s'amonceler à l'est. Et s'ils venaient à cacher ma source de lumière ? Le vent se levait.

Vite, vite !

« Entourez la pointe de ma lance avec des feuilles sèches ! ordonnai-je. Ensuite, versez le reste du rhum dessus. Si j'arrive à allumer ce maudit feu, on s'en servira comme torche pour allumer les mèches. »

Les Noirs opinèrent. Ils pensaient que je savais ce que je faisais.

Le cliquetis de l'équipement des cinquante soldats français se faisait plus menaçant de minute en minute, et rien ne se passait.

« Ils approchent, Ethan. »

Mes compagnons étaient allongés au sommet du barrage, les jambes dans l'eau, observant la progression de l'ennemi. Vite, vite, vite ! Comment avais-je pu oublier ma boîte de charbon après avoir transpiré pendant des heures avec un tonneau de poudre sur le dos ? J'avais perdu mon fils, ma femme, et maintenant, apparemment, tout sens pratique.

Il faut dire que la semaine avait été mouvementée.

Heureusement, je n'avais pas complètement perdu mon ingéniosité : le petit bois se mit à fumer.

« Damballa, ne nous abandonne pas ! » pria Jubal.

Et soudain, une flamme s'éleva.

« Quittez tous le barrage ! » ordonnai-je.

Les Français virent du mouvement, et un coup de feu retentit en contrebas. J'imaginai les têtes se tourner dans la redoute où les troupes de Rochambeau attendaient l'attaque de Dessalines. Cela risquait de donner l'alerte. À cause de ma stupidité, la victoire des rebelles était menacée.

« Voici votre torche, homme blanc. »

Ils me tendirent la lance. Comme je le leur avais demandé, ils avaient enveloppé la pointe de feuilles sèches imbibées de rhum. Je la plongeai dans mon petit feu, et elle s'embrasa aussitôt.

« Ils s'alignent pour tirer ! » prévint un de mes compagnons.

Je me tournai vers notre barrage. L'eau allait déborder d'un instant à l'autre, menaçant les barils placés de l'autre côté. Plus bas, deux éclaireurs me repérèrent et se mirent à pousser de grands cris en me voyant debout avec ma torche. Ils s'agenouillèrent et épaulèrent leur mousquet. C'était du suicide de passer devant eux pour allumer les mèches, mais c'était mon idée, je n'avais pas le choix. Je regardai mes compagnons. Ce n'était plus des esclaves à qui on aurait pu confier les tâches dangereuses. J'étais seul, et je rassemblai mon courage.

Soudain, je bondis vers le premier baril en brandissant ma lance enflammée. Une étincelle, un grésillement : la mèche était allumée.

Les mousquets firent feu.

Je sautai jusqu'au baril suivant et répétai l'opération.

D'autres coups de feu retentirent. J'entendis des balles se planter dans la boue de notre barrage, un son qui m'était devenu très familier depuis quelques jours. Heureusement pour moi, personne ne semblait avoir de fusil de précision. L'eau se mit à déborder du barrage, gouttant vers les explosifs.

« Dépêche-toi, Ethan ! » cria Jubal.

Qu'est-ce qu'il croyait que je faisais ?

Trois barils, puis quatre, cinq, une série de coups de feu, un nuage de fumée dans la lumière de l'aube, au-dessus des mousquets, des mèches au bout rougeoyant, moi bien en vue devant mon barrage, des cris jusque dans les lignes françaises, loin, en contrebas. Je sautai à droite à gauche, évitant les balles, allumant les mèches. C'était insensé.

« Ethan, le premier va exploser ! » prévint Jubal.

Des hommes me chargeaient, à présent, baïonnettes en avant. Un lieutenant surexcité aboyait des ordres en pointant son sabre vers moi. Ils avaient compris mon manège et avaient l'intention d'éteindre les mèches.

Hélas, nous n'avions pas d'armes pour les contenir.

Je me retournai donc et jetai ma lance de toutes mes forces en poussant un grognement de guerrier africain. Le jeune officier n'était qu'à quelques mètres de moi, le visage cramoisi après la longue ascension. Quand il vit le météore enflammé qui se dirigeait vers lui, il ouvrit grand les yeux. Que pensa-t-il au dernier moment, à plusieurs milliers de kilomètres de la France, alors que la moitié de ses compagnons avait succombé à la fièvre jaune, que son commandant était un débauché cruel et qu'une armée noire tambourinait à la porte de son fort ? Et qu'à présent, il avait face à lui une lance en feu envoyée par un fou couvert de boue, une ligne de barils de poudre prêts à exploser, et les têtes de six sentinelles posées sur un barrage ?

La lance l'atteignit à la poitrine. Il poussa un petit cri et son épée tournoya un instant dans l'air comme les ailes d'un moulin. Puis il bascula en arrière, et son corps dévala la pente en direction de ses camarades.

Je me hâtai de regagner un côté du barrage. C'est alors que je remarquai que le ciel s'était obscurci : les nuages que j'avais repérés un peu plus tôt continuaient à grossir. Le soleil avait presque disparu. J'avais vraiment eu de la chance de pouvoir utiliser ma loupe.

Le premier baril explosa.

Puis les autres suivirent, comme un feu d'artifice, déchirant le barrage d'un bout à l'autre. Une gerbe de boue et de branches jaillit vers nos assaillants. Puis toute la structure s'écroula, emportant avec elle les têtes tranchées. Un véritable mur d'eau et de boue s'abattit sur les soldats français comme une immense avalanche.

Mes compagnons poussèrent des cris de joie en voyant le flot bouillonnant emportant tout sur son passage. Quelques soldats, plus vifs que les autres, parvinrent à sauter sur le côté pour éviter d'être emportés. Au fortin, entre le fossé dissimulé dans les cannes à sucre et le réservoir d'eau potable, les artilleurs se retournèrent et ne purent qu'observer le désastre, bouche bée. L'eau dévala la montagne et s'écrasa sur les lignes françaises, emportant tentes et chevaux, frappant le fort comme une vague déferlante. Les soldats abandonnèrent leurs canons pour s'enfuir.

La crue éclair n'emporta pas la redoute, mais la submergea brièvement, laissant derrière elle une mer de décombres entre la base de la montagne et les lignes françaises. Un chaos inimaginable.

C'est alors que l'assaut commença.

Les rebelles qui se tenaient accroupis dans la tranchée sinueuse se dressèrent comme un seul homme et poussèrent un hurlement qui résonna sur tout le champ de bataille et frappa les Français médusés comme un coup de poing. Une colonne d'acier s'avança, les baïonnettes scintillant au petit matin, puis les mousquets firent feu en même temps dans un éclair aveuglant. Un nuage de fumée s'éleva. Les Français répliquèrent aussitôt, fauchant hommes et femmes comme de vulgaires cannes à sucre. Les assaillants, sûrs de leur force, lancèrent une deuxième charge. Leur chef, François Capois, l'homme que j'avais vu au quartier général de Dessalines et que j'avais trouvé nerveux, ouvrait la marche entre les balles ennemies, le sabre levé. Quand son cheval s'écroula, mortellement touché, Capois se releva aussitôt pour reprendre l'assaut. Une autre balle emporta son chapeau. Qu'à cela ne tienne, il ramassa une bannière haïtienne tombée au sol et la brandit pour motiver ses troupes.

Des centaines de rebelles déferlèrent sur les lignes françaises et, du haut de la colline où je me trouvais, je pouvais entendre leurs rugissements guerriers. L'assaut fut si téméraire que certains Français, stupéfaits, ne purent qu'applaudir.

En 1803, la chevalerie existait encore.

Puis les anciens esclaves submergèrent les remparts comme une immense vague noire, arborant fièrement leurs drapeaux rouge et bleu, avec le blanc soigneusement découpé. Ils se taillèrent un passage dans les lignes ennemies à coups de baïonnette et de machette, récupérant des canons qu'ils retournaient aussitôt contre les soldats français. L'immense colonne s'élargit pour encercler complètement les troupes de Rochambeau.

Les mousquets et les canons français redoublèrent de puissance, creusant des trous béants dans les lignes rebelles. De l'autre côté, des rangées entières de soldats en uniforme napoléonien se faisaient faucher.

J'avais créé une diversion, et les hommes de Dessalines en avaient pleinement profité.

Les Français commencèrent à se replier vers Cap-François et les tranchées défensives qu'ils avaient construites, mais je savais que, pour eux, la guerre était perdue. Le fort de Vertières était le seul à pouvoir protéger la ville d'une attaque par l'est, et les canons des rebelles n'auraient aucun mal à faire tomber les dernières défenses françaises. Le combat était âpre, mais l'issue ne faisait aucun doute.

Rochambeau avait perdu.

J'aperçus Dessalines, assis sur un rocher, qui surveillait l'attaque avec le calme d'un Bonaparte. Il prisait son tabac en observant ses troupes passer gaiement à côté de lui. De vrais nuages ne tardèrent pas à se mêler à la fumée des canons et, comme pour répondre à la clameur, des éclairs zébrèrent le ciel et l'orage gronda. Je me sentais comme un dieu sur son Olympe.

« Ethan, reviens ! »

Jubal me tira par le bras, au moment où une balle me frôlait l'oreille. La plupart des soldats qui gravissaient la colline pour nous rejoindre avaient été balayés par les trombes d'eau, mais les plus vaillants tiraient toujours, déterminés à venger leurs camarades.

Je jetai un dernier coup d'œil au chaos que j'avais causé. Partout, les rebelles avançaient. Les drapeaux tricolores tombaient les uns après les autres, aussitôt remplacés par la bannière haïtienne.

Puis le ciel s'ouvrit et la pluie se mit à tomber.

Les éclairs semblaient annoncer la fin d'un monde, tandis que le blanc laissait la place au noir. En quelques secondes, nous fûmes trempés. Un rideau liquide avait été tiré, nous barrant la vue.

Nous nous retirâmes dans la jungle.

31

Notre fuite fut brève. Les soldats français surgirent à l'endroit où nous avions construit le barrage. Ils épaulèrent leur mousquet, tirèrent en direction de la jungle, puis attendirent que nous trahissions notre position en répliquant. Quand ils virent que nous n'avions pas l'intention de nous battre, ils se retirèrent prudemment. Leur armée reculait, et ils ne voulaient pas se retrouver esseulés.

Cachés derrière les fougères, nous les regardâmes partir.

« Ezili est avec toi, Ethan, me félicita Jubal. Même si tu es un fou. »

La nouvelle de mon étrange séjour avec Cécile Fatiman s'était répandue comme une traînée de poudre.

« Qu'est-ce que tu lui as fait pour qu'elle te protège ainsi ? demanda mon ami.

— Rien du tout. Je l'ai suivie, mais je me suis souvenu que j'étais marié, et elle a disparu, même si Cécile m'a assuré qu'Ezili m'avait empêché de devenir un zombi. Comme d'habitude, je n'ai rien compris à ce qui m'est arrivé.

— L'homme n'est pas destiné à comprendre ce qui

est important, d'autant plus lorsque cela concerne les femmes, philosopha mon compagnon. Ces dernières sont aussi mystérieuses que le mouvement des étoiles. Mais tu as de la chance.

— Peut-être. Une chose est sûre, mon ami, nous allons gagner, ce qui signifie que je vais pouvoir suivre l'indice qu'Ezili m'a donné. Est-ce que tu viendrais avec moi en Martinique pour chercher un trésor et sauver ma femme et mon fils ?

— Si tu as les faveurs d'Ezili, oui. Tu es assez idiot pour rendre l'aventure intéressante. »

J'étais fou de joie. Jubal était le meilleur allié que je pouvais rêver d'avoir : il était aussi sensible que j'étais sournois. Je tremblais en pensant à ce que Martel devait être en train de faire subir à mon fils et à ma femme, et il me fallait de l'aide, beaucoup d'aide.

« Nos compagnons croient également en toi », ajouta-t-il.

J'aurais vraiment besoin d'eux pour me frayer un passage au milieu d'une île tenue par les Français.

Nous atteignîmes enfin le premier point de vue, derrière les lignes de l'armée rebelle triomphante. Des milliers de soldats noirs creusaient de nouvelles tranchées provisoires devant les lignes françaises, tandis que des centaines d'autres retournaient les canons capturés et installaient les leurs. Les Noirs avaient l'avantage du terrain, et Rochambeau avait perdu sa dernière position stratégique.

Je me tournai vers la mer et m'aperçus qu'elle était couverte de nouveaux bateaux. Depuis que j'avais fui Cap-François avec Jubal, une flotte entière avait fait son apparition. S'il s'agissait de vaisseaux français, mes ennemis (ma capacité à passer d'un camp à l'autre me surprend parfois) risquaient de tenir encore un peu. Si en revanche il s'agissait de vaisseaux anglais, la guerre était finie.

« Allons retrouver Dessalines, suggérai-je. J'ai besoin d'une longue-vue. »

Nous descendîmes de la montagne pour nous retrouver au milieu du carnage caractéristique des champs de bataille. Les flaques de boue étaient teintées de sang, les blessés rampaient en gémissant, des femmes arpentaient les lieux à la recherche d'un époux ou d'un frère, et éclataient en sanglot en découvrant son corps. Des soldats rendus sourds par les coups de canon saignaient des oreilles. C'était une scène que je ne connaissais que trop bien, et que seule la victoire rendait supportable.

Nous longeâmes des rangées de cadavres français. Je remarquai avec tristesse que le colonel Gabriel Aucoin faisait partie des victimes : il avait été touché à la poitrine, puis piétiné lors de la charge. Son visage était figé en un rictus sardonique. Ma trahison ne l'avait pas sauvé.

Pour éviter les risques d'épidémie, on enterrait à la hâte les cadavres dans des fosses communes. Les soldats grièvement blessés étaient amputés à la machette, comme dans le moulin de Lavington : un coup sec qui, dans ces circonstances, était peut-être plus clément qu'une scie de chirurgien. Néanmoins, je vis des soldats ramper jusqu'aux buissons, préférant mourir qu'affronter le fer.

Malgré notre diversion, les pertes des rebelles se comptaient par centaines, morts et blessés confondus. Le tas de bras et de jambes noirs amputés représentait un témoignage bien plus éloquent de leur courage que les médailles qu'ils recevraient par la suite.

Je pris quelques minutes pour assister à l'exécution des chiens mangeurs d'hommes de Rochambeau : le sourire aux lèvres, les rebelles tiraient sur les bêtes enfermées dans leur cage. Puis ils ouvrirent les portes pour laisser les cochons sauvages se repaître des restes.

Dessalines se trouvait au point culminant du fort de Vertières, paré de sa plus belle tenue guerrière. Il était trempé jusqu'aux os mais, avec son bicorne orné d'une plume noire, son uniforme aux brandebourgs dorés et ses bottes de cavalerie françaises, il avait l'air aussi magnifique et impitoyable que les mamelouks que j'avais eu l'occasion d'admirer en Égypte. Il donnait des ordres précis à ses légions affûtées par douze ans de guerre. J'étais sur le point d'assister à une première historique : le triomphe final d'une révolte d'esclaves. Louverture était vengé. Spartacus avait de quoi être envieux.

J'attendis quelque temps entre deux messagers, puis je m'avançai.

« Félicitations, commandant, déclarai-je.

— Monsieur Gage. Vous avez attendu le dernier moment pour créer votre diversion. Je peux bien vous le dire maintenant, j'ai cru que vous aviez déserté. Mais finalement, la crue est arrivée, comme le dieu chrétien l'avait promis à Noé.

— Nous avons dû attendre que Dieu permette au soleil d'enflammer nos mèches. Et je dois dire qu'il a pris tout son temps !

— Nous avons failli ne pas avoir de soleil, aujourd'hui.

— La Providence en a décidé autrement. »

Je décidai de garder sous silence mon manque de

discernement dans cette affaire, mais Dessalines savait à qui il avait affaire.

« Vous êtes joueur, monsieur, dit-il.

— Disons que j'ai tendance à improviser. C'est un défaut que j'essaie de corriger.

— Qu'importe, nous avons gagné. Les Anglais ont pris position au large. Rochambeau est pris entre deux feux, comme Cornwallis à Yorktown. Bientôt, ma nouvelle nation va voir le jour, de la même manière que la vôtre. Nous allons faire payer aux Français les crimes qu'ils ont commis pendant des siècles. »

Je m'attendais à ce discours. Le problème de la cruauté – et il était évident que les contremaîtres français étaient pour beaucoup des hommes abominables –, c'est que, tôt ou tard, les victimes se retournent contre leurs bourreaux et agissent avec la même férocité. Les Français étaient donc terrifiés à l'idée de subir les tortures qu'ils avaient inventées. Jésus espérait que le pardon serait contagieux mais, pour l'heure, nous étions encore loin du compte. L'homme a tendance à rendre le pire, jamais le meilleur. Et pour tout vous dire, je n'étais pas très à l'aise à l'idée d'avoir permis un massacre.

« Il faut savoir se montrer clément », suggérai-je.

Le général me dévisagea d'un air dédaigneux.

« Eux ne l'ont jamais été, rétorqua-t-il.

— La fièvre jaune les a décimés, vous le savez aussi bien que moi. Ce n'est pas comme si l'armée française n'avait pas souffert. Cornwallis a eu le droit de se rendre avec les honneurs.

— Si tous les Blancs sont aussi faibles que vous, pas étonnant qu'ils aient perdu. Mais je ne m'arrêterai

peut-être pas à Haïti. Avec mon armée, je vais conquérir le monde.

— Vous risquez d'être déçu. L'Europe est froide et
pleine de courants d'air. L'Amérique aussi. Si Louverture était vivant, il vous en parlerait mieux que moi. »

Dessalines me fusilla du regard, et je compris que,
avec ma couleur de peau, je ferais mieux de quitter
Haïti au plus vite.

« S'il s'agit effectivement de navires britanniques,
laissez donc les Anglais faire le travail à votre place,
arguai-je. Vous n'aurez aucun mal à prendre Cap-
François mais, si vous vous retrouvez face à des milliers de Blancs acculés, ils se battront avec l'énergie du
désespoir et emporteront dans la mort nombre de soldats
rebelles. Si vous les laissez partir à bord des navires
anglais, vous aurez vaincu sans verser la moindre
goutte de sang supplémentaire. Saint-Domingue sera
libre, et rien ne saura entacher son honneur. Les puissances étrangères reconnaîtront votre nation d'autant
plus vite. »

Il réfléchit quelques instants. Je sentais que la vengeance était tentante.

« Vous ne serez pas seulement un libérateur, mais
un libérateur miséricordieux, insistai-je. Un héros dans
les salons parisiens, un exemple pour les parlementaires anglais, un partenaire des États-Unis. Dessalines
le Juste ! Les hommes vous acclameront. Les femmes
vous admireront.

— Vous avez peut-être raison, la modération est la
marque des grands hommes, dit-il d'un ton qui trahissait le doute.

— C'est en tout cas ce que pensait Benjamin

Franklin. C'était mon mentor, vous savez ? Un homme parfois pénible, mais ô combien brillant.

— D'accord, mais cette négociation doit être mon idée, pas la vôtre.

— Cela va sans dire.

— Et c'est sur moi que l'honneur doit rejaillir, pas sur vous.

— Je n'ai que faire des honneurs.

— Bon, pour ces négociations, il va falloir trouver un messager en qui les Blancs ont confiance, mais un messager que je peux me permettre de perdre, puisque Rochambeau risque de l'étriper sur place. C'est un homme violent, venimeux et vicieux. »

Les méchants n'ont pas leur pareil pour se reconnaître.

« Je suis bien d'accord avec vous. Je n'ai aucune sympathie pour cet énergumène.

— Ah ! Ça y est ! J'ai trouvé qui sera chargé de négocier l'évacuation des Français. Ce sera vous, monsieur Gage. »

*

Le risque, quand on donne des conseils, c'est que les gens ont parfois le réflexe de les suivre. Je me retrouvai donc sous le soleil de midi, tête nue, à marcher entre deux armées hargneuses avec mon drapeau blanc. Je devais avoir au moins dix mille mousquets pointés sur moi. Par ailleurs, comme l'avait fait remarquer Dessalines, j'avais de fortes chances de finir étripé, puisque, la dernière fois que j'avais vu Rochambeau, je l'avais interrompu en plein coït en lui lançant un hachoir à la tête. Mieux valait éviter de dire que l'idée de la crue éclair était de moi. Et que j'avais participé à une cérémonie vaudoue, suivi une déesse haïtienne et participé indirectement à poser des têtes tranchées de soldats français sur un barrage. À l'instar de l'amour, la diplomatie est plus simple quand l'autre ne sait pas tout.

J'espérais que les événements des derniers jours avaient fait oublier au général qui j'étais, mais je compris que non lorsqu'il me reçut avec l'expression lugubre qu'on accorde d'ordinaire aux collecteurs d'impôts, aux pirates et aux belles-mères. Je n'eus aucun mal à lui rendre la pareille, car la douleur d'être un cocu potentiel était toujours vive. Même si Rochambeau n'avait apparemment pas couché avec ma femme, ce n'était pas faute d'avoir essayé.

Nous nous retrouvâmes donc au pied de son dernier fortin, pour une discussion des plus virulentes.

« Ethan Gage, espèce de traître et d'assassin, vous osez remettre les pieds à Cap-François ? commença-t-il.

— Je suis là pour sauver votre peau, monsieur le pervers.

— Comment avez-vous pu rejoindre les rangs des Noirs et participer à cette boucherie ?

— Comment avez-vous pu enlever ma femme et la livrer à votre entremetteur, Léon Martel ? Faute d'avoir réussi à la violer, vous avez décidé d'en faire une prostituée, c'est ça ?

— Vous insultez mon honneur, monsieur !

— Et vous le mien, général. »

Ce genre de politesses pouvant durer des heures, je décidai de changer de sujet.

« Vos soldats découvrent aujourd'hui comment Dieu a récompensé vos crimes. Et si vous ne m'écoutez

345

pas, eux comme vous allez payer très cher le prix de votre cruauté. »

À ces mots, quelques colonels s'approchèrent.

Rochambeau bouillait de rage, mais il savait aussi qu'il n'avait pas le choix. Si Ethan Gage représentait sa seule chance de survie, mieux valait éviter de lui cracher au visage. Il ravala sa colère et se redressa.

« Dessalines est-il disposé à négocier ? demanda-t-il.

— Ses canons contrôlent la ville. Ses hommes sont parés pour la curée. Ils ne comptent pas s'en prendre seulement à vos soldats, mais également aux femmes et aux enfants, avec toute la violence que vous leur avez enseignée. L'Afrique est à vos portes, général, et elle attend sa revanche. »

Je laissai passer quelques instants pour laisser aux officiers le temps de faire travailler leur imagination.

« Que faites-vous ici, alors ? demanda Rochambeau, hargneux.

— Je suis là pour éviter que le sang coule. Dessalines est prêt à vous laisser partir à bord des navires britanniques, si vous promettez que la France quittera Saint-Domingue à jamais.

— Mais nous sommes également en guerre contre l'Angleterre !

— Pas moi. En tant qu'Américain, je suis le seul à pouvoir négocier avec les trois camps. Vous me méprisez sûrement autant que je vous méprise mais, si vous me dites où se trouvent ma femme et mon fils, je convaincrai les Anglais de vous emmener tous, vous évitant ainsi une mort certaine. Mieux vaut finir prisonnier des Anglais qu'affronter les foudres de Dessalines, non ? »

Les officiers autour de nous se mirent à s'agiter. Ils

avaient déjà fait leur choix et regardaient maintenant leur général avec des yeux pleins d'espoir.

Rochambeau scruta la mer. S'il acceptait d'embarquer à bord d'un navire anglais, il était sûr d'être fait prisonnier. Mais cela lui permettrait de sauver des dizaines de milliers de vies, un acte humain dont il n'était pas coutumier. Il hésitait encore, comme s'il ne savait pas quelle solution était la plus honorable. Enfin, il céda.

« C'est d'accord.

— Qu'est-ce qui est d'accord ? Où sont Astiza et Horus, le petit garçon que votre acolyte criminel a enlevé ? »

Les officiers laissèrent échapper des murmures de consternation ; ils n'étaient pas au courant. Le visage de Rochambeau s'empourpra, mais il n'avait pas l'intention de se laisser faire.

« À Fort-Royal, en Martinique, répondit-il – preuve qu'il était au courant du rapt de ma femme. Je les ai envoyés là-bas pour leur sécurité, espèce d'imbécile ! Pour protéger votre femme de son crétin de mari ! ajouta-t-il avant de se tourner vers ses hommes. Cet idiot voulait l'emmener dans la jungle, avec les Noirs. Pas difficile d'imaginer ce que ça aurait donné. Mais j'ai vu qu'elle portait la médaille de Bonaparte, alors j'ai décidé de la sauver. La chevalerie française pour la protéger de l'imprudence américaine. »

À présent, c'était moi que les officiers regardaient avec dégoût. Mais la vérité, c'est que j'avais effectivement failli à ma mission de père de famille. Aussi décidai-je de répondre aux accusations de Rochambeau par le silence, le meilleur moyen pour que l'assemblée se demande quelle version des événements était la bonne.

Voyant que je n'avais pas l'intention de réagir, Rochambeau poursuivit :

« Oui, vous pouvez me remercier d'avoir protégé votre famille. À présent, nous allons retrouver les Anglais pour mettre fin à ce carnage. Bonaparte ne tardera pas à apprendre que vous l'avez trahi, tandis que moi, je rentrerai dans l'histoire comme le sauveur de Cap-François. On se souviendra de moi comme d'un héros, vous verrez ! s'exclama-t-il en se tournant vers ses officiers.

— Très bien, répondis-je. Mais avant cela, vous allez me faire une lettre de recommandation à l'attention du gouverneur de la Martinique. »

32

Je dois admettre que, dès que je fus à quelques mètres de la côte, je fus envahi par un désir irrépressible de m'enfuir, d'embarquer à bord d'un navire anglais pour la Martinique, et de laisser Dessalines et Rochambeau régler eux-mêmes leurs différends. Astiza et Harry me manquaient plus que jamais. Après cette guerre apocalyptique, le futur qui attendait Saint-Domingue était plus qu'incertain, et je savais que l'évacuation finale risquait de se révéler mouvementée. Les créoles nés sur cette île, qui avaient passé toute leur vie à Saint-Domingue, allaient devoir abandonner cette terre renommée Haïti, quitter tout ce qu'ils avaient toujours connu pour une vie d'exil. Si je devais attendre la reddition des Français et le processus de transition, j'allais perdre beaucoup de temps.

Mais j'avais également conscience que, en tant qu'intermédiaire, je pouvais sauver des vies. Par ailleurs, si je réussissais à m'attirer les faveurs de Dessalines (il haïssait trop ma race pour que je puisse compter sur son amitié ou son approbation), peut-être m'accorderait-il l'aide de Jubal et de ses hommes pour retrouver ma famille et me venger de Martel. Je montai donc à bord du vaisseau amiral anglais et informai son commandant que, sans tirer le moindre coup de feu, il pourrait faire évacuer tous les réfugiés, faisant ainsi perdre à la France sa colonie la plus prospère.

« Les Français ont perdu la guerre contre les esclaves ? me demanda-t-il, abasourdi.

— Oui, et ils sont sur le point de se faire massacrer. »

À la suite de cette discussion, des navires de guerre anglais et des bateaux de marchandises français firent leur entrée dans le port pour embarquer les vaincus. L'évacuation commença, me permettant d'admirer les objets les plus absurdes emportés par les réfugiés : portraits d'ancêtres délavés, soupières ternies, caisses de bouteilles, boîtes à chapeau, pistolets de duel, argenterie, baguettes tout juste sorties du four, gravures vaudou, crucifix en argent, ainsi qu'une chèvre apprivoisée, une malle de costumes de théâtre et une selle de cheval ornementale. Les enfants s'agrippaient à leurs poupées et à leurs soldats de plomb. Les femmes vérifiaient dans leur décolleté que leurs bijoux étaient toujours là ; les hommes tâtaient leurs poches pour s'assurer que leur bourse était en sécurité. Les officiers français et anglais organisèrent les réfugiés en ligne et se débarrassèrent des objets les plus loufoques (une famille avait cru bon de traîner derrière elle un antique clavecin). Pendant un temps, l'ambiance fut à l'entraide.

Mais dès qu'on ouvrit les caves à vin, les soldats français et les civils s'enivrèrent, ce qui entraîna aussitôt des pillages dans la ville à l'abandon. Les rebelles ne tardèrent pas à remarquer le désordre ambiant, et certains en profitèrent pour s'infiltrer à Cap-François et participer aux maraudes. Des incendies se déclarèrent, provoquant la panique générale. La colonne de réfugiés se transforma en une masse grouillante, des barges coulèrent sous le poids des passagers, et le dernier navire français, trop pressé de hisser les voiles, s'abîma sur un récif. Les occupants durent être débarqués, puis hissés à bord d'un vaisseau anglais.

Je fus surpris qu'il n'y ait pas plus de meurtres et de viols, étant donné l'histoire troublée de Saint-Domingue. Mais Dessalines suivait mes conseils et gardait le contrôle de ses hommes, afin de ne pas avoir à subir de représailles de la part des navires européens. À bord des bateaux, c'était le chaos : la foule s'installait comme elle le pouvait entre les canons, dans les soutes à voiles et sous les canots de sauvetage. Même les fous de l'asile furent évacués et enchaînés aux plats-bords dans la confusion la plus totale. Les mères pleuraient, les enfants hurlaient, les chiens aboyaient, et les officiers français embarquaient à leur tour avec des singes et des perroquets apprivoisés. Les vaisseaux étaient tellement bondés que des marins impatients se mirent à passer certains bagages par-dessus bord.

Quelques Noirs s'enfuirent aussi, principalement des domestiques ne voulant pas abandonner leurs maîtres. À l'inverse, une poignée de Blancs et de mulâtres décida de rester à terre. Néanmoins, le résultat de cette évacuation était une nette division des races. Les bateaux surpeuplés se mirent en route. Certains étaient si lourds que le timonier avait du mal à faire tourner sa barre. Mais finalement, tous quittèrent pesamment le port.

À terre, le Paris des Antilles, récemment renommé Cap-Haïtien, achevait de se consumer.

À la tombée de la nuit, les vainqueurs se mirent à danser dans les rues avec cette même énergie qu'il m'avait été donné d'admirer dans la jungle. Les maisons en flammes éclairaient les festivités d'une lumière macabre. Un parfum particulier émanait de la ville : la fumée âcre se mêlait à l'odeur de la poudre (des coups de feu avaient été tirés pour fêter la victoire) et à la puanteur des celliers éventrés, à quoi s'ajoutaient les doux effluves de cochon, de chèvre et de poulet grillés. J'aperçus dans l'ombre quelques rares Blancs et mulâtres, qui observaient les rebelles avec appréhension.

Malgré mon impatience, je savais qu'il valait mieux éviter d'approcher Dessalines à l'heure de son triomphe ; il devait être trop occupé à organiser sa nouvelle nation. Je lui fis donc passer un message pour l'informer que je me tenais à sa disposition pour une entrevue, puis je retrouvai mes quartiers à l'auberge, puisqu'il n'y avait plus personne à qui payer le loyer. Le général attendit le 30 novembre 1803 pour entrer enfin dans la ville conquise. Je le retrouvai le lendemain après-midi, dans la salle de bal de l'ancien palais de Rochambeau. Il avait l'air aussi épuisé que triomphant : la moitié ouest d'Hispaniola était enfin sienne. Devant lui, une longue file de visiteurs venus demander une promotion, offrir leurs services ou obtenir réparation. Assis à une longue table située à côté de son bureau, ses conseillers faisaient les comptes de ce qui avait été capturé et perdu. Des officiers sortaient régulièrement de la pièce pour organiser la reconstruction de Cap-François, d'autres y entraient pour faire leur rapport. De nouveaux ministres s'occupaient de former un gouvernement permanent. J'avais sous les yeux quelque chose de similaire à la création de ma propre nation, trente ans auparavant. Si j'avais eu un papier et un crayon, j'aurais pu prendre des notes. Mais non, j'étais impatient de retrouver ma famille. L'histoire attendrait.

« Je tiens à féliciter le nouveau Spartacus, déclarai-je après avoir attendu mon tour pendant plus d'une heure.

— J'ai dépassé Louverture et je vais me faire couronner empereur, annonça gaiement le général. Napoléon lui-même ne m'arrive pas à la cheville. »

Napoléon se trouvait à plusieurs milliers de kilomètres, et vaincre Rochambeau n'était certainement pas un exploit, mais je m'abstins de tout commentaire et changeai de sujet.

« J'ai fait ce que vous m'avez demandé pour vous aider à gagner la guerre, et maintenant je peux faire encore plus pour Haïti. Tous les gouvernements ont besoin d'or. Je peux en trouver.

— Ah ! Ces fameuses légendes dont vous parliez…

— Prêtez-moi Jubal, Antoine, et quelques autres hommes, et je partirai à la recherche du trésor de Montezuma. Je partagerai le butin avec votre régime et profiterai enfin d'une vie paisible.

— Vous voulez que je vous aide à retrouver votre femme et votre fils ?

— Bien sûr.

— Alors peut-être qu'Haïti vous a enfin rendu la raison. La famille vaut plus que n'importe quelle babiole ! s'exclama-t-il d'une voix forte pour que tout le monde dans la pièce puisse l'entendre. Et la loyauté vaut plus que la peur. »

Je comprenais pourquoi il s'exprimait de la sorte. C'était un nouveau Moïse à la tête d'un nouveau pays, mais un Moïse aux mains ensanglantées qui ne comptait plus les ennemis qui rêvaient de le voir tomber.

Il devait se montrer humain et rassembleur. Une chose est sûre, je n'enviais ni son pouvoir ni ses responsabilités.

« Alors, puis-je avoir quelques hommes pour retrouver mes proches et ce trésor que des Marrons auraient caché ?

— Seulement si vous me promettez de me rendre mes soldats après. Où comptez-vous chercher ?

— En Martinique, c'est ce qu'Ezili m'a dit. Mon ennemi Léon Martel se trouve lui aussi là-bas.

— Peut-être que bientôt, nous les Noirs, nous nous soulèverons aussi en Martinique.

— Du moment que vous attendez que j'en sois parti ! »

D'un geste de la main, il mit fin à l'entrevue.

« Vous devriez déjà être parti, dit-il. Au suivant ! »

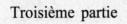

Troisième partie

33

Napoléon et sa femme avaient tous les deux vu le jour dans une colonie française. Bonaparte était corse, comme en témoignait son vrai nom – Napoleone di Buonaparte –, et ses ancêtres étaient certainement des généraux romains et des conspirateurs de la Renaissance. Joséphine, elle, était née et avait grandi en Martinique, une île paradisiaque dominée par un volcan endormi. C'était là que j'espérais retrouver ma femme et mon fils.

La Martinique s'élève au-dessus de la mer des Caraïbes comme un rêve d'émeraude, sa moitié nord dominée par la montagne Pelée. L'arrivée par bateau est beaucoup plus impressionnante qu'à Antigua : les vagues de l'Atlantique se fracassent sur la côte est, tandis qu'à l'ouest des eaux bleu turquoise caressent paresseusement d'immenses plages. Les plantations s'accrochent aux pentes luxuriantes en un damier blanc et vert, et les navires français trouvent refuge dans le port de Fort-Royal, situé dans la baie principale de l'île et protégé par des batteries de canons. Cet endroit paraissait beaucoup plus calme qu'Haïti, mais je savais que, avec mon équipe de Noirs, je ne pouvais pas me permettre de débarquer et de demander l'adresse de Léon Martel au premier venu. Car, étant libres, mes compagnons représentaient le pire cauchemar des Blancs qui gouvernaient l'île.

Mon escouade se composait du joyeux Jubal, du pragmatique Antoine, et de six autres Noirs assoiffés d'aventure et excités à l'idée de découvrir de l'or aztèque. Que voulez-vous, l'enthousiasme est contagieux. Nous fîmes la route depuis Cap-François avec un marchand hollandais qui avait besoin de quelqu'un pour le protéger des navires anglais qui s'attaquaient aux colonies de son pays. Dans les Caraïbes, les îles sucrières changeaient de drapeau aussi fréquemment qu'un courtisan change de vêtements : les flottes rivales se succédaient au gré des batailles navales et des débarquements.

Notre navire était un lougre, le *Nijmegen*, avec deux mâts et une petite cabine que, en tant que Blanc, je partageai avec le capitaine et son second, tandis que mes amis noirs dormaient sur le pont. Après avoir vaincu le mal de mer, ils s'étaient d'ailleurs construit un abri plutôt confortable à l'aide de vieilles voiles. Le capitaine Hans Van Luven se méfiait d'avoir à bord des nègres non enchaînés, mais il découvrit vite que mes compagnons, qui payèrent d'avance leur passage avec l'argent fourni par Dessalines, étaient de bien meilleure composition que nombre d'Européens grincheux. En plus, ils participaient aux manœuvres du bateau.

« C'est comme s'ils étaient aussi humains que nous », s'émerveilla le capitaine.

Il nous fallut deux semaines pour atteindre la Martinique en prenant soin d'éviter chaque voile que nous croisions. Chaque nuit, nous trouvions une baie sauvage où nous abriter, et chaque matin nous repartions.

À présent, nous nous trouvions à proximité d'une île où la puissance française était toujours absolue.

Nous avions l'intention de contourner Cap Salomon, au sud de la baie de Fort-Royal, et de débarquer dans une des nombreuses criques situées dans le sud-est de l'île. D'après la carte, une vallée partait du village de Trois-Rivières pour rejoindre au nord les villes principales : peut-être y glanerais-je quelque information avant de me présenter au gouverneur Louis Thomas Villaret de Joyeuse avec la lettre de Rochambeau. Trouver ma femme ne devrait pas se révéler trop compliqué, car Astiza ne passait pas inaperçue, et, à moins qu'on ne l'eût enfermée quelque part, toute l'île ne tarderait pas à parler de l'arrivée d'une telle beauté.

Mais le destin nous offrit un indice encore plus flagrant.

Alors que nous approchions de l'endroit où nous comptions accoster, je remarquai un rocher volcanique couvert de broussailles qui surgissait de la mer, à deux milles de la côte. Sa pointe majestueuse culminait à plus de cent cinquante mètres de haut et devait être visible à des kilomètres. Le rocher se trouvait sur la route commerciale vers l'île de Sainte-Lucie, au sud. Nous prîmes soin de l'éviter, par peur des récifs.

« Le Gibraltar des Caraïbes, commentai-je.

— Ou la virilité d'Agwe, le dieu de la mer, ajouta Jubal.

— Il doit être en train de regarder Ezili, fit remarquer Antoine d'un ton graveleux.

— C'est plutôt un diamant, dit notre capitaine barbu. Voyez comme il brille au soleil. »

Je ne réagis pas à son commentaire puis, au bout de quelques secondes, une alarme finit par retentir dans mon cerveau.

« Un diamant ? répétai-je en admirant le rocher.

— Oui, regardez les falaises, elles forment les facettes. D'ailleurs, c'est comme ça que l'appellent les Français. Après la pluie, il paraît vraiment scintiller.

— Ce rocher s'appelle le Diamant ?

— Oui, c'est ce que je viens de dire. »

Je ressentis un frisson. Ezili m'avait annoncé que le diamant se trouverait juste en face de moi.

« Vous en êtes sûr ? demandai-je.

— Absolument. Vous pouvez vérifier sur la carte. »

Ma chance avait enfin tourné.

« Y a-t-il des grottes à l'intérieur ?

— Il y a des chances, oui. Mais personne ne va jamais là-bas, sauf pour récupérer des cactus ou du guano. Il n'y a pas d'eau potable, c'est un rocher sans intérêt. La Martinique, en revanche, contient une ressource inestimable : on y trouve les plus belles femmes du monde. Une d'entre elles a d'ailleurs conquis le cœur de Bonaparte.

— Oui, je sais, Joséphine.

— La créole rusée. Excellent choix.

— En fait, quand ils se sont rencontrés, il était pauvre et elle était désespérée, expliquai-je, puisque j'avais la chance de les connaître tous les deux. Son premier mari venait de se faire guillotiner. Ils étaient aussi ambitieux l'un que l'autre, et extrêmement calculateurs. À croire qu'ils étaient faits l'un pour l'autre. Joséphine a six ans de plus que lui, et elle connaissait bien la société parisienne. Elle était belle, ou du moins charismatique, même si elle avait déjà de vilaines dents.

— Je ne pense pas qu'il avait quelque chose à faire de ses dents.

— Au début, c'était elle la plus sociable des deux. Elle lui a transmis son ambition.

— Et aujourd'hui, elle règne sur le monde. Vous ne pouvez pas me dire que la vie est le résultat de l'opportunisme, multiplié par l'ambition et divisé par la chance, Gage. Je suis sûr qu'il y a sur cette île des milliers de femmes plus belles que Joséphine. Non, pour moi, tout ça, c'est la décision de Dieu.

— Pour ma part, je ne suis à la recherche que d'une seule femme. La mienne, qui m'a été volée par un bandit.

— *Ja*, je suis désolé. Elle s'est enfuie, hein ? En tout cas, je peux vous dire que vous allez vous attirer des ennuis si vous débarquez avec ces Noirs. D'anciens esclaves haïtiens ? Vous allez être accueillis à coups de fourche. »

J'avais réfléchi à la question.

« Nous allons accoster discrètement, annonçai-je. Hors de question de faire une arrivée en fanfare. Combien pour votre chaloupe, là, et quelques lignes de pêche ? »

Dessalines m'avait donné de l'argent des pillages de Cap-François pour les frais. En bon Hollandais qui se respecte, le capitaine Van Luven me demanda le double du prix que devait coûter l'embarcation. On peut se faire escroquer à Amsterdam aussi sûrement qu'à New York.

« Marché conclu, acceptai-je, vu que ce n'était pas de mon argent qu'il s'agissait. Vous avez de la nourriture ? »

Ce fut trois fois le prix.

« Une fois de plus, marché conclu. Au crépuscule, vous vous approcherez de la côte, et nous mettrons la chaloupe à l'eau. Mes amis et moi ramerons jusqu'au rivage.

— Qu'est-ce qu'on va faire, Ethan ? demanda Jubal.

— Avec nos camarades, tu vas te faire passer pour un pêcheur et t'approcher du rocher du Diamant. C'est sûrement l'endroit que Toussaint Louverture, le Spartacus noir en personne, nous a indiqué. »

*

Je foulai le sol de la Martinique, armé jusqu'aux dents. Rien d'aussi tape-à-l'œil et primitif qu'une sagaie, cependant. Pour me remercier d'avoir organisé l'évacuation de Cap-François, les rebelles m'avaient offert un pistolet, de la poudre, des balles, une épée d'officier, une dague facilement dissimulable sous mon manteau et un minuscule pistolet à cacher dans ma manche. Si je passais devant un armurier à la Martinique, je lui achèterais aussi un tromblon. Je savais que, pour atteindre mes objectifs, je risquais d'avoir à combattre.

À la nuit tombée, ma petite escouade accosta sur une plage de sable aussi blanc que du sucre. À la lueur de la lune, l'eau paraissait phosphorescente. Bercés par le murmure des vagues, nous nous endormîmes, pendant que le navire hollandais prenait la route de Carthagène des Indes. Le lendemain matin, je demandai à Jubal et à ses hommes d'établir un campement discret et de partir explorer les alentours du rocher du Diamant. Je lui dis également d'en profiter pour pêcher, car les provisions que nous avait vendues le Hollandais aux doigts crochus ne dureraient pas longtemps.

Puis je les laissai et, après deux heures de marche le long de la côte à traverser des plantations, j'atteignis une route où je hélai une charrette de canne à sucre. L'esclave qui la conduisait ne vit pas d'inconvénient à m'emmener. Au premier village, je dépensai deux francs pour embarquer à bord d'une voiture plus rapide et plus respectable, expliquant au passage que j'étais un Américain francophone, et qu'un capitaine hollandais poursuivi par une frégate anglaise m'avait presque chassé de son bateau. J'ajoutai en montrant ma lettre de Rochambeau que je souhaitais me rendre à Fort-Royal car, depuis que la guerre avait repris entre la France et la Grande-Bretagne, il y avait des opportunités à saisir pour un homme d'affaires comme moi.

Comme les États-Unis gagnaient beaucoup d'argent en vendant des armes aux belligérants de tout bord, mon explication suffit à convaincre. À la fin de la journée, j'avais atteint la capitale de l'île, une ville beaucoup plus gaie, prospère et peuplée que Cap-François. Certains Haïtiens y avaient trouvé refuge, et les auberges étaient pleines à craquer. Néanmoins, je trouvai une chambre dans le meilleur hôtel, où je pris un bain, puis profitai d'un bon dîner – le meilleur repas depuis mon départ de Paris. Enfin, je fis envoyer un message au palais du gouverneur pour expliquer que j'étais un représentant de commerce américain avec des papiers officiels français, et que je souhaitais m'entretenir avec le gouverneur Villaret. Quand je serais en face de lui, je lui demanderais s'il avait entendu parler d'une magnifique femme en détresse, une Gréco-Égyptienne accompagnée par un escroc patibulaire qui volait les affaires des autres et enlevait les petits enfants. Si Martel était un criminel, pourquoi ne pas demander aux Français de l'arrêter ?

Une fois que j'aurais réglé mes comptes, je me lancerais à la recherche du trésor.

Le lendemain, je reçus une lettre m'invitant à rejoindre le gouverneur à dix heures et demie, et décidai donc de brosser mon pantalon et mon manteau pour l'occasion. Mais dès que je sortis dans la rue où les palmiers se balançaient doucement dans la brise, quelqu'un m'accosta. Un homme aux yeux reptiliens, robuste et immense, vraisemblablement européen malgré son teint basané. Il était vêtu de noir, mal rasé, et ses dents avaient la couleur du beurre rance. Sa puanteur me fit instinctivement reculer d'un pas.

Il m'agrippa le poignet des deux mains – une familiarité surprenante – et m'adressa un large sourire qui n'avait pourtant rien d'amical.

« Vous êtes bien Ethan Gage ?

— Je vous connais, monsieur ?

— Nous nous sommes croisés à Paris. »

Je l'examinai de la tête aux pieds.

« Dans la bijouterie de Nitot, ajouta-t-il. Vous m'avez fait tomber par terre et vous avez brisé le nez de mon employeur. »

Aussitôt, mon cœur se mit à battre à toute allure. Ma main libre se dirigea vers la crosse de mon pistolet.

« Et si je me souviens bien, répondis-je, vous avez essayé de me tirer dessus, mais vous m'avez raté. Vous savez, il n'est pas inutile de s'entraîner si on ne veut pas que la cible survive et revienne se venger.

— Nous aurons sûrement bientôt l'occasion de régler nos différends, dit-il en se penchant vers moi.

— Je vous préviens, je suis sous la protection des gouverneurs de Saint-Domingue et de la Martinique.

— Rochambeau a capitulé.

— Mais pas Villaret. »

Il haussa les épaules.

« Je ne suis pas là pour vous faire du mal, mais passer par les voies officielles risque de compliquer notre coopération. Mon employeur tient à vous rencontrer. »

Il n'avait toujours pas lâché ma main.

« Votre arme ne vous sera d'aucun secours, poursuivit-il. D'ailleurs, ce ne serait pas un choix très judicieux, puisque j'ai en ce moment même plusieurs amis qui ont votre tête dans leur ligne de mire. Ils vous abattraient avant même que vous ayez armé le chien. »

Je m'abstins de regarder autour de moi. Je suais à grosses gouttes, mais je voulais paraître sûr de moi.

« Votre employeur, demandai-je, c'est bien Martel, le scélérat ?

— Léon Martel, le patriote français, rectifia-t-il.

— Un escroc, une fripouille, un voyou.

— Un homme ambitieux, déterminé et intelligent. Il vous attend pour dîner dans son château, aux Trois-Îlets.

— Ce voleur de bas étage possède un château ?

— Oui, et des amis haut placés, comme Villaret, par exemple. Ainsi qu'une femme et un enfant que vous avez sûrement envie de revoir. Pourquoi s'entretenir avec le gouverneur et éveiller des soupçons inutiles ? »

Ainsi, je n'aurais donc pas besoin de chercher Satan, puisque celui-ci m'invitait à dîner.

« Il a emprisonné ma femme et mon fils ? demandai-je.

— *Au contraire*[1], ce sont ses invités. D'ailleurs, même s'ils apprécient beaucoup l'hospitalité de mon employeur, ils ont hâte de vous retrouver. Tout le monde a besoin de vous.

— Besoin de moi ? Pourquoi ?

— Mais pour chercher ensemble ce fameux trésor. Comme ça, chacun pourra repartir avec son dû, dit-il en me lâchant enfin le poignet. Car une chose est sûre, vous êtes aussi cupide que nous. »

---

1. En français dans le texte. (*N.d.T.*)

34

Nous franchîmes les épaisses murailles en basalte de Fort-Royal avec deux de ses acolytes et nous dirigeâmes vers un ponton, où nous attendait un bateau. Une fois à bord, des rameurs noirs aux muscles saillants nous firent traverser l'immense baie jusqu'au village des Trois-Îlets, dans le sud-ouest de la Martinique. Mon escorte, qui me dit s'appeler Corneille – apparemment, les espions ont le droit de choisir leur propre surnom –, m'expliqua que Joséphine avait grandi dans cette région, et que nombre de familles aisées de l'île y vivaient toujours.

« Tout le monde a insisté pour qu'elle convainque son mari de la nécessité de l'esclavage et, visiblement, elle a réussi.

— C'est le moins qu'on puisse dire. Il n'y a qu'à voir la situation à Saint-Domingue. »

Comme Martel, cette fripouille et ses acolytes crasseux aimaient s'habiller en noir. Le costume devait donner chaud sous ces latitudes, mais il était intimidant, ce qui était certainement le but recherché. En revanche, je trouvai que Corneille était un surnom beaucoup trop prétentieux, aussi décidai-je de le rebaptiser Corbeau, et ses acolytes Vautour et Busard.

« On ne laissera jamais ce qui s'est passé à Haïti se dérouler à la Martinique, m'assura Corbeau d'une voix plus teintée d'espoir que de certitude. La ferveur révolutionnaire ne s'applique pas aux nègres d'ici.

— Ça, ce sera aux esclaves de la Martinique de le décider.

— La liberté leur coûte beaucoup plus cher que la servitude.

— Vous croyez que la torture et les exécutions sommaires sont efficaces ?

— La violence, monsieur, est le prix à payer pour la prospérité. »

Une voiture nous attendait sur la rive. Corbeau profita du trajet au milieu des figuiers et des gombos pour me faire un récapitulatif de l'histoire de l'île. La Martinique s'était développée à peu près de la même manière qu'Antigua, mais avec quelques particularités. Ainsi, la présence de montagnes et de cascades faisait qu'on utilisait plutôt des moulins à eau que des moulins à vent. Mais sinon, pour ce qui était des esclaves, du sucre et des maladies, c'était relativement pareil.

« Au bout de cette allée se trouve la maison où a vécu Joséphine, m'indiqua-t-il.

— Une belle parvenue. Presque aussi douée pour se faire des amis haut placés qu'Emma Hamilton, la maîtresse de Nelson.

— C'est vrai, mais on l'a élevée comme ça. Dans les îles, la politique est plus féroce qu'ailleurs. D'ailleurs, ce n'est pas surprenant qu'un Corse et une créole soient à la tête de la France. Les insulaires sont des rescapés prêts à tout. »

Après trois kilomètres, nous arrivâmes en vue d'un joli château de style français, pas aussi imposant que la demeure de lord Lavington à Antigua, mais plus élégant. Au bord des pelouses, des arbres étaient plantés de façon à former des cascades de fleurs, et partout régnait l'odeur entêtante de l'hibiscus, des orchidées et des lauriers-roses. Des cèdres étendaient leurs longues branches au-dessus des eucalyptus et des noisetiers. Avec la chaleur et l'humidité, toutes les plantes étaient plus grandes que la normale : les feuilles de bananier faisaient ainsi la taille des ailes d'un moulin. Des vignes pendaient partout, comme des câbles au-dessus de la scène d'un opéra. Il y avait aussi une rangée de flamboyants – explosion de rouge devant les murs blancs de la demeure. Me trouvais-je vraiment dans la prison d'Astiza ? Car cet endroit ressemblait en tout point à celui dans lequel j'avais prévu de me retirer, une fois cette aventure terminée.

Nous descendîmes de voiture et remontâmes à pied une allée de graviers. Soudain, Corbeau s'arrêta, me fit signe d'attendre, et une petite silhouette sortit en courant des jardins. Elle nous repéra, s'arrêta et parut réfléchir, hésitante.

Mon cœur accéléra et je tombai à genoux.

« Harry ! » m'écriai-je.

Il semblait sceptique : il m'avait déjà vu quelque part, mais il avait du mal à me reconnaître. Je me sentis profondément blessé.

« Harry ! répétai-je. C'est papa !

— N'aie pas peur, Horus », dit Astiza d'une voix douce.

Je levai les yeux. Elle se tenait à côté d'un anthurium rouge, vêtue d'une robe blanche à la dernière mode parisienne. J'étais à la fois soulagé et surpris qu'elle fût en bonne santé. Je m'étais attendu à retrouver ma femme et mon fils ligotés dans un donjon humide mais, non, ils étaient souriants et bien habillés. Avaient-ils négocié une espèce de libération sous caution ? Enfin, Harry s'approcha de moi, avec cet air sérieux que seuls les enfants de trois ans peuvent arborer quand ils ne savent pas si ce qui se passe est grave ou pas. Il m'inspecta pour voir si j'avais changé.

« Tu m'as tellement manqué, Harry ! Comment vas-tu ? »

Visiblement, il allait bien, ce qui était d'une certaine manière assez décevant. Moi qui aurais tant voulu être le héros qui les libérerait.

« Maman a dit qu'on devait t'attendre. Moi, je veux rentrer à la maison. »

J'étais tellement heureux et ému que je me sentais défaillir.

« Oh ! Moi aussi, je veux rentrer à la maison.

— Tu viens jouer avec moi ? Je m'ennuie, ici.

— Bien sûr, répondis-je d'une voix sourde. Tu me montres ton endroit préféré ?

— Oui, il y a une mare avec des bébés poissons.

— Viens, on va en attraper un, annonçai-je en me relevant.

— Pas si vite, Gage. »

Deux autres acolytes de Martel apparurent et récupérèrent mes pistolets, mon épée et mon poignard sous les yeux de mon fils. Quelle humiliation ! Enfin, ils reculèrent.

« Je vous laisse quelques minutes, pas plus, en signe de bonne volonté, déclara Corbeau. Mais faites vite ! Martel attend.

— Moi, ça fait six mois que j'attends.

— Il va falloir changer d'attitude si vous voulez que notre partenariat se passe bien.

— Quel partenariat ?

— La donne a changé, vous verrez. »

Personnellement, je ne voyais pas en quoi. Ces gens étaient aussi dangereux que les esprits qui hantaient les bois de Saint-Domingue, et plus laids que les zombis sortis de leur tombe. Les hommes de main observèrent d'un air mauvais les retrouvailles familiales. Astiza m'embrassa.

« Je suis désolée, mais je n'avais pas le choix, me murmura-t-elle à l'oreille pendant que Harry me tirait la jambe avec impatience. Je t'expliquerai plus tard. »

Les poissons se révélant plus rapides que prévu, je décidai donc de fabriquer des petits bateaux avec des feuilles. Harry les regardait flotter au-dessus des carpes, quand Corbeau annonça qu'il était temps.

« Ne t'emporte pas, souffla Astiza en me lâchant la main.

— Pourquoi tu ne m'as pas attendu, au bal ?

— Il m'a promis que je retrouverais Horus. Et nous savions que tu viendrais. Il m'a dit qu'il existait de vieilles histoires concernant la Martinique, et que tout finirait ici. »

Puis ils l'emmenèrent, mettant un terme à notre conversation.

En pénétrant dans le château, je regardai autour de moi en quête d'une arme pour tuer Léon Martel. Évidemment, je ne trouvai rien. En plus, j'étais seul et bien entouré. Cinq hommes me firent entrer dans une pièce, au moment où deux femmes – certainement des prostituées – en sortaient par une autre porte. Cet entremetteur avait-il violé ma femme ?

Martel était assis, satisfait comme un chat devant un bol de lait. Il avait toujours le nez tordu, ce qui me provoqua une petite satisfaction intérieure, mais le reste de son visage imposait le respect. Celui qui avait enlevé ma femme et mon fils me souriait comme si nous étions vieux amis, ce qui acheva de m'agacer. Je me méfiais de lui, et lui aurait été idiot de me faire confiance.

D'un geste, il m'invita à m'asseoir.

« Monsieur Gage, comme nous nous retrouvons ! Je commençais à trouver le temps long. Asseyez-vous, le voyage a dû être éprouvant. Je dois vous avouer que je ne croyais pas à votre réputation de valeureux guerrier, et pourtant vous voilà, en pleine forme après la bataille de Vertières et le sac de Cap-François. Je vous en prie, mettez-vous à l'aise ! Vous l'avez mérité ! On m'a dit que vous aviez aidé à négocier la reddition de la ville, sauvant par là même des milliers de vies. Alors, qu'est-ce que ça fait d'être un héros ?

— C'est un sentiment que vous ne connaîtrez jamais.

— Quelle effronterie ! J'ai correspondu avec notre armée défaite, et j'ai appris que vous n'aviez pas votre pareil pour manier les jurons. Quand je pense que vous avez insulté le général Rochambeau devant ses officiers ! C'est un miracle que vous n'ayez toujours pas été fusillé ou tué en duel.

— Certains ont essayé.

— Vous conviendrez qu'il est quand même plus simple d'être poli.

— Je suis quelqu'un de franc. Si l'honnêteté vous dérange, vous risquez de passer une très mauvaise journée », le prévins-je.

Martel secoua la tête.

« Nous avons eu des débuts difficiles, à Paris. J'aurais dû vous croire quand vous me disiez que vous ne saviez rien, au lieu de vous noyer, mais, pour ma défense, j'avais très mal au nez.

— Vu la taille qu'il fait, ça ne m'étonne pas.

— Enfin, qu'importe. J'ai pris grand soin de votre fils.

— En tant que geôlier ?

— Vous dites n'importe quoi, Gage. Je suis sûr que je suis un meilleur père que vous pour ce garçon. J'ai passé plus de temps avec lui ces derniers mois que vous pendant toute sa vie, et j'ai su le protéger. Votre femme, que j'ai également traitée avec beaucoup de respect, m'a dit que vous ne saviez même pas qu'il existait il y a quelques mois, que vous l'aviez laissé seul dans un bateau rempli de pirates barbaresques, et que vous aviez préféré jouer les diplomates à Paris plutôt que de vous occuper de lui. Je connais des chiens qui sont mieux lotis que lui. Honnêtement, vous pouvez me remercier. »

Un meilleur père ! Diable, que j'avais envie de le tuer !

« Il est quand même plus simple d'être poli, Martel », déclarai-je d'un ton que j'aurais voulu plus menaçant.

Il s'installa plus confortablement dans son fauteuil, en prenant tout son temps, pour bien me montrer qui avait le contrôle de la situation.

« Sa mère a choisi de me suivre, ce qui prouve qu'il y en a au moins une qui est intelligente dans la famille. Nous vous avons attendu ici, et nous en avons profité pour nous intéresser à l'histoire. La Martinique est une terre de légendes, vous savez. Et aujourd'hui, vous voilà, amenant certainement des informations qui feront plaisir à tout le monde. Vous récupérerez votre famille, moi mon trésor, et la France le secret du vol. »

À dix contre un, il est facile d'être arrogant. J'avais envie de me ruer sur lui, mais je savais que cela n'avancerait à rien. Je devais continuer de le supporter encore quelque temps.

« Comment puis-je vous faire confiance ? » demandai-je.

Il écarta les bras dans un geste magnanime.

« Comment pouvez-vous ne pas me faire confiance ? Rappelez-vous que je ne vous ai toujours pas tué.

— Commençons par mon émeraude.

— Bien sûr. »

Il s'attendait à cette requête, car il sortit aussitôt le bijou de sa poche pour le jeter à mes pieds comme une vulgaire babiole.

« Je ne suis pas un voleur, monsieur Gage.

— C'est nouveau, ça !

— Je n'ai fait que l'emprunter, pour renforcer notre partenariat.

— Dans ce cas, rendez-la-moi sans la jeter par terre. C'est vous qui parliez d'effronterie, tout à l'heure. »

Pendant quelque temps, nous nous dévisageâmes en chiens de faïence. C'est incroyable ce que les yeux peuvent traduire : du mépris de la part de Martel, de la haine de la mienne. De la haine et une détermination acharnée à voir notre « partenariat » complètement modifié. Et sur-le-champ, s'il ne voulait pas que je l'étrangle avant que ses acolytes ne viennent m'en empêcher.

Enfin, pour ma plus grande satisfaction, il baissa les yeux et hocha la tête.

Corbeau s'avança à contrecœur, ramassa l'émeraude

et me la tendit. Sans un mot, je passai la main sous ma chemise et sortis la loupe que j'avais utilisée pour allumer les mèches à Vertières. Je pris tout mon temps pour observer la pierre. Je me souvenais de chaque facette.

« Vous ne me faites vraiment pas confiance », dit Martel.

C'était bien mon émeraude. Je l'empochai.

« C'est un début.

— Vous savez où se trouve le reste du trésor de Montezuma ? demanda-t-il.

— Je crois le savoir.

— Alors, allons y jeter un coup d'œil ! s'exclamat-il, tout sourire. La France et l'Amérique, main dans la main.

— D'accord, mais quand vous m'aurez rendu ma famille, et que vous aurez accepté de ne récupérer qu'un tiers du trésor, et non la totalité. »

Je n'avais aucune intention de lui laisser quoi que ce soit, à part peut-être une dague en jade plantée dans le cœur, mais j'avais encore besoin de lui. Si je pouvais confier Astiza et Harry aux soins de Jubal et de ses hommes, je n'aurais aucun mal à doubler ces criminels français, et les Anglais aussi par la même occasion. Après quoi, je donnerais une partie du trésor à Dessalines et en garderais une bonne partie pour moi.

Enfin, pour cela, encore fallait-il que ce fameux trésor existe.

« Votre famille sera réunie, monsieur, quand nous aurons le trésor.

— Vous aurez le trésor, monsieur, quand ma famille sera réunie.

— Alors, j'ai peur que nous ne soyons dans

l'impasse. Le problème, c'est que j'ai déjà votre famille, et que vous, vous n'avez rien. Je vous ai rendu votre émeraude en gage de bonne foi. Vous avez pu constater que votre femme et votre fils étaient en parfaite santé. Maintenant, c'est à votre tour de faire un effort. Dites-moi ce que vous savez, et je les relâcherai.

— Napoléon serait outré s'il apprenait que vous me faites chanter de la sorte.

— Personne n'est plus impitoyable que Bonaparte, vous le savez aussi bien que moi. »

Je réfléchis. Si je disais à Martel ce que je savais au sujet du rocher du Diamant, plus rien ne l'empêcherait de me tuer, de garder ma femme et de vendre mon fils, ce dont il était tout à fait capable. D'un autre côté, il avait raison : je n'avais aucune monnaie d'échange. Du moins pas pour l'instant.

« Puisque vous voulez un pacte de pirate, vous l'aurez, déclarai-je. Le butin contre ma famille. Mais en revanche, je vais vérifier mes informations avec mes compagnons, pas les vôtres. Si je trouve quelque chose, j'en échangerai une partie – et j'ai bien dit une partie – contre ma famille.

— Je veux les machines volantes.

— Si vous faites du mal à ma femme et à mon fils, vous n'aurez rien. Si vous essayez de me doubler, vous n'aurez rien. Si vous gâchez tout et que Napoléon apprend que c'est à cause de vous qu'il ne peut pas conquérir l'Angleterre, il vous fera fusiller. Soyez très prudent, Léon Martel. »

C'était le genre de marchandage entre voleurs qu'il comprenait.

« Et si vous ne trouvez rien, vous ne récupérerez pas votre famille, rétorqua-t-il. Si vous ne partagez pas avec moi la technologie secrète des Aztèques, je vous tuerai de mes propres mains. Si vous trahissez Napoléon pour l'Angleterre, il fera de votre vie un enfer, où que vous vous cachiez. Soyez très prudent, Ethan Gage. »

Une fois de plus, nous nous dévisageâmes en silence.

« Monsieur, je crois que c'est le début d'un beau partenariat, dit-il enfin.

— Je voudrais parler à ma femme.

— Impossible. C'est une femme très intelligente, et je sais qu'elle s'impatiente. Je compte sur elle pour interpréter les indices que vous trouverez. Laissez votre envie de la retrouver vous motiver à chercher notre trésor. Plus tôt nous l'aurons, plus vite vous retrouverez votre famille.

— Si vous touchez à ma femme, je vous tue.

— Je n'ai que faire de votre femme, j'en ai beaucoup d'autres, soupira-t-il, comme exaspéré par ma méfiance.

— Alors, laissez-moi seulement l'embrasser, insistai-je. Et serrer mon fils dans mes bras. »

Je ne pouvais pas l'admettre devant eux, mais j'avais besoin qu'on me rassure. Je voulais ressentir de l'amour. Astiza m'avait abandonné à Cap-François pour partir avec ce monstre.

« Désolé, mais ce ne sera pas possible. Au revoir, monsieur Gage. Faites ce que vous avez à faire, et revenez me voir quand vous serez prêt à consommer notre alliance. Je ne connais pas de meilleur moyen pour rapprocher les gens qu'un trésor partagé. »

35

À bord de la chaloupe manœuvrée par Jubal et ses hommes, je regardais le rocher du Diamant qui se dressait, sombre et solitaire. Des broussailles et des cactus s'accrochaient aux falaises blanchies par le sel et le guano. La mer des Caraïbes caressait maladroitement la base du monolithe dans un soupir de géant. Le soleil et les nuages se battaient pour le contrôle du ciel.

« Ce caillou m'a l'air tout à fait imprenable, commentai-je.

— Et aussi vide qu'un désert », ajouta Jubal en observant les falaises à pic.

Nous étions seuls. La zone étant entourée de récifs, les bateaux ne s'approchaient pas. Seuls quelques goélands semblaient garder les lieux. Dans l'eau, une forêt de laminaires ondulait au gré des courants. Le temps avait creusé des grottes dans les flancs du rocher, mais je ne vis aucun endroit où accoster.

« Nous n'avons qu'à jeter l'ancre sous le vent et nager, suggéra Jubal. Mes hommes resteront dans la chaloupe et feront semblant de pêcher.

— D'accord. Mets des chaussures, ces falaises ont l'air dangereuses.

— Les chaussures, c'est bon pour les Blancs. Mes pieds nus feront très bien l'affaire. »

Nous plongeâmes donc, moi avec mes bottes, Jubal sans. L'eau était délicieuse, réconfortante, et je ne pus m'empêcher de me demander pourquoi les médecins avaient une telle horreur des bains. Je me laissai flotter quelques instants, oubliant tous mes tracas. Puis je me souvins pourquoi nous étions là, et nous nous mîmes à nager. Je laissai une vague me porter jusqu'au rocher, puis je m'accrochai à la pierre. Jubal m'imita, et l'ascension commença. Je vérifiais soigneusement où je mettais les pieds pour ne pas glisser, tandis que Jubal ne se souciait de rien et grimpait, comme collé à la paroi.

« Drôle d'endroit pour cacher un trésor, fis-je remarquer.

— Oui, très facile à repérer. Peut-être qu'Ezili voulait parler d'autre chose. »

Avais-je mal compris ?

« Non. Elle savait que ce rocher m'attirerait comme un aimant. »

Nous poursuivîmes notre exploration, cherchant des cachettes, sans succès. Nous nous accrochions aux broussailles pour ne pas tomber et profitions des affleurements rocheux pour nous reposer. Il y avait bien quelques grottes, mais toutes étaient peu profondes et désespérément vides. Ce n'était pas là que nous allions trouver le trésor de Montezuma.

Le sommet du rocher du Diamant était plus large que ce qu'on aurait pu deviner en l'observant de la mer. Un petit cratère s'était formé, recueillant l'eau de pluie. Une petite plate-forme permettait d'établir un campement de fortune. Mais là encore, je ne vis aucun trou, aucune trappe cachée, aucun passage secret.

La vue était à couper le souffle. La Martinique s'étirait sous les nuages dans toute sa gloire tropicale, battue par les vagues. Par endroits, la mer scintillait là où les rayons du soleil réussissaient à percer le voile opaque. À présent que nous nous trouvions à plus de cent cinquante mètres du niveau de la mer, nous pouvions voir distinctement quelques voiles qui nous avaient semblé à l'horizon quand nous étions dans la chaloupe. C'était le poste d'observation rêvé pour prévenir une attaque par la mer. Un bateau, un navire de guerre à première vue, semblait se diriger vers Fort-Royal. Perché sur mon nid-de-pie, je l'observai quelques instants, savourant ce sentiment de puissance que confère le fait de voir sans être vu.

« Quand Harry sera plus grand, je l'emmènerai ici.

— D'abord, il va falloir le récupérer. Ensuite, réussir à convaincre sa mère. »

En contrebas, l'océan passait du bleu foncé au turquoise, selon la profondeur de l'eau. Notre petite embarcation s'agitait au gré des vagues comme un jouet. Hélas, le monolithe où nous nous trouvions semblait aussi imprenable que la grande pyramide, dans laquelle je n'avais réussi à pénétrer qu'avec l'aide d'Astiza. À l'intérieur, nous avions découvert un lac souterrain, un canal, et…

« Jubal, et si l'entrée se trouvait sous l'eau ?

— Comment ça ?

— Une grotte sous-marine, qui peut-être permettrait d'accéder à l'intérieur du rocher. Ce serait une cachette idéale, non ?

— Oui, mais encore faut-il pouvoir entrer et ensuite ressortir.

— Nous avons réussi à nager au milieu des caïmans et des coups de feu, ça devrait être à notre portée !

— En tout cas, je préfère éviter de plonger d'ici.

— Tu as raison. Allez, viens, on redescend. »

Nous fîmes le tour du rocher avec la chaloupe, mais aucun endroit n'attira particulièrement notre attention. Finalement, nous jetâmes l'ancre côté sud-est car, vue du sommet, la zone me paraissait propice : il y avait de nombreux récifs, et la mer semblait s'engouffrer sous la roche.

« Je vais voir », annonçai-je.

Je plongeai, puis ouvris les yeux sous l'eau et fus frappé par la clarté. J'avais l'impression de regarder à travers une bouteille en verre. Les trois premiers essais ne donnèrent rien : un dédale de roches sous-marines, avec des failles et du sable. Mais la quatrième fois, je repérai une forme sombre triangulaire. Quand je m'en approchai, je sentis que le courant m'attirait. J'agrippai un rocher à l'entrée, ne sachant si je devais y aller ou pas. D'immenses gorgones s'agitaient dans l'eau, barrant l'entrée. Derrière, il n'y avait que l'obscurité.

Les émeraudes se trouvent dans le diamant.

La phrase commençait à prendre tout son sens, mais je me devais de rester prudent.

D'un battement de pieds, je regagnai la surface.

« J'ai trouvé une grotte, annonçai-je, mais je ne sais pas jusqu'où elle va. Le courant m'a attiré vers l'intérieur.

— Laisse-moi essayer, dit Jubal. Je peux retenir ma respiration très longtemps.

— Je ne suis pas sûr que tu pourras ressortir.

— Une fois, on l'a vu se battre avec un caïman, intervint Antoine. Honnêtement, on ne savait pas qui des deux essayait de noyer l'autre.

— Bon, on va t'accrocher une corde, proposai-je. Quand tu voudras revenir, donne un coup sec et on te tirera jusqu'à la surface. »

Jubal hocha la tête, accrocha la corde autour de sa taille, puis il prit plusieurs profondes inspirations pour remplir ses poumons au maximum. Enfin, il plongea. Debout dans le bateau, nous déroulâmes le filin.

Je comptai. Deux minutes s'écoulèrent.

Puis trois.

Je commençai à m'inquiéter. Impossible que Jubal ait pu retenir sa respiration si longtemps. Était-il mort ? Je guettai la tension sur la corde, mais rien.

Quatre minutes. Impossible.

« On devrait peut-être tirer, murmurai-je.

— Pas encore, monsieur, répondit un rebelle nommé Philippe en posant la main sur mon bras. Jubal sait ce qu'il fait. »

Nous attendîmes donc, mais je ne pouvais m'empêcher de penser que mon ami s'était noyé.

Enfin, je sentis un coup sur la corde, puis un autre. Je tirai de toutes mes forces, comme un pêcheur remontant son filet. Jubal creva la surface et prit une inspiration bruyante, puis il s'agrippa quelques instants à la chaloupe pour se reposer. Sur son crâne, les gouttes d'eau étaient comme autant de petits diamants.

« Mon Dieu, où étais-tu passé ?

— J'ai été entraîné par le courant, emporté comme une feuille morte. Je me suis débattu pour regagner la surface et, au bout d'un moment, j'ai pu reprendre ma respiration. Je me trouvais dans une espèce de cavité, éclairée par une petite fissure. Mais c'était tout petit, et il n'y avait pas trace du trésor. En revanche, j'ai vu que le courant continuait. Cette rivière sous-marine va bien quelque part, mais c'était trop loin pour moi ! J'ai donc repris des forces mais, comme je ne pouvais pas nager contre le courant, j'ai tiré sur la corde. »

Difficile d'imaginer endroit plus dangereux, pensai-je. En même temps, c'était également l'endroit rêvé pour cacher quelque chose.

« Par les poumons de Poséidon, comment peut-on suivre cette grotte jusqu'au bout ? » m'exclamai-je.

Il nous fallait le bateau plongeant de Robert Fulton, le *Nautilus*. Malheureusement, par ma faute, le sous-marin reposait maintenant au fond du port de Tripoli. À ma décharge, il faut dire qu'il est difficile de parer à toutes les éventualités.

« Il faut qu'on trouve un moyen de respirer sous l'eau », déclara mon ami.

Et soudain, je trouvai. Une solution aussi simple que le canoë retourné de Jubal. Tout comme Harry m'avait fait penser au barrage, mon compagnon m'avait fait réaliser qu'un sous-marin rudimentaire ferait parfaitement l'affaire.

« Je crois que je sais comment nous allons nous y prendre pour entrer, mes amis. En revanche, ressortir risque de se révéler plus compliqué.

— Ah ! J'ai l'impression qu'Ethan Gage a un plan ! »

Mon escorte me regarda comme si j'étais vraiment un savant, et je me félicitai intérieurement d'être aussi intelligent. C'est alors qu'un geyser jaillit à moins de cent mètres de notre chaloupe, suivi du grondement d'un canon. Nous nous retournâmes, sous le choc.

Le navire de guerre que j'avais repéré depuis le sommet ne se rendait pas à Fort-Royal, en fin de compte, et il n'arborait pas le drapeau tricolore, mais l'étendard de la marine britannique. Pourquoi les Anglais s'amusaient-ils à tirer sur un bateau à rames rempli de pêcheurs noirs ?

« Qui c'est ? demanda Antoine.

— Des ennemis, répondis-je. Sauf quand il s'agit de nos amis. Ce qu'ils sont, d'ailleurs, sauf quand ils ne le sont pas. Ne vous en faites pas, moi-même je ne comprends rien à la politique européenne. »

Se doutaient-ils que le trésor se trouvait là ? Non, impossible ! J'étais le seul à connaître l'indice d'Ezili.

« Levons l'ancre, les amis, et retournons jusqu'au rivage avant qu'ils ne nous tirent dessus de nouveau. Je vais m'allonger au fond de la chaloupe pour qu'ils ne voient que vous, d'innocents pêcheurs noirs.

— Tu as raison », dit Jubal.

Nous quittâmes les lieux le plus rapidement possible. Apparemment, le coup de canon n'était qu'un avertissement ; la frégate jeta l'ancre à un kilomètre du monolithe et mit une chaloupe à l'eau. Visiblement, les Anglais n'avaient que faire de nous.

« Je crois qu'ils vont explorer le rocher », dit Jubal.

Je me redressai. Le navire de guerre était rempli de soldats britanniques en pleine effervescence. Pourquoi avaient-ils choisi ce moment précis pour explorer ce phallus de broussailles et de guano ?

La chance me joue vraiment des tours.

En quelques minutes, notre tâche était devenue beaucoup plus compliquée.

36

« Je crois que je vais avoir besoin de votre aide. »

J'avais rarement eu plus de mal à prononcer une phrase. Léon Martel avait l'air aussi triomphant que César face à un chef barbare enchaîné. Il avait ma femme, mon fils, et maintenant il pensait qu'il m'avait, moi. L'arrivée des Britanniques au rocher du Diamant allait faire de nous des alliés de circonstance. J'avais eu l'occasion de remarquer ce genre de sourire des milliers de fois dans les cercles de jeu : c'était le sourire de celui qui a vu les cartes de l'adversaire et qui sait que sa main est meilleure.

« Bonaparte serait ravi, déclara-t-il.

— Napoléon m'a envoyé négocier la vente de la Louisiane, pas chercher des machines volantes aztèques. S'il savait ce que nous faisons, il nous ferait enfermer dans un asile de fous en compagnie du marquis de Sade.

— N'en soyez pas si sûr. »

Nous étions assis sur la terrasse du magnifique château de Martel (comment il avait pu se l'offrir restait toujours un mystère). La jungle formait un véritable mur végétal, et le chant assourdissant des oiseaux et des grenouilles masquait notre conversation à d'éventuelles oreilles indiscrètes. Martel but une gorgée de vin et poussa un long soupir satisfait. J'avais besoin de lui ; il jubilait.

« Pourquoi avez-vous besoin de mon aide ?

— La marine britannique a pris possession du rocher du Diamant.

— Les Anglais ? s'écria-t-il en se levant d'un bond.

— Je crois qu'ils sont en train d'y construire un fort. »

Le culot britannique dans toute sa splendeur. Ils avaient approché le rocher en toute discrétion, l'avaient escaladé, puis ils avaient installé des canons au sommet. À présent, ils pouvaient tirer en toute impunité sur n'importe quel navire français qui passait à portée. Cela obligerait tous les navires venant du sud à faire un long détour par l'ouest, ce qui les contraindrait à affronter vents et courants contraires pour entrer dans le port de Fort-Royal. De nombreux navires marchands ne prendraient pas cette peine, causant beaucoup de tort à l'économie martiniquaise. Pour ajouter à l'insolence, les Anglais avaient été jusqu'à hisser leur drapeau sur le monolithe, qu'ils avaient d'ailleurs rebaptisé *HMS Diamond Rock*, un nom de navire pour un bateau insubmersible. C'était un acte provocant, mais absolument génial de la part des Britanniques, et je ne pouvais qu'être admiratif. Mais en attendant, ils étaient assis sur ce qui était peut-être un des trésors les plus fabuleux du monde, comme une poule qui n'a pas conscience de couver un œuf en or.

« Les Anglais ! tonna Martel avec la même rage dans la voix que Napoléon. Ils se goinfrent parce que leur marine est la plus puissante.

— Je crois qu'on appelle ça la guerre.

— Notre flotte manque de courage.

— C'est surtout qu'elle manque de capitaines, rétorquai-je. Vos meilleurs officiers de marine ont fui ou ont été exécutés pendant la Révolution. Il faut des dizaines d'années d'expérience pour commander un navire de guerre, mais votre pays voyait cette expérience comme une preuve de royalisme. Vous ne pouvez vous en prendre qu'à vous-même.

— Un jour, la France se vengera mais, pour l'heure, nous sommes sur la défensive. Les Anglais agissent comme des pirates et des barbares depuis la chute de l'Empire romain. Personne ne le sait mieux que les Américains. La France et les États-Unis sont des alliés naturels, Gage. C'est ce que j'ai essayé de vous dire, à Paris.

— En me noyant dans une cuve ?

— Il m'arrive de manquer de patience. Mais une relation entamée de la pire des façons peut se finir en grande amitié. Aujourd'hui, nous sommes partenaires dans la recherche d'un trésor à l'importance stratégique, historique et scientifique indiscutable. L'Angleterre sera enfin conquise, et le monde retrouvera la paix sous le gouvernement visionnaire de Napoléon Bonaparte. Vous serez riche, je serai puissant, et nous dînerons tous les deux à la table du Premier consul, où nous rapporterons à Joséphine les derniers ragots de son village natal. »

Il ne manquait pas d'imagination. Comme j'avais le même défaut, je me méfiais : à trop se projeter dans l'avenir, on a tendance à occulter la réalité. Mais mes compagnons et moi avions besoin d'aide et d'un moyen de distraire les Anglais. Voilà pourquoi je me retrouvais à comploter avec un policier renégat, avec la bénédiction réticente de ma femme.

Quand j'étais retourné au château de Martel après notre première visite du rocher, j'avais insisté pour voir Astiza avant de discuter. Comme mon ennemi avait senti que j'avais perdu de mon agressivité, il nous avait autorisés à nous retrouver dans la bibliothèque.

Ce furent des retrouvailles passionnées. Plus tôt dans la journée, j'avais observé sur la plage un crabe courir après sa partenaire pour lui sauter dessus avec la même ténacité qu'un propriétaire traquant un locataire en fin de mois. Je fis à peu près la même chose avec Astiza : je me jetai sur elle comme un adolescent frustré et l'embrassai passionnément, une main parcourant le chemin entre ses hanches et ses fesses, l'autre agrippée à sa poitrine. Il faut dire que nous ne nous étions pas vus depuis si longtemps ! Pendant ces réjouissances, je fus particulièrement attentif au moindre signe d'hésitation de sa part, qui aurait pu être synonyme d'infidélité, ou pire. Mais non, elle me rendit mes baisers avec la même ardeur, reprenant sa respiration quand elle n'en pouvait plus, avant de fondre de nouveau sur moi d'une manière qui me donnait envie de lui faire l'amour là, sur le tapis. Et Corbeau et ses hommes qui se trouvaient juste derrière la porte…

« Est-ce qu'il t'a violentée ? demandai-je.

— S'il avait essayé, un de nous deux serait mort.

— Pourquoi est-ce que tu m'as abandonné, à Saint-Domingue ?

— Je te l'ai déjà dit, Ethan, je savais que nous nous retrouverions ici, à la Martinique. Et je n'avais pas envie de rejoindre Dessalines tant que mon fils se trouvait à Cap-François aux mains d'un fou dangereux.

J'ai donc suivi Martel dans l'espoir de protéger Horus en attendant que tu nous retrouves. D'ailleurs, tu ne m'as pas laissé le temps de te l'expliquer. Quand je suis descendue, tu n'étais plus dans la bibliothèque, et je n'avais pas le temps de te chercher. »

Jamais je n'aurais dû entrer dans ce monte-charge, pensai-je.

« Je croyais que Rochambeau t'avait entraînée dans sa chambre. J'ai bien failli le tuer.

— Qu'est-ce que tu peux être impulsif ! Et naïf ! Qu'est-ce que j'irais faire avec un gros lézard comme Rochambeau alors que je suis déjà mariée à Adonis ? »

Voilà qui me plaisait. Parce que, il faut bien le dire, je suis plutôt bel homme.

« Martel savait que la ville allait tomber, poursuivit-elle. Il voulait partir et il savait que tu suivrais. Je n'ai pas choisi Horus ou Léon plutôt que toi. C'était la seule option que j'avais.

— Je vais tuer Martel, tu sais ?

— Oui, mais lui aussi le sait et, quand tu essaieras, il sera préparé. S'entretuer, c'est bien une idée d'hommes… Moi, tout ce que je veux, c'est partir loin de lui avec ma famille. Je me fiche du trésor, je me fiche de la guerre. Est-ce qu'on peut faire ça, Ethan, s'il te plaît ? S'en aller sans nous retourner ?

— Absolument. Mais je pense que l'occasion ne se présentera que quand il n'aura d'yeux que pour le trésor. On trouve le butin, on négocie, on se bat, et on s'enfuit.

— Mais ce trésor, où se trouve-t-il ?

— Sous un rocher aussi massif que la grande pyramide. Enfin, je l'espère. Nous avons trouvé une grotte sous-marine, mais l'accès est difficile. Et en plus, maintenant, les Anglais ont établi un campement sur le rocher en question. C'est pour ça que j'ai besoin de Martel.

— Ce trésor est maudit, Ethan. Les Aztèques ont jeté un sort dessus. J'ai vu des choses dans le petit temple que je m'étais aménagé lors de notre traversée de l'Atlantique, et j'en ai lu d'autres ici. Tu ne dois pas te laisser tenter. Laisse les Français se partager le butin ; ils ne tarderont pas à regretter leur découverte. Mais il faut qu'on parte d'ici.

— Qu'est-ce que tu as lu ?

— Martel a découvert des rapports faisant état d'un bateau pirate commandé par des Marrons, qui aurait fait le tour de la Martinique il y a deux cents ans. Peut-être qu'ils cherchaient une cachette et qu'ils sont tombés sur ce fameux rocher. Puisqu'ils ne s'attaquaient pas aux navires marchands qu'ils croisaient, il est probable qu'ils cherchaient à cacher un trésor plutôt qu'à en amasser un. Depuis ce jour, les planteurs ont fouillé les plages de la Martinique, en vain. Mais ce n'est pas ça, le plus bizarre. J'ai trouvé d'autres documents dont Martel n'a jamais entendu parler.

— Ah oui ?

— Quelques semaines plus tard, le bateau pirate a été retrouvé en pleine mer, à la dérive.

— Et ?

— Il était vide. Tous les Marrons avaient disparu. Pas de cadavres, pas de traces de combat, pas d'indices. »

Je frissonnai.

« Peut-être que l'ancre s'est détachée pendant qu'ils étaient à terre, suggérai-je.

— Peut-être, répondit-elle, sceptique. Mais je ne

peux m'empêcher de me poser des questions. S'ils venaient de Saint-Domingue, souhaitaient-ils cacher le trésor ou s'en débarrasser ? Avaient-ils l'intention de retourner le chercher un jour ? Ou voulaient-ils l'enterrer si profond que personne ne le retrouverait jamais ?

— D'après toi, on leur avait jeté un sort ?

— Pense à tous les ennuis qu'a causés une simple émeraude, que ce soit à Yusuf Karamanli ou à nous.

— Premièrement, je crois en la chance, pas en la malchance. Deuxièmement, j'ai déjà récupéré mon émeraude, et elle va nous permettre de vivre confortablement jusqu'à la fin de nos jours. Troisièmement, il serait idiot de ne pas récupérer un tel trésor si nous mettions la main dessus. Que Martel finisse maudit. Que Jubal et ses hommes récupèrent le trésor et passent un accord entre leurs dieux et les dieux aztèques. Nous avons seulement besoin d'une occasion pour nous enfuir ensemble mais, pour cela, il faut être aussi riche que Montezuma. »

Pour tout vous dire, je voulais moi aussi jeter un coup d'œil au tas de pierres précieuses.

« Ta famille contre le butin, me rappela-t-elle. Ne sois pas cupide.

— D'accord. Mais pour gagner, il nous faut un plan. Voici ce que nous allons faire. »

*

Comme je n'avais ni Robert Fulton ni son sous-marin à disposition, j'avais décidé de m'inspirer du canoë retourné de Jubal. Nous allions utiliser une cloche de plongée, un équipement qui remontait à la Grèce antique.

L'idée était simple. Mettre un chaudron à l'envers dans l'eau pour y enfermer de l'air, puis plonger et passer la tête dans le récipient pour respirer. Sur certains modèles, un tuyau permettait de renouveler l'air.

Les cloches de plongée utilisées pour piller les épaves étaient en général assez imposantes et équipées de pompes à air. Un tel appareil ne serait pas pratique dans la petite grotte, sans compter qu'il risquerait d'attirer l'attention des Anglais.

Mon plan était moins compliqué. Il nous suffirait de lester un baril de rhum avec du plomb pour qu'il soit assez lourd et assez stable. On fixerait ensuite une petite fenêtre sur le côté pour pouvoir se repérer sous l'eau et on utiliserait les champignons phosphorescents qu'on trouve parfois dans le bois pourri pour s'éclairer. Comme nous n'avions ni tuyau ni pompe, nous utiliserions des sacs en cuir remplis d'air pour alimenter notre réserve d'oxygène. Mon corps serait immergé dans la mer des Caraïbes, mais je pourrais respirer.

Pour compléter l'installation, nous utiliserions une corde, comme avec Jubal.

Un plan qui tenait du génie, mais qui n'était malheureusement pas de moi. D'ailleurs, nous dûmes nous plonger dans les livres de la bibliothèque de Martel pour parfaire notre stratégie et pour choisir le genre de navire que nous allions utiliser...

« Si la grotte ne donne sur rien, je n'aurai qu'à tirer sur la corde pour qu'on me ramène à l'air libre », expliquai-je à Astiza pour la rassurer, alors que nous nous trouvions avec Jubal et Martel dans la bibliothèque.

Tenir un conseil de guerre avec une femme et un Noir pouvait paraître extraordinaire, mais nous étions au XIXe siècle : les temps avaient changé !

« Et si je trouve le trésor, poursuivis-je, je ferai des allers et retours pour le récupérer.

— Et les Anglais ?

— Nous lancerons une attaque navale de l'autre côté du rocher pour faire diversion, dit Martel.

— Tout est donc basé sur la confiance, commenta Astiza, sceptique.

— Bien sûr que non, madame. Les associés ne se font pas confiance, ils font appel à des avocats et signent des contrats. Vous contre le trésor. Mais les voleurs ont un code d'honneur, n'est-ce pas, monsieur Gage ? Un simple échange, et votre famille sera libre. Où irez-vous ? Aux États-Unis ?

— Aussi loin de vous que possible.

— N'oubliez pas qu'un tiers du trésor revient à Haïti, rappela Jubal.

— Je n'ai pas l'habitude de négocier avec des nègres, maugréa Martel.

— Et les Haïtiens libres n'ont pas l'habitude de fréquenter les amis des négriers, rétorqua mon compagnon. Alors, nous faisons ce que font les esclaves.

— C'est-à-dire ?

— Nous prenons sur nous le temps qu'il faut.

— Ha, ha ! s'esclaffa Martel. Vous feriez un parfait criminel, à Paris.

— Et vous seriez parfait dans les champs, avec un chapeau de paille et une machette. »

Le Français dévisagea son nouvel allié en silence, mal à l'aise.

« Dans deux semaines, ce sera une nuit sans lune, finit-il par annoncer. Mieux vaut agir quand les Anglais ne pourront pas nous voir.

— Après quoi, c'en sera fini pour de bon de notre partenariat », conclus-je.

37

Alors que nous étions en pleins préparatifs, je me rendis compte que nous étions désormais en 1804, et que j'avais complètement oublié Noël. Martel me permit de jouer avec mon fils trois fois, dont deux sous surveillance. Nous creusâmes donc un tunnel, rampâmes dans les buissons et jetâmes des cailloux dans la mare. Mais la plupart du temps, j'étais coincé à l'atelier, à construire nos cloches de plongée. Astiza, elle, supervisait la fabrication des sacs en cuir.

Chaque nuit, la lune disparaissait un peu plus et, chaque jour, le soleil étincelant de la Martinique se couvrait d'un voile opaque. Jubal observait régulièrement le ciel.

« Le mauvais temps arrive, murmura-t-il. Le climat ressemble plus à septembre qu'à janvier. Nous devons faire vite.

— Un grain nous permettrait d'agir en toute discrétion, objectai-je.

— La tempête qui s'annonce risque d'être terrible, prévint-il. La mer sera déchaînée. Il faudra plonger et repartir avant de nous retrouver au milieu de l'ouragan.

— Un peu de pluie pour aveugler les Anglais, c'est tout ce que j'espère.

« — Et moi, j'espère que ton idée permettra de mater les Français. »

Notre plan était par la force des choses compliqué. Nous avions besoin de lumière pour plonger mais, avec les Britanniques au sommet du rocher, nous ne pouvions approcher qu'à la faveur de la nuit.

Notre stratégie comprenait trois étapes. Jubal, Martel et moi serions les plongeurs. Antoine et les hommes de Jubal se joindraient à Corbeau, Vautour, Busard et leurs acolytes sur une galiote à bombes, un petit bateau à voile. Dès qu'ils arriveraient à proximité du rocher du Diamant, ils utiliseraient un mortier fixé à la proue pour bombarder les Anglais. La galiote comptait deux mâts décalés vers l'arrière, chacun équipé de voiles carrées. Le gouverneur de la Martinique nous avait fourni quelques marins expérimentés pour manœuvrer le navire. Ma femme et mon fils feraient également partie du voyage, en tant qu'otages.

Le bombardement du rocher débuterait le lendemain, et nous en profiterions pour explorer la grotte sous-marine. Le trésor éventuel devait être récupéré puis déposé au fond de la mer, où la galiote viendrait le chercher la nuit suivante.

En d'autres termes, nous n'avions pas droit à l'erreur.

Léon Martel était ravi de venir avec Jubal et moi – tant que ses hommes tenaient ma femme et mon fils, il n'avait rien à craindre. Nous ramâmes tous les trois vers le rocher par une nuit sans lune, prenant régulièrement des relèvements, car il n'y avait pas la moindre source de lumière. J'avais peur que les Anglais ne nous remarquent, mais je finis par me rendre à l'évidence : notre barque était minuscule et nos chances d'être repérés infimes. Nous avancions en silence, le visage caressé par la brise tiède, seuls dans l'univers. J'étais nerveux. La houle annonçait l'arrivée prochaine de la tempête.

Au milieu de notre barque trônaient le tonneau de rhum aménagé et les outres fraîchement cousues.

Après une heure, nous entendîmes les vagues claquer contre le rocher du Diamant. Je levai les yeux et vis la lueur des lanternes anglaises au sommet. Nous nous approchâmes de la falaise qui faisait face à la Martinique et pénétrâmes dans une crique qui ressemblait plus à une crevasse de la largeur de notre embarcation. Un surplomb nous empêchait d'être repérés par les sentinelles. Nous attachâmes notre chaloupe, préparâmes la cloche de plongée et nous installâmes le plus confortablement possible pour attendre l'aube.

Aucun d'entre nous ne parvint à dormir.

« Ethan, qu'est-ce que tu feras quand tu seras riche ? demanda Jubal.

— J'en ferai le moins possible, répondis-je en changeant de position.

— Vous risquez de vous ennuyer assez vite, monsieur Gage, dit Martel d'un ton railleur. Ce n'est pas dans votre caractère de rester inactif.

— Et vous, alors, Léon, qu'est-ce que vous ferez ? répliquai-je. Vous vous paierez des prostituées et des chevaux ?

— L'argent, c'est la puissance, et la puissance, c'est le pouvoir. Je veux donner des ordres, pas obéir.

— Raison de plus pour que nous nous séparions à la fin de cette aventure. Et toi, Jubal ?

— Je veux reconstruire ma terre natale. Avant la guerre, Haïti était le plus beau pays du monde. Il ne demande qu'à le redevenir.

— Une cause bien plus noble que nos motivations, qu'en pensez-vous, Martel ?

— Oh oui ! Tellement noble que ça me donne envie d'acheter votre ami et de le mettre au travail dans une plantation.

— Cette époque est révolue, Français, rétorqua Jubal.

— Croyez-moi, votre misérable révolution se révélera très vite une erreur.

— C'est pourtant votre révolution qui nous en a donné l'idée. Liberté et égalité, criait-on à Paris il n'y a pas si longtemps ! Et aujourd'hui, sur chaque île, les planteurs n'arrivent plus à fermer l'œil, de peur de se faire trancher la gorge au nom de la liberté, conclut-il en faisant un sourire mystérieux à notre allié temporaire.

— Avez-vous l'intention de trancher la mienne ?

— Non, parce que je suis déjà libre et que nous sommes associés, comme vous dites. Pour vous comme pour moi, c'est bien mieux qu'un rapport maître-esclave, non ? C'est cela que votre race doit comprendre. »

Martel se retourna pour dormir.

« Très bien, très bien, soupira-t-il. Monsieur Gage, ennuyez-vous. Jubal, gâchez votre argent pour un pays qui ne vous sera jamais reconnaissant. Moi, je gravirai les échelons en France et je régnerai comme un seigneur.

— Au moins, vous êtes franc, notai-je.

— Je suis honnête. Tout le monde est corrompu, mais je suis le seul à l'admettre. »

Le soleil se leva sur la Martinique, inondant notre petite crique et aveuglant les sentinelles anglaises qui voudraient regarder dans notre direction. À moins que quelqu'un ne s'amusât à descendre, ce qui était hautement improbable, nous étions invisibles. Dès l'arrivée du jour, Jubal se glissa dans l'eau avec une bouée en bois sur laquelle étaient posées une ancre et une corde. Il nagea jusqu'à l'entrée de la grotte sous-marine, plongea pour installer l'ancre, puis il ajusta la longueur du filin de sorte que la bouée se retrouve quelques centimètres sous l'eau. Enfin, il revint à la chaloupe pour y accrocher la corde. Au moment venu, nous n'aurions qu'à tirer sur la corde pour atteindre notre but et mettre en place notre cloche de plongée.

Le soleil grimpait dans le ciel ; l'eau noire devint bleue, puis turquoise. J'observais Martel, qui m'observait en retour. Il attendait le moment où je me jetterais sur lui pour le tuer, et réfléchissait de son côté à des moyens de me trahir. Oui, cet homme avait tout d'un escroc. Jubal se plaça entre nous, comme un arbitre avant un combat de boxe.

Soudain, nous entendîmes des cris au-dessus de nos têtes, suivis d'un bruit de clairon.

« Ça y est, ils ont repéré le cadeau de votre femme, murmura Martel. Nous pourrons agir dès l'après-midi. »

J'avais beau avoir le plus grand mal à l'admettre, Martel et moi avions des points communs. Nous étions tous les deux des opportunistes, et nous savions improviser. Il n'était pas facile d'attaquer les Anglais depuis la mer, car leur position élevée était idéale pour leurs canons. Martel avait donc utilisé mes documents signés par Rochambeau pour organiser une diversion élaborée avec le concours du gouverneur de la Martinique. Nous avions transformé un navire de vingt-cinq mètres en une galiote baptisée *Montagne Pelée* – traditionnellement, on donnait des noms de volcans à ce genre de vaisseau. Des artisans enlevèrent le mât de misaine, renforcèrent le pont avec des poutres et installèrent un énorme mortier. Le canon était si lourd que le navire piquait légèrement du nez. En théorie, le mortier pouvait atteindre le sommet du rocher, mais la galiote tenait mal la mer à cause de ses voiles décalées vers l'arrière. Cela n'avait guère d'importance, car sa vraie mission était de créer une diversion.

Nous ne parlâmes pas du trésor au gouverneur, mais nous lui assurâmes qu'un seul boulet bien placé pourrait faire exploser toute la garnison britannique.

« C'est un plan de l'illustre mercenaire et savant Ethan Gage, le héros des pyramides », expliqua Martel au gouverneur Villaret, qui ne remarqua pas le sarcasme dans le ton du policier renégat.

L'éventualité d'une victoire suffit à nous faire prêter un mortier de plus d'une tonne : si le gouverneur parvenait à récupérer le rocher du Diamant capturé par l'ennemi, c'était la promotion assurée, et le retour en métropole. Car Villaret avait bien l'intention de partir avant d'être rattrapé par la fièvre jaune.

Mon allié malhonnête connaissait le point faible du gouverneur, et il avait su en profiter.

Pour parfaire le plan, Astiza pensa à une ruse si astucieuse que je regrettai de ne pas y avoir songé moi-même. Pendant que nous ramerions de nuit en direction du rocher du Diamant, la galiote se laisserait dériver de l'autre côté et jetterait à la mer quelques barils à moitié pleins.

À l'aube, les tonneaux se trouvaient à proximité du monolithe, à l'opposé de notre cachette. Nous entendîmes les cris de joie de la garnison. Qui n'aime pas arpenter les plages en quête d'objets de valeur ?

Les cris redoublèrent d'intensité quand les soldats s'aperçurent que les tonneaux contenaient du rhum.

« Je vois que tu es une grande spécialiste de la marine anglaise, avais-je dit à Astiza.

— Disons que je connais la nature humaine, et je sais à quel point il doit être ennuyeux de se retrouver coincé sur ce caillou. Ces barils à moitié pleins ne le seront plus qu'au quart quand ils atteindront le sommet du rocher pour y être inspectés par le commandant. Cela devrait altérer considérablement la visée des soldats et l'attention des sentinelles. Le premier objectif dans une bataille, c'est d'aider l'ennemi à s'autodétruire.

— Tu parles comme Napoléon, ma douce.

— Tu m'as tout appris, mon petit électricien sournois. »

Mais comment pourrais-je donc aider Martel à s'autodétruire, le moment venu ?

Nous étions toujours sur notre chaloupe, à attendre en plein soleil les premiers coups de canon. Des goélands, qui ne devaient pas voir d'un très bon œil notre intrusion sur leur territoire, se vengeaient occasionnellement en souillant notre embarcation. Le ciel devint plus gris. Sous l'effet du rhum, les voix anglaises se firent plus fortes. Rires, chants, réprimandes sévères, leçons de morale… oui, l'alcool faisait son travail. Puis soudain, d'autres cris s'élevèrent : les sentinelles avaient enfin repéré la galiote et son mortier à la gueule béante.

Notre plan insensé allait-il marcher ?

Et s'il n'y avait pas de trésor ?

Dans ce cas, Martel ou moi ne sortirions pas vivants de la grotte.

À deux heures, nous entendîmes la détonation du

400

mortier, puis une explosion lorsque le boulet atteignit le rocher, quelque part au-dessus de nous. Des fragments de roche et d'acier criblèrent la surface de l'eau. Martel sourit.

« Ça y est ! s'exclama-t-il. Tous les yeux vont être rivés sur la galiote. »

Une autre détonation retentit, puis une autre et encore une autre : les Anglais ripostaient. Bientôt, le duel d'artillerie fit rage. Nous savions que, au bout de quelque temps, les Anglais, même ivres, finiraient par faire reculer notre bateau, et j'avais peur qu'un boulet n'atteigne ma femme et mon fils. Nous devions agir vite.

Nous tirâmes sur la corde pour que notre chaloupe rejoigne l'endroit où Jubal avait installé la bouée. En quelques secondes, notre cloche de plongée rudimentaire fut prête.

« C'est moi qui soupçonne que cet endroit est la cachette, alors c'est à moi de prendre le premier risque ! » déclarai-je.

À vrai dire, ce n'était pas vraiment du courage ; je souhaitais autant que possible garder le contrôle de la situation.

Je me glissai donc dans l'eau, tenant la chaloupe d'une main et un sac contenant des balles de mousquet dans l'autre. Jubal et Martel installèrent le tonneau de rhum au-dessus de ma tête. Je lâchai le bateau et m'agrippai au harnais en cuir que nous avions placé dans la cloche. Seules ma tête et mes épaules dépassaient de l'eau, et seule la petite fenêtre fixée dans le bois me fournissait une source de lumière. Avec le poids du plomb et des balles de mousquet, je coulai comme un caillou. Après quatre mètres, j'atteignis le fond. Je regardai autour de moi. Je me trouvais dans une bulle d'air, à l'intérieur d'une cloche de plongée. J'oscillai quelques instants, puis parvins à me stabiliser. Une corde reliée à la cloche passait par un anneau situé sous la bouée avant de rejoindre la poupe de notre chaloupe. Les outres d'air étaient attachées dans mon dos. Pendant que j'explorerais, mes compagnons retourneraient se poster à l'abri des regards, et ils ramèneraient la cloche au bout d'un quart d'heure, que j'y sois accroché ou pas.

Si tout se passait bien, je devais nouer un mouchoir blanc, comme les morceaux de tissu que nous avions utilisés à Saint-Domingue pour repérer les barils de poudre dans le noir. Ce serait signe que j'avais trouvé le trésor. À ce moment-là, Martel choisirait si oui ou non il voulait me rejoindre dans la grotte.

Comme j'estimais à une sur deux mes chances de survie, je fis promettre à Martel que, si je me noyais, il relâcherait ma femme et mon fils.

« C'est d'accord, dit-il. Ils ne me serviraient plus à rien, de toute façon. Vous voyez, je ne suis pas un vulgaire criminel !

— Vous êtes un comploteur.

— C'est vrai. Comme vous. Nous sommes faits pour nous entendre ! »

Je parvins enfin à me repérer au fond de la mer. Je devinai devant moi l'entrée triangulaire de la grotte. Elle semblait onduler et m'encourager : *Ethan, par ici !* Était-ce Ezili qui me parlait, ou quelque sirène voulant m'attirer vers une mort certaine ?

Le bruit du duel d'artillerie résonnait sous l'eau.

Je fis tomber quelques balles de mousquet pour gagner en flottabilité. Aussitôt, mes pieds se décollèrent de quelques centimètres du sol rocheux. Le système était relativement similaire à celui d'une montgolfière.

Puis soudain, le courant m'attira vers l'entrée sombre. Le tonneau frotta contre un côté, rebondit contre l'autre, puis rebondit encore, avant de se stabiliser dans l'obscurité. C'était comme tomber dans un trou, sauf qu'il n'y avait pas moyen d'escalader pour ressortir.

Mais ce qui se trouvait au fond du trou pourrait changer le monde.

38

Pendant quelques instants, je fus dans le noir complet. Puis j'aperçus une lueur bleue, comme si une fissure laissait passer quelques rayons de soleil – était-ce là que Jubal avait repris sa respiration ? Après quoi, je plongeai de nouveau dans l'obscurité. Je progressai doucement, sous mon tonneau qui dansait dans l'eau. J'avais calculé que le rocher ne faisait que quelques centaines de mètres de large et que la grotte devait s'arrêter bien avant, mais qu'adviendrait-il de moi si l'océan descendait jusque dans les entrailles de la terre ?

Seul le besoin de récupérer ma famille me retint de céder à la panique et de tirer sur la corde pour qu'on me ramène à l'air libre.

Soudain, je m'arrêtai. Aussitôt, je me dis que mes compagnons étaient justement en train d'essayer de me faire faire marche arrière. Je jetai un coup d'œil par la petite fenêtre, mais je ne vis rien. Tout était noir. Seule la petite bouteille de champignons phosphorescents scintillait à l'intérieur de ma cloche, mais elle n'éclairait que mes mains. Je compris alors que la corde avait dû s'accrocher. Je lâchai le harnais en cuir, plongeai la tête sous l'eau et tendis la main en dehors du tonneau pour tirer. Enfin, le filin se libéra, et je me remis à avancer.

Je me hâtai de regagner l'intérieur de ma coquille et poursuivis doucement mon chemin, comme une feuille emportée par le courant. Enfin, je heurtai un rocher et sentis le sol sous mes pieds. J'étais dans un cul-de-sac, plaqué à la paroi par le courant. Il faisait plus sombre que jamais, et j'avais de plus en plus de mal à respirer.

Je commençai par me saisir d'un des petits sacs d'air d'Astiza. Je le glissai sous le tonneau et ôtai le bouchon. Aussitôt, je me sentis mieux.

À présent, il était temps d'explorer.

Je lâchai le harnais, pris une profonde inspiration, et plongeai. Puis je remontai, à la recherche du plafond.

Au lieu de quoi, je me retrouvai à la surface. J'étais dans une caverne.

J'aspirai tout l'air que je pouvais. Quel bonheur de respirer ! La paroi qu'avait heurtée la cloche était humide et rêche. Aucun son ne filtrait de l'extérieur, pas de vagues, pas de coups de canon, seulement le silence. Je tâtai la paroi jusqu'à trouver une saillie au-dessus du niveau de l'eau. Je ne voulais pas aller plus loin, de peur de ne pas retrouver la cloche. Je comptai donc les pas, puis fis demi-tour et attrapai le tonneau du bout du pied. Je passai la main sous la chemise pour en tirer le mouchoir blanc, puis je plongeai et l'accrochai au baril. Ainsi, mes compagnons sauraient qu'il n'y avait pas de danger. Au moment où je m'apprêtais à repartir, la cloche se mit à reculer. Le quart d'heure était écoulé.

Je nageai jusqu'au rebord et sortis de l'eau. Que la lumière soit !

Ayant retenu la leçon de la bataille de Vertières, je déballai un tissu imperméable contenant une pierre à feu, du fer, du petit bois, une bougie et une bouteille de phosphore. Je débouchai doucement cette dernière et récupérai un petit fragment. Il s'alluma juste assez pour me permettre d'embraser mes copeaux de bois. Après quoi, j'allumai la bougie et l'enfonçai dans une fissure. Les ombres reculèrent. Le bassin d'où je venais de sortir scintillait.

Enfin, je regardai autour de moi.

J'étais assis sous un dôme rocheux qui culminait à cinq mètres de haut. Je discernai une crevasse au-dessus, une vieille cheminée volcanique par laquelle devait arriver l'air. À part l'endroit où j'étais assis, le dôme plongeait à pic dans la mer. Mais derrière moi…

Je me retournai et sursautai. Un alligator était tapi dans l'ombre, la gueule ouverte. Il avait dû attendre l'arrivée de son dîner pour sortir de l'eau. Ses dents scintillaient.

Mais très vite, je m'aperçus que ce monstre était en or, que ses yeux étaient deux émeraudes et ses dents des cristaux de quartz. La statuette devait faire la taille de mon bras. Derrière, dans l'ombre, un tas d'or et d'argent. J'avais trouvé la réserve du dragon : des colliers, des couronnes, des roues en argent couvertes d'inscriptions étranges, et des statues d'animaux constellées de pierres précieuses. Sur certaines, les turquoises et les jades étaient aussi étincelants que la mer des Caraïbes, et la confection digne de l'atelier de Nitot. Il y avait également des petits tas d'émeraudes, vertes comme les collines irlandaises.

J'avais trouvé le trésor perdu de Montezuma, ou du moins ce qu'il en restait. Mais ce qu'il en restait devait équivaloir à la richesse de mille rois. Il y avait là de quoi financer des armadas entières, faire construire des palais, recruter des armées, ériger des cathédrales. Pourquoi ceux qui avaient récupéré ce butin l'avaient-ils caché ici ?

Comme pour répondre à ma question, je remarquai plusieurs piles blanches. Je m'approchai. C'étaient des ossements, beaucoup d'ossements. Des squelettes agglutinés autour du trésor comme des soldats autour d'un feu de camp. Leurs orbites semblaient regarder les pierres précieuses d'un air mauvais. La chair et les vêtements avaient depuis longtemps disparu.

Apparemment, les Marrons n'étaient jamais ressortis. Tués pour garder le secret ? Coincés par le courant ? À moins qu'ils ne se fussent sacrifiés pour enterrer à jamais leur découverte maudite, comme Astiza l'avait suggéré.

Ah, la superstition !

Tout ce que je savais, c'est que je ne voulais pas les rejoindre.

Je m'approchai du trésor pour l'examiner de plus près. Il y avait là des masques en métal terrifiants et magnifiques, des épées en jade, et des colliers en or aussi lourds que ceux qu'on mettait au cou des esclaves. Des jouets en or roulaient sur leurs petites roues, et de simples lingots de métal précieux étaient empilés comme des briques – les conquistadors avaient dû faire fondre une partie des œuvres aztèques pour faciliter leur transport.

Enfin, je tombai sur de curieux objets : des machines en forme de saucisse, équipées d'ailes triangulaires, et conduites par des hommes casqués. Je n'avais jamais vu de tels engins, mais ils me rappelaient curieusement l'espèce de machine infernale à bord de laquelle je m'étais élancé dans les airs au fort de Joux.

Pour résumer, il s'agissait de machines volantes, ou du moins de maquettes.

Martel n'était peut-être pas si fou, au final. Ces objets seraient-ils assez détaillés pour permettre aux savants français de fabriquer un engin susceptible de traverser la Manche ?

Je m'agenouillai, écrasé par ma découverte. Comment et pourquoi des esclaves en fuite avaient-ils récupéré tout cela au milieu de récifs battus par les vagues pour le transporter jusqu'ici ? Ils avaient réussi à résister à la tentation de le garder pour eux… Pourquoi ? Tous les hommes sont cupides. Le trésor les avait-il emprisonnés ici ?

Je me retournai brusquement en entendant un bruit d'éclaboussures derrière moi. Ce n'était que Martel qui sortait sa tête de sous la cloche. Il se hissa à côté de moi, s'ébroua comme un chien (je m'empressai de protéger la bougie), puis ouvrit la bouche devant la montagne de richesses. Pendant quelques secondes, il fut incapable de prononcer le moindre mot.

Puis il finit par s'approcher d'un des objets en forme de triangle, le ramassa et le tint en l'air comme s'il allait s'envoler tout seul. Il arborait un air de triomphe et d'émerveillement presque enfantin.

« Je vous l'avais bien dit, Gage ! » s'exclama-t-il.

39

Je compris pourquoi personne n'avait réussi à récupérer le trésor de Montezuma lorsque j'essayai de sortir de la grotte avec une poignée de bijoux. L'eau ne s'arrêtait pas à la caverne : elle s'engouffrait dans une autre faille et poursuivait sa route, peut-être jusqu'à l'autre extrémité du rocher du Diamant. Il y avait donc un courant constant qui pénétrait dans la grotte, quelle que fût la marée. Sans aide extérieure, le retour était impossible. Pas étonnant que j'y aie trouvé des squelettes !

Je plongeai dans le bassin, m'accrochai à la sangle de la cloche de plongée, et donnai un petit coup sur la corde pour que Jubal me ramène. Le retour s'apparenta à la remontée d'une rivière à bord d'une saucisse en bois. Mon compagnon avait de nouveau caché la chaloupe dans les rochers, puis il avait trouvé un perchoir au-dessus de l'entrée de la grotte pour tirer la corde. Malgré sa position plutôt stable, il devait travailler avec plus d'acharnement qu'un débardeur au port de Marseille.

Ses efforts furent récompensés lorsqu'il me vit apparaître à la surface en brandissant un collier en or assez lourd pour couler celui qui se serait hasardé à le porter.

« Le trésor existe vraiment, Jubal !

— Par les écailles de Damballa, ce collier suffirait à reconstruire mon pays !

— Je crois qu'Ezili nous aime bien.

— Ezili a beaucoup en commun avec notre allié français : elle n'aime qu'elle-même. Bientôt, ce sera chacun ses rêves. »

Il avait raison. Une fois que nous aurions récupéré le trésor, nous serions plus tourmentés par la tentation qu'un écolier dans un bordel. Mais pour l'heure, nous avions du pain sur la planche.

« Je vais déposer ceci à côté de l'ancre et retourner chercher le reste, annonçai-je.

— Fais vite, dit-il en désignant le ciel. Le temps est en train de tourner. »

Je regardai autour de moi. L'eau était devenue grise et les vagues avaient grossi. On entendait toujours le duel d'artillerie, mais le bruit de la mer le couvrait. Pourvu que notre galiote batte en retraite avant que ma femme et mon fils ne soient blessés !

« Avec ce mauvais temps, les Anglais ne risquent pas de nous voir, affirmai-je.

— Agwe, le *lwa* de la mer, est en colère, Ethan. Quelque chose ne va pas.

— Jubal, si tu voyais ce qui se trouve dans cette grotte, je t'assure que tu changerais d'avis. Tout va très bien, je te le garantis. »

Il hocha la tête, sceptique.

« Pourquoi les Marrons ont-ils caché le trésor ici ? Pourquoi ne sont-ils jamais revenus le chercher ? demanda-t-il.

— Leurs ossements sont restés à l'intérieur. Mais nous ne ferons pas cette erreur.

— Et si on abandonnait Martel, et qu'on s'enfuyait avec la chaloupe et le collier ?

— Non, ses hommes détiennent ma famille. Et il y a une montagne d'or là-dessous. Une juste récompense pour tout ce que tu as enduré, Jubal : des années de guerre, la perte de ta femme.

— La vie ne fait pas les comptes, soupira-t-il. Combien d'allers et retours pour récupérer tout le trésor ?

— Des dizaines.

— Physiquement, je ne tiendrai jamais, dit mon compagnon en se tournant de nouveau vers le ciel, où les éclairs de l'artillerie britannique illuminaient les nuages. Je n'aurai jamais la force de te ramener ou de ramener Martel autant de fois. Voici ce que je te propose : tu retournes à l'intérieur et tu lui dis de venir m'aider. Ensuite, tu remplis un sac, tu l'attaches au tonneau, et nous le ramenons. Ce sera moins lourd. On vide le contenu à côté de l'ancre, pendant que toi, tu tires sur cette corde pour récupérer la cloche. Quand le trésor sera entièrement récupéré, on te ramène.

— C'est une bonne idée. Et je te fais confiance. Mais méfie-toi de Martel.

— Ethan, j'ai été esclave. Je me méfie de tout le monde. »

Nous nous mîmes donc à l'ouvrage, et quel ouvrage ! Je m'attachai une fois de plus à la courroie du tonneau et retrouvai Martel pour l'informer de notre plan. Sans l'angoisse du premier trajet, le chemin me parut nettement plus court.

Au début, Martel se méfia : il ne voulait pas plus me laisser seul avec le trésor que je ne voulais le laisser seul avec Jubal. Mais je lui expliquai que, premièrement, sans aide, je ne pourrais jamais ressortir, et que, deuxièmement, ce serait lui qui se trouverait à côté du tas d'or grandissant, pas moi.

« En revanche, les espèces de machines volantes restent avec moi jusqu'à la fin. Je les rapporterai lors du dernier voyage. Si vous essayez de me doubler ou que vous tuez Jubal, vous ne les récupérerez jamais. Et souvenez-vous que mes amis noirs se trouvent à bord de la galiote.

— Oui, en compagnie de votre femme et de votre fils. Et de mes hommes de main.

— Si nous voulons réussir, nous devons nous entraider.

— C'est ce que je me tue à vous dire depuis le début, monsieur Gage. C'est quand même agréable de travailler avec des associés, non ? »

Sur ce, il prit une grande inspiration, rejoignit la cloche de plongée et tira sur la corde, avant de disparaître dans l'obscurité avec l'alligator de cinquante kilos sous le bras.

Je me mis au travail avant que la bougie n'achève de se consumer.

Le système se révéla très efficace. Jubal et Martel se relayaient pour descendre les sacs d'or et de pierres précieuses à côté de l'ancre et pour ramener la corde ou me renvoyer la cloche. À chaque voyage, je remplissais un sac de butin, l'accrochais au tonneau, puis le regardais partir. Dix minutes après, la cloche revenait, vide. C'était une tâche mécanique, un peu comme pelleter du charbon, et, doucement, le tas d'or diminuait. Il restait encore la moitié du butin quand je plongeai pour accrocher un sac au tonneau et trouvai un mot écrit par Jubal ou Martel :

La tempête approche. Il faut revenir maintenant.

Ce n'était pas le moment de tergiverser. Certes, je laissais une grosse partie du trésor derrière moi, mais il me restait de quoi m'acheter trois fois le château de Saint-Cloud. Sans compter que la bougie menaçait de s'éteindre. Je m'emparai donc des machines volantes, les glissai sous ma chemise, puis je remplis le sac avec quelques statuettes précieuses, m'attachai à la sangle et tirai sur la corde.

Je me méfiais toujours d'une éventuelle trahison. Si quelqu'un coupait la corde, j'étais prêt à m'accrocher aux parois du tunnel et à ressortir à la force des bras.

Mais non, le trajet se passa sans accrocs. Des mains m'agrippèrent, et j'émergeai avec le dernier chargement. Je remarquai que la lumière avait presque entièrement disparu, et je n'entendais plus les coups de feu.

« Les Anglais ont touché notre navire ? demandai-je.

— Non, on aurait entendu des cris de joie. »

Le crépuscule était là, d'un vert inhabituel et menaçant. Les vagues avaient encore grossi. Le brouillard était tombé, me cachant le sommet du rocher. Derrière le bruit des vagues, j'entendais notre chaloupe malmenée par les flots qui frottait contre la roche. L'air était lourd.

« Vous avez raison, le temps presse. Quand est-ce que la galiote reviendra nous chercher ?

— À minuit, me répondit Martel. Vous avez pris les machines volantes ?

— Oui, mais, honnêtement, si vous arrivez un jour à les faire décoller, vous gagnerez toute mon estime.

— Défi relevé, monsieur ! Les scientifiques français sont les meilleurs au monde.

— Vous êtes vraiment aussi fou qu'un savant, Martel.

— Et vous avez autant de sang-froid que les meilleurs pilleurs de tombes. »

Ces compliments échangés, nous regagnâmes à la nage la crique où était amarrée notre chaloupe. Nous montâmes à bord, revêtîmes des vêtements secs – une simple veste, pour moi –, avant d'engloutir du fromage et du vin. Le pain, hélas, était trempé. Jubal regardait le ciel, Martel essayait de comprendre le fonctionnement des objets triangulaires, et j'observais Martel. D'abord, je devais m'assurer qu'Astiza et Harry étaient en sécurité, mais ensuite ?

Si tous mes plans échouaient, il me resterait toujours l'émeraude.

J'avais appris à être prudent en présence d'ennemis et je l'avais avalée, de peur que Martel n'essaie de me la reprendre. Pour la récupérer le plus tard possible, mieux valait ne pas trop manger. Je jetai donc mon morceau de pain spongieux et regardai les poissons se jeter dessus.

« Alors, vous allez réussir à voler jusqu'à Londres ? demandai-je innocemment à Martel.

— Regardez ! Ici, les ailes. Et là, un homme assis qui pilote l'engin. C'est une représentation fidèle à la réalité, j'en suis sûr. Mais de là à savoir si les ailes étaient fixes ou si elles battaient…

— Il n'y a pas si longtemps, je me suis retrouvé à bord d'un planeur qui s'est écrasé. Je souhaite bien du courage au premier qui montera à bord d'un engin volant conçu à partir d'un jouet.

— Ce sera moi. »

La nuit tomba, et, bientôt, nous ne vîmes plus rien. Il n'y avait pas d'étoiles, et le vent continuait à forcir. Les vagues se fracassaient de plus en plus bruyamment contre les rochers. La chaloupe faisait de son mieux pour ne pas chavirer. Amarrer la galiote pour récupérer le trésor risquait de ne pas aller sans mal.

Le temps s'écoulait, lentement. Les Français n'avaient-ils pas l'intention de revenir ? J'étais prêt à ramer jusqu'à la côte avant l'aube plutôt que passer une autre journée ici.

Soudain, on entendit un raclement, et des petits cailloux se mirent à tomber autour de nous. Trente mètres au-dessus, une lanterne oscillait dans le vent.

« Regardez, une lueur ! » dis-je aux autres en montrant du doigt la lumière vacillante.

Des soldats descendaient la falaise. Nous avaient-ils repérés ?

Une chose était sûre, les Anglais arrivaient.

40

La vie n'est jamais simple. Ma famille et moi-même risquions de nous retrouver au milieu d'une bataille rangée entre Anglais, Français et Haïtiens ; le temps virait à la tempête ; et les poissons avaient englouti tout notre pain. J'étais couvert de sel, brûlé par le soleil, assoiffé et épuisé. Tous ceux qui vous diront que l'aventure est une partie de plaisir sont des menteurs.

« Peut-être que les Anglais ne nous verront pas si nous ramons jusqu'à la bouée, murmura Jubal.

— Tu as vu les vagues ? On va se fracasser contre les rochers.

— Ils n'auront pas le temps de nous voir longtemps si nous les accueillons avec ça », suggéra Martel en dégainant un poignard dont la lame scintilla dans la nuit.

Le policier renégat paraissait aussi impatient de plonger son arme entre les côtes d'un ennemi que j'avais pu l'être jadis de caresser une jolie femme. C'était un chien enragé qu'il fallait abattre mais, pour l'heure, il pouvait encore nous être utile.

« Vous avez plus de cran que je n'en aurai jamais, l'encourageai-je. Montrez-nous donc comment vous

vous y prenez ! Jubal et moi resterons à l'arrière en attendant la galiote. Et nous prendrons grand soin de vos machines volantes.

— J'aime autant que nous tranchions des gorges anglaises ensemble, Gage, déclara Martel en observant la lanterne. C'est le meilleur moyen de consolider notre partenariat.

— Mais je n'ai rien contre les Britanniques ; les batailles de Lexington et Concord sont oubliées depuis longtemps. Ce sont des gens beaucoup trop sérieux, mais ils ont un sens de l'humour que j'apprécie beaucoup. À mon avis, égorger des Anglais est plutôt une affaire française. Même si je suis de tout cœur avec vous, cela va sans dire.

— Je vous connais. Dès que j'aurai le dos tourné, vous m'abandonnerez sur ce rocher. »

Excellente idée.

« Pas si vous agissez vite », mentis-je.

Mais avant que Martel ait pu nous faire la démonstration de ses talents d'assassin et, je croisai les doigts, se faire tuer, d'autres cailloux tombèrent et un cri retentit dans la nuit :

« Un bateau ! Il y a un bateau, ici !

— Trop tard », marmonna Martel.

Il rangea son poignard, déroula une toile cirée contenant des pistolets, puis il m'en tendit un et en lança un autre à Jubal. Il en prit un troisième, se mit debout dans notre chaloupe, visa et fit feu. Un hurlement retentit, puis la lanterne vacilla avant de tomber dans la mer, nous plongeant dans le noir complet.

« *Vive Napoléon !*[1] s'écria le policier renégat.

---

1. En français dans le texte. (*N.d.T.*)

— Des Français ! » s'exclamèrent les soldats anglais.

Des mousquets firent feu, et des balles ricochèrent et sifflèrent autour de nous.

« On aurait peut-être pu discuter avant que vous ne vous mettiez à hurler comme un fanatique, grognai-je.

— La fougue française ! rétorqua Martel. Et puis je n'avais pas vraiment le choix. La galiote ne devrait pas tarder à arriver. Nous devons les faire reculer, Gage ! »

Jubal et moi fîmes donc feu. Les pistolets britanniques répliquèrent, accompagnés d'une bordée de jurons, puis le calme revint lorsque chacun rechargea son arme. D'autres lumières firent leur apparition au sommet du rocher, et l'alarme fut sonnée. Les clairons et les tambours résonnèrent dans la nuit. Nous avions passé la journée à récupérer un trésor sous le nez des Anglais sans attirer leur attention, et voilà que, dans le noir complet, nous avions réussi à réveiller toute la garnison. Martel essayait-il de nous faire tuer ?

« On ne va pas se battre contre tout le fort ! m'indignai-je. Ramons jusqu'aux côtes martiniquaises ! Vos hommes n'auront qu'à revenir chercher le trésor plus tard. Moi, je récupérerai Astiza et Harry, et je partirai le plus loin possible. »

Je ne voulais pas abandonner un tel butin, bien sûr, mais il me restait toujours mon émeraude, cachée dans mon estomac.

« Non, ils vont se demander ce que nous faisions là et ils finiront par trouver le trésor, répondit Martel. Nous en avons besoin, Gage. Vous êtes le mieux placé pour comprendre l'importance de l'argent. »

Il n'avait pas tort. Nous passons notre vie à essayer d'en gagner, dans l'espoir de ne plus avoir à travailler. C'est aussi insensé que l'amour, la mode ou la politique.

Un canon gronda. Comme les Anglais ne pouvaient pas l'incliner suffisamment, le boulet passa loin au-dessus de nous. Mais la gerbe d'eau qu'il souleva nous rappela que la retraite risquait d'être périlleuse. Puis d'autres mousquets firent feu, et une balle se ficha dans la coque de notre chaloupe après avoir ricoché sur la pierre. Même si nous étions protégés par le surplomb rocheux, nous étions faits comme des rats dans notre petite crique.

Je levai les yeux. D'autres lanternes avaient fait leur apparition, ainsi que des cordes qui se déroulaient le long de la falaise. Bientôt, les soldats envahiraient les lieux comme des singes en colère, et c'en serait fini de nous. Je vis au-dessus de nous des canons de mousquet jaillir des anfractuosités et pivoter comme des antennes d'insectes pour détecter notre présence. Ah ! Comme j'aurais aimé avoir la peau noire de Jubal, à cet instant !

« Les voilà ! cria un soldat. Dans cette petite crique ! En joue… »

Les mousquets se braquèrent sur nous. Je grimaçai et me demandai si je n'allais pas récupérer mon émeraude plus tôt que prévu.

Soudain, le grondement d'un autre canon retentit, dans la direction opposée. Un boulet s'écrasa au milieu de la falaise, faisant tomber une pluie de cailloux. Les Anglais se mirent à hurler.

C'était la galiote qui sortait de la nuit, la gueule de son mortier encore fumante. Elle fit feu de nouveau, zébrant le ciel d'un éclair. Martel poussa un cri de joie et alluma notre lanterne pour indiquer à nos alliés où nous nous trouvions.

La galiote faisait feu de manière ininterrompue, chaque boulet atteignant la falaise du rocher du

Diamant dans un grondement sourd. Les soldats anglais battaient en retraite à présent, remontant le long des cordes encore plus vite qu'ils étaient descendus. Leur artillerie donna à son tour de la voix, faisant jaillir des gerbes d'eau autour de la galiote. Le mortier français aboya, un boulet déchira les nuages avant d'exploser en un bouquet lumineux. Nous en profitâmes pour tirer à notre tour.

Martel détacha la chaloupe.

« Nous allons récupérer le trésor, annonça-t-il. Préparez-vous à plonger là où leurs balles ne pourront pas nous atteindre. »

Je n'avais pas de meilleur plan. Jubal et moi nous approchâmes de la galiote et de l'ancre que nous avions jetée. Les balles des mousquets anglais criblaient la mer, mais le navire français s'était approché du rocher, de sorte que tous les boulets passaient largement au-dessus. Il jeta l'ancre et continua de déverser son flot de plomb sur le rocher. Son capitaine, un certain Augustus Brienne, ne manquait pas de cran.

« Allez, les amis ! » s'écria Antoine, à bord du bateau.

Je me tournai vers lui. Astiza était là, elle aussi, me faisant de grands signes au-dessus du plat-bord. *Baisse-toi, ma chérie.* Harry devait se trouver quelque part, caché dans la cale. Je vis également les autres Noirs – signe que les Français ne nous avaient pas encore trahis. Il nous restait une chance.

Dès que nous eûmes atteint la bouée, nous plongeâmes, bien décidés à récupérer le trésor avant de nous faire massacrer par les Anglais. La mer était noire, et le courant nous ballottait de tous côtés. Dans la nuit, j'imaginai les créatures des profondeurs en quête de chair fraîche. Mais comme il n'y avait pas d'autre moyen de se tirer de ce guêpier que de récupérer le trésor, je pris sur moi et plongeai, m'aidant de la corde pour me repérer dans l'obscurité. Arrivé au fond de l'eau, j'agrippai l'ancre de notre chaloupe d'une main, et une poignée de métal précieux de l'autre.

L'or aztèque !

Je remontai à la surface, manquant m'assommer au passage contre la bouée en bois, puis je me dirigeai à la nage vers la galiote et demandai qu'on m'aide à monter. Aussitôt, une échelle de corde se déroula sur le côté de l'embarcation qui cahotait comme une charrette sur une route mal entretenue. Le mauvais temps rendait l'opération complexe. Je devais attendre le bon moment pour éviter de m'écorcher contre les bernacles qui recouvraient le flanc du bateau. Enfin, je parvins à m'accrocher, gravis quelques échelons, puis lançai sur le pont ce que j'avais attrapé, à savoir un des colliers en or massif. Les Français ne purent qu'ouvrir la bouche, mais aucun son n'en sortit.

« Mettez-le en lieu sûr, ordonnai-je. Le reste arrive. »

Martel apparut derrière moi, demandant de l'aide pour hisser à bord l'alligator doré.

« Et ne vous avisez pas de lever l'ancre avant que nous soyons tous à bord, ajouta-t-il. Dites aux nègres de venir nous aider. »

Nous repartîmes au milieu du déluge de balles. Jubal passa en sens inverse, transportant une partie du butin.

« Plongez, mes amis ! cria-t-il. Plus vite ce sera fini, plus vite nous pourrons partir ! »

Ses compagnons sautèrent à l'eau et nous rejoignirent à la bouée. Même Corbeau et Busard vinrent nous porter assistance. Nous plongions tour à tour comme des loutres, ramassant l'or par poignées, puis nous retournions à la galiote. Le mortier du navire illuminait la nuit à intervalles réguliers. Les boulets anglais continuaient à tomber à la mer, loin derrière, sous les jurons des artilleurs qui devaient se demander ce que nous faisions.

Enfin, ils décidèrent de changer de stratégie et firent rouler un boulet. Celui-ci fit une chute de quatre-vingt-dix mètres, rebondit contre une pierre avant de tomber dans l'eau, à quelques mètres de nous. Par chance, personne ne fut touché.

C'était de la folie de continuer dans ces conditions, mais il y avait de l'or à récupérer. Je replongeai, comme obsédé.

Nous étions tous enthousiastes, et l'opération allait bon train. Nous tâtions le sable à l'aveugle – un compagnon se retrouva avec la main criblée d'épines d'oursin – et il devenait de plus en plus difficile de trouver quoi que ce soit. Enfin, le bruit des boulets crevant la surface de l'eau me rappela à la réalité : il était temps de battre en retraite. Je décidai d'en parler à Martel, quand quelque chose tomba dans l'eau avec un bruit différent. Je plongeai une dernière fois pour vérifier que nous avions tout récupéré.

C'est alors qu'un bruit sourd retentit. Je fus projeté sur le côté, et je ressentis aussitôt une douleur aiguë à l'oreille. La surface de la mer explosa. Après quelques secondes, une pluie de débris s'abattit sur nous. Je remontai à la surface, étourdi. D'autres têtes apparurent à côté de moi ; je n'étais pas le seul à saigner de l'oreille. À quelques mètres de moi, un homme flottait, sur le ventre.

La chaloupe et la bouée avaient disparu.

Martel cria quelque chose, mais mes oreilles bourdonnaient.

« Quoi ? » hurlai-je.

Il s'approcha de moi, regarda mon oreille, puis il me fit pivoter pour crier dans l'autre :

« Baril de poudre ! »

Je comprenais, à présent. Les Anglais avaient lancé une mine, assez légère pour pouvoir flotter, et celle-ci avait explosé à côté de notre chaloupe. La corde qui reliait la bouée à l'ancre avait été arrachée.

« Il faut partir ! » cria Jubal.

Nous n'avions pas l'intention de le contredire. Un autre baril tomba à côté de nous, et nous nous mîmes à nager le plus vite possible. Quand il explosa dans une gerbe de feu, nous nous hâtâmes de grimper comme des écureuils à bord de la galiote. Touché par un éclat, un des nôtres poussa un cri en tombant en arrière ; nous le repêchâmes, il était en sang.

Quelque chose heurta la coque. Je me retournai : c'était la cloche de plongée, projetée hors de la chaloupe lors de l'explosion. Sans trop savoir pourquoi, j'insistai pour qu'on la ramène à bord. Le baril de rhum roula sur le pont, sa petite fenêtre en verre miraculeusement intacte.

Après quoi, je m'écroulai, à bout de forces. Une hache s'abattit, coupant net la ligne de mouillage, et l'équipage hissa le foc. La barre de la galiote se mit à tourner aussi vite que l'aiguille d'une boussole cassée, les canons lâchèrent une dernière bordée, et, bientôt, nous nous éloignions du rocher du Diamant.

Une clameur retentit quand les Anglais nous virent battre en retraite, mais la pluie commençait à tomber et nous fûmes vite invisibles. Leurs canons tonnèrent, quelques boulets passèrent en sifflant entre les mâts, mais aucun n'atteignit sa cible. Nous avions réussi à récupérer un des trésors les plus fabuleux de l'histoire au nez et à la barbe des Britanniques, et ces derniers n'en avaient même pas conscience. Quand la tempête se calmerait, ils descendraient sûrement pour essayer d'en savoir plus, mais toutes les preuves de notre expédition auraient été depuis longtemps emportées par les vagues.

En revanche, ils risquaient d'envoyer une frégate à nos trousses. Nous hissâmes donc toutes les voiles et prîmes de la vitesse tandis que les hommes essayaient de récupérer des pierres précieuses qui roulaient sur le pont afin de les mettre en lieu sûr. Je me doutais que certaines babioles avaient disparu dans le feu de l'action, empochées ou cachées dans des bottes, mais nous n'avions pas le temps d'organiser une fouille. Le navire filait, tanguant dans les vagues grossissantes, piquant comme le planeur de Cayley. La galiote était mal équilibrée avec son imposant mortier, et je ne me sentais pas rassuré.

Mais qu'importe, nous avions récupéré ce que les conquistadors avaient perdu. La Triste Nuit de Cortés n'était plus qu'un lointain souvenir.

Je m'assis contre un mât et cherchai Astiza du regard. Elle se tenait à la poupe, exactement comme je lui avais dit de le faire. Je lui fis un signe de la main ; son sourire scintilla dans la nuit. D'un geste, elle me confirma que notre fils était en sécurité dans la soute à voiles.

La vengeance pourrait bientôt commencer.

41

Nous laissâmes derrière nous la tempête artificielle qui grondait sur le rocher du Diamant. Le tonnerre des canons s'estompa peu à peu tandis que le monolithe disparaissait avec les montagnes de la Martinique derrière un rideau de brume et de pluie. Les nuages cachaient les étoiles. Ne restait plus que l'écume des vagues, seul signe de la terre toute proche.

Si la Martinique avait été sous le vent, nous nous serions fracassés sur ses récifs, mais le vent venait du sud-est, nous poussant naturellement vers le large.

« L'ouragan se prépare ! me cria Jubal à l'oreille.

— Non, ce n'est pas la saison, objectai-je.

— Celui-ci nous est envoyé directement par Agwe. Ou peut-être par le dieu de Montezuma.

— Les dieux devraient être avec nous, pourtant. Nous utilisons ce trésor pour promouvoir la liberté. »

Mes mots se perdirent dans le vent comme des feuilles dans la tempête.

« Pour ça, encore faut-il que nous gagnions », déclara mon ami en observant Martel.

Le policier renégat aboyait des ordres comme un

amiral. Les marins couraient en tous sens, examinant le gréement d'un air inquiet.

« Mon Dieu ! m'exclamai-je. Ce forcené a l'intention de virer de bord. Avec ce vent ! Il va fracasser le mât !

— Il veut se rendre à Fort-Royal. »

Nous n'étions pas surpris. Dès que nous serions à portée des canons français, nous n'aurions aucune chance de récupérer notre part du trésor, en dépit des promesses de Martel. Ma famille serait toujours à sa merci. Mes compagnons noirs redeviendraient esclaves. Et cet escroc rentrerait à Paris triomphant, avec ses jouets triangulaires. Je me levai et posai la main sur le bras d'un marin. Je sentis ses muscles palpiter sous ma paume.

« Non. Pour votre propre sécurité, allez vous placer derrière le garde-corps ! » ordonnai-je.

C'est alors que la pointe d'une épée s'enfonça dans mon épaule.

« Il est temps pour vous de descendre dans la cale, monsieur Gage », dit Martel.

Il avait enfilé un manteau au-dessus de ses vêtements mouillés ; son col claquait dans le vent.

« Nous vous garderons au chaud dans les donjons de Fort-Royal, ajouta-t-il.

— Je croyais que nous étions associés…

— Nous l'étions. Mais tout a une fin. »

C'était la trahison à laquelle nous nous attendions, sur laquelle nous comptions, même. Les hommes de Martel avaient tous sorti des pistolets pour les pointer sur les compagnons de Jubal, ainsi que des épées au cas où la pluie tropicale aurait mouillé la poudre. Ils avaient l'intention de tout prendre, pas seulement les jouets volants, mais également chaque collier, chaque statuette, chaque alligator. Et même mon émeraude, si je restais captif suffisamment longtemps pour que mon corps l'expulse. Si Martel savait où elle se trouvait, je n'avais aucun doute qu'il m'éventrerait pour la récupérer.

« Si vous empannez par ce vent, vous allez perdre le mât, prévins-je.

— C'est notre seule chance d'atteindre la Martinique. Et je ne crois pas que vous soyez marin, Gage, alors laissez les matelots faire leur travail. »

Je jetai un regard vers le capitaine Brienne à la barre : il observait le gréement avec autant d'appréhension qu'un marié regardant sa femme entrer dans l'église.

« Je vous en prie, Martel, suppliai-je. Gardez le cap sur Haïti, nous y partagerons le butin, comme prévu.

— Allons, Gage, répondit-il avec un sourire mauvais. Vous saviez que les choses allaient finir comme ça. Il n'y a que des pirates à bord de ce navire. C'était soit moi qui finissais emprisonné à Saint-Domingue, soit vous à la Martinique. Et je ne suis pas du genre à partager. Alors maintenant… descendez à la cale. Vous pourrez dire au revoir à votre fils une dernière fois pendant que nous ferons route vers le port. Il sera très bien en domestique, pendant que votre femme travaillera dans un bordel – elle y gagnerait bien sa vie, soit dit en passant. Quant à vous, vous serez renvoyé à Napoléon les fers aux pieds. C'est un honneur, beaucoup n'ont pas cette chance.

— Je travaille pour Napoléon, sombre crétin.

— Vous êtes bien naïf. Peut-être qu'il vous donnera l'ancienne cellule de Louverture. On m'a assuré qu'elle était spacieuse. Je ne suis pas un homme cruel. Je suis seulement... déterminé.

— Et arrogant.

— Seulement avec mes subordonnés, répondit-il avant de me pousser avec la pointe de son épée. Allez ! Allez ! On descend ! Je ne tiens pas à vous tuer devant votre femme ; je déteste les jérémiades. »

C'était le moment. Je me retournai vers la poupe.

« Astiza ? appelai-je.

— Prête, Ethan. »

Un grincement métallique retentit lorsqu'elle fit pivoter le pierrier arrière et en braqua le canon vers le pont. Le capitaine Brienne ouvrit de grands yeux et se jeta au sol.

« Il est chargé jusqu'à la gueule de balles de mousquet et il n'attend que de chanter », fis-je à Martel.

Il examina ma femme. La prisonnière docile de la Martinique s'était transformée en une furie vengeresse aux cheveux détachés, dont la robe et la veste tremblaient dans le vent. Elle tenait une allumette à la main.

« Vous plaisantez, j'espère, s'esclaffa Martel. C'est une femme. Une mère. Dites-lui de s'éloigner tout de suite de ce canon avant qu'elle ne se fasse mal !

— Vous avez raison, c'est une mère. Mais une mère à qui on a pris son petit, prévins-je. Je vous conseille de baisser votre épée. Il n'est pas trop tard pour renouveler notre partenariat.

— Elle ne sait pas ce qu'elle fait ! dit-il à ses hommes. Utilisez Gage comme bouclier ! »

Ils firent avancer les compagnons de Jubal jusqu'à moi. Bientôt, nous nous trouvâmes tous face à la gueule béante du canon pivotant, tâchant de tenir debout dans le roulis constant.

Nous n'avions que quelques secondes avant qu'on ne nous ligote, mais Antoine avait eu le temps de prévenir ses hommes. L'entraînement et une synchronisation parfaite sont les clés de la réussite.

« Maintenant ! » criai-je.

Aussitôt, nous nous plaquâmes au sol.

« Non ! » rugit Martel.

Astiza fit feu.

Une détonation assourdissante retentit, balayant aussitôt le pont d'une grêle de plombs. Les Français poussèrent des cris et tombèrent à la renverse lorsque les balles leur trouèrent la peau. Les projectiles ricochèrent à plusieurs reprises avant de disparaître ou de se planter dans le bois. Martel oscilla sous l'impact. Je le fis tomber par terre et lui tombai dessus, jetant son épée par-dessus bord et lui pointant son propre poignard sur la gorge. Les hommes de Jubal faisaient de même avec les acolytes du policier renégat. En une seconde, la situation était inversée.

Les marins s'étaient tous immobilisés, y compris celui que j'avais prévenu. Astiza s'était approchée de la barre et braquait désormais un pistolet sur le capitaine Brienne.

« Gardez le cap ou c'en est fini de vous ! » dit-elle calmement.

Martel se tordait de douleur. Une balle l'avait atteint au ventre, une autre au bras.

« Aucune femme ne peut faire une chose pareille », gémit-il.

J'étais toujours allongé sur lui, et je sentais son sang se répandre.

« La mienne, si, répondis-je. Surtout à un homme qui a enlevé son fils.

— Quand je pense que c'est la seule que je n'ai pas surveillée, se lamenta-t-il en toussotant.

— Vous êtes fichu, Martel.

— Écoutez le vent, Gage, dit-il d'une voix faible. La tempête est en train de se transformer en ouragan. Si nous ne regagnons pas tout de suite la terre ferme, nous sommes perdus. Mettez le cap sur Fort-Royal, et je vous promets que je négocierai avec le gouverneur pour que nous partagions équitablement le trésor.

— Partager ? Vous voulez rire ? Vous avez perdu votre part du butin, et vous pouvez dire adieu à vos machines volantes ! C'est le risque quand on rompt un contrat.

— Ces machines appartiennent au gouvernement français !

— Et moi, j'estime qu'elles appartiennent au gouvernement haïtien. Ou peut-être même que je les emporterai à Londres. Vous n'aurez qu'à envoyer une lettre à Bonaparte pour lui raconter vos erreurs.

— Si vous vous enfuyez avec ce trésor, Bonaparte vous traquera et vous trouvera, où que vous vous cachiez ! Il compte sur ces secrets anciens pour conquérir la Grande-Bretagne. Ce n'est pas une question d'argent, c'est une question de pouvoir. Depuis le début, vous n'avez rien compris.

— Si Napoléon était là, il n'aurait aucune pitié pour vous. Je travaille pour le Premier consul. Il serait horrifié d'apprendre toutes les atrocités que vous avez commises.

— Quel imbécile vous faites ! grogna Martel.

— Oh, non ! C'est vous, l'imbécile ! Vous n'auriez jamais dû vous en prendre à ma famille !

— Gage, comment croyez-vous que je m'y suis

pris pour vous arrêter à Paris, m'attirer les faveurs de Rochambeau et trouver un château en Martinique ?

— Je ne sais pas, vous êtes un criminel particulièrement doué ?

— J'étais sous les ordres de Bonaparte. Le vol de l'émeraude, l'enlèvement de votre fils, la chasse au trésor. Vous ne travaillez pas pour Napoléon, c'est votre pire ennemi ! S'il vous a dit de rester à Paris, ce n'était pas pour vous occuper de la Louisiane – la vente était presque déjà conclue. Il vous a flatté pour que vous vous lanciez à la recherche de ce trésor, et il vous a manipulé en enlevant votre famille. Depuis le début, vous n'êtes qu'une marionnette entre ses mains.

— Comment ?

— Nitot a parlé à Joséphine de votre émeraude, qui en a parlé à Napoléon, qui en a parlé à Fouché, qui m'en a parlé. Moi, je ne suis qu'un subalterne. Ce n'est pas moi qui ai enlevé votre femme et votre fils, mais Napoléon, qui savait que vous ne vous laisseriez pas facilement convaincre de partir en quête d'une obscure technologie aztèque. Mais il savait que, avec une vraie motivation – l'enlèvement de votre famille –, vous seriez prêt à tout. Bonaparte n'est pas idiot, il a bien conscience de votre aptitude hors du commun à découvrir des indices. Après cela, que vous vous rangiez du côté de Dessalines, des Anglais ou des Français n'avait aucune importance car, au final, vous voudriez récupérer votre famille. Et à ce moment-là, Napoléon récupérerait son dû.

— Vous mentez.

— Le Corse veut ces machines volantes, et il est prêt à sacrifier une famille pour les obtenir. Il sacrifierait un million de familles pour conquérir l'Angleterre.

Votre seul espoir, Gage, c'est de retourner à Fort-Royal et de demander l'indulgence des Français. Napoléon peut pardonner, mais il n'oublie jamais.

— Pardonner quoi ? C'est lui qui m'a trahi !

— C'est ainsi qu'agissent les grands de ce monde pour garder leur place. Les autres acceptent leur sort dans l'espoir d'obtenir une faveur de temps en temps. Il n'y a pas grand-chose d'autre à faire. Je suis ébahi par votre naïveté, après toutes les épreuves que vous avez traversées. »

Il avait raison. Je suis quelqu'un de naturellement affable, et je vois le bien en chacun, sauf bien sûr quand je suis contraint d'utiliser mon pistolet ou mon poignard. Apparemment, c'est un défaut. À présent, mon cerveau tournait à toute vitesse. Martel était-il vraiment au service de celui qui m'avait chargé de la vente de la Louisiane ? Napoléon pensait-il pouvoir faire de moi ce qu'il voulait ? Sûr qu'il devait se sentir invincible, bien au chaud dans ses palais.

« Je ne vous crois pas, déclarai-je d'un ton qui indiquait le contraire.

— Vous imaginez vraiment qu'un policier sans emploi peut se faire prêter une galiote ? Villaret a obéi aux ordres de Napoléon, pas aux miens.

— Pourquoi Bonaparte ne m'a-t-il pas engagé directement ?

— Parce que vous insistiez pour prendre votre retraite. »

J'étais sous le choc. Une lame balaya le pont, emportant le sang des morts et des blessés sur son passage. J'avais le choix : soit je me rendais au gouvernement français, soit j'affrontais un ouragan avec un équipage prêt à s'entretuer.

« Je voulais seulement abandonner la vie d'aventure, bredouillai-je d'une voix sourde.

— Vous ne pourrez abandonner que lorsque ceux qui ont le pouvoir vous le diront.

— Et vous, Martel, comment vous sentez-vous ? Vous êtes blessé, trempé, et à plusieurs milliers de kilomètres de chez vous.

— Je suis un policier. Un soldat. J'accepte mon destin. »

Je regardai autour de moi. Astiza était toujours à côté du capitaine, lequel menait notre bateau de vague en vague. Brienne semblait terrifié, mais il s'accrochait à sa barre sans rien dire. Martel, lui, arborait un air à la fois condescendant et moqueur. Je devais le remettre à sa place immédiatement.

« Peut-être que ce que vous dites est vrai. Pour nous en assurer, nous laisserons Dessalines mener l'interrogatoire. »

Enfin, il devint blême.

« Mais… Vous ne pouvez pas, c'est monstrueux…

— Vous pourrez voir le sort qu'il réserve aux Français qui soutiennent l'esclavage, déclarai-je en le traînant jusqu'à la trappe menant à la cale. Vous êtes beau parleur, peut-être réussirez-vous à le convaincre.

— Si vous faites ça, vous êtes un traître à votre race !

— Ne me parlez pas de trahison.

— Je vous préviens, Gage, je n'irai jamais ! Plutôt mourir !

— Vous n'aurez jamais le courage de vous suicider. »

Arrivé à la cale, je constatai que des chaînes y avaient été installées pour notre capture. Je passai donc les fers à Martel et à ses acolytes, et gardai précieusement les clés. Je fus tenté de laisser Martel se vider de son sang mais, au dernier moment, j'enroulai des morceaux de tissu autour de ses plaies pour arrêter l'hémorragie. Je voulais qu'il soit en forme pour la séance de torture qui l'attendait.

Moi aussi, je peux me montrer cruel.

Dans la soute à voiles, je retrouvai Harry. Il s'était mis en boule et tremblait, terrorisé par les mouvements du navire. Je me glissai à côté de lui et le pris dans mes bras.

« Harry, c'est papa ! Tu vas bien ? »

Il pleurait.

« Où est maman ?

— Elle conduit le bateau. »

Je tendis la main vers lui, mais il eut un mouvement de recul. Le voir si effrayé me fendit le cœur.

« Viens, mon grand, on va aller la voir. Tu pourras rester dans la cabine du capitaine. C'est bientôt fini, fiston.

— Je veux rentrer à la maison.

— Tu verras, la cabine, c'est comme une maison. »

Je le pris dans mes bras et allai retrouver Astiza.

« Je m'occupe de surveiller Brienne ! criai-je pour couvrir le bruit du vent. Toi, va installer Harry dans la cabine du capitaine ! »

Puis, je lui montrai une des maquettes de machines volantes.

« C'est pour ça que Martel nous a trahis, lui dis-je. C'est ça qu'il voulait depuis le début. »

Elle examina l'objet.

« C'est quelque chose que les Aztèques ont vu, mais ce n'est pas eux qui l'ont conçu, devina-t-elle. C'est beaucoup trop imprécis. Mais la machine qu'ils ont copiée devait être extraordinaire.

— Je suis bien d'accord avec toi. La prochaine fois que je verrai Fulton, je lui montrerai. En attendant, occupe-toi bien de Harry ! »

Elle s'éloigna avec notre fils.

Je me tournai vers le capitaine Brienne, qui semblait plus effrayé par la mer que par mon pistolet.

« On va pouvoir tenir ce cap ? demandai-je.

— Il est trop tard pour virer de bord ; le mât se briserait net. Nous n'avons d'autre choix que de continuer, mais tenez, jugez par vous-même ! » dit-il en me confiant la barre.

Celle-ci était si difficile à manœuvrer que je me demandai si le gouvernail n'allait pas lâcher. Le navire craquait à chaque vague. Il fallait absolument amener les voiles. Contrôler cette galiote était aussi difficile que d'enfourcher un taureau enragé.

« Ce serait plus simple s'il n'y avait pas le mortier, monsieur », me confia le capitaine.

Je me tournai vers le canon : une véritable enclume vissée à la coque.

« Vous avez raison.

— Mais par cette mer, c'est impossible. Si on essaie de le passer par-dessus bord, le canon va se séparer, traverser le plat-bord et emporter la moitié de la coque. Je suis désolé, monsieur, mais il faut regagner la terre.

— Si vous connaissez une baie abritée du vent sur une île qui ne soit pas française…

— Je crains que nous n'ayons pas le choix.

— Moi non plus, je n'ai pas le choix. Jubal, amène la voile ! Moi, je vais chercher une carte. Il faut seulement tenir, déclarai-je avec plus d'assurance que je n'en ressentais, et repensant aux appréhensions d'Astiza.

— Je vais dire à mes hommes d'aider les marins, promit Jubal.

— Et au passage, profites-en pour prier Agwe, Marie, Neptune ou Benjamin Franklin de nous venir en aide. »

Il sourit tristement.

« Bientôt, il n'y aura plus que ça à faire, dit-il. Je n'ai jamais été aussi fatigué de ma vie, Ethan. Même dans les champs de canne à sucre. De ton côté, n'oublie pas de prier Ezili. »

42

Pour fonctionner correctement, un navire a besoin d'un gouvernail pour se diriger et d'un équilibre entre la force du vent et la résistance de l'eau pour avancer. Mais s'il y a trop de voile et que le bateau est mal équilibré, on peut facilement en perdre le contrôle. Conformément aux instructions de Brienne, nous attachâmes une corde à la barre pour limiter les efforts et amenâmes ce qui restait de voile. Il n'y avait plus qu'à faire très attention à ne pas endommager le gouvernail. La tempête impétueuse nous poussait de plus en plus vers le nord. Dans la nuit, je ne voyais que l'écume grisâtre des lames qui fouettaient notre poupe – un bouillonnement maléfique provoqué par les dieux que nous avions courroucés. Nous étions dans les tropiques, mais j'étais transi de froid et hébété par la fatigue. Pour me réveiller, Astiza sortit de la cabine de Brienne et m'apporta un peu de rhum et de saucisson.

« Harry dort enfin, me dit-elle. Martel aussi.

— Je les envie.

— Je pense que le Français va succomber à ses blessures.

— Tant mieux pour lui, il n'aura pas à affronter Dessalines. »

Dans le noir, l'avant du bateau était invisible, mais j'entendais la mer qui s'y brisait comme sur un rocher. Régulièrement, une lame balayait tout le pont avant de se retirer. On avait accroché la cloche de plongée à un mât, et sa fenêtre nous observait comme l'œil d'un cyclope. À chaque vague, le bateau se soulevait. À présent que toutes les voiles avaient été amenées (sauf deux, réduites en lambeaux), les marins français et les hommes de Jubal s'accrochaient comme ils pouvaient et priaient leur dieu favori. La tempête poussait des hurlements horribles, battant les mâts jusqu'à ce qu'ils se mettent à siffler à leur tour. Je n'avais d'autre choix que d'attendre que le bateau se désagrège enfin, pour disparaître à jamais dans un nuage de sciure et de copeaux.

Mais la galiote avait beau manquer d'équilibre, elle était solide. Elle dansait sur la mer comme un jouet malmené, avalant chaque vague, nous arrachant à chaque fois un soupir d'espoir. Peut-être en sortirions-nous vivants ? Nous plongions dans un creux, l'eau balayait le pont, et puis nous ressortions, aussi sûrement qu'une baleine.

Au bout de quelques heures, la visibilité se fit peu à peu meilleure, signe que l'aube était là. Bientôt, nous pûmes voir l'avant du bateau. Nous faisions la course avec les vagues, dévalions des pentes liquides dans un brouillard salé, avant de glisser dans des vallées obscures. J'avais déniché une carte, mais je n'avais aucun moyen de savoir où nous nous trouvions. J'avais dans l'idée de retourner à Cap-François, de donner à Dessalines les prisonniers et sa part du trésor, puis de simplement repartir. Cette fois, il était hors de question que je retourne à Paris jouer les diplomates. Pour moi, l'aventure était terminée, et j'aurais besoin d'un millénaire pour soigner le traumatisme que j'avais infligé à ma famille.

J'étais plus déterminé que jamais à nous trouver un endroit des plus paisibles.

« Comment va Harry ? demandai-je à Astiza quand je la vis.

— Il est malade, mais son estomac est vide, répondit-elle, visiblement aussi épuisée que moi. Il ne sait même plus qui il est, Ethan. L'enlèvement, la séparation, la guerre.

— Tu parles d'une vie que je lui ai donnée. Je suis sincèrement désolé, Astiza. »

Elle avait le visage sombre. Visiblement, elle savait quelque chose que j'ignorais.

« On ne peut pas emmener le trésor à Saint-Domingue, dit-elle enfin.

— Mais je l'ai promis à nos amis. »

Elle secoua la tête.

« Ce trésor est maudit. Regarde cette tempête. Il leur apportera plus d'ennuis qu'autre chose. Ce n'est pas pour rien qu'il était enterré dans ce rocher.

— Mais pour toi, tous les trésors sont maudits.

— Tu noteras que jusqu'à présent je ne me suis pas trompée.

— Mais nous ne pouvons pas être condamnés à la pauvreté. Je refuse de le croire.

— À mon avis, les Marrons ne cherchaient pas à cacher le trésor, mais à s'en débarrasser. Ils avaient découvert qu'il était maléfique. S'ils sont entrés dans cette grotte en sachant pertinemment qu'ils ne pourraient pas en sortir, c'était peut-être pour sauver leur peuple.

— Non, ils se sont retrouvés coincés par le courant.

— Le trésor devrait retrouver sa vraie place, au Mexique.

— Au Mexique ? Mais il n'y a plus d'Aztèques là-bas, seulement des espèces de seigneurs espagnols, plus cruels et avides que Français et Anglais réunis. C'est trop tard, Astiza.

— Nous avons passé un pacte avec le diable. Ezili est une crapule, Ethan. »

En tant que femme, elle se méfiait de la concurrence.

« Tu verras que, une fois à terre, tout ira mieux, tentai-je de la rassurer. Nous avons survécu à bien pire, non ?

— Pas avec un enfant.

— Cette tempête va bien finir par se calmer. »

Et par miracle, c'est exactement ce qui se passa.

D'abord, un trou se forma dans les nuages, laissant apparaître la lumière. En quelques secondes, nous n'étions plus aveugles.

Nous avions navigué dans un monde où la frontière entre mer et ciel était ténue, un brouillard d'embruns et d'écume. Nous respirions la bruine. Nous avions en permanence dans la bouche le goût du sel. L'océan impétueux avait été notre seul univers.

Avec l'arrivée de la lumière, le vent disparut comme par enchantement – un changement radical et presque inquiétant. Les sifflements du gréement s'atténuèrent, comme si l'orchestre discordant avait pris une pause. La galiote tanguait toujours, mais les seuls bruits que nous entendions désormais étaient le claquement des cordes contre le bois, le crissement des poulies et les gémissements de la coque.

Au-dessus de nous, le ciel bleu apparut.

Les Noirs et les marins français se redressèrent en tremblant pour observer le phénomène. Ils n'en croyaient pas leurs yeux. Nous étions sauvés ! Partout autour, la mer semblait s'être drapée de blanc. Il y avait tellement de sel que, alors même que le bois mouillé scintillait, le bateau paraissait poussiéreux. Des petits torrents remontaient et descendaient entre les plats-bords, et l'air paraissait toujours aussi dense. Mais en quelques minutes, la tempête avait disparu, remplacée par un calme étrange.

Était-ce une intervention divine ? Dieu avait-Il répondu aux catholiques ? Astiza avait-elle trouvé la prière adéquate ? Ezili était-elle venue nous aider ?

Jubal se retourna pour regarder autour de lui. Il n'y avait aucune terre en vue, seulement un mur de nuages à quelques kilomètres de distance, dans toutes les directions, et qui montait jusqu'au ciel.

« C'est très bizarre, commenta-t-il.

— On a l'impression d'être dans un puits, ajouta Astiza.

— Nous sommes sauvés ! m'exclamai-je. Le trésor n'est pas maudit, c'est tout le contraire ! Si ça, ce n'est pas un signe de Dieu, je ne sais pas ce qu'il vous faut ! »

Notre galiote oscillait comme un tonneau à la dérive, ballottée au gré des courants indécis. Les marins français se signèrent.

« J'ai déjà entendu parler de ce phénomène, dit Brienne d'une voix grave. C'est une fausse accalmie.

— Un miracle, oui ! insistai-je. Nous devons en

profiter. Quand les vagues auront complètement disparu, on allumera le four du bateau et on préparera un plat chaud pour tout le monde, y compris Martel et ses hommes. Jubal, sépare l'équipage en trois groupes et organise une rotation pour dormir. Quand la tempête sera définitivement partie, les marins prendront des relèvements, et nous choisirons un cap. Avec le vent qu'il y a eu, on devrait bien voir les étoiles, ce soir. Accrochons soigneusement tout ce qui ne tient pas en place, passons les cadavres par-dessus bord, et préparons-nous à hisser les voiles. Astiza, va donc donner quelque chose à manger à Harry. »

Tout le monde s'exécuta. Quatre acolytes de Martel avaient succombé à leurs blessures. On les jeta à l'eau sans cérémonial, et les corps disparurent doucement dans notre sillage.

J'allai faire un tour dans la cale. Mon ennemi respirait toujours. Il ouvrit les yeux pour me lancer un regard assassin. Corbeau et ses compagnons n'avaient pas l'air de meilleure humeur.

« Qu'est-ce qui se passe ? demanda Martel.

— Le vent est tombé.

— Qu'est-ce que ça signifie ?

— Que vous avez perdu, Martel. »

Il laissa retomber sa tête, vaincu.

« De l'eau », gémit-il.

Je lui en donnai ; ma gentillesse naturelle semblait avoir pris le pas sur mon désir de vengeance. Devais-je vraiment confier cet homme à Dessalines ? Après tout, lui ne se serait pas gêné pour me renvoyer en France, pieds et poings liés, si ?

Je remontai sur le pont, indécis.

Maintenant que le vent était tombé, le navire paraissait

encore plus déséquilibré. Aussi demandai-je à Brienne quelle voile il valait mieux hisser en premier.

Il regarda autour de lui.

« Aucune, monsieur.

— Allons ! Une petite trinquette ne pourrait pas faire de mal, si ? »

Il tendit la main. À la poupe, les nuages s'étaient considérablement rapprochés, tandis que ceux situés à la proue continuaient à reculer.

« C'est bien ce que je craignais, dit-il. Nous étions dans l'œil de la tempête. »

Le puits de lumière s'éloignait de nous ; nous n'avions fait que le traverser. Le ciel s'assombrit, comme si le Tout-Puissant avait tiré un rideau.

« Ce n'était pas un miracle, monsieur, poursuivit Brienne, tant s'en faut. Nous n'avons pas traversé la tempête. Nous sommes en plein milieu. »

Et soudain, l'ouragan frappa de nouveau.

43

En une seconde, le vent se mit à souffler comme jamais et le soleil disparut complètement. La pluie se mélangea aux embruns – une mixture dans laquelle on aurait pu se noyer – et les vagues atteignirent une taille vertigineuse. Elles se brisaient en un tonnerre assourdissant comparable au grondement incessant du vent, menaçant d'entraîner notre galiote par le fond à chaque instant. Le navire chancelait sous les coups, la pointe des mâts traçait de grands arcs de cercle imaginaires, et le mortier maintenait la proue sous l'eau pendant des secondes qui paraissaient interminables. Après quoi, nous émergions doucement, l'eau se vidait du pont, emportant au passage des morceaux du navire. Chaloupes, tonneaux, cordes et canons se détachèrent et disparurent. Je craignais que la réserve de bombes ne soit touchée et qu'une étincelle malvenue ne fasse tout exploser. Je guettais impuissant le moment où les cordes se rompraient, les chaînes se briseraient et les ancres se détacheraient. Nous filions dans la mer des Caraïbes sans voiles, tâchant de dompter la puissance implacable des vagues à la seule force du gouvernail.

Jubal, le capitaine Brienne et moi nous agrippions à la barre.

« Je croyais que le pire était passé !

— Les ouragans forment une immense roue, nous avons simplement atteint le milieu, expliqua le capitaine. Maintenant, les choses vont empirer ! »

Je me tournai vers le mortier. Le canon était rempli d'eau de mer, et notre embarcation était dangereusement déséquilibrée. L'immense canon tirait sur le pont à chaque vague, menaçant d'emporter planches et cordes. Dans ces conditions, il était absolument impossible de diriger le bateau.

« Qu'est-ce qu'on peut faire ? demandai-je.

— Tout est trop risqué. Il faut attendre. »

Nous restâmes à la barre, tandis que tout le monde s'enfermait dans la cale. Pendant une heure, nous nous laissâmes ballotter par les vagues toujours plus grosses qui faisaient grincer le bois.

« Récifs ! » s'écria soudain Jubal.

Je plissai les yeux. La boussole affolée ne m'était d'aucun secours, et je ne savais donc pas à côté de quelle terre nous nous trouvions. À travers le rideau opaque de pluie et d'embruns, j'aperçus une ligne blanche : un récif, une falaise ou une plage. Avec cette visibilité, c'était impossible à déterminer. Quoi que ce fût, nous devions le contourner pour éviter le naufrage, mais l'ouragan indifférent nous poussait droit vers le désastre.

Je me tournai vers Brienne.

« Est-ce qu'on ne pourrait pas tourner en se mettant vent debout ?

— La proue est trop lourde pour virer. On ne peut

pas serrer le vent comme il faudrait. Ce mortier est une enclume.

— Vous aviez dit qu'il était trop dangereux de s'en débarrasser.

— Et maintenant, nous n'avons plus le choix ! On va avoir besoin de haches et de scies.

— Je vais chercher mes hommes ! cria Jubal.

— Il y a des outils de charpentier dans ma cabine », dit Brienne.

Jubal descendit sur le pont pendant que je me rendais dans la cabine.

« On va se débarrasser du mortier », expliquai-je à Astiza quand elle me vit ramasser des haches.

Elle hocha la tête, tenant un Harry apathique d'un bras et s'accrochant de l'autre à un pilier en bois. Elle était assise par terre, les jambes de côté, et se contractait à chaque mouvement du bateau. Comme mon fils, elle était malade. Le sol était jonché de porcelaine brisée et de chapeaux de capitaine écrasés. Il y avait également une boîte en étain qui roulait d'un bout à l'autre de la pièce comme un jouet cassé. Une pellicule d'eau recouvrait l'unique fenêtre et le rugissement étouffé de l'ouragan me rappela le bruit des vagues lorsque je me trouvais à l'intérieur de la grotte.

« Jette ce trésor, Ethan. Ça nous allégera beaucoup plus que le mortier.

— La superstition n'a jamais sauvé personne. »

Hors de question d'abandonner le butin, pas après ce que nous avions enduré. Je regardai mon fils qui avait à moitié perdu connaissance.

« Ce n'est qu'une promenade à dos d'éléphant, Harry ! » tentai-je de le rassurer.

Pour toute réponse, il pressa sa tête contre la poitrine de sa mère.

J'évitai de penser au sort qui nous attendait, ramassai une poignée d'outils, puis descendis. L'unique lanterne de la cale avait du mal à percer la pénombre. De l'eau s'écoulait du pont, et il régnait à l'intérieur une odeur épouvantable de moisissure et de vomi. Le bruit était moins impressionnant, mais l'absence de visibilité rendait les mouvements du bateau encore plus terrifiants : le plafond menaçait de s'écraser à chaque vague. Je dus gifler plusieurs compagnons de Jubal pour les tirer de leur léthargie.

« On va enlever le mortier ! » m'écriai-je.

Lentement, les hommes se redressèrent, s'accrochant aux poutres pour ne pas tomber.

« Qui est le charpentier, sur ce bateau ? » demandai-je à un marin.

Il me désigna un homme plus âgé, ramassé sur lui-même dans un coin.

« Debout ! ordonnai-je. Montrez-nous comment utiliser ces haches et ces scies ! Sinon, on va tous mourir !

— Même par temps sec et à l'arrêt, ça reste un très gros canon, marmonna le charpentier.

— Si on enlève les boulons, on devrait pouvoir le faire passer par-dessus bord sans encombre. Le tout, ce sera de bien choisir notre moment.

— Si vous y arrivez, ce sera bien joué. Mais dans le cas contraire, c'est la catastrophe assurée. Si ce canon se détache, il réduira le navire en charpie.

— Et s'il reste en place, il nous entraînera par le fond comme une ancre. »

Nous formâmes deux équipes. L'une attaqua les fondations du mortier par en dessous en donnant des coups de hache dans le plafond. L'autre monta sur le pont pour scier la base du canon. Nous tendîmes une corde entre les deux mâts pour que les hommes puissent s'attacher et ne pas risquer d'être emportés par les lames qui balayaient le pont.

« Vite ! Vite ! hurlai-je. Nous approchons d'un récif ! Attendez mon signal pour faire basculer le mortier dans l'eau, c'est capital !

— Et nous, monsieur Gage ? »

C'était Martel, enchaîné dans la cale. Il avait visiblement repris des forces et désignait ses acolytes.

« Vous, fichez-nous la paix !

— Ça irait plus vite si on vous aidait. Quatre de mes hommes sont encore en état de travailler. Attachez-moi comme un chien si vous voulez mais, je vous en prie, laissez-nous participer ! Nous ne voulons pas mourir, et la vie de votre femme et de votre fils en dépend. »

J'hésitai. Je me méfiais de Léon Martel comme un comte arthritique devrait se méfier de la jolie jeune femme qu'il a épousée en lui faisant miroiter un héritage inexistant. Mais le temps pressait. Plus vite nous débarrasserions de ce satané mortier, plus nous aurions de chances d'éviter les récifs. J'avais un pistolet et un couteau, et Martel et ses acolytes étaient désarmés.

« Ne nous laissez pas mourir ici, l'Américain ! » supplia un de ses hommes.

Certains de ces scélérats étaient morts, d'autres étaient blessés, et ceux qui restaient n'avaient plus rien de belliqueux.

Je décidai donc de libérer les quatre qui avaient l'air le plus à même de travailler. Corbeau faisait partie du lot. C'est à peine s'ils ne se prosternèrent pas devant moi.

« Vous êtes un saint, monsieur, me remercia Corbeau.

— Ça suffit, au travail ! Nos vies en dépendent ! »

Je me retournai pour rejoindre les autres, qui donnaient des coups de hache avec l'énergie du désespoir.

Mais j'avais promis à Martel une entrevue fatale avec Dessalines, n'est-ce pas ? Cette crapule n'avait donc aucune envie que le voyage atteigne son but. La seule façon pour lui et ses acolytes de regagner leur liberté et de repartir avec le trésor consistait donc à nous condamner tous. Je ne le compris que trop tard. Ils avaient préparé leur coup avec le désespoir des condamnés.

On me frappa par-derrière.

Je tombai au sol, étourdi, et lâchai le trousseau de clés. Quelqu'un s'en saisit et j'entendis bientôt le bruit métallique des cadenas qui s'ouvraient. Je me retournai et tentai de tirer, mais mon pistolet était trempé, inutilisable. Un des bandits se précipita sur moi en brandissant une hache. J'eus tout juste le temps de rouler sur le côté. La lame se planta dans le pont, à quelques centimètres de ma tête. Le temps qu'il relève son arme pour me porter le coup fatal, je lui plongeai mon couteau entre les côtes. C'était Busard, je crois. Il ouvrit la bouche, se raidit, et tomba lourdement sur le pont.

Avec les mouvements du bateau, tout se passait au ralenti. Les autres acolytes de Martel m'ignoraient, préférant ouvrir les coffres pour remplir leurs poches de pierres précieuses.

Où était donc passé Martel ? Je récupérai la hache

plantée dans le pont et gardai précieusement dans l'autre main le couteau ensanglanté.

Après quelques secondes, je vis le Français, qui rampait vers la poupe. Il avait toujours un morceau de chaîne accroché à la cheville. Essayait-il de se cacher ?

Non, il tenait dans la main une petite hache. Je compris alors avec horreur ce qu'il avait l'intention de faire.

« Martel, non ! »

Il se retourna. Ses yeux lançaient des éclairs et ses lèvres étaient figées en un rictus horrible.

« La pitié est toujours une mauvaise idée, aboya-t-il.

— Si nous ne stabilisons pas le navire, nous allons tous mourir.

— Et si je vous aide, je mourrai quand même, mais lentement et dans d'atroces souffrances, aux mains des sauvages haïtiens. Au revoir, Ethan Gage. J'ai choisi la mer. »

Il s'engouffra dans le compartiment contenant tous les cordages menant aux poulies et au gouvernail.

« Non ! hurlai-je de nouveau. Il y a un récif... »

Je tentai de le rattraper.

Peut-être voulait-il semer la confusion à bord du navire afin d'en reprendre le contrôle avec ses hommes. Mais à mon avis, il n'avait qu'une idée en tête : emporter tout le monde avec lui dans la mort.

« Je ne vous laisserai pas tuer ma famille !

— Vous l'avez déjà fait en vous en prenant à moi, répondit-il. Vous l'avez condamnée en laissant votre femme me tirer dessus. Moi, Martel, votre seul espoir. »

Je lançai le couteau, mais Martel était trop loin et dissimulé par les cordages. La lame rebondit contre une poutre et tomba au sol. J'entrepris donc de m'attaquer à lui avec la hache, mais j'arrivai trop tard. Il souleva sa hachette dans un cri de douleur, puis coupa un des câbles du gouvernail.

« Pour Bonaparte ! » s'exclama-t-il.

La corde était déjà tendue au maximum par la force des éléments. Elle se rompit dans un claquement sec, le fouettant au passage. Il fut projeté en l'air – j'entendis une de ses côtes craquer – puis il retomba au milieu des cordes détendues, un sourire aux lèvres, les yeux rivés vers la cabine où se trouvaient ma femme et mon fils.

Instantanément, nous perdîmes tout contrôle de la galiote. Le navire se retourna et tout le monde chuta au milieu des cris de panique. Autour de nous, la tempête était plus forte que jamais. Devant moi, j'aperçus Jubal et ses compagnons qui tentaient de s'accrocher aux plats-bords tandis qu'une immense lame emportait tout ce qui se trouvait sur le pont. Le mortier tanguait dangereusement sur ses fondations. Comme l'avait craint le charpentier, l'opération qui aurait pu nous sauver allait causer notre perte. Le navire offrait maintenant son flanc aux vagues. Il était incontrôlable. La capitaine Brienne s'agrippait à sa barre en me jetant des regards terrorisés.

« Qu'est-ce que vous avez fait ? hurla-t-il.

— Martel a décidé de saborder le navire ! Jubal ! appelai-je. Lâche ce mortier ! Recule ! »

Mon ami entendit que je l'appelais. Il s'accrocha à la corde tendue au mât et s'approcha de moi.

Soudain, le navire entier s'inclina. Une lame énorme s'éleva, une cathédrale d'eau. Nous aperçûmes quelques rayons de soleil qui tentaient de percer le rideau liquide, signe que nous avions atteint la limite de l'ouragan. Pendant un instant, la crête de la vague scintilla, verte comme une émeraude.

Puis elle se brisa dans une explosion d'écume et fonça sur nous comme une avalanche. Jubal eut tout juste le temps de s'accrocher au mât. Je me recroquevillai dans l'écoutille.

La lame frappa.

Le navire s'inclina, les mâts parallèles à la mer, et la lumière disparut. Nous étions sous l'eau, ou plutôt nous étions enfouis dans un matelas d'écume, fouettés par la vague qui avait bien l'intention de nous envoyer par le fond.

Même submergé, j'entendis le craquement du mortier qui se détachait. Il roula sur le pont, traversa le bastingage dans un fracas épouvantable avant de s'abîmer dans la mer déchaînée. Ne restait plus qu'une gueule béante dans le pont, à l'endroit où il s'était trouvé.

L'eau s'engouffra dans le trou et envahit la coque. Le canon avait également emporté avec lui les étais maintenant en place l'un des mâts, et ce dernier se brisa, emportant avec lui tous les cordages.

Tout espoir de pouvoir contrôler la galiote était définitivement anéanti.

Plusieurs marins et compagnons de Jubal disparurent dans la mer, entraînés par la corde reliée au mortier, à laquelle ils s'étaient accrochés pour ne pas passer par-dessus bord.

Par miracle, le ballast redonna un semblant d'équilibre au navire, lequel finit par se redresser. Mais aussitôt, un immense craquement retentit : le grand mât avait cédé. Une deuxième lame balaya le pont, emportant avec elle mon ami.

Je me retournai vers la barre. Elle aussi avait disparu, et Brienne également.

L'eau qui s'engouffrait dans le trou laissé par le

mortier avait l'effet inverse de celui recherché. Le navire piquait encore plus du nez qu'avant, et il était chahuté comme un vulgaire morceau de bois. Le bateau se mit à couler par la proue.

Je rampai jusqu'à la cabine du capitaine, luttant contre les vagues.

Tout était perdu ; il ne me restait plus qu'une chose à faire : sauver Astiza et Harry.

44

Pour atteindre la cabine du capitaine, je n'avais maintenant d'autre choix que de grimper. Nous étions à la merci de la mer et de Dieu, dérivant vers les récifs. Les coffres étaient tous ouverts, les hommes se noyaient en serrant dans leurs mains des fragments du trésor, tandis que quelques pierres précieuses roulaient encore sur le pont, tels des coquillages malmenés par les vagues. Je ne pensais qu'à ma rage. Que Napoléon Bonaparte en personne soit responsable de ce désastre, qu'il m'ait manipulé depuis le départ, comme le disait Martel, était proprement incompréhensible. J'avais passé presque un an à courir après des jouets anciens qui avaient autant de chances de servir de modèles à de vraies machines volantes que les gribouillages d'un enfant de cinq ans. Mon fils avait été enlevé et il en garderait certainement un traumatisme à vie. Tout ça pour aider des fanatiques à envahir la Grande-Bretagne ?

Quelle folie !

Ne me restait plus qu'à accomplir ce que j'essayais de faire depuis le début : sauver ma famille.

Le verrou de la cabine avait cédé et la porte battait dans le vent. Je me hissai à l'intérieur : la pièce était jonchée de débris, et la moitié de la fenêtre avait été emportée par les éléments. Quelques morceaux de verre gisaient çà et là. Il faisait sombre.

« Astiza ! appelai-je.

— Je suis là, avec Harry ! Qu'est-ce qui s'est passé ? On s'est retournés ? »

Elle était assise à côté de la couchette de Brienne. Elle avait une coupure au visage.

« Tu es blessée…

— J'ai surtout très peur. Est-ce qu'on est en train de couler ?

— Oui. Martel a coupé le câble du gouvernail. Il n'y a plus rien à faire.

— Je t'aime, Ethan. Tu as fait de ton mieux. »

Je m'accrochai à ces mots de toutes mes forces, mais j'avais des choses plus urgentes à lui dire. Ou du moins c'est ce que je pensais. J'aurais tout le temps plus tard de lui confier à quel point je l'aimais, moi aussi.

Comme on peut se tromper…

Le peu de lumière diminua rapidement. Je me retournai et vis une montagne d'eau s'élever à l'arrière, une vague qui grossissait et grossissait, verte et vitreuse, couverte d'écume, la plus grosse vague que j'avais jamais vue. Bientôt, elle remplit toute la vue de la fenêtre. Puis elle remplit le ciel.

« Il n'y a plus de mâts, il faut partir. On va essayer de trouver une écoutille ou une caisse pour rester à la surface. Il y a des récifs juste à côté. La terre n'est donc pas… »

La cabine explosa.

La lame monstrueuse arracha ce qui restait de la fenêtre et me projeta contre le mur. La pièce se remplit d'eau et d'écume. Puis l'océan se retira aussi vite qu'il était venu, et je m'agrippai à une poutre pour ne pas être aspiré. Je sortis la tête de l'eau pour reprendre ma respiration. Où se trouvaient ma femme et mon fils ?

« Astiza ! »

Rien. Seulement la tempête.

La galiote se trouvait maintenant en position verticale. J'entrepris d'escalader ce qui avait été le sol, tâchant d'atteindre la fenêtre arrachée. Les meneaux pendaient lamentablement. Derrière, la mer déchaînée qui avait avalé ma femme et mon fils.

Je n'hésitai pas une seconde. Je rampai jusqu'à la poupe, où je vis le gouvernail remonter à la surface, comme une nageoire de baleine brisée. Je plongeai aussi loin que possible. Je parvins à m'éloigner de quelques mètres et battis des pieds le plus vite possible pour ne pas être aspiré par le navire. Même si j'avais la tête hors de l'eau, j'avais beaucoup de mal à respirer ; la frontière entre air et eau était ténue. Je regardai autour de moi. Où se trouvait ma famille ?

Quelque chose de dur me heurta. Instinctivement, je tendis la main. C'était la barre de la galiote. Pas une bouée à proprement parler, mais c'était mieux que rien. Je m'y agrippai de toutes mes forces – mon bateau, mon trésor, mes amis et ma famille avaient disparu. La puissance de l'océan démonté était sans limites.

Je pensais que la galiote avait elle aussi disparu, mais non, je la vis émerger au loin, tel un iceberg, emportée par les vagues vers la ligne blanche synonyme de récifs ou de plage. Martel était-il toujours à bord ? La poupe brisée se dressa vers le ciel, l'avant toujours sous l'eau, puis une immense lame emporta le navire comme un fétu de paille. Quand la déferlante se brisa sur les récifs, une explosion monumentale retentit, et des milliers d'éclats de bois et de corail s'envolèrent dans les airs.

Le vaisseau s'était complètement désintégré, et le vent nous apportait déjà des fragments.

« Ethan ! »

Je me retournai. Astiza ! Je l'aperçus au sommet d'une vague, tenant dans ses bras Harry. Puis elle disparut dans le creux.

Tout en m'accrochant à la barre, je me mis à nager dans sa direction, le plus vite possible.

Pendant une minute, je crus l'avoir de nouveau perdue, mais j'aperçus soudain sa longue chevelure ballottée comme une algue par les flots. Elle luttait pour rester à la surface.

J'accélérai la cadence. Elle disparaissait régulièrement dans les vagues, avant d'apparaître de nouveau, encore plus épuisée. J'étais terrorisé à l'idée qu'elle se noie avant que j'aie pu la rejoindre.

Par bonheur, je la retrouvai. Je tendis la main et la tirai vers moi. Elle se mit à tousser ; j'en profitai pour prendre Harry dans mes bras. J'avais peur qu'il soit mort mais, quand je le serrai, il cligna des yeux et recracha de l'eau de mer. Il était tétanisé.

Je remarquai alors qu'Astiza portait toujours au cou le pendentif de Napoléon, le fameux *N* entouré de la couronne de laurier. Peut-être que c'était lui qui était maudit ! Je l'arrachai sauvagement et le laissai tomber dans l'eau.

Quant à moi, j'avais toujours ma loupe de bijoutier.

Nous nous agrippâmes tous les trois à la roue, mais elle coula sous notre poids, et nous nous retrouvâmes tous la tête sous l'eau.

Astiza lâcha prise et nous remontâmes à la surface.

Harry et moi étions emportés par la barre, alors que ma femme se débattait.

« Il nous faut un autre morceau de bois ! criai-je. Là ! On est sauvés ! »

Un des mâts du navire flottait à quelques dizaines de mètres de nous.

Elle haleta et se remit à nager vers moi. Quand elle s'accrocha de nouveau à la barre, nous coulâmes encore. À mon tour de lâcher ! Mais aussitôt, Astiza me mit Harry dans les bras et nous repoussa.

« Ethan, tu as plus de force. Tiens bon !

— Hors de question ! Accroche-toi !

— On ne peut pas être trois dessus, souffla-t-elle. Je n'ai presque plus de force. Prends Harry, et nage avec moi jusqu'au mât.

— D'accord, mais c'est toi qui t'accroches à la barre ! »

Elle secoua la tête.

« Harry en a le plus besoin, et je ne peux plus le porter. Je n'en peux plus. »

Petit à petit, le courant l'éloignait de moi.

« Tiens bon ! répéta-t-elle. Pour notre fils !

— Reviens ! Je vais t'aider à nager !

— Non, et ne t'avise pas de le laisser se noyer ! »

Ses yeux étaient vitreux, mais son ton était ferme.

« Ne le quitte pas des yeux, Ethan. Sa vie dépend de toi, à présent. »

Elle esquissa quelques brasses, mais elle était trop faible. Je voyais sa tête apparaître entre deux vagues, pour reprendre sa respiration. J'étais si épuisé qu'elle me paraissait à plusieurs milliers de kilomètres.

« Par ici ! »

Mais je ne crois pas qu'elle m'entendit, car j'avais

parlé d'une voix sourde, et que je n'avais moi non plus pas la force de la rattraper et de rattraper le mât. Harry avait du mal à respirer, et la barre n'était vraiment pas la planche idéale. Je me retournai. Les récifs étaient tout proches, à présent, et les vagues se brisaient dessus dans une explosion de gouttelettes. Jamais nous ne parviendrions à franchir cette barre de rochers. Il nous fallait le mât ! Une vague s'abattit sur nous, et je dus battre des pieds avec l'énergie du désespoir pour qu'enfin la barre nous ramène à la surface.

Le mât était juste à côté.

Mais où se trouvait Astiza ?

Là, sur une vague.

Je vis la lame la soulever tandis qu'elle abdiquait enfin ; sa magnifique chevelure brune se découpait sur l'eau verte, tel un éventail aquatique. Quand sa tête se retrouva sous l'eau, la vague continua à monter, monter, monter, de sorte que, pendant un instant, son corps suspendu parut figé dans du verre, éclairé par-derrière par le soleil. Une silhouette qui m'emplit de douleur, de regret et de honte. Ses jambes et sa robe, en suspension dans l'ambre vert.

Mais il y avait autre chose dans cette vague – une coquille sombre juste sous la surface. Après quelques secondes, je vis que c'était notre cloche de plongée. Quand le mât était tombé, elle avait dû se libérer.

Enfin, Astiza disparut de l'autre côté de la vague.

« Astiza ! » appelai-je d'une voix rauque.

Harry et moi nous retrouvâmes de nouveau sous l'eau ; nous n'en avions plus pour très longtemps. J'avais encore assez de force pour remonter une fois à la surface, mais j'avais de plus en plus de mal à m'agripper à la barre.

Le morceau de bois, notre seul espoir, me glissa des mains.

Une fois de plus, nous fûmes submergés. Cette fois, c'était fini.

C'est alors que quelque chose nous agrippa et nous tira à la surface, quelque chose d'aussi puissant que le bras de Poséidon.

Sans rien comprendre, nous nous retrouvâmes propulsés sur le mât.

« Tiens bon, mon ami ! »

C'était Jubal. Il avait rapproché le mât et nous avait attrapés. J'enroulai une corde autour de mon bras. Je manquai de lâcher Harry dans l'opération, mais mon compagnon l'attrapa d'un bras pour le serrer contre sa poitrine, tandis que son autre bras semblait soudé au bois : il avait eu la bonne idée de s'attacher avec les cordages restants.

« Astiza ? »

J'avais appelé, mais ce n'était plus qu'un réflexe. J'étais sur le point de m'évanouir.

« Tiens bon ! »

Ce fut à notre tour d'être soulevés, toujours plus haut, par la déferlante. Accrochés au mât, nous avions l'impression de voler. Puis nous chutâmes à une vitesse incroyable, de l'autre côté de la fameuse ligne blanche. Ce fut comme tomber dans une cascade.

Un bruit de tonnerre assourdissant s'éleva quand la vague se fracassa sur le corail, et le mât entier se retrouva sous l'eau. Nous rebondîmes sur les récifs, incapables de faire quoi que ce soit. Par réflexe, je serrai l'immense poutre contre moi.

Et puis soudain, nous nous retrouvâmes derrière. Je repris ma respiration, et aperçus une plage au sable presque noir. Le mât toucha le fond, puis une autre vague nous poussa un peu plus. L'eau me battait les tempes, j'étais couvert de sable, et je ne savais ni où je me trouvais ni ce que je devais faire.

« Lâche tout ! » cria Jubal.

Il avait de l'eau jusqu'à la poitrine, et il me tirait pour me faire lâcher prise. Il tenait sous son bras un Harry inanimé. La vue de mon fils me donna un sursaut d'énergie, et je me levai, titubant dans les vagues, pour marcher vers la plage. Le mât continuait à dériver, comme s'il voulait nous assommer après nous avoir sauvé la vie.

Je trébuchai et le bois me heurta, me poussant un peu plus près du rivage. Je rampai dans l'écume.

Une dernière vague me déposa sur le sable. Je m'assis. J'étais sur la terre ferme.

Je regardai devant moi l'enfer auquel nous venions de survivre. Les récifs formaient un bouillon constant de vagues déferlantes, et la mer entre les rochers et la plage était recouverte d'écume. Derrière, je devinais la mer déchaînée, avec ses quelques vagues vertes et bleues éclairées par le soleil, et les autres grises comme l'acier. Tout mon corps me faisait mal, comme si j'avais été passé à tabac. Le sel m'aveuglait à moitié, j'étais couvert de coupures et de griffures, et j'étais à bout de forces.

Mais j'étais également vivant, et ce constat m'horrifia.

Car cela signifiait que mon cerveau était apte à comprendre qu'Astiza, qui avait prévu que les choses se passeraient ainsi, n'était plus.

45

Je tremblais comme jamais de ma vie je n'avais tremblé. Le froid, la fatigue, l'angoisse, le chagrin. Harry ! Je ne pouvais pas m'arrêter de frissonner.

Je regardai autour de moi. Il y avait une immense forme noire, presque aussi massive qu'une otarie. C'était Jubal, allongé sur le côté.

Le sable me piquait le visage comme des milliers d'insectes. Je ne pouvais ni me lever ni me mettre à genoux ; je n'avais tout simplement plus la force. Je rampai donc vers mon ami, effrayé à l'idée de ce que j'allais trouver à côté de lui.

Mais le petit Horus était bien vivant, tremblant lui aussi, à l'abri du vent derrière le torse massif de mon compagnon. Les yeux de Jubal trahissaient aussi l'épuisement. Il était aussi affaibli que moi, mais il trouva quand même la force de me sourire.

« Il est vivant », murmura-t-il.

Ce Noir avait sauvé mon fils. Et moi, par la même occasion.

Je fis le tour afin de former un cocon autour de Harry. Nous nous trouvions sur une plage de sable volcanique. À quelques mètres derrière nous, les vagues déferlaient, mais je n'osais pas me retourner. J'avais peur de voir le corps de ma femme.

Enfin, nous sombrâmes tous les trois dans un profond sommeil.

Quand je me réveillai, l'après-midi était bien entamé. Le soleil se cachait à l'ouest derrière de gros nuages noirs (sûrement là où était parti l'ouragan), mais à l'est, le ciel se dégageait peu à peu. La mer était toujours agitée, et j'étais toujours transi de froid. Les vagues avaient rejeté tellement d'écume sur la plage qu'on avait l'impression qu'il avait neigé. Des palmiers, il ne restait que les troncs. Aucun oiseau n'osait encore s'aventurer dehors. Tout avait été ratissé par la tempête.

Je m'assis en gémissant de douleur. Je me sentais vidé : plus de force, plus d'émotions, plus de but. Je nous avais conduits à la catastrophe et, ce n'était que maintenant que je m'en rendais compte, j'avais échoué dans la tâche la plus importante de ma vie : aimer, être aimé, et préserver cet amour par tous les moyens nécessaires.

L'amour est la base de la foi, m'avait dit la *mambo*.

Ma femme avait disparu pour une poignée de bijoux. Ma vanité avait causé sa perte : quel besoin avais-je de m'intéresser aux affaires du monde ? Elle avait deviné ce qui allait arriver lorsque nous avions traversé l'Atlantique. Nous avions essayé de changer le destin. En vain.

Et pourtant, elle m'avait suivi sur la galiote, sans rien dire. Elle avait deviné que cela sauverait Harry. Et elle m'aimait toujours, malgré tout. Elle me l'avait dit, et je ne pouvais plus que m'accrocher à ces mots.

Il me fallut du temps pour trouver le courage de regarder la plage. Oui, il y avait bien des corps.

Mais pas de femme, à première vue.

Jubal aussi s'était réveillé.

« Tu veux bien emmener mon fils à l'écart pendant que je cherche d'éventuels survivants ? » demandai-je.

Il suivit mon regard ; nous savions l'un comme l'autre qu'il n'y en aurait pas. À quoi bon imposer cette épreuve macabre à Harry ?

« Oui. Je vais voir si je trouve de l'eau potable, et je te retrouve au pied de ce palmier », dit-il en me désignant un arbre ravagé.

J'acquiesçai d'un signe de tête, j'avais la bouche desséchée.

Je me levai, courbé comme un vieillard, et me dirigeai vers la mer. Au loin, les vagues se cassaient toujours sur les récifs, et il y avait sur la plage des milliers de fragments en provenance de la galiote. Assez pour faire un feu, si je trouvais un moyen de l'allumer.

Je passai ma main sous ma chemise. La loupe était toujours là.

Demain peut-être, si le soleil daignait faire son apparition.

C'est étonnant de constater à quelle vitesse on se tourne vers le futur, alors même qu'on vient d'être vaincu par le passé. On resserre les rangs comme une légion romaine, laissant les camarades morts derrière nous.

La plage devait faire quatre cents mètres de long. J'y trouvai cinq corps. Trois Noirs et deux Blancs.

L'un d'entre eux avait la bouche figée en un rictus hargneux. Martel.

L'agent de Napoléon me paraissait plus petit, à présent. Ses vêtements avaient été déchirés par les coraux, il avait perdu ses bottes et ses pieds étaient ridés et

464

blancs. Il n'aura jamais l'occasion de voler, pensai-je. Il avait les yeux grands ouverts et il paraissait terrifié, comme s'il avait eu un aperçu de ce qui l'attendait dans l'au-delà.

Mais était-il vraiment à la solde du Premier consul ? Avait-il menti au sujet de Napoléon dans le seul dessein de me tourmenter, de me faire croire que le Prométhée politique pour qui je travaillais depuis des années, le grand Bonaparte, m'avait trahi pour un simple jouet qui ressemblait vaguement à une machine volante ? J'en avais toujours un dans la poche. Je plongeai la main dedans.

C'est alors que je sentis une chaîne. Je frissonnai d'effroi. Le pendentif d'Astiza, le *N* maudit de Napoléon, n'avait pas coulé au fond de l'océan. Il avait trouvé un moyen de se glisser dans la poche de ma veste, comme une malédiction dont je ne pouvais me débarrasser.

En enfer, Martel devait bien rire de me voir ainsi, sans réponses.

Du bout du pied, je fis rouler son corps. Un de ses bras se libéra ; la manche était en lambeaux. La peau avait été tellement lacérée par les coraux qu'il me fallut quelques secondes avant de repérer le dessin à l'intérieur de son biceps. Quand je le vis, je m'approchai.

Un tatouage.

Brûlé à même la peau, un *N* entouré d'une couronne de laurier, la marque de Napoléon. Léon Martel n'avait pas menti. Ce n'était pas un policier renégat, un criminel repenti. Ou du moins, pas seulement. Il avait vraiment été l'agent de Napoléon.

Soudain, une douleur atroce me plia en deux. Mes tripes gémissaient, et je courus jusqu'à un buisson pour assouvir un besoin naturel urgent. Quelques secondes après, j'étais accroupi, tremblant, regardant s'écouler l'immonde torrent que mon corps avait produit. Elle était là, souillée, la pierre pour laquelle j'avais sacrifié ma femme et mon bonheur : ma misérable émeraude.

Maudite.

Je regardai vers la mer. Quelque part sur ces récifs reposait un immense trésor, mais ce serait à Jubal de décider si un jour il voudrait le récupérer. Quand les eaux seraient calmes et les dieux vindicatifs occupés à autre chose. Moi, je n'en avais plus le courage.

Et ma propre pierre ? Je fus tenté de la jeter à l'eau ou de l'enterrer. Sa beauté était un reproche constant et amer. Mais il fallait que je pense à mon fils, qui avait perdu sa mère. Et je ne connaissais d'autres métiers qu'aventurier et joueur. Belle éducation !

La vie ne s'arrêtait pas, et la sienne avait à peine commencé. Si Astiza n'était vraiment plus là, j'étais son seul parent, et c'était à moi de décider ce que nous ferions. Philadelphie ? Peut-être les quakers réussiraient-ils à l'élever plus convenablement que moi. Peut-être que, contrairement à moi, Harry embrasserait la sagesse de Franklin. Une chose était sûre, j'avais beaucoup à me faire pardonner.

Peut-être une école à Londres, où je serais plus proche de mes ennemis.

En grimaçant, j'essuyai la pierre et la glissai dans ma poche, déterminé à la vendre pour payer l'éducation de mon fils.

Je me promis à cet instant de vivre moi-même dans la pauvreté, pour ne jamais oublier que les rêves étaient vains. Je devais penser à autre chose qu'à mon égoïste petite retraite paisible.

Je devais trouver un sens à ce désastre.

Sur cette réflexion, je retournai retrouver Jubal et Harry.

« Papa ! »

Enfin, il me reconnaissait ! Il avait besoin de moi ! J'étais transporté de joie. Il s'agrippa à moi comme un petit singe, pleurant sans trop savoir pourquoi. Enfin, il me posa la question qui lui brûlait les lèvres.

« Elle est où, maman ? »

Il n'y avait pas de corps. J'avais retrouvé la cloche de plongée et d'autres débris. Mais je ne pouvais pas me permettre d'espérer.

« Elle nage, Horus. »

Je n'avais pas le courage de lui dire la vérité.

« J'ai froid, répondit-il. Et j'ai peur de la mer.

— Nous sommes en sécurité, maintenant. Et demain, nous irons chercher de l'aide.

— Je veux maman.

— Moi aussi, fiston, moi aussi. »

Nous fondîmes en larmes, unis par la tragédie.

« Tu ne peux pas savoir à quel point tu m'as manqué, mon grand », sanglotai-je.

Cette nuit-là, nous fîmes de notre mieux pour dormir. Le vent finit par tomber et, le lendemain matin, le soleil brillait et les oiseaux volaient dans la forêt ravagée. La mer aussi s'était calmée, et je constatai rassuré qu'elle avait de nouveau englouti les quelques cadavres. D'Antoine et des autres compagnons de Jubal, il n'y avait aucun signe.

J'étais donc aussi responsable de leur mort.

J'étais toujours effrayé à l'idée que la mer recrache le corps d'Astiza. Tant qu'elle ne l'avait pas fait, il restait une lueur d'espoir. Je savais qu'elle était morte, mais mon cœur refusait de le croire. Peut-être parce qu'il y avait quelque chose de magique en elle, quelque chose que j'avais remarqué la première fois que je l'avais vue, à Alexandrie. Je ne pouvais pas imaginer le monde sans sa lumière. Je l'avais vue se noyer, mais je ne ressentais pas les éléments du deuil. C'était fini, mais je refusais d'y croire. J'avais besoin de voir son corps.

« Où est-on ? » demanda Jubal.

Je regardai vers l'intérieur des terres. Une immense montagne se dressait au milieu de la brume. De la fumée s'échappait du sommet.

« Montserrat, peut-être. On devrait marcher le long de la côte, on finira bien par trouver des habitations ou un bateau. Antigua n'est pas très loin, et de là on pourra rentrer à la maison.

— J'ai trouvé des bananes plantains et des noix de coco. Tu as faim, petit ? »

Harry avait les yeux hagards, mais il n'avait pas perdu son appétit.

« Oui », répondit-il.

Et voilà. J'avais été marié, et maintenant, après moins d'un an, j'étais apparemment déjà veuf. Le fait d'avoir survécu était le pire châtiment possible. Jusqu'à la fin de ma vie, je la reverrais, en suspension dans sa vague d'émeraude. Pourtant, son esprit m'habitait encore.

Pourquoi ressentais-je cet espoir fou ?

Je me tournai vers Harry. Comment lui dire ? Quoi lui dire ? Et quand ?

Je fus surpris par l'expression de son visage. Il semblait plus déterminé que bouleversé.

« Viens, on va chercher maman », dit-il.

Partageait-il mon impression ?

Je déglutis.

« D'accord. »

J'espérai seulement ne pas tomber sur son corps.

Nous nous mîmes à marcher sur la plage. Je dis à Jubal que c'était à lui de voir s'il voulait un jour récupérer le trésor.

« Astiza a dit qu'il était maudit, mais peut-être pas pour tout le monde.

— Je demanderai à Cécile Fatiman. Elle décidera.

— Sois prudent. Je crois qu'Ezili m'a tendu un piège.

— C'est une déesse jalouse.

— Qu'est-ce que tu vas faire ensuite, Jubal ?

— Essayer de reconstruire mon pays. Et toi, Ethan ? »

Je restai silencieux, les yeux rivés vers la mer, à l'est.

« Martel m'a dit que Napoléon m'avait trahi, que je n'étais qu'un larbin volontairement envoyé à sa perte.

— Et donc ? Tu vas retourner en Amérique ?

— Au début, c'est ce que je me suis dit. Mais je pense plutôt opter pour l'Angleterre, pour que mon fils aille dans une bonne école. Il faut que je pense à son avenir. Et c'est le seul pays qui a les moyens de tenir tête à la France. Les Anglais ont des espions partout, prêts à détruire la dictature de Bonaparte. Je crois que c'est ce que je veux faire.

— Quoi donc ?

— Me venger. C'est la seule chose qui ait un sens. Je retourne en France.

— Harry a besoin de son père, Ethan.

— Et je serai là pour lui. Mais d'abord, j'ai un service à rendre au monde.

— Ne t'occupe pas du monde.

— Si. Je vais retrouver Napoléon Bonaparte, et je vais le tuer. »

Notice historique

Comme les autres aventures d'Ethan Gage, celle-ci a pour point de départ des événements réels. L'expulsion des Français d'Haïti en 1803 fut la conclusion de la première révolte d'esclaves couronnée de succès dans l'histoire de l'humanité, qui se traduisit par la création de la première république noire du monde (même si son indépendance ne fut reconnue par la France qu'en 1825). Ce soulèvement réussi hanta les esprits des aristocraties esclavagistes pendant des décennies, y compris dans le sud des États-Unis avant la guerre de Sécession.

La guerre à laquelle se trouve mêlé Ethan Gage n'est qu'un chapitre d'une longue histoire d'invasions, révolutions, coups d'État, interventions étrangères, embargos, bouleversements économiques qui, combinés aux séismes, ouragans ou autres catastrophes naturelles, ont contribué à maintenir Haïti au rang de pays le plus pauvre de l'hémisphère occidental. Pour reconnaître l'indépendance de son ancienne colonie, la France exigea le versement de 90 millions de francs-or en compensation des biens perdus, ce qui eut pour effet d'obérer les finances de la jeune nation, qui ne finit de régler ses dettes qu'en 1947. Alors que les révolutions américaine et française n'affectèrent que marginalement les infrastructures de ces deux pays, Haïti dut supporter le poids d'une dévastation totale, à une époque où l'économie sucrière des Caraïbes était déjà sur le déclin. Jean-Jacques Dessalines, qui s'autoproclama empereur en 1805, ordonna le massacre de plus de trois mille Blancs survivants, avant d'être lui-même assassiné par des rivaux noirs en 1806. Le pays se divisa temporairement en deux, puis se réunifia avant de passer la plus grande partie de son histoire ultérieure à lutter pour établir un système politico-économique stable. Malgré sa beauté et son potentiel prometteur, l'avenir d'Haïti demeure grevé par la surpopulation, l'érosion des sols et les problèmes sanitaires.

Point culminant de la révolution, la bataille de Vertières, près de Cap-François, connu aujourd'hui sous le nom de Cap-Haïtien, se déroula à peu près comme dans la description que j'en fais. La diversion « hydraulique » d'Ethan, toutefois, est imaginaire. Ce qui ne l'est pas, en revanche, c'est que les Noirs firent preuve d'une telle vaillance dans l'assaut qu'à un moment donné les soldats français cessèrent de combattre pour applaudir le courage de leurs ennemis – un geste bien français. Quoi qu'il en soit, les Français furent vaincus et durent évacuer l'île.

Avant Dessalines, le général en chef de la révolte fut Toussaint Louverture, surnommé le « Spartacus noir », ou encore le « George Washington haïtien ». Après avoir négocié avec les Français et s'être retiré dans sa plantation, ce dernier fut trahi, arrêté en mai 1802, et emprisonné au fort de Joux, dans les monts du Jura, près de la frontière franco-suisse, un site d'une sinistre beauté devenu un haut lieu touristique. Aucun document ne fait état d'une tentative d'évasion organisée par un renégat américain et sa femme égyptienne d'origine grecque, mettant en œuvre une version primitive de planeur : il nous faut donc sur ce point croire Ethan sur parole. L'histoire académique nous apprend que Louverture mourut de maladie le 7 avril 1803.

La fièvre jaune joua un rôle décisif dans la guerre des esclaves, et contribua non seulement à la libération d'Haïti, mais aussi au doublement en surface du territoire états-unien. Les ravages causés par les moustiques dans les armées françaises engagées à Saint-Domingue privèrent en effet Napoléon de troupes suffisantes pour tenir La Nouvelle-Orléans et la vaste Louisiane, ce qui le poussa à vendre aux États-Unis un territoire qui s'étendait du Mississippi aux montagnes Rocheuses.

De nombreux personnages du roman ont réellement existé, ainsi l'ingénieur aéronautique George Cayley, l'espion Charles Frotté, sir Sidney Smith, le gouverneur d'Antigua lord Lavington, le commandant français Rochambeau, le général Dessalines, et la *mambo* Cécile Fatiman. Bon nombre des vues attribuées à Napoléon sont attestées par des écrits historiques. Le jugement pessimiste porté sur la révolution haïtienne par le malchanceux général Charles Leclerc est mot pour mot celui qu'il rédigea. Le château de Saint-Cloud était tel qu'il est décrit, mais il fut détruit en 1870, pendant la guerre franco-prussienne. Un parc s'étend à présent sur son emplacement.

Le trésor de Montezuma est une légende, mais pas de mon invention, et la richesse perdue de Tenochtitlán fait l'objet de recherches actives depuis des générations. D'aucuns émettent l'hypothèse que le trésor aztèque fut perdu en mer ; d'autres soutiennent qu'il fut transféré vers le nord par des réfugiés indiens et caché quelque part dans ce qui est maintenant le sud-ouest des États-Unis. Parmi les vestiges aztèques qui nous sont parvenus figurent des artefacts ressemblant étrangement à des avions avec des pilotes aux commandes, d'où le vif intérêt de Léon Martel pour les objets volants, et les conjectures actuelles sur ce dont ces figurines sont l'image. Représentent-elles des astronautes des temps anciens ? Ou ne sont-elles que des dessins en forme de delta sans aucun rapport avec des ailes ?

Quand Napoléon menaça d'envahir la Grande-Bretagne, il est véridique que les Anglais le soupçonnèrent de vouloir les attaquer par toutes sortes de moyens bizarres, y compris une armada de ballons et le creusement d'un tunnel sous la Manche.

Diamond Rock, ou le Diamant, existe réellement, et possède une grotte sous-marine appréciée des plongeurs expérimentés. Aucun de ceux-ci n'a cependant déclaré y avoir trouvé des émeraudes. Depuis ce monolithe volcanique, pris par les Britanniques au début de l'an 1804 et baptisé par eux *HMS Diamond Rock*, ces derniers canonnaient les navires français passant à proximité, ce qui rendait Napoléon furieux. Les Britanniques tinrent le piton jusqu'au 3 juin 1805, résistant à de nombreuses contre-attaques françaises. Des barils de rhum furent effectivement mis à dériver par les Français afin d'amollir la garnison britannique.

Loin de n'être que de la sorcellerie, le vaudou est une religion qui mêle coutumes africaines et chrétiennes et n'a rien de fantaisiste. Je me suis efforcé d'être précis dans les passages où sont évoqués ses esprits et ses cérémonies. La croyance dans les zombis est une réalité.

Un cyclone hivernal tel que celui que je dépeins constituerait une rareté météorologique, mais pas une impossibilité : des cyclones ont en effet été répertoriés à tous les moments de l'année dans les Caraïbes.

La « galiote » était un bâtiment de guerre courant à l'époque : les « bombes éclatant dans les airs » de l'hymne national américain font référence aux tirs de mortiers depuis les navires britanniques pendant la guerre de 1812. Quant à l'« éclair brillant », dans le même hymne, il est une allusion aux fusées « à la Congreve », qui joueront un rôle dans une prochaine aventure d'Ethan Gage.

Remerciements

Qu'il me soit permis d'exprimer ma gratitude à l'ancien directeur littéraire de HarperCollins, Rakesh Satyal, pour m'avoir commandé ce roman, publié sous la direction éclairée de Maya Ziv et de Jonathan Burnham. Mes remerciements également à mon agent, Andrew Stuart, qui a rendu possibles la naissance et la perpétuation de toute la série des aventures d'Ethan Gage, dont le présent ouvrage constitue le cinquième épisode. Ma reconnaissance, comme toujours, à toute l'équipe de Harper, si motivée, et en particulier à la responsable de la publicité, Heather Drucker, au chef de fabrication, David Koral, et à la directrice des droits étrangers, Carolyn Bodkin. Et je n'oublie pas ma femme, Holly, qui a servi une fois de plus d'inspiratrice, de compagne de voyage et de première lectrice au fantasque Ethan, et qui s'efforce encore et encore de nous remettre, à lui comme à moi, les idées en place.

Ouvrage composé par
PCA 44400 Rezé

Imprimé en Espagne par
Liberdúplex
à Sant Llorenç d'Hortons (Barcelone)
en mars 2015

POCKET – 12, avenue d'Italie – 75627 Paris Cedex 13

Dépôt légal : avril 2015
S25048/01